花村萬月

徳間書店

夜半獣《やはんじゅう》

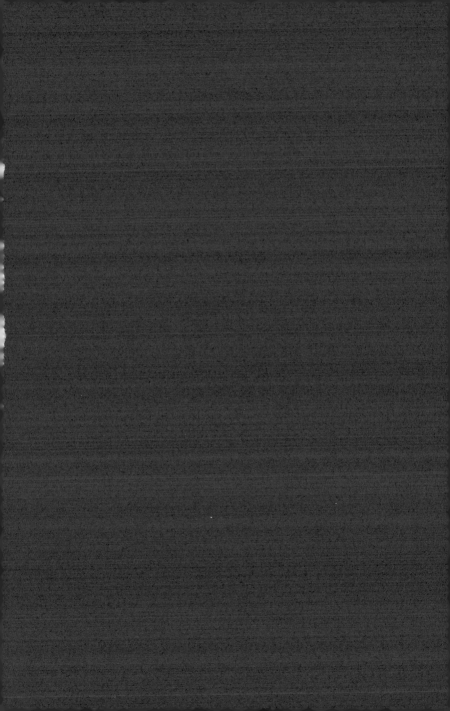

夜半獣

装幀　高柳雅人
装画　高松和樹「15の物語」

01

夢のような——という都合のよい言葉がある。奇妙なことに昼下がりの東京駅は無人だった。有り得ないことである。が、実際に誰もいない。

俺は目をこすった、というのは嘘《うそ》で、そんな紋切り型の仕種《しぐさ》こそしなかったが、まさに白日夢《はくじつむ》に抛《ほう》り込まれたようで、さすがに心許《こころもと》なくなって、不安も湧《わ》いて、両手をくたびれたジーパンのポケットに入れて首をすくめ気味に、無人の地下通路を行く。

誰も歩いていないと、やたらと広い東京駅地下だ。人いきれがないせいで空調の冷気が効きすぎて肌寒く、俺は思わず鳥肌が立ちかけたTシャツの腕を組んだ。

中華弁当の五香粉《ウーシャンフェン》の香りが漂っているが、駅弁や土産物を売る店にも店員はいない。照明の白い光が降りかかるばかりだ。万引きのチャンスだが、案外できないものだ。横目でチラ見するばかりだ。万引きしたとたんに、人が飛びだしてくるという疑念も棄《す》てきれない。なによりも俺は小心《しょうしん》なのだ。人懐こい小心者だ。駅員でもいれば、なにかあったのかと尋《たず》ねるところだが、見当たらない。

国分寺《こくぶんじ》のアパートに帰るので、中央特快のホームに立って、周囲を見まわす。いつもなら席を争う乗客たちが微妙な緊張を隠して並んでいるのだが、やはり無人だ。

ホームは見事な一直線で彼方《かなた》まで続く。どこがどうとはいえないのだが、なにやら遠近がおかしい。まるで空間が規則正しく倍ほども引き延ばされてしまっているかのような。

無人。遠近――。

すべて錯覚だ。そう言い聞かせて、俺は目を屢叩《しばたた》いた。

よく晴れていて、廂《ひさし》に区切られて入道雲がむくむく育ち、ホームのコンクリに西からの陽射しが銀と金を重ねあわせたかの色彩で照り映えている。じわりと汗が浮かぶ。冷やされたり熱せられたり、人変だ。

抑揚《よくよう》を欠いた声のアナウンスの直後、中央特快高尾行きが入線した。

え――。

と、声にならない声をあげてしまった。

車両が茶色いのだ。幼いころの遠い記憶にあるローカル線を走っていた車両に似て、長方形のチョコレートじみた色で、外板に用いられている鋼板が目で見てもわかるほどに波打っている。

「だいたいだな。いつから中央特快は、三両編成になったんだよ」

あまりのことに、独り言を受けて、一人でやりとりしてしまった。

「ま、客は俺　人みたいだしね。三両でも大量――韻《いん》を踏んでみました」

駅員がいれば大丈夫かと訊くところだが、誰もいない。俺の立っているところは先頭車両のあたりだが、入線してきた車両の運転手と目が合った。運転手がにこりと頰笑《ほほえ》んで、会釈した。

代替車両にしては古すぎるが、運転手の愛想のよさになんとなく納得してしまった。ちゃんと笑みを返すべきだったと反省もした。そんな自分がアホにしか思えず、それでも肯定的な笑みが泛《うか》んだ。ぽつねんと佇《たたず》んでいるとドアが開いた。

座席がおかしい。古い車両だけあってくすんだ銀色に光る柱が点々とおっ立っているのだが、それに区切られている座席はほとんどベッド状で、背もたれがない。フェリーの雑魚《ざこ》寝《ね》部屋の縮小版だ。俺はどのように座るべきか思案した。

どのみち乗客は俺一人なので、スニーカーを脱いで、座席？　に胡坐《あぐら》をかき、所在なげに窓の外を一瞥《いちべつ》して、なにか白けた気配だなあと呟《つぶや》いて、結局ごろんと寝転がった。ダニがいたらいやだな。でも、まあ、押し合い圧《へ》し合いするよりもごろんのほうがいい。

いや、運転手がいるのだから、この奇妙な状況について訊いてみよう。俺はスニーカーの踵《かかと》を踏んで運転席の窓をノックした。

「あれ――」

間抜けな声が洩《も》れた。運転手がいない。

ところが、ガッタンと鉄輪が鉄路に咬《か》む金気臭い音がして、電車が動きはじめた。

「へえ、無人運転かよ」

感心している場合ではない。こんな旧式車両が無人運転であるはずがない。けれど電車は暴走というほどの速度まで加速せず、到ってのんびり走っている。

どうやら俺は無人の世界に抛り込まれてしまったようだ。駅のアナウンスは録音で、運転手はホログラフィーだ。胸の裡《うち》で、ＳＦかよ——と呟く。

「それにしては泥くせーよな」

やっぱ夢かな。

夢なら、じたばたしてもはじまらない。席にもどって、横になって目を閉じた。

夢のなかで眠る。それにしてはリアルで、妙に咽《のど》が渇く。

どうせ夢だし独りだからと、ごろごろあちこち転がって、両方の臀《しり》ポケットの不自然な膨みが気持ち悪く、けれど船橋まで出かけて、収穫なしでもどる徒労感と気怠《けだる》さに確かめる気もおきず、腹這《はらば》いになって顔が席の燕脂《えんじ》の布地にくっつかないように下膊《かはく》に額《ひたい》をのっけて伸びているうちに、いつのまにやら眠っていた。

ざわつきが鼓膜を擽《くすぐ》る。半分眠ったままどうにか上体を起こす。

ありゃま、と剽軽《ひょうきん》な声が洩れた。

俺は女子中高生と思われる十代の女の子に囲まれていた。

白いブラウスに紺のスカート姿だが、おおむねグループごとに統一されていて、三種類ほどか。ちがう学校なのは一目瞭然《いちもくりょうぜん》だ。

美人もいれば可愛い子もいれば並みもいるし、ちょい不細工な愛嬌のある子もいる。俺は不細工も嫌いじゃない。美醜《びしゅう》は問わない。太っていようが痩せていようが、かまわない。正確には美醜デブヤセを問わず、おっぱいがついていれば、それでいい。もちろんおっぱいの大小も問わない。

性体験は二十五歳という年齢なりに風俗も含めてそれなりといったところだが、そもそも顔立ちその他の好き嫌いを口にできるほど異性にもてたことがない。自負心は腐るほどもっているのだが、現実と大幅に乖離《かいり》しているというやつだ。

女子たちが、目覚めた俺を過剰な笑い声と共にさりげなく覗《うかが》っている。自分で言うのもなんですが、おおむね好意的な眼差しだ。

いやあ、よい夢だ。

にやりとした。だが、じわじわと微妙な居心地の悪さも感じた。

異臭といっては失礼だが、たくさんのメスが放つ匂いがきつい。一人だとそそられるよい香りも、複合するとなかなかに凄《すご》いものがある。フェロモンとは悪臭の一種だと実感した。生理中の子もそれなりにいるだろう。洗髪をサボった子だってたくさんいるに違いない。水虫はおろか、足の指の股に垢《あか》が詰まってる（風呂嫌いの俺のことでもあるが）子もいるはずだ。とにかく十代だ。とんでもない生命力が迫ってくる。夢だとしたら、この匂い、あまりにリアルすぎる。

古い車両だ。エアコンがついていない！　頭上の扇風機が無数の女子の匂いを掻《か》きまわす。俺は複合した生々しい匂いの坩堝《るつぼ》に抛り込まれて、嬉《うれ》しいようなしんどいような微妙な昂《たか》ぶりをもてあました。

それにしても臀が落ち着かない。臀ポケットに、いったいなにを詰め込んでいるのだろう。このあたりの記憶が見事にない。まあ、夢だから記憶があるほうがおかしい気もするが——。

奇妙なのは、ここで触ってはならないという強い規制が働いていることだ。

　隣で横座りして文庫本を読んでいる女子中学生らしき女の子に声をかける。

「なに読んでるの、じゃねえ、この変な電車はトイレ、ある？」

「手塚治虫の〈マンガの描き方〉だよ」

「ふーん。文庫で出てるんだ？」

「トイレは――」

　あとを省いて女の子が顎《あご》をしゃくる。後方に行けということだ。

「なんで女子ばかり？」

「だって、女性専用車両だもん」

「ありゃ、そりゃまずい、気まずい。男の車両はうしろのほう？」

「ない」

「ない？」

「ない」

「そうか。ないのか。俺はどうすればいいんだろう」

　不安というにはおおげさだが、所在なげに窓の外の景色を眺めやる。おかしい。中央沿線にあるまじき開放的な濃い緑が拡がっている。田園を突っきって、彼方の山脈に向かっているようだ。

「――この電車、どこに行くの？」

「終点は槙《まき》ノ原《のはら》」

「まきのはら」

「東武東上線の終点だよ」

「え――」

中央線に乗ったつもりなのだが。正確には覚えていないが、アナウンスも『ちゅうぉうせん、とっくべつかいそくぅ、たっかおゆきぃぃ』と駅員にありがちな変な抑揚で告げていたし。

そもそも東武東上線とやらは、東京駅に接続していたっけ？　小首をかしげていると、女の子が妙に白い歯を見せて笑う。

「ぼんやりしてると、栃木の奥どころか、群馬の山奥まで行っちゃうよ。ほとんど新潟と福島の県境《けんざかい》。ていうかー、もう停車駅はないから、お兄さん、槙ノ原まで行くしかないよ。関係ないけどさ、いつか各駅で鹿沼《かぬま》で途中下車したいんだよね。しってる？　鹿沼」

「しらねえ」

「麻《あさ》の産地」

「麻」

「大麻《たいま》。マリファナ」

「そんなん育ててんの？　違法だろ？」

「お兄さんには絶対無縁て感じだけど、粋な麻のスーツとかあるじゃない」

どうやら麻繊維の産地らしい。

「なんで鹿沼で降りたいの？」

「なんでってー、吸うんだよ。盗んで、ぷかぷか」

「ああ、なるほど」

「先輩が嗜《たしな》んでんだ。お兄さん、真似しちゃだめだよ。麻畑、犬を放し飼いにしてるから。囓《かじ》られちゃうよ」

苦笑を返す。とにかく臀の膨らみが落ち着かない。

「ここ、席、取っといてくれる？」

「いいよ。席ってもんじゃないけどね」

「うん。びっくりだよ。東武東上線。侮《あなど》れねえなあ〜」

「早く行ってくれば」

「ん。読書のじゃましてごめん」

女子たちの視線を浴びながら、いそいそと後方に向かう。連結器間際にトイレがあったが、使用中だ。これだけ女子で占められていれば当然だろう。さりげなく二両目を覗う。なるほど女の子しか乗っていない。と、ドアがするする開いた。美人だ。睨《にら》みつけられたが、愛想笑いでかわして個室に入る。

大、産みやがったな！

くっせー。あんな綺麗な顔して、ウンコかよ。この凄みのある臭いかよ。嬉しいような腹立たしいような、いやはやなんともいえない臭気だ。

誰もいないにもかかわらず、咳払《せきばら》いなどして、臀ポケットに手を突っこむ。

紙の束？

ギチギチなので、引きずりだすのに苦労した。目を剝《む》いた。生唾を飲んだ。

札束だった。

周囲を見まわして、便所の中であることに思い至り、鍵をかけてあることを確かめ、半分笑みのような引《ひ》き攣《つ》れを唇の端に刻んで、鉄の壁に背をあずけて数えた。すっかり背の体温が奪われたころ、数え終えた。

四百七十八万。

半端だが、五百万近い。

ならば、と右ポケットの札束を引っ張りだす。もはや数えるのが面倒なので、左ポッケの札束と厚さを較べた。こっちの方がちょい分厚い。双方あわせて一千万超！

一千万――。

俺はなにか犯罪に手を染めて都合よく記憶喪失になっているのだろうか。いまだかつて概算《がいさん》三十枚以上の万札を手にしたことがないが、この手触り、匂い、すべてが夢とは思えないのだ。ピン札もあれば、草臥《くたび》れてよれた札も交じっている。概算三十枚野郎が断言するのもおこがましいが、偽札ではない。やはり夢か。いや夢だったとしてもいい。夢なら夢で、夢のなかで大散財してやる。

コンコン、いやドンドンドンと邪険なノックの音がした。足で蹴《け》っている気配だ。あわてて五枚ほど抜いて前のポッケに移し、左右の臀ポケットに苦労して札束を押しこんでドアを開くと、三人並んでいた。

手にしたことのない大金を得て、その不安からか俺は愛想笑いの大盤振る舞いだが、女の子たちの眼差しはきつい。あの、ンコの臭いはボクじゃありませんから――と言い訳したかったが、もちろんよけいなことを口にする余地などない。

連結器の上に立ち、下方から立ち昇る鉄錆《てつさび》臭い生ぬるい風を浴びつつ、スマートフォンで今日訪れた友人に電話した。

「あのさ、おまえ、日時指定して、いなかったでしょ」

「すまーん、すまん。でもさ、省悟《しょうご》君、どうせ借金だろ？」

図星だったが、いまや御大尽様である。鷹揚《おうよう》にいなす。

「金には不自由してねえよ」

「あ、そ」

「おまえなあ、国分寺から船橋だぞ。一日が無駄になっちまったじゃねえか」

「辺鄙《へんぴ》なとこに住んでんからじゃん」

国分寺のどこが辺鄙か。特快も停まるし駅ビルはでかい。なによりも、都内である。船橋で威張られてはたまらない。

けれど、ま、お臀のポッケがパンパンだから、いいとしよう。なるほど、金持ちケンカせずとはよく言ったものだ。俺は機嫌よくスマートフォンを切った。

席にもどると、〈マンガの描き方〉から顔をあげて女の子が大あくびした。夜更かしがたたってますね〜と独り言し、俺が転がっていたところを占領するかたちで横になろうとした。

「あのさ、咽が渇いちゃったんだけど、ペットボトルかなんかの飲み物もってない？　飲みかけでもいいし。ていうか、この御時世、そのほうが高いのか。とにかく高額買い取りするから」

「もってまへんなあ」

「本音で咽カラカラなんだよ。まさかこんな素敵な電車に閉じこめられるなんて思ってなかったからさ」

「それだったら食堂車、行こ」

「食堂車？」

「おっごりだぜぇ」

「それはいいけど、食堂車？」

最後尾、三両目の車両が食堂車だという。中央線で三両編成はありえないから、やはり東武東上線なのだろう。で、三両編成の女子中高生しか乗っていない電車にして食堂車。もう、なにがなにやら――。

「ほら」

女の子が食堂車のドアを得意げに開いた。壮観《そうかん》だった。

ただし、それは、いまどき有り得ない意匠をつくした豪奢《ごうしゃ》な食堂車の光景が眼前に拡がったといったことからくる感動ではなく、窓の一切ない車両の左右に、筐体《きょうたい》の色も赤白藍青黄茶緑と不揃《ふぞろ》いな無数の大小の自販機が隙間なく設《しつら》えられているという貧乏臭い壮観、いや異観奇観《いかんきかん》だった。

清涼飲料からビール、ワンカップ、お握りにハンバーガーにホットドッグ、カップラーメンに焼きそばにタコ焼き、今川焼き、小さな鯛《たい》焼き、チューインガムやらスナックの類《たぐ》いにアイスクリームと、高速道路のサービスエリアなど足下にも及ばない品揃えで、冷却のコンプレッサーだろう、低い作動音が床を這っている。

向かいあって座る椅子とテーブルはクリーム色の塗装がところどころ剝《は》げた金属製で、床にボルトで固定されている。空罐《あきかん》が幾つも車両の揺れにあわせてころころ転がって、ヌードルのスチロールの容器から寄生虫じみた伸びきった麺《めん》が散っている。蠅《はえ》が飛びまわっていないことが救いか。

「なに飲む？　なに食う？」

気安い声をかけて気付く。たかが自販機、大盤振る舞いは可能だが、万札を呑みこむ機械はないようだ。両替機もない。ジーパンのコインポケットを漁《あさ》ると、七十円なり。

にっちもさっちもいかなくなって船橋くんだりまで借金に出向いて、結局のところ駅ソバの昼飯と交通費を支払って残った額が、七十円というわけだ。やはり夢というものはよくできていて、夢の女神が憐《あわ》れんでくれた結果、俺の臀ポッケには一千万の万札が押しこまれている。

だが、これではペットの茶も奢《おご》れない。

「おまえ、小銭ある？」

「話、ちがうぞー」

「いや、立て替えておいてくれってこと。ほら」

本体から分離させて前ポッケに押しこんでいた皺《しわ》くちゃになった万札を手わたすと、とたんに満面の笑み、じつに現金な娘である。さらにモテない俺がいまだかつて受けたことのない潤《うる》んだ眼差しを投げかけつつ、一歩前に出て身を寄せてきた。

「えー、これ、くれちゃうのぉ。悪いよー」

わざとらしい舌足らずの、くれちゃうのぉあたりで、パッと万札を奪われた。立て替えてくれと言ったのだが、御大尽様は鷹揚に肩をすくめつつ笑みを返す。

女子中高生は、小銭だけはもっているものである。気をきかせて缶ビール、小袋の裂きイカと柿の種の肴《さかな》セットを俺の前に置く。俺は裂きイカ、イカ臭くて共食いじみてて食えねんだよねと胸中にて独白致すと、このソーセージがプリプリうまいんだよね～と、しゃがみ込んで彼女はホットドッグの自販機内蔵レンジのＬＥＤ表示を凝視している。

コーラとビールで乾杯だ。ビールはひどく生ぬるかった。自販機の取り柄はキンキンに冷えていることではないか。まったくエコな自販機である。辟易《へきえき》してふて腐れ気味に柿の種のピーナツだけを選んで食っているると、女の子が上目づかいで見つめてきた。さぐる眼差しだ。いったいなにが疑問か。なんだよ、と見つめかえす。

「あのさ」

「だから、なに」

「さっきのお札、くれるよね？」

「――うん。まあね」

「よかったー。ちゃんとお礼するし」

瞳に星の散らばった素敵なお姫様のマンガでも描いてくれるのだろうか。そんな舐《な》めきったことを思っていると、女の子が俺の側頭部に手をのばし、髪を引っ張った。

「とっととキメちゃおうよ」

加減せず、ぐいぐい引っ張る。立てということらしい。けっこう力が入っている。近ごろ頭髪状況にやや不安を抱いている。見事に禿《は》げあがったいまは亡き父が泛《うか》ぶ。髪を抜かれてはたまらない。ビール缶を持ったまま俺は軀《からだ》を斜めにして歌舞伎役者のように蹈鞴《たたら》を踏みつつ、トイレに連れ込まれた。

ビール缶をどこに置くか思案していると、委細構わず下着を脱いで、臀を突きだしてきた。その白く幼いまろみよりも、俺は彼女のパンツに縦一文字に印された尿染みと思われる黄色と茶色が複合したあわいの色彩に視線が吸い寄せられていた。

「ほしい？　一万円で売ってあげるよ」

「あいにく、興味はあるが趣味はない」

「なんだ、それ」

女の子は他の歯の白さにくらべて黄ばみが目立つ八重歯を見せて笑い、とっととすませようよ——と促した。

　こんな僥倖《ぎょうこう》があっていいのかとニヤついていると、面倒くせー奴だな、と俺のジーパンに手をかけ、指先で抓《つま》み、鼻をひくつかせた。

「うーん、汗とオシッコの合い掛けの臭いがします」

　ま、いいか——と中途半端に起立した俺の包皮《ほうひ》をくるりと剝いて、根元までぐいぐい含んできた。

「おまえ、中学生だろ？」

「ふん。ふーさん」

　うん中三と頭の中で翻訳《ほんやく》して、淫行《いんこう》じゃねえかと少しだけ怯《ひる》む。もちろん御子息は意に介さず、少女の口を充たしている。しばらく地肌の皮脂の匂いが旺盛な頭を上下させ、いきなり外し、女子中学生は大げさに顎《あご》を指ではさむ。

「ぼーちょーりつ。てーしたもんだ。意外にでかいね」

「そうかな、ははは」

　まったく中三におだてられて、その気になっているのだから世話がない。女の子はふたたび剝きだしの臀を俺に向けた。両手で拡げると、色素の抜けたミミズの死骸《しがい》のような未発達な扉がすっぱりひらいて、内側の崩れがない一直線の傷が露《あら》わになった。

「血の色、してる」

「いいから、とっととしてよ」

「はいはい」

狭隘《きょうあい》であるのと、あまり潤っていないのとで、ギシギシ引っかかる。それでも強引に出し入れしていると、透明なぬめりが絡みついてくるようになった。そっと覗うと、少女はじつにつまらなそうだ。一万円札のために単純肉体労働に耐えている気配だ。

「なあ」

「なに」

「もう一万やるから、前からさせろよ」

「いいけど。てか、よろこんで～」

「キスありだぞ」

「えー、乳揉《も》みもか？」

「そのとおりでござる」

「いいよ。でも、先払いだぜ」

「ん。ほら、これ」

「ん。ありがと。しかし、ガシガシ動きながら、うまく取りだせるもんだね」

「ん。やりたい一心だから」

「おっちゃん、悪くないね」

「おっちゃん」

「お兄さん」

「ま、いいや。前向け」

「はずすよ」

「名残《なごり》惜しい」

「どっちだよ」

「はずせ」

「って、兄ちゃんが外せばいいじゃんか」

「なぜか、外されそうになると、押し入っちゃうんだよね」

「永遠に前向き不可だぜ」

「だな。よし、くるりんしろ」

「はい」

「あ、はじめて正統な返事を聞いた」

俺は女の子の片足を持ちあげて、やや腰を落として滑りこんだ。がたんごとん響く電車の振動に合わせて控えめに揺れていると、ちょっと気持ちよくなってきた——と女の子が囁《ささや》いた。よくなってきたと迎合《げいごう》する彼女にうまく合わせればいいのに、俺は興醒《きょうざ》めな奴だなあ——と自嘲《じちょう》しつつ訊いた。

「避妊、どうする」

「いいよ。直《ちょく》」

「妊娠したら、もう一万？」

「バカ。一万じゃたりないよ」

「冗談だよ。でも、いいのか」

「いいよ。ラストで引っこぬかれるのは、いまイチというか、いまサンだから」

なんと都合のよい展開か。安い感動を覚えて腰を動かしていると、少女が俺の顔を上目遣いで見あげる。幽《かす》かに咎《とが》める気配をにじませて呟く。

「避妊もなにも、ぜんぜんいく気配ないじゃんか」

「うん。オナニーのしすぎで遅漏なんだ」

「あ、面倒くさいタイプ」

「すまん」

「いいよ。まあ、気持ちいいし」

「俺、まあまあ？」

「うん。悪くないよ。ていうか、相性いいねえ。貰《もら》っちゃったから絶対タダにはしないけどさ、あたしから払ってもいいくらい」

「おまえ、お世辞がうまいね」

「ばれてんのかよ～」

「キスするぞ」

「うん。して」

舌を絡ませあっていると、女の子が俺の臀を両手でつかみ、爪を立てて密着を促してきた。

俺はそれに逆らい、ブラウスに手を挿しいれ、ゆるゆるのブラジャーのなかで大量の空間をもてあましているちいさな乳を加減せずに揉み、変形させ、たまらなくなって焦り気味にボタンを外して両手をバンザイさせ、あわい産毛の生えた腋窩《えきか》にうっすらにじむ汗に吸いついた。

「やば」

「やばいか」

「やば、これ、いくっていうんだよね」

「俺にはわからん」

「わからんか?」

「わからん」

「いく」

「いきな」

「いくいく、いく、いくいくいく、いい」

「いいか?」

「いい、いい、いい、いい、いくっ」

あっうーと呻《うめ》き声をあげると幽かに痙攣《けいれん》して全身から力が抜けていく。俺は彼女が倒れないように必死で支えた。彼女から外れないようにしつつ、膝《ひざ》が崩れそうな体勢を直立に保ってやるのでかなり無理があるわけだが、どうにか耐えた。最後までやりたい慾求《よっきゅう》は火事場のバカ力に匹敵するという高邁《こうまい》な思想を得た。俺の腕の中で女の子は烈《はげ》しく、不規則に胸を上下させている。札束。本気でいく中三女子。ありえない。

「なんか都合がいいな。都合よすぎるな」

「――なんのこと」

「いやな、俺な、自慢じゃないけど、長持ちするだけでな、婦女子をまともにいかせたこと、ないんだわ」

「あのね」

「うん」

「付き合ってあげてもいいよ」

「金目当て?」

「お金も、ちんこも」

「色と慾を充たしてあげられるよい男」

「そうだね――。やばいよ」

「ま、とりあえず、いかせろよ。暴れるぜ、俺様は」

「うん。いっぱいにして」

「なんかさ」

「なに」

「おまえさ、俺よりも体験、多いんじゃないの」

「どうなんだろ。お兄さんで五人目」

「ふーん。中三だろう。多いのか、少ないのか」

「やる子は、やってるね。私は並」

「でも、おまえ、凄く具合いいぞ」

「そうか。高級機器内蔵ってやつだね」

中三のオヤジ臭い科白《せりふ》に失笑しかけたが、喋《しゃべ》るのが面倒になり、彼女が上に持ちあがるほどに突きあげた。痛いかも——という声が聞こえたような気がしたが、委細構わず自分の気持ちよさだけを追求する。

限界がきた。彼女の耳朶《じだ》に唇を押し当てるようにして、その脳髄《のうずい》に男の雄叫《おたけ》び、真の男の魂《ソウル》（自称）を注ぎこむ。

汗まみれだ。イッパツだけなのに、目がしょぼしょぼする。言いかたを変えれば、それほど気持ちよかった。綺麗にしてあげるね、としゃがみこんで、含んでくれた。

当然俺はインプットされている早期育成プログラムに従って反射的にふたたび起立したわけだが、私のほうが保たないよ——と雑な清掃を終えたとたんに、すげなくトイレのドアを開きやがった。俺はあわてて愚息《ぐそく》収納、まだ口で息をしていた。

食堂車にもどると、数組がペットボトルに吸いついてつまらなそうにしていた。いっせいに視線が集中する。中三女子は満面の笑みとピースサインでそれに応えた。

ビールは記憶が不確かだがトイレの床に置いてきてしまった。なにが飲みたいと訊かれたので、アセロラドリンクと答えると、んなのあったっけ？　と呟きつつ、自販機巡りをはじめた。

たいしてたたぬうちに眼前にちいさなペットボトルが置かれ、酒飲まねーの？　と上目遣いで見つめてくる。

「飲まねー。ぬるいビールは始末におえん。なおかつワンカップを大量グビ飲みするほど強くねえ。そんなことよりもだな。ずっと不思議に思ってんだけど、この電車ってば、駅に停まらねえのか？」

「だってー、特別快速だよ」

そうか。特快か。どこで間違ったのかよくわからないが、特別快速というところだけは合っていたわけだ。

「言わなかったっけ？　終点の槙ノ原まで停まんない」

「あとどんくらい？」

「一時間くらいだね」

「えー、おまえら、通学に何時間かけてんだよ」

「だから横になれるようになってんじゃん。食堂車もあるじゃん」

「あ、そういうことか」

納得している場合ではないが、追及は無駄の極致であると直感した。

「着いたらさ、夜だよ。槙ノ原は真っ暗だぜえ。夜道には気をつけてね」

意味ありげに女の子が見あげてきた。なにが言いたいんだ？　とそのやや茶色がかった瞳の奥を見つめると、いきなり顔を顰《しか》めた。

「どした？」

「兄ちゃんのが、出てきたよ。大量だ〜。パンツ濡れ濡れだよ。おっぞましいっす」

「すまん」

「毛管現象？　ちがうか。あれは吸いあげだったっけ。だったよね。ま、こういうのも物理現象ですか」

「すまん。すまんついでに、まだおまえの名前を訊いてなかった」

「歩美《あゆみ》。歩く姿が美しい歩美ちゃん」

「はいはい。俺は反省ばかりして悟っちゃう省悟君な」

「〈わたしは省悟〉か」

「省悟じゃねえって。〈わたしは真悟〉。楳図《うめず》先生は天才だよな」

「まね」

一瞬意味がつかめなかったが、まあね——ということらしい。

なにしろ三、四十年前の作品だ。歩美の父親か誰かが読んでいたのだろうか。もっとも父親だったとしても、後追いで読んだのだろう。とにかく歩美が〈わたしは真悟〉をちゃんと読んでいないことだけは伝わってきた。よけいなお世話だが、一途《いちず》な愛についてのバイブルだ。絶対に読ませたいと思った。

歩美と同じような年頃だった。マンガ家を目指しているという友人の兄の本棚にあったコレクションに目を瞠《みは》り〈わたしは真悟〉文庫版全七巻を一気読みした。止まらなくなってしまったのだ。夕食時になってしまい、友人のお母さんから食べていく？　とやさしく声をかけられた。いま思えば育児放棄家庭に育っていると判断されたのかもしれない。もちろん、そう判断されたとしても別段、間違っていたわけでもないが。

それはともかく、大好きな楳図かずおのタイトルを歩美が間違えたので、つい勢い込んでしまった。手塚治虫の〈マンガの描き方〉を読んでいたので、話が通じるものと勝手に思い込んでしまったが、歩美にとってはどうでもいいらしい。

それでもスマホ三昧《ざんまい》の他の子と較べれば、紙の本のページを繰っていたのだから、なんとなく貴重品に見える。

と、オヤジ臭いことを思ったとたんに俺を無視してスマホを覗《のぞ》きはじめた。ピーナツだけ食ってしまったのでルーズな三日月形の柿の種を投げ遣りに摘まみつつ、醬油《しょうゆ》の匂いを打ち消すためにアセロラを飲む。

夢だったら、そろそろ醒《さ》めてもいいのではないか。

歩美は俺の存在など忘れて、凄い勢いの親指入力でＬＩＮＥかなにか、メールのやりとりをしている。ときどき唇の端に薄笑いが泛んだりもするが、なにしろ沈黙しているので取っかかりがない。

意固地になって柿の種をひとつひとつ摘まんで奥歯で砕いていたら、歩美が見つめていた。このリアルさは絶対に夢ではないと確信しながら、俺は言った。

「夢だったら、無駄になるけど」

「夢？」

「これが夢だったらね」

なにを言っているのかといった面差しで、歩美は小首をかしげた。

「だから、ね、夢だったら、この頼み事自体が無駄——もういいや。乗り違えしたんだとするとね、もう自分のアパートには帰れないわけで、槇ノ原だっけ。どっかに泊まるところはないかって」

「それだったら、うちの親戚がやってる湊屋《みなとや》さんがいいよ。旅館のような民宿のような、商人宿のような」

「商人宿——。つげ義春《よしはる》かよ。ま、いいや。そこ、頼む。予約入れてくれる？」

「うん。夕御飯、つける？」

「ちょい豪勢にいきたいね。あと、ビールはキンキンに冷やして」

「わーった」

歩美が連絡を取ってくれるのを、黙って見つめる。あと一歩で美人になり損ねているのは、顎が小さすぎるからだろう。目と目のあいだが離れすぎているからだろう。歩美は律儀《りちぎ》に豪華な夕食、ビールキンキン冷却——と付け加えて、スマホを切った。

予約名が『省悟君』で通用するのかいささか不安だ。宿の玄関口で予約した省悟君ですと言わされるのかと思うと、やや憂鬱《ゆううつ》だが、ともあれ今夜の寝場所は確保できた。

「これが、夢でなかったらね」

「さっきから夢夢、なんのこと？」

「なんか俺、リアルでやたらと長い夢を見ているみたいだから」

歩美は黒眼をくいと右上にあげ、こんどは本格的に首をかしげた。

「ま、いっかー。イノシシ、獲れたって。メスだって。うっめーぞぉって言ってた。あ、お兄さん、イノシシの旬は初冬だって言いたいんでしょ。グルメという名のバカは、ドングリ食ったイノシシは最高だとか吐《ぬ》かすよねー。イベリコ豚かっての。グルメはインポの成れの果て。知ってる？　この諺《ことわざ》。ちんこがだめになると食い物にはしるっていうね。香北亭《かほくてい》のおっちゃんが中華鍋振りまわしながら言ってた。香北亭は槇ノ原でもいちばんうまいけど、おっちゃんがテーブル拭いた布巾で鍋とかの汚れ落としてへーきで麻婆《マーボー》豆腐とかつくっちゃうの、あれはまずいよねぇ。ま、おっちゃんにそれ指摘すればさ、熱で完全消毒って開き直るに決まってるけどね。あ、イノシシにもどすとね、初夏のイノシシは臭みもなくてうめーんだよ。禁猟の時期になっちゃうと、湊屋さんみたいに内緒で鉄砲構えるしかないじゃん。旬が初冬だなんていうのはその頃しか肉が入らない商人《あきんど》の言い訳だってば。これだから素人《しろうと》は困るよねーっ。イノシシは、初夏！」

急によく喋るな、と思いつつ、呟く。

「真夏じゃねえか」

「真夏は真夏で痩せててうまいって」

まあ、いい。山ん中の宿で色が褪《あ》せ、水気の失せた、そのくせ断面が金蠅《きんばえ》の背中の青緑の光沢にそっくりな色を反射してみせるマグロの刺身なんぞを食わされるよりは、よほどいい。香北亭の雑巾《ぞうきん》じゃねえ、布巾汁味の麻婆豆腐も食ってみよう。なにせ御大尽様、北関東だっけ？　たぶん東北までは行かないだろう、山間部小旅行だ。

02

槇ノ原に着いた。線路は終点ということで電車が暴走してもそれ以上先に行けないように唐突にちょん切られて、カタツムリの渦巻きまではいかないが、うまいことくるりと丸められている。その切断面がホームの蛍光灯を受けて、鈍く輝いている。

照明はＬＥＤではなく明滅する蛍光灯にほんのり橙《だいだいいろ》色がかった白熱電球だ。羽虫や大小の蛾《が》をはじめ、無数の昆虫が複雑な楕円《だえん》を描いてまとわりついている。

その楕円のなかでもとりわけ大きな円を描いているのが、飛翔《ひしょう》するオオクワガタであることに気付いて、思わず歓声をあげそうになった。

「なーに田舎にひたってんだよ。終電終わると駅、閉められちゃうから。行くよ」

歩美に促されて駅舎をでた。振りかえる。三角屋根の木造駅舎だった。黒ずんで沈んで見えるのは、闇に覆われはじめているせいだけではないだろう。女子中高生たちが囂《かしま》しい声をあげつつ三々五々、散っていく。

「あたしの家はこっちだから、ここであばよだね～。湊屋さんは、あっち。槇ノ原のメインストリート。すぐにわかるよ」

歩美はあっさり背を向けた。クラリーノの学生カバンを振りまわして友人と戯《じゃ》れあって振り向きさえしない。俺は肩をすくめて見送り、時刻表を見あげて、明日の東京行きに目星をつけてから、メインストリートを歩きはじめた。

店舗は完全にシャッターを閉めていて、なにやら矮小《わいしょう》に連なる廃墟《はいきょ》といった気配が強かった。暗くなったから閉めたのではなく、営業していないのだ。店の前に散るゴミなどから、そのほとんどが廃業してしまっていることを直感した。

「お、香北亭じゃん」

暖簾《のれん》を下ろしている。街中華にしては閉店が早すぎる。それでも黒茶色の油が熔岩《ようがん》じみた滴《したた》り方をしている換気扇から生姜《しょうが》とニンニクの焦げた匂いが漂っていて、路上にまで放射状に黒々と油脂汚れが侵蝕《しんしょく》していることから、この通りで唯一、営業しているのがわかった。

「昼につなぎ九十九パーセントにソバ殻まぜた自称ソバ食っただけだぜ～。腹減ったよお。たまらねえな、餃子《ギョーザ》食いてえ」

香北亭を見やる俺の目は、さぞや恨みがましいものだったろう。

「冷えたビールに餃子。定番過ぎて気恥ずかしいけどね」

独り大仰《おおぎょう》に頷《うなず》く。

「俺はあんまり飲めない酒好き。よく冷えてて咽がじわっ・ぎゅってなるなら、発泡酒でもぜんぜんかまわないし。リーズナブルな奴なんだよ〜」

　無理やり香北亭から視線をはずし、湊屋に向かう。

「俺には猪《いのしし》鍋が待ってるもんね。夏の盛りに熱い牡丹《ぼたん》。たまりませんな。って、俺、イノシシ食ったことねえけど」

　臀ポケットの過剰に張り詰めた膨らみを確かめる。

「本音は餃子ビールで下地つくって、野菜不足だし、とろみの利いた八宝菜なんていいよね。飯は要《い》らん。ラーメンが好《い》い。金ならあるんだから、あの麻婆豆腐も頼むか。おっちゃん凄く辛くして。尻の穴からじんわり血ぃでるくらい、なんちゃって――」

　独り言ばかりしていることに気付く。なんとも気まずい。無人の通りだ。誰憚《はばか》ることもないのだが、俺はきつく唇を結んだ。

　間遠《まどお》な街灯のポールには『ランラン　うれしい　ランラン　楽しい　槇ノ原商店街』という間延びした垢抜けないキャッチの看板がさがっているが、腐食して塗装が剝げ、赤錆《あかさび》が放射状に侵蝕している。その看板ぎりぎりを不規則にジグザグに掠《かす》め飛ぶ黒い塊《かたまり》が、いったいなんであるかわからない。昆虫にしては大きすぎる。しばらく立ちどまって見あげる。

「蝙蝠《こうもり》だ！」

　街灯の光に群れる羽虫の類いを飽食《ほうしょく》しているのだ。俺はしばらくその場に佇んで、羽の生えたネズミ共が乱雑《らんざつ》に飛びまわるのを眺めていたが、見あげる首に怠さを覚えてきたころ、垂れこめる夜の湿り気に、こんな季節だというのにくしゃみして、Tシャツの裾を引っ張って鼻水を拭き、湊屋に向かった。

湊屋は数分も行かないうちに見つかった。軒下に御宿湊屋と立派な木製の看板が吊《つ》りさがっている。槇ノ原は宿場町だったのだろうか。そんなことを思わせる相当な年代物だ。俺はしばらくぼんやり眺めていた。二階建ての一階に一切灯りがついていないことを直視したくなかったのだ。

予約が入っているのに、玄関が真っ暗な旅館があるだろうか。下肚《したはら》に力を入れて、重い引き戸に手をかける。湊屋に一歩踏み込むと足裏が波打つのを感じとった。

土間だった。固められた土のしんとした匂いがする。やや黴《かび》臭い空気を思い切り吸いこんで、頼もう――とは言わなかったが、こんばんは！　と大声を張りあげた。

微妙な間があって、玄関の灯りがついた。ぬくもりのある黄色い光が降り注ぐ。灰色の不透明ガラスの古い笠の内側に、駅舎のものよりもさらに古臭い大柄な白熱電球が点《とも》っていた。

さらに微妙な間があって、前掛けで手を拭きながら、恰幅《かっぷく》のよい四十年配のおばちゃんが怪《け》訝《げん》そうな笑みを泛べて俺の顔をしげしげと見た。

「町内会じゃないよね。見たことないなあ」

「あ、予約した省悟君です」

予約？　と口のなかで呟いて、さらにしげしげとおばちゃんは俺の顔を見て、しょうごくん？　と小首をかしげた。俺は精一杯の愛想笑いをつくって、すがりつくような声をあげた。

「冷えたビールと猪鍋を楽しみに」

「猪鍋？　やだよ。禁猟中だよ。だいたい今頃のイノシシなんてアレよ、アレ。セックスっていうのぉ？　繁殖《はんしょく》よ。交尾よお。番《つが》いまくりよお。春先からやりまくっちゃって、使い果たしちゃって、ま、多少は盛り返してっけどさ、夏ってば若芽も木の実もないじゃない。餌不足。痩せっぽちで臭くて筋ばかり、食えたもんじゃないよ。秋になってドングリがいっぱい落ちたころにさ、それをたらふく食べて肥えた奴がうっめーんだわ。イベリコ豚ってのは鼻に金物の輪っか嵌《は》められてさ、地面とか掘ると痛くて仕方ねえからさ、仕方ねえから落っこちてるドングリばかり食うわけさ。するとねえ、豚のくせにイノシシみてえな味の肉になっちゃうわけだ。グルメってのかい、ちんこの勃《た》ちの悪い奴ら。イベリコ豚有り難がるバカ。そんなんならイノシシ食ってればいいよねえ～。舶来物有り難がるってのは、貧乏の証《あか》しだよ。ちんこ勃たない奴のごまかしだよぉ」

　おばちゃんは、どこかで聞いた長広舌のほぼ正反対のことを捲《まく》したて、ふと気付いたかのように口許にむくんだ手をやった。

「あら、やだ。あたしってばちんこちんこ連呼しちゃってさ。しょうご君だっけ、あんたがわるいよぉ」

　わるいよぉと語尾をあげて、カカカと笑いだす。

「あのお、猪鍋はいいですから、今夜の宿と簡単でいいから夕食を」

「予約入れたっていったよね」

「はい。予約入れた省悟君です」

起立直立最敬礼――。ある意味俺は必死である。そんな俺におばちゃんはするりとはぐらかす眼差しを投げた。

「かっしいなあ。うちね、二十年くらい前に旅館やめてんのよね。客なんてこんなとこ来やしないじゃない」

え――と、絶句し、気抜けすると同時にくらりと目眩《めまい》がした。

歩美の奴――。

なんなのだ、この底抜けの悪意は。当人にはたぶん悪意がないのだ。悪ふざけなのだ。だからこそ、じつに残酷だ。なんでこんな悪戯《いたずら》めいた騙《だま》しを咬《か》ますのか！　空きっ腹抱えた俺が途方に暮れるのが、愉《たの》しいのか！

「ごめんねえ。そんなこんなで、うちには泊められないから。この通りをずっと行った上《かみ》の集落に、旅館があったはずだよ。そこに行けばいいよ」

「はあ」

「電話番号、教えてやっから」

ハギノ旅館、電話番号――。それらが記されたメモ用紙をわたされた。ハギノ旅館に電話を入れてくれる気は一切なさそうだ。骨董物の黒電話をチラ見した俺に、そこまでする気はない、と、おばちゃんの目が突き放す。

「あの」

「なに」

「親戚に歩美っていう中三の女の子がいるでしょう」

「いねえよ、そんな子」

おばちゃんはやや険しい目をして、俺を完全に遮断した。あきらかに怪しまれている。俺は最後っ屁のかわりに大きな溜息《ためいき》という消極的な悲哀《ひあい》をおばちゃんに吐いて、けれど当然ながら、おばちゃんはそんなものなど歯牙《しが》にもかけず、大きく顎をしゃくって出ていけと、外を示した。

街灯の光にかざして、メモ用紙を凝視していると、相変わらず蝙蝠どもが自在に飛びまわっている。奴ら、ジグザグに飛べるのだからたいした運動能力だ。

スマホを取りだす。メモ用紙とスマホを交互に見やり、あれ？　と間抜けな声をあげてしまった。スマホの電源が終わっていた。

朝、充電してきたのに――。

なんだろう。なんなんだ。なにかが、おかしい。すべてがおかしい。

未練がましく湊屋を振りかえる。二階の電気も消え、どっしり重みのある真っ黒けのなにものかが、そこに鎮座《ちんざ》していた。

営業していない旅館に予約を入れられて、狙い澄《す》ましたように電源喪失。誰が仕組んでいるのか。俺の脳味噌《のうみそ》か。ともあれ俺の夢はだんだん悪夢に、それも矮小《わいしょう》な悪夢に向かっているようだ。

おばちゃんはハギノ旅館が上にあると言っていた。なるほど、歩みを進めるに従って勾配《こうばい》が脹脛《ふくらはぎ》や太腿《ふともも》をとおして伝わってくる。

コンビニ、ねえよなあ――。

嗚呼《ああ》、嗚呼、嗚呼、嗚呼。コンビニさえあれば、すべては解決するのだ。モバイルバッテリー、なによりも食い物！

コンビニ。

それどころか街灯が消滅した。人家も消滅した。蝙蝠のかわりに、得体の知れない悲しげな鳥の鳴き声が間遠に降りかかる。スマホがアレだから、時刻もわからない。

「いいじゃねえか、時間なんてよ。夜だよ、夜」

開き直りの言辞《げんじ》でございます。けれど内心は、あまり遅くなってしまったらハギノ旅館だって宿泊拒否するだろうと至極当然のことを思い、戦々兢々《せんせんきょうきょう》というやつである。道はいよいよ上りで、なぜか小便臭さを想起させる森の香りが強い。闇を透かし見れば舗装《ほそう》は荒れ放題だ。路肩は崩れ、陥没《かんぼつ》し、裂けめだらけだ。

それでも両脇に密にそびえる杉木立に区切られてしまってはいるが、ああ、星がとても綺麗だ。

まてよ、これって天の川《あまのがわ》ってやつじゃねえのか。生まれてはじめて見たが、いやあ、すばらしい光の帯だ。淡《あわ》く紫がかってるじゃねえか。ぼやけてるけどね。

って、どこまで田舎なんだよ！

足が重い。昼に、アメリカ産小麦粉に本来は廃棄するべき蕎麦《そば》の皮を混入したと思われる黒ずんだ細饂飩《ほそうどん》を醤油汁に浸したものを啜《すす》っただけである！

食い物！

弁当各種！

焼き肉弁当！

あたためまっすか〜。

お箸、お付けしますかぁ〜。

くそ！

くそ！

くそ！

「俺はなあ、一千万持ってるんだぞぉ！」

怒鳴ってしまってから、口を押さえた。誰もいないのを確かめる。両手を尻にまわし、ポッケの上から膨らみを押さえつける。

「誰もいねえよ……車一台通りやがらねえ」

夜はいよいよ深みを増して、濃い藍色がとろりと粘って感じられるほどだ。夜の湿り気が全身にまとわりついてきて、身震いした。こんなに重量感のある夜を知らない。とても夢とは思えない。上の集落に辿《たど》り着いたとして、俺は一夜の宿と食事にありつけるのだろうか。もう、心のどこかで、いや心のほとんどで諦めかけてしまっている。

「勘弁してくれよお。いくら金持ってても、使いようがねえじゃねえかよお」

ぼやきは、じつに弱々しく、見事にぼやきっぽくて、泣きたくなった。野宿できる場所を探して視線が落ち着かない。

そこに、降ってきた。見事な銀河を見あげたばかりなのに、降ってきた。

勢いは弱い。

けれど密度は濃い。

細密な雨に、肩口から濡れていく。俺は両手を臀にまわして札束を濡らさない算段をする。使えない札を後生大事にお護りする。臀に左右の手を宛がったまま歩くというのは滑稽でもあるし、なんだか疲れが倍加する。

彼方、左方に人工物を見出した。臀を押さえたままひょこひょこ早足、バス停だった。木造で崩壊寸前だが屋根がついている。横に軀を伸ばすにはやや短いが、作りつけのベンチらしきものもある。

蜘蛛《くも》の巣が絡みついてきた。自棄《やけ》気味に腕を振りまわして蜘蛛のお家《うち》を破壊し、埃《ほこり》臭く土臭く黴臭いでこぼこのベンチに膝を抱えて横になった。

風によっては雨が吹きこむが、まっとうに浴びるよりはよほどましだ。疲労と空腹でなにも考えられない。濡れたせいもあるが標高が高いのだろう、寒い。できるかぎり軀を縮める。

俺もうだめだよ限界です意識なくなりそうです――と読点抜きで胸中で唱えて眠りに落ちかけて、それでも臀ポケットの札束を手探りして確かめた。

03

ししとしとしとしとしとしと――。
ししとしとしとしとしとしと――。
ししとしとしとしとしとしと――。
ししとしとしとしとしとしと――。
ししとしとしとしとしとしと――。

眠れたもんじゃない。

と、いいながらも、客観的に見れば（眠ってる俺を誰が客観視するんだよ？　という疑問はおいといて）うとうと眠っているようなのだが、いやあ寒い。真夏に寒いもないが、実際に冷えるのだから第三者にはごちゃごちゃ言わせない。

心臓の側を波打つ木製ベンチに押しつけ、両手両脚を縮められるだけ縮めて胎児《たいじ》の気分だが、とにかく黴臭くて土埃臭いし、引き千切った蜘蛛の巣が顔に落ちかかってもいるので、お母ちゃんのお腹の中の安逸《あんいつ》はない。周期的に顫《ふる》えが全身を疾《はし》る。

周期的といえば、歩美とやっている夢が強弱をともなってエンドレスで続く。また、やりたい。なぜ湊屋さんなどともっともらしいことを吐かしやがったか、問い詰めながら、やりたい。

幾度射精したか。夢とはいえ、それなりに気持ちがいい。射精の瞬間は寒さも消える。延々射精し続けていられればいいのだが、俺の夢は、律儀に歩美とのセックスの実際をなぞって性のサイクルを積み重ねていく。

夢――。

うーん、なんか変だ。

夢のなかで眠って、その夢の眠りで歩美とのセックスの夢を見ている。なんだよ、ドグラ・マグラかよ。

ったく、夢だって俺のインテリジェンスがじゃまするね。素直にエッチな夢を愉しめばいいじゃないか。これで夢精《むせい》したら、最高なんだけどね。たぶん俺の知性がじゃまするんだよね。夢精にまで規制《きせい》――韻を踏んでみました。

マンガ家。

なりたかったなあ。でも、絵心微妙。なんかマンガ家になりたいって思った瞬間に諦めてたな。まったく絵が描けないわけじゃないんだけどね。でも、なぜか、無理だって思った。かわりにマンガに限らず小説やらなにやら委細構わず読み耽《ふけ》った。恰好《かっこう》よくいえば虚構《きょこう》に遊んだ。夢にひたりきった。

心窃《こころひそ》かに文学賞に応募して芥川賞とか、チープ極まりない夢見てたし。絵と違ってさ、字なら誰でも書けるから。つまり、俺にも字くらい、書けるから。

本。

読めば読むほど周囲から遊離していったなあ。周りがバカに見えて、どうにもこうにも耐え難かった。

けど、じつは、ハジかれてたのはこの俺様のほうだった——という仕儀《しぎ》でござる。

夢。

虚構。

いまのこの状況、この寒さ冷たさは、それらに遊ぶばかりで、大学を出てからも適当にアルバイトばっか抓んで、過去は確定事項だから、なかったことにして省みずにすまし、すべてが未定の未来に漠然《ばくぜん》とした自負心を託して、つまり誤魔化して生きてきた狡《ずる》く卑小《ひしょう》な俺に対する罰かな。

罰なら、ずいぶんゆるい気もするけどね。ま、俺にふさわしい。

俺ってば、一廉《ひとかど》の人物だって自己評価してたんだよなー。今のいままで、一廉な奴。そこいらのゴミとは違うって。でも、なんのことはない、俺って粗大《そだい》ゴミで、ゴミ収集車にも載せてもらえない腐敗ゴミだった。

崩れかけたバス停で、使いようのない大金持たされて顫《ふる》えて転がってる現状はですね、ぶっちゃけ実のない自尊心しか持ち合わせのない俺に対する皮肉であり、安っぽい厳罰ですね。

大笑いだな。いったいなにに優れてるってんだよ。あ、なんでもこなせるんだよ、器用だよ。でもさ、そのすべてがさ、並《な》みの上止《じょう》まりなんだよな。ちゃんと働いてくれってかーちゃん泣いてたからなあ。

だいたい罰せられるならば、この幼稚《ようち》な自己憐憫《じこれんびん》を罰しやがれ。なにが粗大ゴミの腐敗ゴミだよ。気楽なもんだ。

罰だなんだって、じつにくどいね。夢で考えてる？　から、リフレインしちゃうんだよね。罰の多重階層化。

でも、御褒美《ごほうび》の気配もあるよね。今の状況は軟弱《なんじゃく》な俺にとってじつにしんどいけど、すべてから解き放たれた解放感もあるし——重言《じゅうげん》ですね。

うまく言えないけれど、煮詰まってたからなあ。得体の知れないものに雁字搦《がんじがら》め。じんわり首、絞められてた。息、しづらかった。これでいいのかって自問自答、眠るのがしんどかったからなあ。

はい。眠剤《みんざい》、服《の》んでます。アモバン。

学生時代にはまっちゃって、もう四年くらいになるか。

薬価、安いからアモバン。欧米では禁止薬物だってのに、ついこの間まで規制がかかってなくて、医者にねだれば九十日分とか百八十日分とか平気で処方してくれたからね。いまはきっちり三十日分しか出しやがらねえ。だから病院と薬局のハシゴですよ。

とにかくすうっと効いて抜けがいいんでアモバン大好きだけど、苦いのが唾液腺《だえきせん》？　からじわりと口中に拡がるでしょ、あれは耐え難いよね。

ま、用量を守れば、それほど苦くもないんだけれど、もはや定量では効かねえからな。平均して四倍量、服んでます。五倍、七倍十倍の夜もあるけど、それでもせいぜい小一時間しか眠れない。あとは朝まで毛布をかぶって悶々《もんもん》としてます。

いまは寒くてまだらで中途半端な眠りだけれど、睡眠薬なしだからなあ。俺にとっては偉《い》業《ぎょう》です。

なんとなく国分寺のアパートに帰らなければ眠剤も卒業できる気がする。

幾度かやめようとしたんだけれどね、とんでもない禁断症状が起きるからね。

医者はソフトに離脱症状とか言いやがるけれど、禁断！　症状でしょ。

どう考えたってあのイライラと不安と気分の悪さと関節の痛みと肌がワギワギするのと鼻水と頭痛と痙攣《けいれん》と便秘と大量発汗、底のない不眠！　は。

眠れないっていうのは、たぶん自己存在に自信がないからなんだよね。

ハハハ、自己存在ときたよ。

俺って、ちゃんとここにいるのかな？

俺って、ちゃんと息してるのかな。

俺って、脳味噌だけしかない憐れな生物。

俺って、安い仮想現実を生きてるだけ。

俺って、お徳用マトリックス。

もっともマトリックスって量子脳のパクリじゃん。しょせん人間は電気で作動する神経組織にすぎません。

あー、青臭い。生臭い。

やれやれ、寝てるときでも俺ってば、自省的であるよな〜。省悟君の面目躍如《めんもくやくじょ》ですね。もう熟睡したいな。頭の中のぐるぐるを忘れて、夢も見ない眠りに墜ちこみたい。

あれ。

頰。

痒《かゆ》い。

虫刺され？　じゃない。

視線だ！

雨、やんでる。

俺、動けない。

ミイラだ。

俺、屍体《したい》だぜ。

いや、意識あるし。

金縛りみたいなもんかな。

いよいよ頭ぐるぐる、ひどい！

なんだよ、俺、誰だよ、俺。

省悟君。

名前はいいんだ、もう、いい。

姓は？　苗字《みょうじ》は？

思い出せない。俺の姓は？

なんなんだ、他のことはすべて覚えてるのに、なんで苗字だけ消えた？

これだと、なんか犯罪犯してニュースになっても姓不詳《ふしょう》の職業不詳、単なる省悟君になっちまうじゃねえか。苗字だけ思い出せないとなると、なんか省悟君という名前さえもが微妙に怪しいというか、いかがわしい感じがしてきて、うーん、いかがなものか。

おい！　そんなノンキなことを思ってる場合か。人の気配がしたんだぞ。金縛りにあってるんだぞ。

ごつ

頭ぎりぎりだった。

黒い塊《かたまり》。

岩だ。

手に余る大きさ。

拳よりはるかにでかい。

こんなもんがまともに頭を直撃してたら、俺、ザクロだよ！　あたりどころが悪かったら、殺人じゃねえか。

俺、岩を手にしてる。

金縛り解除だ。動けないまま嬲《なぶ》り殺しにされるのだけは避けられそうだ。って、大げさだね。

なんか排ガスの臭いがする。ちょい懐かしいツーストの、オイルが燃えた臭いだ。オートバイ、乗らなくなっちゃったな。愛車は実家で置物と化している。いや、かーちゃんが粗大ゴミに出しちゃったか。

うわぁー。まいったな。闇《やみ》ん中から三人様御登場。◯ッセンぽい服装ですな。俺も愛用しているから、すぐわかる。◯ニクロなんて贅沢《ぜいたく》ですよね。いや、そんなことじゃねえ、こいつら、どう見ても高校生だ。

「お兄さん、万札持ってんだって？」

「どーして知ってんの？」

「んー、ＬＩＮＥ」

「つーと、歩美か」

「ノーコメチコ」

「ノーコメンテョだろ」

「訂正すな！」

「凄むなよ」

まいったな。生まれてこの方まいったばかり言ってるみたいだが、いやあ、まいった。俺、ケンカしたことないんだよね。実際に軀を使うケンカはしたことない。俺がケンカで使ったことがある肉体部位は口だけ。口ゲンカなら、それなりに強いんだけど。不良少年には通用しねえよな。まいったなぁ。

じっと手を見る。

正確には、手に余る大きさの岩を見る。

「こんなもん全力投球しやがって」

「ガメ坊《ぼう》、ドジ。ちゃんと当ててれば、こいつ死んでたんだから楽勝だったのによ」

俺は上下が圧縮されて総体的には正方形に手足の生えた毛ガニみたいなジャージ姿の少年を上目遣いで見やる。

「なあ、ガメ坊」

「なんですかあ」

「殺す気だった?」

「余所者《よそもの》じゃん。まして上に向かってるし」

「上に向かうように仕向けられてる気がするんだけど」

「関係ないっす」

「じゃあ、俺も関係ないよね」

脱力したまま、ガメ坊に近寄る。見事に侮《あなど》られたもので、ガメ坊の唇には俺を軽んじ、歯牙にもかけないといった薄笑いが泛んでいる。

思案《しあん》する。天辺《てっぺん》を割るのは、モーションが大きすぎる気がする。真横に薙《な》ぎ払《はら》おう。冷静だなあ、俺。

　思ったとおりにした。

なにせ初体験《はつたいけん》なので頬骨《ほおぼね》と断定はできないが、まあ、骨だろうね、肉よりは硬いものがくしゃっと潰れて、その直後、ほっぺが大きく削げて、ありゃま、びっくり、鼻腔《びこう》というのか、鼻の穴の奥の方が見えちゃった。解剖図といっしょじゃん。

「悟《さと》っちゃった」

　岩にくっついた脂身《あぶら》を大きく振る。振り落とす。

「省悟君、悟ったぜ」

　振り落としたつもりなのに脂身と血は、絶命したガメ坊の傍らで動けなくなってしまった少年の一人に向かって飛んでいき、べちゃっと附着《ふちゃく》して、彼の頬に特殊メイクじみた幾筋かの模《も》様《よう》がくっきり浮かびあがった。

「ああ、省悟君、悟っちゃったよ」

　一呼吸おいて、断言する。

「これは、夢だ」

　呟きつつ、特殊メイクされた少年に向けて踏み出す。

「夢だから、なにをしてもよいという免罪符をいただいたわけだ、俺」

　試みに空手マンガで知った掌底《しょうてい》、掌《てのひら》を真っ直ぐに突きだした。ただし掌は岩石付きでございます。

少年二号、壊れた。

いやあ、手首に凝固した余韻というかこの衝撃、夢にしてはじつにリアルだぜ。くじいちゃったかもしれないな。ま、いいか。夢だし。

「やっぱ苗字ないから、この件で、きっと新聞に載ったら、省悟君とか書かれるんだよなー。いや、敬称略だよね。省悟！　をいをい呼び棄てにすんなよ。いくら姓不詳だからってよお、基本的人権てやつを基本的に基本的しろよ」

まったく飽きもせずに同じことを繰りかえす。やや多弁《たべん》なのは、岩が少年の顔面にめり込んで、血や脂でぬるぬるなので引っ張りだすのに手間取ったからだ。痙攣も酷《ひど》いから、微妙にはじかれて力が定まらない。

「まいったなあ。俺、けっこう強いじゃん」

人間、箍《たが》が外れると、相当な力が出るものなのかもしれない。これが俺本来の力だ。俺本来の暴力だ。口ゲンカの達人は、じつは世を忍ぶ仮の姿だったのだ。などと自分に囁いてやると、思わず笑みがこぼれる。いやあ、気持ちいいね。

「暴力を振るうって、最高だね」

なんなんだろう、この喜悦《きえつ》。すばらしい解放感。ずっと抑えこんできたもの？　恍惚《こうこつ》は大げさだけれど、それに近い昂《たか》ぶりに浸っていると、背の高い痩せっぽちが逃げだした。あとも見ずに駆けだした。濡れた路面に足を取られながらも、路肩に停めた原チャリに向かって全力疾走だ。

俺は狙いを定めたね。

外したら、まだ石なんていくらでもあるという割り切りのもと、ガメ坊に負けない全力投球。

いやあ、当たるもんだね。痩軀長身の後頭部に岩が当たって、左斜めに抜けた。

俺は駆けた。

「ちょい、しっつれい」

背え高小僧《たかこぞう》の背に馬乗りになって、裂けた後頭部を殴打する。左右、連打だ。残念ながら人を殴ったことがないから、右はともかく左はずいぶん無様《ぶざま》で、まともに裂けめを捉えられない。

花村《はなむら》某《なにがし》という小説家が中学生時代、閉じこめられていた悪ガキ収容施設でケンカして、相手をボコボコにしたのはいいけれど、小指を骨折して偉え目にあったという与太話《よたばなし》エッセイを書いていた。

相手を壊すのはともかく、自分が壊れてどうすんの？　と、花村某をバカにしたものだが、いやあ、なるほど、人を殴る快感に酔ってると、確かに己の強度を超えてしまいかねないものだと、いま、はじめて花村某の駄文を認めてやる気分になった。

小僧は気を喪《うしな》ってはいるが、素手では埒《らち》があかない。小指、折れたりしたら、いやだ。

自分が傷つくのは絶対に、い・や・だ。

ので、間近に転がっている小石を丹念に拾いあつめ、ばっくり開いた後頭部の傷に詰めていく。仕事が叮嚀《ていねい》なので、なんだかジグソーパズルやってるみたい。で、俺ってアイデアマン。

アイデアマンなんて死語《しご》の世界か。

ま、いいや。ちょい前屈みになって、目星をつけていたそれなりの大きさの路肩の岩を手にとる。小石が詰まった後頭部を、その岩でガッチンする。

うわ！　水が噴いたぞ。

なんなんだ？

こいつの脳は、水しか入ってねえのか？

水頭症《すいとうしょう》？　ちがうか。

ま、いいや。頭蓋骨がぺっこん凹《へこ》んで、骨の欠片《かけら》らしきものが散ってるわ。少々、と注釈《ちゅうしゃく》がいるけどね。

いやあ、人の体温て、死んじゃうと一気にさがるんだね。ていうか地面に熱を奪われていくせいなのかな。

ま、どーでもいいや。

俺が生きてるなら、それでいい。

原チャリは二台。奴ら、どっちか一台にニケツ——二人乗りしてきた勘定《かんじょう》になる。ま、どーでもいいや。

お約束で、ナンバープレートはござらぬ。盗難車ですってテメエで言い触らしてるようなものである。ま、どーでもいいや。

一応メットインスペースを覗いておくよ。なんだよ、灯油チューチューが、いや正式名称醤油《しょうゆ》チュルチュル（だったよね？　記憶が覚束《おぼつか》ないっす）が弓なりになって入っているぞ。

嗅ぐまでもなくガソリン臭い。こいつらにとっては路上に停まっている車すべてがガソリンスタンドだったわけだ。

しかし一台のほうはいまどき化石のツーストじゃねえか。もう一台はわりと新しめのフォーストだ。燃費および排ガス——地球環境を考えてもフォーサイクルエンジンの方を選択致します。ツーストからフォーストにガソリンを移していく。

路上に転がる二屍体をチラ見する。後片付けも面倒だ。この暗さだ。走ってきた車が轢《ひ》いてくれるだろう。丹念に挽肉《ひきにく》にしてくれたらいいな——と有り得ない僥倖《ぎょうこう》を思い描きつつ、ガソリンを移し終える。

ありゃりゃ、あふれちゃったよ。

ドクター・中松《なかまつ》は偉人だけれど、灯油チュルチュル……チューチューだっけ？　わっかんねー。ま、どうでもいいのだが、このサイフォンの原理を活かした道具は、見切りが難しいよね。

いいなぁ、ガソリンの臭い。大好きだ。

でも、早く揮発《きはつ》してくれないと、引火が怖くて走りはじめることができません。

シートに座って、空を見る。

さっきは銀河が見えたのにね。雲がのさばって、なんかときどき夜の底がチカチカ光るのは雷光《らいこう》か？

うーん。また降られたら、いやだな。

いいや、もう、引火けっこう。こんなとこで小心丸出しなんて恰好悪い。キーをひねります。

やっぱ加速はツーストだから判断を誤ったかな――と心のどこかで後悔する。走りだす。

いやあ、すばらしき原動機。坂をぐいぐい上っていくよ。時速はメーター読み四十七キロ。勾配のせいか酷使《こくし》が祟《たた》っているせいか、アクセル全開でも伸びません。あれ、いまの原チャってリミッター入ってるのかな。現在の原付事情、まったくわかりません。

でも、まあ、歩くのに較べたら十倍以上の速度です。湿った夜風が心地好い。というのは嘘で、すっげー寒い。しかもタイヤがつんつるてんだから、まだ路面が濡れてるせいでカーブで調子に乗ると滑ります。背筋に冷たい汗。

でも転んで大怪我したって、この機動力。転《こ》けて悔いなし！

少年たちは、俺にこいつをプレゼントするためにあらわれたんだな。

いい奴らだったな。

……どこが？

04

上槇《かみまき》ノ《の》原《はら》の集落が見えてきた。高地にある控えめな盆地だ。薄雲をとおした月明かりのおかげで集落があるのは漠然とわかるが、人工の光は一切、ない。

いや、光ってる。

一ヶ所だけ、光ってる。

たぶんこの坂を下って真っ直ぐだ。俺はちっぽけな冴《さ》えない蛾で、光を求めて原チャリを走らせる。

やっぱ下りはエンブレがきくフォーストが楽だよね——と調子よく御満悦してると、集落に入った。

光源《こうげん》は、ハギノ旅館だった。

湊屋さんに輪をかけたかの年代物の重厚な建物で、入り口上部には御宿蘗埜と扁額《へんがく》に入って掲げられた、これまた古色《こしょく》蒼然《そうぜん》たる看板が設えてある。蘗埜《はぎの》なんて絶対読めねーよ。でも、なによりも、ちゃんと電灯が点っている。すなわち俺を迎えいれる態勢である。

原チャに跨《また》がったまま、うーんと腕組みする。湊屋が電話を入れてくれたのかもしれないが、安易な期待はしないほうがいい。時刻はわからないが、たぶん丑三つ時だ。

「ま、いいや。いやな顔されても、もう引き下がらないからね。この身を強引に捻《ね》じ込んじゃいます」

電球には羽虫が乱雑な円を描いて大量にまとわりついている。か弱い群れなのに薄い影ができるほどで尋常でない。影の行方を一瞥し、切子硝子《きりこガラス》だろうか、幾何学模様《きかがくもよう》が入ったガラスが嵌まった重厚な玄関の引き戸に手をかける。

鍵がかかっていた。

大きく深呼吸し、どんどこどんどんどこどんどん、ノックというには派手すぎる乱打で宿の者を起こす。理由は、空腹！　寝床はともかく、なんか食わせろ！

「俺って押し込み強盗みたい」

はい。見事に肚据わってます。反応がなかったら、さらに烈しく乱打してやろうと構えた瞬間に、誰よ〜と鼻にかかった声がして、鍵が解除される音がした。不用心にも開き戸が左右に一気に開いた。

俺が強盗だったらどーすんだよ、と上目遣いで見やる。

「電気ついてたから。腹減って死にそうだから」

「あー、消し忘れだ。ときどきやっちゃうんだよね。客もないのに、幾つも電灯つけてどーすんだよって」

「その、客です。湊屋さんから紹介にあずかりました。ひょっとしたら湊屋さんから予約が入ってるかもしれませんね。希望的観測ですけど。反省して悟る省悟君と申します」

「あたしは香ばしい苗の香苗《かなえ》さん」

するっと合わせてきてから、香苗さんは眉間に縦皺を刻んだ。

「って、あんた及びあたしってば、こんな夜更けに、なに、名乗りあってんの？」

「その件に関しては、またいずれ。とりあえず一夜の宿を」

「ってね、いま何時かわかる？」

「たぶん丑三つ時」

「そう。布団から出るとき見たら、午前二時四十八分」

「寝床もだけど、なんか食わせてください」

「スクーターでツーリングしてんの？」

「ん。そんなもんかな」

「ときどき迷いこんでくんだよね。ツーリングって言うんでしょ。オートバイ乗りは、ほんと辺鄙《へんぴ》なとこが好きだからさ。とはいえ、こんな時刻、ありえね〜」

やりとりしつつ、俺は絶対にハギノ旅館に泊まるのだ！　と決めていた。だいたい拒絶すれば終わることなのに、あるいは無視して寝たふりをしていればすむことなのに、寝惚《ねぼ》け眼《まなこ》の香苗さんは上体をかしがせて壁に寄りかかって、気負いなく俺と言葉を交わし続けているのだ。

「とにかく雨に濡れちゃって」

「──濡れてんのは、雨だけじゃないよね」

「はい。たぶん」

バックミラーに顔を映してみる。うわぁ、歌舞伎役者か。

「もう、面倒なお客さんだね。こんな血だるま、見られたら大変だ！　早く入って」

年齢不詳だが、女のあれこれを見抜くには経験足らずの俺からみても二十代はないでしょう。三十なかばから四十ちょい過ぎと判断するのが妥当です。

ネグリジェ（死語）から蒸れた寝汗と安いコロン？　の匂いを漂わせている。脂気が失せ、寝乱れたいかにも安っぽい毛染めの金髪から漂う色香は上槇ノ原のモンロー（俺も古いね）といったところ。いやあ、美人です。崩壊間近という注釈がいるかもしれないけれど。とにかく尋常でない！

カッターナイフで切れ込みをいれたみたいなくっきり二重の黒眼は妙に色彩が淡く灰色がかって微妙に澱《よど》んでいる。曇っている。濁っている。焦点が眼前の俺にではなく、彼方《かなた》に結ばれている。

「なんか食わせろとか言ってたっけ？」

「言ってました！」

「そのお化粧だもんね、風呂も入ったほうがいいよ。あたしが入った残り湯だけど、いいよね。温めなおしたげる」

もちろん、残り湯のほうがいいっす。縮れた毛が湯のなかを放浪してたりして。もし、そんな僥倖に出逢ったなら、採取致してお守りにさせていただきます。

素敵な妄想に耽っていたら、濡れタオルを差しだされた。せめて手と顔を拭けということらしい。うわぁ、真っ赤っかになっちゃったよ。ごめんなさい、これ、もう棄てるしかないよね。

大工《だいく》　西《にし》——と金文字の入ったでかい柱時計がかかっている食堂らしい部屋に案内された。西工務店じゃないのだ。大工　西。

その柱時計の上の方にヤモリが貼りついていて、じっと動かない。胸がごく控えめに膨らんだりへこんだりしている。

いや、そんなことはどうでもいい。雨で濡れてるだけじゃなく、血塗《ちまみ》れの服で立派な紫色の座布団に臀をあずけてよいものか。

「饂飩《うどん》だけど」

　またかよ、とは思わなかった。なんでもいい。腹に入ればいい。しかも、ありがたいことに立ち食いを凌駕《りょうが》するこの素早さだ。しかも、しかも、でかい丼鉢《どんぶりばち》はとじられた卵で覆いつくされている。いったい卵何個使ったんだよ？　どさりと座り込み、丼を受けとる。

「香苗さん、すっげー旨《うま》い！」

「加卜吉《かときち》。チンするだけでいいから。でも美味《おい》しいよね～」

「冷凍だっけ」

「そ。冷凍讃岐《さぬき》。汁もいけるでしょ。ミツカンの業務用、地鶏昆布白だし。十倍に薄めるんだ。経済的だよね。で、ほんのちょっとだけ、ほんのちょっとだけ砂糖入れるの。本気出すなら味《み》醂《りん》とかだけどさ、ぶっちゃけ冷凍讃岐チンしただけなんだから、砂糖で充分、ね、佐藤さん」

「――俺、苗字言った？」

「はあ？　駄洒落《だじゃれ》ですわよ、駄洒落」

「佐藤さんでもいいかな」

「なんだか知らないけど、反省して悟る省悟君でしょ。省悟君がいいよ」

　はい！　と力強く返事して、饂飩に専念する。たぶん卵、概算《がいさん》だけど、五個くらい使ってるんだろうな、香苗さんってば、加減を知らないね。よいことです。で、とじた卵のふわふわが見事で、散っているのは三つ葉だよね、この香り。靄《もや》った頭に鮮烈！　刻んだネギは新鮮で、すばらしく均等に、見事に薄くカットされていて、棘々《とげとげ》しいところが一切ないシャキシャキ。

細くて尖《とが》ったタケノコが乱雑に入ってる。山菜ってやつだよね、根曲竹《ねまがりたけ》っていうんだっけ？　シャリシャリシャキシャキたまりません。キクラゲも山で採れたものかな。地物《じもの》だろう、自分と引き比べたら劣等感を抱いちゃうような、じつに太々しいアスパラも入ってるよ。いやあ、まいったな。香苗さん、目の焦点が合ってないからだいじょうぶかな、なんて怪しんでいたけれど、失礼重々お詫《わ》び申し上げます。業務用地鶏昆布白だし十倍希釈砂糖ちょっと入り、なんか京風？　旨い！

「泣いてるの？」

「泣くわけないでしょ」

「なんか泣いてるように見えた」

「香苗さんの優しさに、泣きました」

「あ、そ。ねえ、あたし、口臭くない？」

遠慮せず、ここぞとばかり顔を近づける。

「言われれば、すこし」

ぜんぜん気にならないけど。程よいアクセント程度です——とは言わない。

「たぶん、口さ、ガッパリあけて寝てるんだよね」

「ガッパリ」

「ガッパリ。饂飩食べたら、お風呂入っちゃって。追い焚きガッパリ——じゃねえ、バッチリ」

「わーった」

「急にテンション、落ちたね」

「ほんとに、泣きそう」

「ま、商売だからね。それなりに持てなしますとも。一泊百万」

「お支払い致します」

「うん。冷凍饂飩に洗濯に使うために残してた残り湯。充分、見合った額だよね」

「はい」

俺は本気だった。

「ぜんぜん見合ってないじゃない。もし、本当に百万円払ってくださるなら、お風呂でお背中、お流ししないとね」

ニヤッとして付け加える。

「全裸、で、ね」

額をペシッと叩いて、さらに付け加える。

「迷惑か〜」

俺は丼をおいて、深く頭をさげた。

「お願いします」

香苗さんは雑に肩をすくめて、ちょっとだけ笑った。俺は丼鉢を掲げて残った汁をすべて飲み干し、満足の息をつき、訊いた。

「ハギノ旅館は香苗さん一人でやってるんですか」

「そう。弟と一緒にやってたんだけど、先がないって奴は逃げたねえ。東京で面白可笑《おもしろおか》しくやってんじゃない？」

「そうですか」

「そうですよ。じつはね」

「はい」

「両親は弟よりも先に逃げやがってね、上尾《あげお》に、棄《す》て値《ね》の超中古マンション買って、そこでのんびり余生《よせい》。ハギノ旅館は香苗にくれてやるって。ったく、以来、一切顔も見せやがらねえ」

ワンテンポ遅れて、口を押さえる。

「あら、あたしとしたことが。見せやがらねえはないですよね。地が出ちまったい」

立ちあがる。臀ポケットから札束を取りだす。黒漆塗《くろうるしぬ》りの重厚な座卓《ざたく》の上に概算五百万ずつ並べる。少々湿って、若干体積が増えたようだ。もっと驚くかと思ったのだが、香苗さんは札と俺の顔を交互に見て、小首をかしげて思案顔だ。

「省悟君の血塗れが、この素敵なお札と関係があるのだとすると、合点《がてん》がいかないな」

「いきませんか？」

「いかない。上にも下《しも》にも、槇ノ原にこんなたくさんの現金持ってる人って、いるわけないから。自給自足みたいなとこがあるから、食うものにはまあ困らないけど、みんな、お金はないねえ」

「この金は、槇ノ原とはなんの関係もありません。返り血とも無関係です。いや、返り血はこの金を狙って、というか電車の中でいっしょだった女子中学生に一万円あげちゃったんだけど、その子が金持ってる兄ちゃんがいるって悪い仲間にＬＩＮＥしやがって。で、疲れ果てて上槇ノ原に向かう道の崩れかけたバス停で野宿してたら、襲われたんです。女子中学生も悪ガキ共も俺がこんなに持ってるなんて思ってもいなかったはずです。たぶん数万円目当てなんです。でも、殺されかかりました。もちろん返り討ち」

一気にいきさつ。かったるくなった。

「スクーターは下の悪ガキのものみたいね」

「そうです」

「省悟君、盗みするような顔に見えないけどさ、こんなにたくさん、悪い子だねえ。しかも下の悪ガキ、殺しちゃったんでしょ」

「はい。三人。殺さなければ、俺が殺されてましたから。なんなんだろ、奴らのモラルのなさは」

「あ、伝統だから」

「伝統？」

「応仁《おうにん》の乱のときからの伝統」

「はあ。京都みたい」

「なんのこと？」

「学生時代、文芸サークルに所属してたんだけど、面倒見てくれた教授に連れてってもらって京都の一流料亭で飯食ったこと、あるんです」

「すっごいねー、あたしなんか外食っていったら、宇都宮《うつのみや》パセオの寿司屋台・忠治《ちゅうじ》で立ち食い鮨くらいしか食ったことないからね。七十五円からだよ〜。湯葉《ゆば》の握り、美味しいよね〜」

　湯葉の握り？　さすが海なし県、栃木でございますな。

「その札束もってったら、湯葉握り、どんだけ食べられるかねえ。ああ、気が遠くなっちゃうね。省悟君に内緒で、トロとか甘エビとかも頼んじゃう」

「はあ。話もどすけど、まず京都の料亭に連れていってくれた教授自体が腐ったゴミでした。俺はこんな由緒あるとこで飯食ってんだぞ〜っていうハッタリですよね。で、その料亭の女将《おかみ》がバカ丸出しの教授に輪をかけたべらべら喋る肥満しきった三重顎《さんじゅうあご》のゴミで、うちらこないだの戦争以来やから。こないだの戦争、わかる？　応仁の乱や——みたいなことを吐かすわけです」

「歴史があるってことを暗に仄《ほの》めかしてるわけだ？」

「そういうことです。けど、たかが料亭という名の古ぼけた食堂のババアですよ。なんで京都の人間て、この手のバカが多いんですかね。自分には誇ることがなーんもないから、こんなんでマウントしてくるんですよね。応仁の乱。アホらしくて無視するしかないですけど」

「だったら、応仁の乱て言っちゃったあたしもバカ丸出しじゃない」

「いや、なにが応仁の乱以来なのか、聞いてから判断します」

「なんか、やな感じだなあ、省悟君。じつはね、ほんとに応仁の乱以前から上と下の槇ノ原は戦争状態なの」

会話で続けると長くなるから、要約してしまうと、理由はよくわからないけれど、大昔から上と下はとにかく仲が悪く、小競り合いは日常茶飯事、それが嵩《こう》じて周期的に戦争状態、殺し合いの歴史。幕府天領時代が一番酷くて、最近では大東亜戦争のさなか、上と下で戦闘勃発《ぼっぱつ》、攻めあがってきた下の奴らは火箭《ひや》で上槇ノ原の集落を焼き払った。

「火箭か。ひゃー、ほんと、戦って感じですね」

「省悟君。駄洒落《だじゃれ》かよ」

「ひゃー」

「やかましい。でね、下の奴らは揚々と焦土と化した上槇ノ原に進軍してきたわけ。大殺戮《だいさつりく》ってやつよ」

「太平洋戦争のさなかでしょ」

「そ。だから、隠密裡《おんみつり》。歴史にも記されなかったってわけだけど」

「香苗さん、話つくってません？　伝奇小説の導入部みたい」

「伝記とはちがうと思うなあ。それよりあたしの名前、覚えてくれたんだ！」

伝奇違いだが、そしてさっきから香苗さんって呼んでるんだから、早く気付けよと思いつつも、なんだか俺のほうが恥ずかしくなっちゃった。

香苗さんは身を乗りだして俺を凝視し、その視線に若干、怯んだ俺の目頭に手をやり、中指の先で目脂《めやに》を刮《こそ》げとってくれて、それを饂飩の丼の縁になすりつけた。

「でね」

「はい」

「ん、省悟君。よい御返事。大殺戮を目論《もくろ》んだ下の奴らだけど、上槇ノ原は蛻《もぬけ》の殻《から》。やたら見晴らしのよくなった上槇ノ原で呆然《ぼうぜん》としてる下の奴らに向かって戦車の大軍が！」

「戦車？」

「ごめん。鉱山があるの。いまは閉山しちゃったけどね。鉄礬土《てつばんど》。ボーキサイト。日本にはボーキサイト鉱床《こうしょう》はないってのが定説だけどね、上槇ノ原にはあったのよぉ。戦争当時ほどじゃないけど、つい最近まで細々と掘ってたんだよ。で、当時は軍需もあったから掘りまくり。そのためのブルドーザーとか重機がけっこうあったわけ。で、下の奴らはブルで轢かれまくり、潰されまくり。排土板《はいどばん》てわかる？　ブルの前についてるガチ鉄板。猟銃の弾なんて排土板に弾かれちゃって役立たずなばかりか、あれで屍体《したい》をかき集め。上槇ノ原挽肉ワールド」

「凄いね」

「うん。以来大きな戦いは、ないけどね。下は大東亜戦争中の大敗戦を知ってる老人がまだ生きてるからね。だから本格的な戦闘は避けてるって感じ」

「でも、いまだに戦争状態？」

「そうなのよー。下は地理的っていうの？　電車が来てるだけが取り柄で、その電車だって省悟君が乗ってきたのが最終電車。ほんとの最終電車。さすがに槇ノ原支線、赤字垂れ流しだからさ、昨日で廃線」

もはや耐性がついてしまって、驚きはしたけれど顔には出ない省悟君であった。バスはとっくに走っていなくて、俺が野宿したバス停はかろうじて残っていたものとのことだ。槇ノ原支線廃線に合わせて上下槇ノ原では役場が最寄り駅までマイクロバスを走らせて凌《しの》ぐらしい。ま、出ていきたくなったら、原チャでさいならだ。

「上槇ノ原だって決して景気いいわけじゃないけど、高原野菜や鱒《ます》とかの養殖やら山葵《わさび》やら牧畜や林業でまあまあなわけ。下はランランな商店街があったけどさ、誰が買いに行くかよ。行くんだったらパセオだよね。で、地元民にも見放されて、湊屋なんてとっくに潰れたし、クソまずい中華料理屋がかろうじてやってるだけ」

「クソまずいの？」

「うん。ボランティア精神があるなら、焦げた古雑巾臭い餃子でも食べてあげて」

「そうかぁ──」

「餃子ならあたしがつくってあげるし」

「あ、愉しみだ」

「省悟君、気をそらさないねぇ。いい感じ」

うんうんと二度頷いて、香苗さんは俺の眼前に向けて人差し指を立てた。

「でね、大昔からの上下槇ノ原共通の大原則があるの」

人差指の先を俺の眉間にぴたり押しつけ、呟くように言う。

「私闘《しとう》に対して余人《よじん》立ち入るべからず――」

鸚鵡《おうむ》になって、繰りかえす。

「私闘に対して余人立ち入るべからず」

「そう。悪ガキ三人だっけ？　家族はアレするかもしれないけど、どうだろうね。口減らしになったって喜んでるかもね。基本、上下槇ノ原の人間は誰も気にしないから。あたしはまた省悟君が槇ノ原以外で人殺しして逃げこんできたんじゃないかって、ちょい、構えちゃった」

「――警察は」

「ははは。交番覗いて巡査と話してごらんなさいな。治外包茎《ちがいほうけい》？　日本にこんなとこがあるのかよー、って感動するよ」

「香苗さんてば、治外法権《ちがいほうけん》、わざと言い間違えてない？」

「わざとなもんですか〜。うら若き清き乙女が」

「俺、治外包茎までいかないけど、仮性包茎です」

「そんなん剝きゃあいいんでしょ、剝けば」

「まあ、長持ちはしますけど」

「自慢？」

「まさか。ちいさな悩みの種」

「じゃあ口説《くど》いてんの？」

「客観的事実です」

「ふーん。お風呂入ろか」

「あ、そうだ。風呂だ。って、香苗さんは変な人だな。じつに変です。この札束になーんの興味も示さない。俺なんか、これに囚われちゃって、もう、棄てるわけにもいかないけれど、心《しん》労《ろう》新《しん》婦《ぷ》」

「あたしの駄洒落も冴えないけど、省悟君の駄洒落は、わけわかんないことも含めて絶望的な破壊力だね」

「すいません」

「ま、ここに抛《ほう》りだしとくのもなんだから、省悟君、当座の必要な分だけ抜いといて、あとはうちの立派な金庫に入れとくか」

「あ、それはありがたい」

「って、なんであたしを信用するの？」

「って、なんで香苗さんはこんな大金に無頓着《むとんちゃく》なの？　ていうか、平静なの？」

「そんなの演技だってば。ひひひ。あとで吠《ほ》え面《づら》かくぞ」

平然と左右の手で札束を摑《つか》みあげ、黒眼を上にあげて思案顔、雑に数十万、俺に手わたし、さらに二万、抜いた。

「これは当座の宿代ね」

「二万？」

「うん。一泊一食四千五百円。だから四日分ということで。なお、釣りはございません」

香苗さんの部屋の床の間に設えられていた金庫は失礼な物言いだが、ハギノ旅館にはふさわしくないテンキーで操作するかなり立派な大きなもので、御両親がセールストークに負けて購入したはいいが、金銭をはじめ容れるものがないという潔《いさぎよ》さで、これではじめて役に立つと香苗さんは大喜びだ。

暗証番号のセットの仕方を教わった。どういう意味か、よくわからなかった。

「省悟君、アホ?」

「アホですよ。でも、アホ言うな〜」

「省悟君のお金が入るんだよ。省悟君が暗証番号決めれば、あたしは盗めないでしょ」

なるほど。

「でも、香苗さんなら、この金庫、担いで持ってっちゃうでしょ」

「わはは。よー言うた。自重百二十キロ。いっちょ気合い入れて、ドスコイして逃げるか。しかしこんな無駄な買い物もめずらしいよね」

「その無駄な買い物に、いま、わたくしの一千万がおさまります」

「一千万かあ。すっげーなあ。あ、そうだ、二百万くらい抜ける? 多すぎるか?」

「香苗さん、借金でも?」

「そう。返さないと、この身を売らねば、なんちゃって。ちがう、ちがう、模合《もあい》」

「モアイ」

「あ、省悟君てば、イースター島の面長なオッサン泛べたでしょ。ちがうよ。上槇ノ原ではね、大昔から相互扶助《そうごふじょ》としてみんなでお金出しあって昔は名主、いまは所長さんにあずけて、投資してもらって、利益が出たら投資額に応じて利息が返ってくるんだけど、ま、それが目的というよりも、急な病気とかで困ってる人を助ける側面が大きいね。たとえば川エビの養殖やりたいって希望者は模合の会合で、具体的にどーやるのか提示して、みんなの許可が下りれば資金がおりるとかね。ヤナショウのおっちゃんが百万だか入れてて、みんなから崇《あが》められてるから、省悟君は倍額でどうだ？」

「って言われても――。二百でも五百でもかまいませんけど、香苗さんがアレするってことにしてもらえませんか」

「わからねえ奴だなあ、あたしはね、省悟君にね、しばらくでいいから上槇ノ原に居着いてほしいんだよ。あたしはこんな髪の毛してるからね、ちょい肩身がせまいんだ。うちのお客さんが模合にポンと二百万。ちょい得意になれるって。省悟君が上槇ノ原から出てくときは、ちゃんと利子が付いてもどされるから御・安・心」

「髪の毛パツヤンに染めてるの、そんなに肩身がせまいんですか」

「あのね」

「はい」

「これ、地毛《じげ》」

「え――」

「上槇ノ原は血が濃いからさ、ときどき、あたしみたいのが生まれんだよね。蘖埜家が代々旅館業におさまってるのも、ときどきあたしみたいなちょい変わった毛色が生まれる家系だからなの。あたしは視力、普通だけど、先代の子は見えなくて、足踏み外して用水路に落ちて死んじゃった。可哀想だったな。で、上槇ノ原の者とは番《つが》ってはならぬ。家を絶やさぬためには余所者とやるべし。余所者を泊める宿屋を致すべし――ってね」

俺に言葉はない。

「あ、信じてないな～。あとでお風呂でシモの毛まで金髪ってとこを見せてやるよ」

俺に言葉はない。

「上槇ノ原は、遠い昔っから余所者大歓迎。男に限るけどね。新しい血を入れてかないと上槇ノ原は終わっちゃうからね。令和の世の中になに言ってんだってか？　日本にはまだまだ忘れ去られた土地があるんだよ」

貴《き》種《しゅ》流《りゅう》離《り》譚《たん》か。いや、俺は貴種とは言いがたいが、とにかく余所からの血を入れなければならないという切実な問題は、通婚圏からきているのだろう。

都市部に生まれ育った俺にはやや信じ難いことなのだが、物の本によれば地方の山間部などでは限られた通婚圏のなかでの近親婚や血族婚が続けられ、その結果生じる遺伝的問題は蔑《ないがし》ろにできない重要事らしい。

けれど香苗さんは、のどかな顔で続ける。

「上槇ノ原のいいところは、出入り自由ってことかな。所長さんが決めたんだ。いまどき上槇ノ原に縛りつけるって法はないだろうってね。だから掟で雁《がん》字《じ》搦《がら》め、上槇ノ原から一歩も出られないってわけじゃないんだよ。嫌気が差したら、どこへなりと――。由緒ある上槇ノ原が消え去るのも、これまた運命。うちの両親とか弟とか、もーたくさんて逃げちゃったせいで、ちょい肩身がせまいけど、上槇ノ原には旅館も必要だってことで、模合でお金都合してもらって、こうしてあたしが健気《けなげ》に御宿蘗埜を守ってるってわけ。歴史だけいったら京都の料亭なんて目じゃないから。鉱山が盛んだったころは、ハギノ旅館はすごい大繁盛だったんだよ。いまは見る影もないねえ～。ま、下の湊屋が潰れたから、ざまあみろってんで、みんなハギノ旅館存続に意地になってくれてるところはあるけどね」

香苗さんは魔法瓶に視線を投げる。茶を飲むかと目で訊いてきた。俺は首を左右に振った。

香苗さんは、座卓に頬杖をつく。

「上槇ノ原は什めば都って奴ばかり残って、以前みたいな活気はないけど、崩壊っていうの？ダメになっちゃってる度合いは下槇ノ原のほうが酷いね。地味《ちみ》も痩せてるし、地場産業ってのがないんだよね。で、なまじ鉄道があったせいで人口流出。ってほど人、いないけどさ」

香苗さんは大欠伸《おおあくび》した。

「あとね、付け加えておくとね、どういうわけか上も下も槇ノ原は女ばかり生まれるんだわ。最終電車、通学帰りの女子中高生ばかりだったはず」

「女のなかに男一人だった」

「七対三くらいかなあ。男不足。省悟君、どんどん種蒔《ま》きして。孕《はら》ませたら金一封は出ないけど、感謝されるよ」

香苗さんは、かかか――と笑いながら部屋から出ていってしまった。俺は三百万選りわけてから、暗証番号を決め、セットして、金庫を閉じた。すぐに香苗さんを呼ぶ。

「5537970。ゴミゴミナクナレ。はい、復唱」

「ゴミゴミナクナレ――って、なんで暗証教えるの？　意味ないじゃん」

俺はちょい横柄に、金庫を開けるように言う。香苗さんは上目遣いで俺を覗いながら、膝をついて暗証番号を押す。香苗さんはふたたび上目遣いで、開いた金庫の中にちんまり収まっている札束と俺を交互に見た。

すっと、光が射した。

カーテンの隙間から朝の光が思いのほか鋭く侵入してきて、香苗さんと俺に縦一文字の黄金色を刻印した。香苗さんの金髪に朝日が爆《は》ぜる。うっとり見つめる。

香苗さんは釈然としないといった不服そうな顔で金庫の扉を閉じた。

「お金は香苗さんにあげる。俺は当分、持参金付きのヒモになる」

「アホだね～」

「アホ言うな！」

「アホだよ～。あたしなんかに――。あたしは髪が金髪じゃない。それだけで集落の男と交わっちゃいけないんだ。こんな魅力的なあたしなのに、上槇ノ原の男は手を出せないわけ。あたしんちがさ、先祖代々旅館やってんのは、あれ――さっき話したっけ」

香苗さんは青畳を切り裂く朝日を一瞥し、呟いた。

「朝になっちゃった。お風呂、入ろうか」

「うん。いっしょに入ってくれる？」

「こんな年増《としま》の金髪でいいならね」

浴室は壁も天井も床も浴槽も檜張《ひのきば》りのすばらしいものだった。手入れが大変だろう。四つん這いになって熱心に磨きあげる香苗さんの姿が泛んだ。

「鉱泉なんだよ。なんとラジウム入り。放射性物質。剣呑《けんのん》だ～」

前を隠している香苗さんを凝視する。俺の視線に頷いて、香苗さんはタオルをはずす。金色の絹糸が天窓からの光に燦《きら》めく。密生しているけれど、頼りないほどに細いのと色が淡いせいか、香苗さんの女のはじまりがくっきり鮮やかに見える。

「見たい？」

「見たい」

香苗さんは浴槽の縁に腰をあずけ、そっと拡げてくれた。俺は跪《ひざまず》いて顔を近づける。よく発達した、けれど淡い桃色の扉を囲む絹糸も黄金に耀《かがや》いて艶《あで》やかだ。

そっと目をあげて、頭髪と較べる。香苗さんは、頭のほうはあえて手入れをせずに、洗いっぱなしでパサパサにしているのではないか。そんな気がした。

俺はさらに顔を近づける。

怺《こら》えきれなくなって、その複雑に絡んだ扉に口を押し当て、ほぐし、軽く前歯ではさんで引っ張り、口中におさめて、歯と舌先で乱雑に味わうと、やめて、のびちゃう——と困惑した声が降ってきたが、俺は委細構わず口どころか鼻まで没して、しかも右手は硬直しきった我が触覚に添えられて、忙《せわ》しない上下動を抑えられない。

「自分でしごいてどーすんのよ」

軽く頭を叩かれて、我に返った。香苗さんはお湯の蛇口をひねった。彼方でガスに点火する音がして、体温よりも少しだけ高い温度の湯が檜の床に拡がった。

その湯が流れる檜の上に香苗さんは仰向けに横たわった。

傍らに添い寝するかたちで香苗さんの唇にそっと俺の唇を押しつける。

ごめんね、歯を磨くんだった——。

香苗さんの声にならない囁きに、俺は彼女の唇をこじあけて、思い切り彼女の唾を吸った。香苗さんの掌が俺の硬直しきった触覚に伸びた。そっと、柔らかく覆ってくれた。無理強いすることなく自在に手指が動く。香苗さんと俺の舌は縺《もつ》れあう蛇で、俺は香苗さんが痛みにビクッと反り返るのもかまわず、その乳房に力を加え、変形させていく。

絶対に唇を離してなるものか。俺は香苗さんの幽《かす》かに倦《う》んだ匂いのする唾を吸いつづけながら、乳房から手をはずして、ゆっくり、ゆっくり下降していく。

臍《へそ》のくぼみに指を挿しいれると、香苗さんの肌が一気に収縮した。

その不規則に乱れた呼吸には、さらに俺の指が下降していくことに対する期待が強くにじんでいる。俺、女体に対して、生まれて、初めてイニシアチブを取っている。

俺の指先が、金色の密な靄《もや》のはじまりを捉えた。

05

熟睡した。どんな眠剤よりも、充実したセックスだ。天井を向いてちいさく口をあけて眠っている香苗さんを見つめる。目尻の皺まで愛おしい。凝視していると、香苗さんがすっと目をひらいた。睫毛《まつげ》まで仄《ほの》かに金髪であることに、いま気付いた。

「よく寝た。俺、眠剤に頼ってたけど、悪い夢とも無縁の、すっげー心地好い眠りに驚いてる」

「省悟君のいびきが可愛かった」

「かいてた？」

「うん。ずっと聞いてた」

「変な女」

で、また、抱きあった。

「ま、その自覚はございますわ」

——以下略。

で、僕は今日なにをすべきですか、と訊いた。

で、香苗さんは、省悟君に僕はないだろ〜と眉を顰《ひそ》め、冗談でも僕と言うなと命じてきた。

で、よくわからないが、もともと俺と自称していたのだから、問題ないと笑った。

で、香苗さんの望むようにしようという殊勝《しゅしょう》な気持ちに覆いつくされた。

で、二度寝した俺は昼過ぎに、香苗さんに言われた二百万をもって槇ノ原町上槇ノ原出張所を訪ねた。あ、出がけに用意してくれた香苗さん特製のホットサンドがじつに旨かった。とろけるチーズとハムという変哲《へんてつ》のないものだけど、辛子《からし》とかシナモン？　かな、よーわからんけど、ミルクコーヒーといっしょに頰張ると香りのパレードだった。

……香りのパレード。

だっせー。センスねえな、俺。

で、上槇ノ原出張所の高畑《たかはた》所長を訪ねたのだが、てっきりオッサンだと思っていたら、恰幅のよい、いや恰幅のよすぎるオバサンだった。

赤ちゃんて、肉があまって手首とか、くぼみができて、筋が入ってるじゃないですか。ミケランジェロの聖母マリアに抱かれる赤ん坊のキリスト。アレですわ。アレの中年、いや壮年《そうねん》オバサン版だった。

いやあ、御立派、御立派。大量の脂をまとっているせいで肌は艶々《つやつや》つるつる柔々《やわやわ》だ。感嘆の眼差しで見つめていると、なに食ったらこんなになるんだって訊きたいんでしょ？　と、勝手に気をまわしてニヤリと笑った。即座に俺は迎合《げいごう》する。

「上槇ノ原は、じつに食糧事情がよろしいようですね」

「まあね。上槇ノ原の食糧事情は女たちの粘り頑張り居直りに支えられて、生活保護なしに飯だけは食い放題って感じだよ」

「粘り頑張り――居直り？」

「細部《さいぶ》をつつくな、青年。ま、体型に関しては横重力の申し子の私が特別なんだけどさ。それよりか香苗ちゃんから電話があったからどんな子かなって期待してたんだけど――」

「な－んで、言葉を呑むんだよ」

「優しさ、かな」

「ま、それが俺に対する正しい応対だな。へへへ」

「へへへっていう自嘲の笑いが最後にくるところが、じつに卑屈《ひくつ》。醜《みにく》い屈折《くっせつ》だねえ。どーせならアタマにもってきなさいよ」

「ついでに揉み手でもしましょうか」

「して」

「今日は打ちどめ。また、いつか」

「うん。金さえ持ってくるなら、揉み手は許してあげる」

「へい。じゃ、これをよろしく」

輪ゴムで留めた二百万、横向きだけど、ちゃんと事務机の上におっ立った。気分よし。

「――なに、やらかしたの？」

「犯罪とは無関係です」

「貯金するってツラじゃないよ」

「はい。しません」

「香苗ちゃんが驚くよって言ってたけど、いやあ、驚いた。上槇ノ原では男がだめなのよぉ。女は模合にどんどん金持ってくるけど、金持ってる男はヤナショウの爺さんくらいだからね。ヤナショウだって百万だから」

「勝った！」

「ぜんぜん勝ったなんて思ってないくせに」

「いちいち心理分析せんでください」

高畑所長は銀行員はだしの手つきで札を数えた。百九十九万、と呟いた。間違いなく俺が数え間違えたのだ。中途半端で癪《しゃく》なので、ポッケから一万円、抜きだした。

「はい。じゃ、預《あず》かり証、書きますかね。しかし苗字くらいでっちあげてくれんかねえ。省悟二文字、じつに据わりが悪い」

意外な達筆で万年筆をはしらせる高畑所長を見つめていると、見るんじゃないと叱《しか》られた。理不尽ではあるが、郷《ごう》に入《い》ればＧＯ．ＧＯ．ＧＯ！

俺って、イヤんなるくらい能天気だな、とあくびまじりに思っていると、預り証は出張所の金庫に保管しておくと当然のようにおっしゃった。それでは預り証の意味がない。でも、ま、どうでもいい。

「利回りは、どれくらいですか」

「年利回りね。五割には届かんけど、ま、近いね」

「ごっわりぃ！」

そんなの有り得るか！　いやあ、まさに夢ですね。明日にでも、全財産預けます！　高畑所長はじつにつまらなそうに言う。

「あたしってば超能力者だから。おおむね外国株、ほとんど新興国。ときどき趣味でお馬さんやお舟。皆さんのお金をお預かりして、博奕《ばくち》に勤《いそ》しんでおります」

「お見それしました！　是非とも御活用くださいませ」

いまのところディスプレーは薄黒い色に沈んでいるが、高畑所長がパソコンを立ちあげて、あくびまじりに雑に売り買いしているところが泛んだ。

ＡＩなんて目じゃない。なにせ超能力だ。まったく俺はマルチ商法じみた安い詐欺師にコロリとだまされるタイプだな。ま、どーでもいいや。

配当は定期預金と同じく毎年、期日に単利で受けとるか、複利でそのまま模合にまわすか自分で決めろと言われた。まかせますと最敬礼する。じゃ、複利な——と、高畑所長は役場の印《いん》鑑《かん》を手に、横柄に頷いた。

「あの」

「なに」

「名義、書き換えてください」

「めんどー、かけるなよお」

「お願いします。香苗さんにしてください」

高畑所長は派手に舌打ちして、それでも蘖埜《はぎの》香苗名義の新しい預り証を拵《こしら》えてくれた。

「いやな予感、してたんだよな〜。案の定、蘖埜なんて画数の多い字、書かされた。住民票参照しないと書けないだろが」

「すいません。しかし、じつに鮮やかな青インクですね」

「省悟君だっけ？　ずれてるねえ。あんたとは永遠に交わらないね。段違い平行棒だ」

「ははは。自覚、あります」

「ペリカンのターコイズ。安いインキだよ。でも、いい色だよね。私の唯一の趣味が、万年筆蒐集《しゅうしゅう》」

「へえ！　ネットでは万年筆、インクフローがどーたらって、インクフローでいいんですよね？　ま、有り難がってる奴もいるけど、腐る前の水死体みたいな奴かと思ってた。実際にそんな趣味の人が存在するとは、恐れ戦《おのの》きでございます」

「はははははは」

「怒りました？」

「かなり、ね。インクフローとか口走るんだからさ、それなりに興味があるんだろ。やらしいねえ」

「すんません」

高畑所長は朱漆塗《しゅうるしぬ》りと思われる万年筆のキャップをくるくるして、大口あけて大あくびした。

いまごろになってお軀に合わせた、かなりの太字だったことに気付いた。

「することないときは、遊びにきな」

「肉、揉ましてくれる？」

「アホ。しばらく上槇ノ原にいるなら、とりあえず巡査に挨拶しときな」

で、出張所から数ブロック離れた、古びた木造の住居と一体になった駐在所を訪ねた。ポリの象徴、金張りの桜の代紋だが、あちこち色が剝げおちて、地の石膏《せっこう》らしきものが覗けている。

無人交番が多い昨今だが、やたらと細いメタル縁のメガネをかけている三十年配の巡査は、座っている事務椅子の背もたれをぎしぎしいわせて、手にしたルービックキューブをシャコシャコシャコとすっげー勢いで捏《こ》ねくりまわし、あっさり六面を完成させ、なんともやるせない倦怠《けんたい》の溜息をついた。

俺の影に気付き、すこしずり落ちたメガネを中指の先で持ちあげ、ついでに狐目《きつねめ》を見ひらいた。

「誰？　なに？」

「高畑所長から、上槇ノ原でしばらく暮らすなら、巡査に挨拶しとけって」

「キミだろ？　高校生、三人殺したのは」

「え──」

「朝早くヤナショウに荷物運んでくる二屯《とん》車が、下槇ノ原の奴らしい小僧轢いちゃったたって笑ってたから、仕方ないじゃん、本官が現場に出向いて、崖下に棄ててきた」

「棄ててきた？」

「三屍体《したい》」

「あ、どうも」

「どーいたしまして。本体棄てるのはでかいから逆に楽だけど、配送が念入りに轢きやがったから——あの野郎バックして確認しようとしたら、また轢いちゃったなんて吐かしてやがったけどさ、わざとだよな、絶対。ウンコとか、あえて踏まずにいられないタイプだもん。で、とにかく路面にへばりついた肉を剝がすのに難儀したよ。靴底、脂でつーるつるだ。まったく脂で青少年の主張してどーすんだよってな。ま、公務だからな。これでお給金もらってるんだからな、程々にテキトーにやりましたとも」

俺は掌に汗をかきつつ、問いかける。

「あの、罪に問われないんですか」

「神妙《しんみょう》でございますな」

バカか？　という眼差しの巡査である。

「ハギノ旅館の女将から正当防衛だって電話があったし、高畑所長さんから、この子を大切にって電話があった。おまえさん、ＶＩＰだってよ。ゲップみたいな顔しやがって。おっと、じつにつまんねーな、本官。吉本《よしもと》は無理でしょー」

自分に突っこんで、カカカと笑う。

「あの、蒸し返すようですが、日本国の法律は？」

「だっからー、うざい若者だな、おまえ。いいか日本国の法律とやらよりもだな、この上槇ノ原の決まりのほうが優先されるんだわ。なんだ？　日本国の法律って。朴葉味噌《ほおばみそ》でもつけて食うと、旨えのか。だいたい日本国がわたくしと家族の身の安全を守ってくれるかってんだよ」

巡査は手のルービックキューブを俺に手わたした。俺がシャカシャカグルグルしてもどすと、うん、と大きく頷いた。

「おまえのおかげで、久々に働いたよ。肉剝がし。本官、胡乱《うろん》なスクレッパー」

言い終えたときには、六面綺麗に揃っていた。

「おまえ、俺のこと巡査って思ってるだろ。いくら言っても高畑のババア、俺のことを巡査って吐かすんだよな。くそったれ。階級章凝視しやがれってんだ。棒が左右に二本ずつございますだろが。いいか、俺は巡査長だ。じゅんさ・ちょう！　忘れんな」

「はい」

「いい返事だ。上槇ノ原で俺に『はい』なんて言ってくれるの、おまえだけだよ。いつでも遊びにこい。いいよ、相手してやる。ルービック教えてやる」

「それは、ちょっと」

「ルービック、いやか？」

「いやもなにも、俺、アホだから」

「ふん。てめえなんて、たるんだ小便染みつきブリーフっぽい文学臭が漂っててさ、くっせーんだよ。最悪だ。本来ならこのニューナンブM60が火を噴くぜ」

おいおい、なんなのだ、小便染みつきブリーフ文学臭とは！　確かにそうかもしれないが、すごい侮辱だ。せめてトランクスにしてくれ。けれど、銃口を突きつけられているので首をすくめて迎合するしかない。

「やめてくださいよ。冗談でも、暴発したらどうすんだ」

「けっ。三人も殺しといて、調子っくれるんじゃねえよ」

巡査長は西部劇のガンマンのようにリボルバーをくるくるまわして、ホルスターにおさめた。じつに器用なものだ。

が、妙な違和感がある。

なぜ拳銃をくるくるできるんだ？

記憶が朧《おぼろげ》気だが警察官の拳銃って、なんか白い紐でつながれていなかったっけ？　巡査長の拳銃には紐なんて一切ない。上槇ノ原ならではの自由か。

「一度、撃たしてくれませんか」

「いいよ。これから、出かけようか。牧場の近くが試射には手っ取り早いけど、乳の出が悪くなるって怒られちまうから、パトカーに乗って、ちょい遠出するぞ」

「はい。御同行致します」

「内緒だけどよ、M１９１１もあるぞ」

「それも拳銃？」

「そ。終戦直後にな米軍から警察に供与されたやつ。大東亜戦争で負けた直後の警察官はな、アメ公の軍用拳銃、持ってたんだぞ。ぶっちゃけアメリカ陸軍から廃品押しつけられたみたいなもんだけどな。M1911、コルト・ガバメントって言えば、おまえみたいな抜《ぬ》け作《さく》にも絵が泛ぶんじゃねぇか」

「はい。抜け作、絵が泛びました。映画とかで見たことあるし、あれが撃てるなんて」

「ん。良い子の豆知識な。戦前戦中は、警官てばサーベルしか持ってなかったんだぞ。銃なし」

「なるほど」

「おっめーってば、ぜんぜんなるほどって思ってねえじゃんか。上っ面《うわつら》だけ合わせるんじゃねえよ、抜け作。いいか。ニューナンブも悪い拳銃じゃねえぞ。なにせスミス&ウェッソンのリボルバーをコピーしたようなもんだからな。けど、やっぱガバメントの45ACP弾の反動はたまらんぞ～」

「先輩。よろしくお願いします。で、たくさん撃ちたいんだけど。一発、二発じゃ、遠出する気にもなれないっす」

「図々しい抜け作だな。いいよ。納得するまで撃たしてやる。弾は腐るほどあるんだ。七十年以上前のもんだから火薬が湿気ちゃってるから不発もあるけどさ、ま、延々秘匿《ひとく》されてきたものを諸先輩が大切にっていうか、忘れちゃってたもんが、ザックザクよ」

「巡査長殿。自分がパトカーを運転しましょうか」

「免許、あんのかよ」

「当然でしょう。ゴールド免許です」

「金ペラなんて一切運転してねえぺーだって証しじゃねえか」

オートバイからおりてしまってから、ずいぶん時間がたった。こないだ免許が金色になった。

「ぺーって、ぺーパードライバーの略か」

「いちいち繰り返すな、バカ。撃つぞ。ま、いいや。♪運転手はキミだ、社長はボクだ、あーとの五人は検事のお客」

「なんですか、それ」

「替え歌。いちいち訊くな、バカ」

抜け作からバカに格下げ？　されて、俺と巡査長はパトカーに乗り込んだ。黒白に塗りわけられたダイハツの二昔前の軽、いわゆるミニパトだけれど、ミッション付きなんて、教習所で運転して以来だ。覚束ない手つきでギアを入れたら、ガッコンと衝撃がきた。巡査長は一切頓着しない。車中で、そっと訊いた。

「なんで、職務が靴底で肉、剝がすだけなんですか。警察官なら、それ以前にあれこれあるでしょ」

「厭《いや》な質問するなあ〜。てめえ、顔に脂身こびりついた靴底押しつけるぞ」

「真面目に訊いてるんです。なぜ隠蔽《いんぺい》して、不問に附《ふ》すってんですか、あれこれ詮索《せんさく》せずに終わらせせんですか」

「じゃ、真面目に答えよう。俺にも家族がある。妻と小学生の娘と息子だ。生徒数十六名の上槇ノ原分校にだって遠足がある。娘と息子が事故に遭う可能性がある。崖から落ちるとかな。

夏休みにはプール代わりに吃逆川《さくりがわ》川遊びなんて学校行事もある。事故に遭ったら怪我ですむはずがない。必ず、死ぬ。本官の前の前に正義の味方がいらっしゃった。せんでもいい駐車違反取り締まりまでなさった。上槇ノ原なんてどこに駐《と》めたって交通のじゃまになんぞなりようがない。じつに杓子定規《しゃくしじょうぎ》なオッサンだったんだな。すると当該警察官の三人のお子さんが事故で亡くなられた。ご当人と奥様もなぜか首を吊られた。上槇ノ原は女ばかりだけど、その女共がじつに恐ろしい。そういうことだわ」

巡査長は大きく倒した背もたれに反っくり返って、ワイヤブラシでガバメントの銃口の手入れをしながら、続ける。

「本官も噂《うわさ》には聞いてたんだ。離島に赴任した警察官は島民の御機嫌を損ねると家族に厄災《やくさい》が降りかかる。独身ならば、当人が溺《おぼ》れ死ぬ——なんてな」

香苗さんや高畑所長の雰囲気と、巡査長の言っていることが結びつかない。それでも、たぶん巡査長が正しいのだ。

「おっかないですね」

「なんの。正義の味方さえやめちゃえば、こんな楽な商売、ないって」

「なるほど」

「真顔になんなよ」

「上槇ノ原で暮らす秘訣《ひけつ》ですね」

「ん。そーいうこと。それにな、模合。うふふ。あれで、ずいぶん稼がしてもらってるんだわ。

お給金から毎月二万ずつ積み立ててんの。さらに、だな。本官のような美男子をわらわら蔓延《はびこ》る女共が拋《ほう》っておくはずもないのは鈍いキミにもわかるだろ。その気になれば竿が乾く暇もないってやつだ」

「奥さんに言いつけちゃおかな」

「おまえ、やな奴だなあ」

「独身の強み」

「あ、右折して。あとは道なり。急勾配にビビるなよ」

けっして脅しではなく、滑り止めに横溝が切ってある、古いコンクリ舗装の急斜面だった。幅は軽には充分だが、とにかくシートに背中が押しつけられるくらい急坂だ。両側は密生する杉木立で、開け放った窓からクラクラする杉の香が襲ってくる。

とにかく、ペーパードライバーには難易度が高すぎる急勾配だが、一度止まってしまえばバックでずり落ちるだけだよ――と脅されて、一速のまま闇雲にアクセルを踏む。

駆動輪が空転する。前輪からあがったであろう煙のゴム臭い悪臭が杉の香に取ってかわった。

「ド・アホ！　ＦＦは坂道に弱いんだからよぉ、もすこし繊細にアクセル扱え、バカ」

「ＦＦは坂道、だめなんですか」

「常識だろ。坂のぼってる車の重心は、どこにある？」

「後ろ、かな？」

「あったりめえだ。後方に重心が移ってしまっている前輪駆動車は、駆動輪である前輪に荷重がかからない。以上」

　道はいやらしく右に折れている。急勾配の先の見通せぬヘアピンカーブだ。路肩は拡げられているが、緊張のあまり——。

　エンストしちゃった！

「引け！　サイド引け」

　叫びながら巡査長は、自分でサイドブレーキを引いた。左手中指でずれたメガネをなおすと、ほとほと使えねえ奴だな——といったニュアンスの眼差しを投げてきた。

　中途で立ち往生すると、この勾配がいかに過酷なものかが改めて実感される——などと評論家みたいな他人《ひと》事《ごと》の能書きを胸中にてたれて、重力でシートの背もたれに背中がへばりついてしまっている俺に、巡査長の冷たい眼差しが刺さる。

「おめえ、バック、得意か？」

「後ろからやんのは嫌いじゃないけど、得意でもないっす」

　頭をぱっかーんと叩かれた。ちゃんと加減してくれているのが伝わってきた。巡査長は短く溜息をつくと、運転を代わってくれた。もちろん一筋縄ではいかない。これほどの急勾配で再発進などできるわけがない。

　エンブレに頼っていいのは程々の坂道ですね。しかもこいつってば超ポンコツだから、クランクに逆回転かけて痛めつけたくねーんだよね——などと独り言しながら、巡査長はフットブレーキを主体に、しかも軌道修正だろうか、常にサイドブレーキに手を添えて小刻みに操りながら、背後を振り返ることもなくバックミラーだけ覗いて惰性で、意外な勢いで坂道をバックしていく。

路肩にはガードレールなるご親切なもんなど一切ないので、ルームと左右のミラーで全体を見たほうがうまく間合いを測れるのだそうだ。

「凄え。俺、オートバイ好きだったんで、前にしか進めないんですよ」

「あ、単車狂いは、ほんと、前にしか進めないよね。白バイの奴らもブーブーの運転は下手だからねえ。レーサーもね、四輪のレーサーもバックは下手だっていうね。ラルフ・シューマッハだったかな。さすがF1運転手、自分の車、駐車場でバックさせて見事に大破させちゃったらしいよ。バックするときは、ハンドルのな、天辺《てっぺん》持つんだ。そうすると細かく修正がきく。間違っても横持つな」

後退のあれこれを拝聴《はいちょう》しているうちに、のぼるときはあれほど時間がかかったにもかかわらず、引力が味方してくれて、すぅっと振り出しにもどった。

急勾配再チャレンジは巡査長の運転で、前輪を空転させることもなく、難なくのぼりきった。最初から巡査長に任しておけばよかった。ルービックキューブといい、自動車運転技術といい、巡査長はひょっとしたら相当の切れ者なのではないか。少なくともバカじゃない。

「なに、おまえ、汗かいてんの？」

「冷や汗です」

巡査長は肩をすくめて、リアシートの米軍払い下げらしい大きなダッフルバッグをだせと呟いた。尋常でない重さで、片手では持てず、あらためて腰を入れて持ちあげた。地面にバッグを置いて、俺は眼前に拡がる鉱山らしき光景に目を見ひらいていた。

「ボーキサイト掘ってたころは上槇ノ原にも男、たくさんいたみたいだよ。出生率高止まりって高畑所長が笑ってた。いまは女ばかりで子作りが急務でございます」

長年掘り続けて形成されたのだろう、山腹が鋭角に抉《えぐ》られて、八段ものコンクリート擁壁が構成する巨大な雛壇《ひなだん》になっていて、見あげると日常的に前屈み姿勢主体の俺の首に鈍い痛みが疾《はし》るほどだ。

山腹には黒ずんだコンクリートやプレハブの建物が無数にこびりついて、増殖するウイルスだ。

左脇に雛壇《ひなだん》を一気に貫く線路が急角度で聳《そび》えたつように迫《せ》りあがっている。俺の視線を追って巡査長が教えてくれた。

「インクラインな。トロッコちゃうぞ。ケーブルカー。行きは坑夫乗せて、帰りはボーキサイト鉱石を山盛り降ろしたんだわ」

最上段の、列車がすれちがえるほど大きな坑道にインクラインの錆《さび》さび線路は呑みこまれて消えてしまっている。坑道の奥は、どうなっているのだろう。

俺の視線を追い続けていた巡査長が、首を左右に振った。無用な探検は控えろということだ。

「廃墟マニアってか? 洞窟か。どのみち酔狂《すいきょう》な奴らよ。学生七人、もどらんかった。ヘルメットにヘッドランプに黄色と黒ロープとか、イッチョマエの装備だったけどな。垂直坑に落ちたら、助けようもないんだ。雨水や地下水がたまってっからな。さんざん掘りまくってきたから、深すぎて底がわからんのよ。ま、使いようによっては便利だけどな。おまえが殺したお子様たちだって、本来ならば、ちゃーんと抛り込んでおくべきなんだけどさ、本官てば現場処理、別名手抜きが得意なのでな」

巡査長と俺が立っているのは、広大な駐車場だった場所らしい。黒いアスファルト舗装は穴だらけだが、そこいらの陸上競技場を二つ、三つ合わせた広さだ。

ここに無数のダンプが群がり、鉱石を運んだのだ。あの急勾配をものともせず、大きなダンプカーを操る運転手の運転技術は、ヘタレな俺からすると、いやはやだ。すべてが信じ難い規模だ。俺の思いを読んだ巡査長が同調する。

「ったく、よくもまあ、こんなとこ、ダンプ走らせたよなあ。路肩ぎりぎりだぜ」

「そもそも、すれ違えないじゃないですか」

「そもそも頭、悪い？」

「はい。自分では悧巧《りこう》だと思ってるから始末に負えないバカです」

「ん。正直と率直は、強いていえばバカの美徳だな。すれ違いなんて、時間区切って一方通行にすればいいだけじゃんか」

「なっるほど。バカが身に沁みます。ところで、戦車、じゃねえ、ブルとかの重機は？」

「あ、ちゃんと下界におろして、叮嚀に面倒みてるよ。ヤナショウんとこにでっかいガレージつくってな。ヤナショウのジジイはヂーゼルの二級整備士だから、いつでも戦車隊、出動できまっせ。未来永劫、下槇ノ原がちょっかいだしてこない保証があればさ、ここは天国なんだけどな、ま、戦争んときは、やっぱ戦車だよな。上槇ノ原の安全保障だね」

「すっかり上槇ノ原の住民だ」

「まあな。赴任終わったら、警察官やめちゃおうかなってな。かーちゃんもガキもけっこう馴《な》染《じ》んでるしな。食うに困らんし。なんでだろ？　女が仕切るとさ、飢えなくてすむんだよな。上槇ノ原は、そういう仕組みになってんのよ。大日本帝国も見習えってんだよ。ここでボーキサイト掘るのが終わっちまったときは、ちょいと左前になった上槇ノ原だけどな、そんとき高畑所長肝いりでつくった、ヤナショウの自由物品コーナーってのがあるんだ。それぞれの家のあまり物がテキトーに置かれてるわけだ。採れすぎた野菜とか自分ちで捏ねたウドンとかな。冷凍庫覗くと肉もな。こんど連れてくけどさ、牧場経営してんのも女でさ、これがすっげー好い女なのよ。ジーパン似合うんだわ～。女カウボーイ。おっぱい、乳牛並み。じゃねえ、上槇ノ原短角牛《たんかくうし》は超ブランド牛じゃん、市場動向見てネット通販、価格操作でわざと品切れにしたりするからさ、そんときは肉味の脂身でしかない歯の悪い貧乏人向けのA5なんてお肉なんかメじゃないって代物が、ドサッて冷凍庫に入ってたりするんだわ。ま、みんな有り難がりもしねえけどね。モツのほうが人気あったりすんからな。とにかく家具とか服とかまであるしな。スタイルかまわなきゃ、自由物品コーナーはぜんぶタダ。で、これらで案外まかなえちゃうのよ。住まい？　そんなん、どっか女のところにしけ込めばいいじゃんか。あれ、おめえ旅館に金払って泊まってんのか。ほとんど変態ですな。しかし溜め込まなければ、まわるんだよなあ、この世界。——いかん、作者都合により喋りすぎた、息切れた。チキショウ、酷使しやがって」

　母権中心の原始共産制か。上槇ノ原は株で儲《もう》けて資本主義を手玉にとっている高畑所長をはじめ、強《したた》かな女たちが統《す》べているらしいので、原始は外すべきだろう。母権中心のゆるい共産制だ。

「俺な、模合で金借りて、トマト農家やりてえんだわ。てめえ、内緒だぞ」

　俺は満面の笑みで応える。巡査長は丹精込めたフルーツトマトとかなんとかうっとり呟いて、我に返ってダッフルバッグをひらき、俺を手招きし、手を突っこんで銃弾をすくいあげた。これが45ＡＣＰ弾か。古いので緑青《ろくしょう》が浮いているものもある。

　そんなすっかり色のくすんだ銃弾を巡査長は手際よく弾倉に装塡《そうてん》していく。見守っていたら、顎をしゃくられた。巡査長の命令で、俺は崖際に岩を並べていく。十体ほどの小さなお地蔵さんが整列し、そこから十歩後退させられた。初心者がちゃんと当てられる愉しい距離だそうだ。

「韓国とかの射撃場な、こんくらいの距離で遊べるんだわ。誰だって的の真ん中に命中するわな。ま、最初は気持ちよくなったほうがいいよね。童貞老い易く学成り難し」

「はあ？」

「はあ、じゃねえだろ。関東管区小平《こだいら》警察学校卒を舐めるなよ」

「はい！」

「よし。撃て。おっと、メガネとかは？」

「ありませんけど」

「お地蔵さんに命中して、爆ぜた小石が目に入っちゃったら、それは貴君《きくん》の不徳の致すところってやつだな。ま、メガネかけてたってこの距離だと小石はともかく、万が一の跳弾は避けられねえからな。うふふふふ」

「――なんか怖いなあ」

「パトカーん中にティッシュあるから、耳に詰めとけ」

ティッシュをねじって耳栓代わり、なんだか耳だれがひどい耳鼻科の患者みたいだ。巡査長も俺から受けとったティッシュを耳に詰めた。

「よし、撃て」

「レクチャーは？　教えたがりでしょ」

「厭味《いやみ》な言い方だなあ。なーんも教えてやらんからね」

「巡査長殿。省悟一等兵は巡査長のお教えが必要なのです。童貞老い易く学成り難し、です」

「おまえ、正午ってての？」

言いながら巡査長は空に視線を投げ、薄雲に隠れつつある太陽を一瞥した。

「お昼の正午ではありません。反省して悟る省悟です」

「けっ、おまえの場合、省いて悟るの省悟だろが」

思わず満面の笑みを泛べてしまった。巡査長、侮れない。大好きだ。

俺の気配に巡査長は戸惑い気味になり、俺の手にガバメントを押しつけるように手わたした。

重い。たぶん一キロ少々なのだろうが、ずしりとくる。素人が生意気だが、グリップが太すぎてしっくりこない。写真などで見るかぎり、手にぴたりとくる印象で秀逸なデザインだが、若干もてあまし気味だ。

　それを訴えると、弾《たま》がでけえからな——と巡査長は頷いた。必然的に弾倉がでかくなるから、グリップも巨大化するということらしい。

「たった七発しか入らねえくせにな。似たような太さでもグロックとかさ、十七発とか入っちゃうからね」

　ぽんと肩を叩かれた。俺は映画などで見た構えを真似て腰を落とし、お地蔵さんに狙いをつけ、引き金を引く。バンとポンの中間くらいの音がして、すこしだけ鼓膜がキーンとなった。

薬莢《やっきょう》が陽の光を反射してくるくる舞った。

　肝心の弾丸は背後の崖にめり込んで、ほんわか土煙が立っていた。巡査長が、腕組みしたまま顎をしゃくる。気合いを入れて全弾撃ちつくした。

　右手首に添えた左手を巡査長が修正してくれた。銃を構える右手に左手がかぶさるかたちになった。

「手首をば握って押さえて、なんか意味あるの？」

「いや、映画とか、こんな感じだったかなって」

「アホ。反動に対しては手首なんか押さえたって、なーんの意味もねえよ。いったいなんの映画見たんだよ？　せっかくのショックアブソーバー働かさねえんだから、省悟はド・アホ〜だな。そんな格好で撃ってると、手首どころか肘まで痛めるぞ」

「反動を押し込めようと思って――」

「反動は押し込めんじゃなくて、逃がすんだよ。いいか、弾が飛び出した瞬間の初速は音速超えだぜ。ガバメントは古いから、ちょい遅いかもしれんけどな。反動がくるのは、そん次なんだわ。反動を押さえようとすんな。理由はな、とーっくに弾は彼方を疾ってるからだ。力を抜け。気楽に撃て。反動を押さえようと力んでると、狙いまでもがカチコチになっちゃうよ。弊《へい》害《がい》多《た》々《た》でございます」

巡査長は講釈しながら、新しい弾倉を装塡してくれた。ガバメントを構えて目で訊く。左手の位置を叮嚀になおされた。まさに右手を覆うようなかたちだ。

いったいどこのなにで俺は勘違いしていたのだろう。加えてグリップ・セイフティを意識するなとだけ巡査長は言い、またポンと肩を叩かれた。

吸って、吐いた瞬間、引き金を引いた。もちろん息のことですよ。

真正面の石に着弾した。お地蔵さんになぞらえたら顔のあたりだ。顔が爆ぜた瞬間、ごくわずかだが火花が散るのが見えた。胸が高鳴った。銃口からはハリウッド映画のような火焔《かえん》はまったく見えないんだけどね。

薄曇りの昼下がり、二時間ほどレッスンしてもらい、香苗さんの弟が残していったネルシャツにも手指にも、すっかり硝煙《しょうえん》の匂いが染みついたころ、小刻みに指示してくれていた巡査長が大あくびした。

巡査長は一発も撃たなかった。軽に積んできたパイプ椅子に座って、ルービックキューブ三昧だった。ペストル撃ってはしゃぐようなガキじゃねえから――と、小バカにしたように呟いた。

俺も内心飽きてきていた。拳銃。じつに単調な機械だ。愉しさからいったら花火にも劣る。実際に人を撃てば、そりゃあ話は別なんだろうが。

十歩の距離から二十歩にまで後退したが、九割方当たるようになったし（ま、基本当たるようにできているのだな、ペストルは。しかも撃ち放題だった！）、すべてのお地蔵さんは小砂利と化してしまったし、潮時だ。

巡査長の運転で急勾配を下っているとき、あえて訊いた。

「ガバメントってば、四つありましたよね」

「ん。おまえが撃ったのは、いちばん状態がいいやつだ」

「売ってくれませんか」

「いいよ～」

「――二十万で、どうだ？」

「あんな骨董品に、そんな額をば、お支払いなさろうという省悟は、じつにいい奴であるな。本官、感服」

「もっとぼられるのかと思ってた」

「歌舞伎町なんかで買える中共トカレフなんか、五万しねえぜ。ま、安全装置なしという潔さだけど」

　俺が肩をすくめると、二十万だすなら弾もたっぷり付けてやると頷いた。ただし上槇ノ原で人殺しはするなと命じられた。

「あくまでも護身用です」

「とかいって俺を撃つんじゃねえの」

「撃つわけないじゃないですか」

「ん。撃たれちゃたまらんから、あえて言っとくけどな、下槇ノ原のお子様の件は、上槇ノ原にいるかぎり不問に附される」

「下槇ノ原に出向いたら？」

「そりゃあ、おまえ、ご遺族に見つかったら五体不満足にされちゃうよ。あとな、あっちの巡査とは顔見知りだけどな、あっちはまだ日本国の法律の範疇《はんちゅう》だから、安易にぶっ放したりすんなよ」

「安易に、ってつくんだから、場合によってはぶっ放してもいい？」

「本官は関知致しません」

　首をねじまげ、巡査長はニカッと笑った。前見て運転してくれえ〜と哀願した。

06

後払いでいいというのでガバメントと弾丸百発＝目分量を車内のゴミ袋として使っていたコンビニのレジ袋に入れてもらって、銃全体に機械油を絶やすなと厳命されたので、パトカーでヤナショウまで送ってもらい、巡査長と別れた。

未舗装だが、一応突き固めてあるらしいずいぶん広い敷地だ。向きその他てんでんばらばら、かつ疎らに客のものらしい軽や小型車が駐まっている。

端のほうにはガソリンと軽油、そして灯油の古びた給油機が並んでいる。外車率ゼロなのだろう、ハイオクなんて気取ったものは、ない。

すっかり色の抜けてしまった古い看板には萬柳庄《よろずやなしょう》とあって、それを塗り隠すようにカタカナでヤナショウとある。

意外だったのは、入り口前面に〈デイリーヤマザキ〉の赤地にDの字の黄色いロゴのディスプレイが据えてあったことだ。一応、コンビニでもあるらしい。

「デイリーヤマザキはコンビニのなかでも、うるさいことを言わねえ別格でな。以前の商売を引き継いでそのまま営業したって、どうってこともねえんだわ。だからウチは基本、萬柳庄雑貨店なわけ。ま、周囲のすすめでヤナショウって英語にしたけどな」

俺は笑いをこらえつつ、お喋りのせいで唇の両端にいかにも粘っこそうな唾の泡をつけたまま機械油の小さな半透明樹脂ボトルを手に、自由物品コーナーまで追いかけてきた爺さんに、真っさらの紺の作業着をもらっていいか訊いた。

「上槇ノ原農協の刺繍《ししゅう》が入ってるレアもんてやつだな。農協なんて三十年くらい前に消えちゃったけどな。女共に追い出されちまったんだわ。高畑所長の指図で農作物も肉も牛乳もなにもかも一気にネット直販に切り替わって、大儲けだけどな。けど俺は農協って響きが好きだなあ。古いかね？」

古いもなにも、相当なお古ということだ。いや、話がちがう。垢抜けないことはさておき、じつにしっかりした生地と縫製《ほうせい》だ。勝手に袖を通して感心した。

自由物品コーナーだが、古いコンビニの棚を転用したものがずらりと並び、巡査長が言うように最低限の生活を営むには充分なあれこれが陳列されている。

野菜類が多いが、米や小麦粉、自家製の味噌醤油、コンニャクや漬物などの加工品、賞味期限切れだろうか、インスタントの袋麺その他の食品が置かれたりもしている。

もちろん衣類もお古から、いかにも手作りの腹巻きまで、種々取り揃えてある。銀色に光る巨大な業務用冷凍庫及び冷蔵庫は、あえて覗かなかった。

爺さんは俺の顔と作業着の農協の刺繍を交互に見較べて、合点がいかぬといった面差しを隠さずに訊いてきた。

「おめえ、なんでこんな昭和の遺物、あえて着る？」

「香苗さんから弟の服を借りてんで、多少は自前も揃えようかなって」

答えになっていないが、爺さんはふーんと頷いた。早朝、風呂場でセックスしたとき、いつ香苗さんが抛り込んでくれたのか、彼方で俺の血塗れの服を洗う洗濯機の音が幽かに響いていた。俺は香苗さんに囁いた。——宇都宮パセオの寿司屋台で湯葉握り、とことん食おうね。

「ズボンもいるだろ。このベトコンズボンはどうよ」

ベトコン——確か南ベトナム解放民族戦線だったか。俺が生まれるはるか前、ベトナムの戦争で圧倒的軍事力を誇るアメリカ軍に勝利し、追い出してしまった途轍《とてつ》もなく強いゲリラのような存在だ。

ベトコンズボン。はじめて耳にした。ゲリラが穿いていたものだろう。頑丈でポッケも多く、屋外作業に便利なので、ヤナショウの爺さんが大量仕入れであまったものを自由物品コーナーに並べたという。軍隊色の腿の両脇にでかいポケットが付いた、いわゆるカーゴパンツだ。が、たぶんベトコンズボンが正式名称なのだろう。なにせジーパンが、いつのまにかデニムになってしまっている薄気味悪いファッションの世界だ。

爺さんはLLサイズを三本も手渡してきた。ちょいでかいが、素直に受けとる。本音でこの綿と化繊《かせん》の混紡《こんぼう》と思われるゲリラのズボンが気に入った。

「戴《いただ》きます」

「ん。省悟君は礼儀正しいな」

「根性は、悪いです」

「ん。省悟君は礼儀正しいな」

「だから、擬態《ぎたい》です」

「ん。省悟君は礼儀正しいな」

ボケがはじまってるのか。けれど、それはそれで愉しい。俺の頰に泛んでいる笑みは掛け値なしだ。上槇ノ原、こんなに居心地のよい場所はない。まさに夢の世界だ。

爺さんは農協の上着とベトコンズボンだけを手にした俺を、遠慮深い思慮深いと大きく頷きながら褒めてくれた。褒め殺しか、と思ったが、真顔だった。

せっかくだから機械油以外にも買い物をしていくことにした。

大きな店舗だ。鉄骨で組まれた天井も、見あげるほどに高い。五分の一は普通のコンビニで、残りは農業林業、家庭用品その他のジャンルの消耗品及び道具類が呆気《あっけ》にとられるほど大量に陳列されている。超萬屋だ。俺にとって、これまた夢の商店だ。

「柳庄さん。鉈《なた》ってあります?」

「省悟君は物騒だな。薪割《まきわ》りするわけでもあんめえ?」

「護身用です」

「やめとけ。飛び道具持ってんだから、いらねえよ。巡査もしょうがねえなあ、そんなもん売りつけちゃって」

レジ袋の中身がなんであるか、見破られていた。ボケているなんて、とんでもない。

「刃物は難しいよ。修練積まないと、自分、傷つけちゃうよ」

「林業関係者みたいに、腰に鉈を下げてみたいだけです」

「嘘、こけ」

「見るだけでも。できたらアドバイスもいただきたいです」

爺さんは肩をすくめ、黙って鉈の棚に連れていってくれた。大小ずらりと並んで、壮観だった。

「鉈には腰鉈《こしなた》と剣鉈《けんなた》があるんだ。腰鉈は、ほれ、そこいらに並んでる、でかい包丁みたいなやつ。薪割りやら枝打ちな。頭蓋骨割りにも、いいかもな。剣鉈はこっち側。ナイフみてえなやつ。猪や鹿、魚を捌くのに使う。刺すならこっち」

「柳庄さん、最初《はな》っから人を殺すような先入観であれこれ言わんでください」

「ははは。失敬、失敬。で、キミの視線を捉えて離さない剣鉈両刃はやめときなさい。手入れが難しい。両刃は研ぎが大変なんだわ。俺が幼いころ親しくしてた鍛冶屋の悴、鋼《こう》が、両刃は使えねえって言ってたしな。ちなみに俺は、鉄ってんだ。奴と二人、鋼鉄《こうてつ》コンビだったんだけどな。ゆえに、武器としては委細構わず頭をかち割れる腰鉈がいいよ」

「だから～、林業関係者みたいに――」

やれやれと言葉を呑んだ。どうやら下槇ノ原のガキを三人殺したということが知れわたってしまっているようだ。しかも、ここ上槇ノ原ではそれがよいことのように受けとられているのだ。

けっきょくは爺さんのすすめに従って、高儀村国という日本のメーカーの炭素鋼、焼入硬度

ＨＲＣ59の片刃、樫の柄の、ちょい重たい鉈を買った。頭を割るにはこれくらいの重みがいるという爺さんの言葉は、完全に無視した。四千二百円だった。

安全靴のブースを物色する。短靴から長靴まで種類が多すぎて目移りしてしまう。恰好で選ぶと後悔しそうなので、爺さんに目で訊く。即座に一足摑みあげ、能書きを垂れはじめた。

「シモンてのは保護具メーカーでも図抜けてるんだけど、その安全長編上靴でも一番高いやつ。定価税別二万三千円。ま、上槇ノ原では高畑所長の指図で消費税は一切取らんけどな。とはいえなぜ高いか？　外側は銀付牛革で内革当革付き。爪先には鋼鉄よりも硬くて強いＡＣＭ樹脂先芯＝炭素繊維とアラミド繊維で補強されてるんだ。相手のきんたま蹴り潰すなら、これだ。ハイテクってやつだ。ハイテク陰嚢破壊」

「あのね──」

「疑義を差しはさむ余地なし。軍靴だよ、これは。で、省悟君ならば九千円でいい」

「買います」

他にポケットがたくさん付いた釣りのベストや、得体の知れない防水透湿素材の野球帽やチエーンソウなどを扱うときの山吹色《やまぶきいろ》の革手袋を見繕った。

「いやあ、立派な兵隊さんだわ」

兵隊が野球帽、かぶってるかよ。さらに腰に巻き付ける分厚い革の工具入れ、モンキーレンチ、千枚通し。うーん、確かに俺は武器になりそうな物ばかり買っている。加えて原チャに乗るときのための韓国製格安フルフェイスヘルメットも購入した。

「省悟君。うちはクレジットカードとか、使えないよ」

「そもそも持ってません」

「じゃ、ぜんぶで二万円。いつもニコニコ現金払い」

「計算してませんよね」

「暗算の達人」

「なんだかな～」

でも、相当に値引きしてくれている。俺はポッケから汗で湿った万札を引っ張りだし、レジカウンターで叮嚀にのばし、満面の笑みで支払った。

「よし。金も入ったし、省悟君、飯食いにいくべえ」

「喜んでお付き合いします」

漕げと言われて、ヤナショウの爺さんを古臭い26インチの自転車の荷台に乗せて、ハギノ旅館の方に取ってかえす。時折すれ違うのは女ばかりで、頻に品定めの視線が刺さる。俺って、ポーカーフェイスができないんだよね。いちいち体温上げるなと腰に腕をまわした爺さんにおちょくられた。

藍の染め抜きの暖簾《のれん》が鮮やかな、上槇ノ原唯一の食堂〈焼き肉・おめん〉の店内にも老若問わず女が群れていた。大繁盛だ。女たちの視線が、俺を舐めまわす。へこへこ頭をさげ気味に愛想笑いする自分が疎《うと》ましい。

「喜美《きみ》ちゃん鰻《うなぎ》キムチビール」

爺さんは読点を省いて一息に注文した。奥から張りのある声が返ってきた。

「鰻は時間、かかるよぉ」

「だっからキムチビールって言ってるだろがよぉ」

奥の声に負けぬ老人らしからぬ張りのある声を返した爺さんであった。鰻もあるんですかと問うと、爺さんは自分のことのように得意げに目で壁面を示した。焼き肉以外にも蕎麦饂飩にラーメン、カレー、丼物、チャーハンなどの中華、なんでもありだ。

「凄い量のメニューですね」

「だろ。メニューになくたってつくってくれるよ。でも、おめえ、おめんは初めてだからよ、やっぱ上槇ノ原短角牛食うべし。焼き肉食うべし」

もちろん異存はない。

「喜美ちゃん、省悟君には焼き肉盛り、三人前とビール・オン・ザ・キムチに冷麺」

はーい、と声が返ってきた。三人前。よろしいですな。ビール・オン・ザ・キムチ、よろしいですな。肉を堪能して冷麺、じつに、よろしいですな。爺さんはチャッカマンで勝手に焼き肉ロースターに火をつけた。

だが、それよりも爺さんが省悟君と俺の名を呼んだので、女たちはふんふんと頷いている。数時間後には上槇ノ原全土に俺の名前が轟《とどろ》き渡っていることであろう。

「ここの冷麺はな、手打ちなんだ。美味《うま》いぞお。なにせ喜美ちゃんは渡来人だからな」

「いい加減なこと言わないでくださいよ～。渡来したのはたぶん数千年前だから。当時、冷麺なかったから」

　と、言いながら、喜美ちゃんが柔らかな笑顔で奥から生ビールの大ジョッキ二つを右手に、左手に大皿に盛った真っ赤な白菜キムチを載せて運んできた。

「喜美ちゃんは、いつも美人だよなあ」

「うん。みんな、そう言う」

　うっとり見あげる。

「確かに、美人だ。通っちゃおうかな」

「残念。あたしには最愛の人がいるから」

「だろうなあ。ほっとかないよな、男なら」

「残念。あたしの最愛の人は、女です。うふふ。ほら、あそこの席の美人」

　喜美ちゃんが指した席にいるのは、仁王《におう》様のような性別不明のなにものかであった。どうやら女性らしい。ぺこりと頭をさげると、手招きされた。俺はジョッキをもって彼女の前に座った。

「腕相撲、しよか」

「非力ですので」

「だいじょうぶよ。ロースターの焼き肉プレートの上に腕を差しだしてやるから」

「って、負けたら手の甲、焼き肉になっちゃうじゃないですか」

「だから、バカ力をだせばいいの。あたしの腕を焼いちゃえば、それでよし」

「よくないです。勝てる気しねえ」

汗をかきはじめたジョッキのビールをぐいと飲む。よく冷えていて、咽に沁みる。仁王様のカクテキを抓《つま》んで、さらに飲む。

「カー、たまらん。じゃ、勝負」

おーと店内が響動《どよ》めいた。テーブルに肘をつき、手首をコキコキし、赤熱したロースターの上に突きだす。仁王様も腕を差しだしてきた。間髪《かんはつ》を容《い》れず、がっちり握りあう。

「喜美、カウント」

「ワンツー、行けー」

余韻もタメもない軽いカウントだった。だが昔の省悟君ではない。もはや心構えの塊である。ただし狡《ずる》い省悟君である。腕に全力を込めつつ立ちあがる。すなわち劣る腕力を上体の重さでカバーする算段である——が、グググと食い止められてしまった。

こうなると逆に腰が浮いて力が入らない。省悟君、必死である。

が、膂力《りょりょく》の違いはいかんともしがたく、省悟君の腕はギリギリ捻じ曲げられて、筋肉どころか骨格まで歪んで、抵抗虚《むな》しく焦げたタンらしきものが脇によけてある焼き肉プレートに近づいていき、じりじりトゲトゲひりひり放射熱が甲を焼きはじめた。

仁王様は、途轍もない力で俺を捩じ伏せていく。

俺のよくないところなのだが、じつに諦めが早い。甲に生えている毛がチリチリ焼けはじめ、右手焼き肉を覚悟した。

とたんに力が抜けてしまった。

顔をそむけた。

右手が焼き肉になる直前だった。仁王様が力を入れる方向を変えて、ぐいと俺の手を持ちあげ、すっと手を離してくれた。

俺は甲の毛が灰色のチリチリになっているのを一瞥し、雑に払うと、若干の水膨れは見えないことにしてジョッキを手にしてカラカラの咽を潤し、一息ついて、がっくり頭をさげた。

「ズルしたのに、負けました」

「よく、受けたね。弱っちいけど、おまえ、いい感じだよ」

「あ～」

「なんだ、その声」

「承認欲求《しょうにんよっきゅう》を充たされた声」

喜美ちゃんが爺さんのテーブルを示した。銀の大皿に大量の上槇ノ原短角牛各部位が載っている。肉の赤、モツの白、目に痛い。爺さんは目もくれずキムチをつついてビールを飲んでいる。

07

「本官は、だな。あちこちに、ぎょーさん子供がおるでな。とっころが前任の杓子定規《しゃくしじょうぎ》は応需《おうじゅ》に拒絶《きょぜつ》で接したそうな。アッホー、アッホー、ヤッホー」

「つまんねえんですけど」

「てめえ、Ｐデコ、弾痕《だんこん》で飾ったろか？」

巡査長は拳銃を抜いた。

それよりもＰデコってなんだ？　お巡りさんはヤクザ以上に隠語《いんご》が多くて、いかに閉鎖社会かを思い知らされますね。って、ヤクザ者、知らないけど。

額《ひたい》にニューナンブをぐいと押しつけられているが、撃鉄《げきてつ》がおりている。ガバメントだけでなくニューナンブも撃たせてもらっているから銃の仕組みは熟知《じゅくち》している。

なによりも、巡査長の言うところのレンコン＝弾倉に弾は入っていない。リボルバーだから目視できるのだ。

偶然、見てしまったのだが『♪インコー、インコー、それはインコオ』というわけのわからない鼻歌をがなりたてながら、大股開きで事務椅子に座り、からからからと弾倉をまわして、全弾片掌《かたて》に落として机の抽斗《ひきだし》に仕舞い込んでしまったのだ。

もちろん巡査長は、俺がさりげなく駐在所を覗き見していたことなど気付いていない。偽悪《ぎあく》ぶる人だが、俺が遊びにくるようになって、万が一の暴発もあってはならないと、抜いてしまったようだ。

どこに潜んでいるのか、コオロギが控えめに鳴いている。

事務机の上のルービックキューブは、赤、青、黄、緑、白が入り乱れている。俺が入り浸っているせいか、あまり愛撫《あいぶ》されなくなってしまっているようだ。

上槇ノ原で暮らすようになって二ヶ月以上たっていた。もはや俺の気持ちを波立たせるようなことはなにもない。平穏だ。かといって、退屈とは無縁だ。

銃とは、銃口とは男根の象徴なのだろう。弾痕＝男根？　弾痕は形状からすると女陰《にょいん》でしょ。もっともらしいダジャレを脳裏で翫《もてあそ》びながら言う。

「上槇ノ原はよその血がほしい。巡査長はちんこダレを撒き散らしたい。ふふふ、利害の一致をみましたなあ」

「お下劣《げれつ》だなあ、ちんこダレはねーでしょ」

「とろり濃厚、白湯《ぱいたん》ダレ」

「いや、本官、薄うござる。が、よー孕ませるんだわ」

「ふーん。奥さんは？」

「うん。若い愛人と、ね。御存知、上槇ノ原では若い男が、あんまりいねーだろ。でも上槇ノ原の女共は地元の男とあまりつーか、絶対やりたがらねえから、若い愛人、なかなかの好男子《こうだんし》だけどさ、オナ坊《ぼう》だったみたいだよ。しかも、だな。彼も、よそからきた女ってだけで、年増《としま》相手に嬉々《きき》としてるぜ。やっぱ血の問題は、でけえよなあ」

「双方納得ずく？」

「そういうことだわ。俺も好きにやるから、おまえも好きにやれって恐るおそる言ったらさ、にっこり笑って『うん』だって。もちろん本官、我が家の夕食もときどき戴くよ」

「夫婦円満？」

「うん。一応、本官の子供ということになってる我が家の娘と息子も、突き詰めると俺の子供かどーか、わかんね〜。でもさ、いいんだ、可愛いんだ。ま、娘はやや反抗期だけどね〜。それでも懐《なつ》かれりゃ、ギューしちゃうよね」

巡査長は満足げな笑みを泛べて続ける。

「上槇ノ原に根付いちゃおうかなっていうことには、本官の十七人の子供たちのこともあるんだわ」

十七人！　日を剝いた。苦笑《くしょう》に近い感嘆《かんたん》の笑いが泛んだ。

「省悟もテキトーにやれや。ハギノ旅館の女将も、オメーを縛ることはないと思うよ」

「ですね。でも、まずは香苗さんを妊娠させてやりたいな」

「うーん。微妙。高齢出産だぜ。初産だぜ」

俺は眼差しを伏せた。巡査長が軽く背中を叩いてきた。

「人生、成り行き」

「はい」

「飯、食った？」

「小一時間前に、ね」

「いいじゃん、おごれよ、御大尽《おだいじん》」

パトカーに乗り込む。標高が高いせいだろう、上槇ノ原はすっかり秋の気配で、赤トンボがふわふわ揺れている。

「田舎って言ったら失礼だけど、以前から疑問に思っていたことを訊く。

「田舎にしては上槇ノ原、道幅やたら広いですよね」

「うん。下槇ノ原が最後に攻めてきたのが大東亜戦争のさなか。そんとき上槇ノ原は完全に焼かれちゃったんだわ。あ、知ってる？　知ってんだ。じゃ、これは御存知か？　古老《ころう》の言い伝えによるとだな、どうしたことかハギノ旅館だけ燃えのこったっていうね。で、ハギノ旅館を起点に、新たに都市計画ってやつですか」

「古老って、誰ですか？」

「高畑所長」

「って、所長、いったい幾つですか？」

「ねえ。幾つでしょ」

メインストリートは片側二車線、計四車線とれそうな、けどセンターラインさえない直線路だ。

分校の女の子たちが路面にチョークでけんけんぱっぱの模様やらお姫様を描きまくり、いまは手にした縄跳びを、跳ぶかわりに派手に振りまわしてヒュンヒュン鞭代わり？　数少ない男児を追いかけまわしている。あたり憚《はばか》らぬ声で喚《わめ》き散らし、自在に駆けまわっている。

「ガキ共、なーにやってんだか」

「けっこう勇ましいですね」

「ほんと、ここってば、女が強いんだわ」

「ま、こんだけ広いとＮｏ ｐｒｏｂｌｅｍ」

「いま、お主、えーごで発音した？」

「イエス・アイ・ドゥ」

「べたべた日本語じゃねえか」

焼かれたときに、以降の戦いにおける延焼を防ぐための用心なのかもしれないが、脇道にそれても、必ず十メートル以上の道幅を維持しているのだから、開放感抜群だ。

「べたべたな日本人からすると、せせこましくなくて、じつに気持ちいいですよ」

「細《こま》い道、ねーだろ。燃えることも、あながち悪くねーよな。破壊は創造ってやつよ。上槇ノ原は解放感があるぜ」

ほとんど交通量のない、この圧倒的な道幅を誇る上槇ノ原で、前任の巡査はせっせと駐車違反取り締まりに励んだという。消されて当然だ。

「しかし大東亜戦争以来、上槇ノ原と下槇ノ原の戦争がないということは――」

「指折り数えてんじゃねーよ。おおよそ七十年以上、ギクシャクしつつも和平《わへい》が保たれてるんだよ。ま、本官が見るところ」

なんですか？　と目で訊く。

「ひひひ。省悟が争いのタネになるかもよ」

薄々思っていたのだ。あえて交わらぬことで七十幾年だかの平和が続いていたのだ。そこに俺という夢の中の人間？　が洩れ落ちてきたばかりか、高校生男子を三人殺して均衡《きんこう》を乱した。

「人生、成り行き」

「はい」

「思い悩まぬ貴君は強い」

「これで悩んでんだってばー」

「語尾《ごび》のばして甘えんじゃねーよ」

〈焼き肉・おめん〉に乗りつけると、こんな時刻にもかかわらず、女たちでほぼ満席だ。しかも老若《ろうにゃく》問わず、巡査長に単なる愛想ではない笑みを向ける女が幾人もいる。

女性体験が少ない俺だって、彼女たちが巡査長と肌を合わせたことくらい、即座に伝わってくる。そんな意味ありげな上目遣いの頬笑みだ。

十七人の子供だから、この中にも、いま現在育児に励んでいるお母さんもいるだろう。巡査長は上槇ノ原に貢献大《こうけんだい》である。ヤナショウの爺さんには絶対に向けられることのない眼差しなのであーる。

喜美ちゃんがやや腰を屈めて、なぜか巡査長の額を指し示し、勢いこんで言う。

「ところてん、あるよ〜」

「やった！」

「香川《かがわ》は坂出《さかで》の八十《やそ》八場《ば》で採れたテングサ、長野で凍らせた。最上級だよ」

ところてんマニア？　巡査長と喜美ちゃんに、交互に視線を投げる。二人とも首を左右に揺らせて、じつに幸福そうだ。

「省悟も食え。辛子醬油でキリッとな」

腹も空いてないから、ちょうどいい。

「今日のおすすめは？」

「山胡桃《くるみ》ダレのお蕎麦」

「白湯ちんこダレじゃなくて？」

「巡査！　逮捕しますよ」

「ちっげーよぉ。この下劣なる省悟が吐かしたんだよぉ」

諦めてしまっているのか、巡査長と言いなおさせることもせず、山胡桃ダレの蕎麦を俺の分まで注文し、ほっと息をつくと、軽く中空に視線を投げた。見事に肩から力が抜けている。俺も上槇ノ原にやってきてから、軀に無駄な力が入ることがない。

「ちょっと、おいで」

指定席の仁王様に、手招きされた。右手の甲をすばやく一瞥する。水膨《みずぶく》れが潰れてぐしゃぐしゃだ。見せたくないのでベトコンズボンのポッケに手を突っこんだ。右手だけだと不自然なので両手をポケットに入れた。ごく軽い調子で、仁王様の前に座る。

「なんですか～」

「内緒の頼みがあるんだよ」

「内緒。いいですねえ」

「じつはね、妊娠させてほしいだ」

「――声、でかくねえですか」

「これでずいぶん抑えてるつもりなんだけどねえ」

「そのまんまじゃねえか」

「呑むか？」

「剛健剛毅《ごうけんごうき》、剛直《ごうちょく》にして豪放磊落《ごうほうらいらく》ですなあ、真っ昼間から一升瓶、さつま白波《しらなみ》」

呑んでもいいが、右手をポケットから出すと水膨れがばれてしまう。左手で受けるのもどうか。

思案《しあん》のせいで、目が動いてしまったのだろう。仁王様が手をのばしてきた。手首を摑まれて、引きずりだされた。

「なんだ、こりゃ。治療せんのか」

「めんどいから放置です。でも、診療所行けって、香苗さんがうるさくて」

「そりゃ、そうだろう。誰にされた、こんな虐待」

「貴方《あなた》様です」

「ワッハッハ」

「あ、そんなに注がないで」

コップからあふれちゃってるよ。本物の呑兵衛《のんべえ》ならば歓喜するんだろうけどね――。

「俺、好きだけど弱いんですよ」

「なるほど。なんでも、そうだろ?」

「そうなんです。あれこれ好きだけど、弱っちい。だから見られたくなかったのになあ」

「火傷《やけど》の痕が残ってさ」

「はい」

「うねる火傷の痕が残ってさ」

「はい」

「そしたら、恰好いいね」

「はい」

「で、妊娠させてくれるか?」

「はい。若輩《じゃくはい》ゆえ、目隠しにて貫徹させていただきます」

「言うじゃねえか。あたしじゃねえよ」

「え、違うんですか」

「なんだよ、そのほっとしたツラは」

「邪推《じゃすい》です」

「ふん。やっぱ骨が見えるまで焼いてやりゃあよかったわ」

憎々《にくにく》しげに言いながら、仁王様は俺の右手を両手でそっと覆ってくれた。いつまでたっても離してくれないので、ちょい困った。

「まるで俺、仁王様の恋人みたいだ」

「仁王様？」

店内に笑いが充ちた。仁王様はぐるりと見まわした。喜美ちゃんまでもが口を押さえて頷きつつ笑っている。

「――ちっ。よし。今日からあたしを仁王様と呼んでよろしい。よろしいが、うーん、みんな、そんな目であたしを見てたのか～。言っとくけどな、あたしの祖母なんて大東亜戦争んとき、ムチャクチャしやがってな、仁王どころか閻魔《えんま》だったんだぞ。って、こんな話、通用しねえか」

仁王様が顔を近づけろと、中指で誘った。

「喜美が、あたしの子供がほしいって言いだしてな」

俺はぎこちなく喜美ちゃんを見る。

「そこで省悟に白羽の矢が立った。喜美、たぶん排卵日。ここ数日が山場《やまば》。誠心誠意《せいしんせいい》尽くせ。誠意の誠は立心偏《りっしんべん》じゃねえぞ。いいな」

「よろこんで。てか、まったく内緒話じゃねえじゃん。筒抜けだ」

よろしくおねがいします――と、喜美ちゃんが両手で銀のお盆を胸の位置に掲げて、しっとり頭をさげてきた。

巡査長がカットガラスの器に入ったところてんを手に『いいなあ、本官が排卵日の御奉仕《ごほうし》、致したかったな』とぼやいた。

口先だけで、羨望《せんぼう》の気配はほとんど感じられず、そのままところてんをつるつる流し込み、満面の笑みで喜美ちゃんに『山盛り、くれえ〜』と、お代わりを頼んだ。

仁王様が焼酎のコップを掲げた。俺がカチンとコップをぶつけると、仁王様は一気に呑み干した。

早くも俺は今夜に備えて保身および自粛《じしゅく》モード、調子に乗って呑んで酔っ払ってしまうと抑えがきかなくなってゲロを吐くまで呑んじまう。プラス呑みすぎて役立たずなんて不細工すぎるから、ほんのちょっとだけ口をつけた。

「きっつぅ。なんですかぁ、これ」

「焼酎のウォッカ割り」

「はあ?」

「逆か。ウォッカの焼酎割り。ウォッカ四分の三に白波四分の一。口当たり抜群。ウォッカのストレートには負けるけどな。ま、薄めるには鉄壁《てっぺき》の割合だな」

俺は白波の茶色い一升瓶をあらためて凝視する。

「化け物だ!」

「バカ。ウォッカ、がぶ飲みするの叱られてだな、白波で割ることにしたんだわ。悲しき妥《だ》協《きょう》の産物だ」

「がぶ飲みって――。せめて水で割りゃあいいじゃねえか」

「おまえ、水っぽいの、好きか？」

「好き嫌いの問題じゃなくてね、いやはや」

この時点では、冗談交じりの遣り取りで、まったく実感がなかった。

が、夜がきて、実際に見たことはないが、飛驒高山《ひだたかやま》の合掌造《がっしょうづく》りに似たお蚕様《かいこ》を飼っていたころの名残という巨大な、けれどガルバリウムだっけ？　くすんだ緑の金属合板に葺《ふ》きなおした屋根の仁王様の家に連れていかれ、仁王様立ち会いのもと、喜美ちゃんと致すことになった。

乱交《らんこう》は苦手だ。いや、仁王様は参加しないから乱交ではない。けれどあくまでも自分の子供を孕ませるのだから、すべてを見守るとおっしゃる。

前戯《ぜんぎ》等々《とうとう》は仁王様が行い、俺は挿入《そうにゅう》および射精《しゃせい》のみかと思っていたのだが、そのあたりは俺の裁量に任されているようだ。

ただし――。

「キスはだめな。喜美は、あたし以外とはキスしない」

俺は肩をすくめてから、頷いた。

真新しい畳の藺草《いぐさ》の香りに、分厚い布団、糊《のり》のきいたシーツ。浴衣《ゆかた》に湯上がりの香りも仄かに、幽かに頰を染めた喜美ちゃんが初々しい。俺は仁王様に躙《にじ》り寄り、顔を押しつけるようにして訊いた。

「処女《しょじょ》？」

「あたしか。まあな」

「じゃなくて、喜美ちゃん」

「喜美は、適当に囓《かじ》ってんじゃないかなあ。まあ、経験豊富ってガラじゃないけどな」

仁王様は付け足した。

「あたしと付き合いだしてからは、男とは一切やってないよ」

「では、キス抜きにて御奉仕させていただきます」

「頼むよー。子供がほしいってせがまれて、途方に暮れてたんだ。あたしだって、子供はほしいんだ。喜美との子供、ほしくてたまらん」

「なんで、俺？」

「現実離れしてるから」

なるほど、と、思った。なにがなるほどなのか自分でもよくわからないが、まあ、よしとしよう。たぶん上槇ノ原における俺には実体がないということだ。

喜美ちゃんの許《もと》にもどり、一礼した。喜美ちゃんは深々と礼を返してきた。

「お願いします」

「俺、お粗末《そまつ》なんだ。失望しないでね」

「景《けい》ちゃんは、省悟君は並みじゃないって言ってました」

仁王様は、景ちゃんというのか。横目で一瞥すると、景ちゃんは上目遣いで小さく首をすくめ、呟いた。

「これからは仁王様でいく」

小声で付け加える。

「景ちゃん、すなわち『ちゃん付け』から、仁王様。『様付け』となる」

どうでもいいと思ったが、呼び名というものは大切だとも思った。

「省悟」

「はい」

「おまえは並みじゃないぞ」

「どういう具合に？」

「じつは非常識だ。表裏があるが、ひっくり返って表だけだ。いいぞ。じつに、いい」

うーん。褒められてるのか。揶揄《やゆ》されてるのか。俺には、わからん。

どーでもいいや。

俺はそっと手をのばし、喜美ちゃんの髪に手をかける。

襟足《えりあし》の後《おく》れ毛《げ》を視線で舐めまわす。

髪全体が湯上がりの湿り気で淡い曲線を描いているが、薄桃の肌にしがみつくようにしている後れ髪の放つ色香は尋常でない。

仁王様が見つめているが、もう気にならない。

たまらなくなって、そっと、後れ毛に唇を這わせた。

喜美ちゃんが硬直した。これもキスのうちにはいるのだろうか。

もし仁王様に叱られたら、即座に唇を離すつもりだが、喜美ちゃんの息がすっかり不規則に、しかも荒くせわしなくなってきても、仁王様は大黒柱を背に、あぐらをかいて黙って見守っている。

だんだん図々しくなっていくのは男の性《さが》。喜美ちゃんの浴衣を拡げ、肩を露わにし、あちこち静かに舐めまわしていく。

左腕を浴衣から抜いて、ぐいと持ちあげて顔を近づけ、密度は濃いがごく細いので靄《もや》ったように感じられる腋窩《えきか》に鼻先を突っこむ。舌先でかきわけて、地肌を吸う。

たいして経験もないくせに、じつに濃厚である――と自画自賛しつつ、腋窩を愉しみ、崩れてしまいそうな喜美ちゃんを左手で支えて、右手で小さな乳房にぐいと力をかける。

「ひっ」

「痛かった？」

「――ちがいます」

「ん。痛くしてやろうか」

答えはない。

イエス・ノーがはっきりしない子は、お仕置きです。

とても小さいのでやや苦労しつつ、親指と中指で乳首をきつく抓みあげる。

喜美ちゃんは一瞬痙攣《けいれん》し、一気にしなだれかかってきた。

浴衣の下には下着のような無粋なものは一切つけていない。俺は喜美ちゃんの腰を抱く前に、仁王様に目で訊いた。

仁王様は大きく頷いた。

俺は顔を埋《うず》め、喜美ちゃんを味わった。不規則に収縮する抉れの奥の奥にまで精一杯のばした舌を挿しいれ、喜美ちゃんの腰の痺れを見切って一気に離れ、こづくりな扉を咬んだりもした。

喜美ちゃんは騒ぎはしないが、臀のほうにまで流れだした艶やかに粘る潤いは、俺の唾だけではない。

俺の念頭《ねんとう》から仁王様の姿が消えた。

そっと喜美ちゃんを断ち割った。

喜美ちゃんはあくまでも受け身で積極的なところは一切ないが、俺を包みこんだ熱は完全に俺のかたちになって、しかも裡に奥にと引きこもうとする。

口と口を合わせることができないのは、すこしつらい。

それは喜美ちゃんもいっしょらしく、俺の顔が近づくと喜美ちゃんも即座に反応して、唇が触れあわんばかりだ。

香苗さんとだだと甘えがあるのか、すぐに兆してしまうのだが、オナニー過多《かた》の遅漏《ちろう》の本領発揮、仁王様の視線もあって冷静を保ち、喜美ちゃんを五回ほども小刻みな痙攣にはこび、もういいだろうと、一気に迸《ほとばし》らせた。

喜美ちゃんの上に頽《くずお》れる。

肩に手がかかって、ぐいと引き離された。余韻も何もあったものではない。

一方で、仁王様は喜美ちゃんと俺の交わりの深さをじっと見守り続けたのだ。よく耐えきったものだと感心した。

放心したままの喜美ちゃんが、ゆるゆると上体を起こし、脱ぎ棄てた浴衣で俺の軀の後始末をしてくれた。

「こんなもので拭いて、ごめんなさい」

俺はその手を押しとどめ、素早く身支度すると、仁王様に一礼し、部屋からでた。

庭先におりると、芒《すすき》の影に潜む鈴虫《すずむし》たちの声を浴びた見事な満月が、幽かに紫色を帯びて輝いていた。

原チャリに乗ってハギノ旅館にもどった。

香苗さんはネスカフェのクラシックブレンド＝ベトナム豆の一番安いやつをかなり濃いめにいれて、さらに俺の好みに合わせてクリープも茶さじ四杯入れてくれた。包み隠さず顚末《てんまつ》を語った。

「喜美ちゃん、妊娠するといいね」

「うん。けっこう頑張った」

「景ちゃんは目が慥《たし》かだな。省悟君は、いい仕事するから」

「いい仕事、ね。ぜんぜん実感がない」

「いいの。自覚したら、厭《いや》らしくなっちゃうからね」

俺がコーヒーを啜《すす》ると、香苗さんもおちょぼ口で愛用のホーローのカップのコーヒーに口をつけた。じつは、俺はインスタントコーヒーのほうが好きなのだ。インスタントのほうが絶対に、美味《うま》い。クリープは神だ。

「あのね、あたしも報告があるの」

「なに改まってんの？」

「生理こないから」

「――まぢ！」

「まじ。で、いい加減なことしたくないから診てもらった」

「で」

「うん。で、妊娠、確定」

「やった！」

「怒らないの？」

「なんで？」

「なんとなく」

俺は率直に言った。

「高齢出産だから、ちょい心配だけど」

「だよね。あたしってば、高齢で初産で――どうしようか」

「口幅《くちはば》ったいけどさ」

「うん」

「たとえ、生まれてきた子に障害があったって、俺はきっちり面倒を見る」

一瞬、間があいた。香苗さんはホーローのカップを畳の上に置くと、前屈みになって顔を覆った。

「泣くなよ。そりゃあ、父親としては、アレだけどさ、昼間、巡査長に言われたんだ」

「なんて」

「人生、成り行き」

「――いいね。人生、成り行き」

「だろ。すばらしい成り行きだぜ。俺、上槇ノ原にやってきて、ようやく人間になれた」

「産んで、いいんだよね」

「俺のために、産んでくれ」

「産んでいいんだよね」

「産めって言ってるだろ」

「いいんだよね」

「いいんだよ。産んでいいんだよ」

小声で付け足す。

「いざ子供ができるとなると、一千万じゃ足りない気もするけど、一銭もないよりはましだよな」

「ましなんてもんじゃないよ。省悟、ありがとう」

「やっと、君が取れたな」

「これからは呼び棄てるから。それとも、とーちゃんがいいかな」

「いいね。いい響きだ。とーちゃん」

「省悟君、ありがとう」

「また、君がついてるじゃん」

「あ、そうか」

明日は、ヤナショウで菓子折を見繕って、上槇ノ原診療所の先生に挨拶に行こう。そんなことを思っただけで、心が躍る。ワクワクが止まらない。

布団を敷く香苗さんの後ろ姿を見守っているうちにたまらなくなって、一仕事終えてきたばかりなのに、香苗さんを押し倒した。ただしお腹の子が心配なので、勢いがよかったのはそこまでで、俺と香苗さんは深く静かに秋の夜に溶けた。

08

意外といっては失礼だが、ヤナショウの爺さんの包装紙の扱いはじつに見事で、丸いクッキーの缶が寸分の狂いもなく綺麗に包みこまれた。ただし三越《みつこし》の包装紙である。

「こんなもん、なにするの」

「御挨拶。診療所」

「下心か？」

上槇ノ原の診療所の医師は女医なのか。ならばここは手堅く省悟君、周囲の抱いているイメージを壊さぬよう、目を三日月形にしてニヤリと笑い返しておく。

手提げ袋に入れてくれるというのを断り、小脇に抱えて色づいた山々から吹きおろす風に首を縮こめながらヤナショウの裏側をショートカットして診療所に向かう。

いつも遠目に見ていただけの診療所だが、近づくと、白塗りの壁もくすんで老朽化が著《いちじる》しい。けれどよく見ればそつなく手が入れられている。外見は古臭いが、中に入ったら空調からして最新のものであることが伝わってきた。

受付の女の子にハギノ旅館の女将のことで御挨拶したいと頭をさげると、先生は診察中だからすこし待てという。診察待ちの女たちから、声がかかる。

「なんか見事にキメたらしいじゃない、景ちゃん改め仁王様が感心してたよ。ビシキメだって」

「省悟君はいい仕事するよ〜って」

「俺、ほんと、下手っぴいなんです」

「そういう卑下って、厭らしいよ」

「ほんとなんだってば。ここに来てからなんだ、みんなに認められたのは」

「奥床《おくゆか》しいねえ。こんどはあたしもビシキメしてね～」

待合室が笑いで充ちる。褒められ慣れしていない。ましてやセックス。じつに居心地が悪い。羞恥《しゅうち》の反動で反り返る。

「うまく喜美ちゃんを妊娠させられたら、そんときは、俺は威張るぜ」

「あたしは妊娠なんかどうでもいいから、ビシキメしてってば～」

「省悟君だって選ぶ権利があるよ～」

語尾をふにゃふにゃ伸ばして大騒ぎの女共に辟易《へきえき》していたら、受付の女の子が笑いを怺《こら》えながら手招きしてきた。

「先生、つまらないものですが」

「一応受けとらないことになってんだけど、つまらないものなら、いいか」

女医さんは小指の爪の先で包装のセロテープを叮嚀《ていねい》に剝がし、青い缶のクッキーを取りだした。看護婦さんを呼んで、待合室のみんなに分けろという。

「香苗ちゃんのことだね」

「はい。絶対、産ませてあげたいので、挨拶です」

「高齢出産は、多少のリスクがあるのは知ってるよね」

「多少、ですか」

「よりけり。赤ん坊だけでなく、母親もね。香苗ちゃん、ちょい血圧が高かった。低血圧だったのにな。妊娠高血圧症候群、いわゆる妊娠中毒ってやつには注意しないとね。で、私は宝くじ、当たったことないけど、当たる人もいるわけで」

「確率的には、宝くじよりもかなり高いですよね」

「だね」

「宝くじですけど、買ったこと、あるんですか」

「ないよ」

「俺もないです」

「それちゃったね」

「はい。横道」

「ふふふ。舞いあがってるね」

「かなり」

「ちゃんと香苗ちゃんの面倒、見てあげられるよね」

「はい。どんな子が産まれても」

「私にとって、子供のことはいいんだ。子供育てるのは当たり前のこと。香苗ちゃん。大切にして」

「はい」

「あんないい子、どこにもいないよ」

「はい。最高です」

「よし。私は最善《さいぜん》を尽くす」

「ありがとうございます」

「セックスは、かまわないよ」

「いいんですか？」

「うん。変な気遣いはしないで、たくさんしてあげて」

「はい！」

「しかしキミは凄いね。朝一で景ちゃんと喜美ちゃんがやってきてさ、省悟の技で絶対に妊娠したから、私たちの子供をよろしくって頭さげてきたよ」

「さすがに、まだ、わかりませんよね」

「ねえ。気が早いにもほどがある」

「妊娠したら、いいな」

「景ちゃん、いいよね」

「はい。大好きです」

「上槇ノ原の女はおっかないよ。でも、高畑所長さんはじめ、みんな、凄く情に篤《あつ》くて好い女」

「はい」

「いままでは巡査長が一手に引き受けてたようなもんだけど、きっと彼もほっとしてるはず。省悟君と分担できるからね」

「ははは」

「私も妊娠させてね」

「よろこんで！」

「たまんないなあ、そのバカっぽいところ」

「はい？」

「超軽量級」

「はあ――」

「褒めてるの。たぶん下界《げかい》では冴えないんだろうけれど、上槇ノ原にやってきて、省悟君は見事に開花したね」

「なんだかな～」

「さ、私は診察にもどる。クッキー、ありがとう。景ちゃんはね、手作りのシフォンケーキ、もってきたよ。ダージリン。いい香りだった。景ちゃんの料理はすばらしいんだ。じつは先祖代々料理人。喜美ちゃんもセンスいいけど、景ちゃんに習ってるようなところがあるね」

まじですか――と先生を見やると、先生は目尻に柔らかな皺を刻んで笑んだ。こんど、景ちゃんにあれこれつくってもらおう。

「私は、料理、苦手でさ。医者なのにカップラーメンで生きてる」

「そんな先生が好ましい。先生。頼みがあります」

「なに」

「いま、ここで俺の心の治療を」

「なんだ、それ」

「ぎゅって抱き締めてください」

先生は握り拳を口許に当て、俯《うつむ》き加減で笑った。

「おいで」

胸に抱きこんでくれた。内緒だよ——と囁いて、そっと白衣のボタンをはずし、乳首を含ませてくれた。俺が吸うと先生の乳首はとても硬くなり、働く女の淡く仄かな汗の味と香りがした。

09

幸せというものは、悪、あるいは魔を孕んでいるのだろうか。

なんてね。大げさな俺様である。あれほど肩から力が抜けて楽な気分でいたのだが、なんだか物足りなくなってきたのだ。

隙間風が吹いてきた。

はっきりいって、魔が差した。

だってさ、ぜんぶうまくいってしまうんだぜ。いくら夢だからって、あまりに都合がよすぎないか？

そこでだな。ここ数日、思案ロッポウ。持ってる金、ぜんぶなくしてもいいやって気分で、巡査長にオイチョカブでもやらないかって声をかけたら『本官は警察官であるぞ。賭博行為は御法度《ごはっと》でござる』とかいって逃げられた。

あの人、好き嫌い以前にインテリだから博奕とか面倒臭いんだよね。

ならば、と、高畑所長に声をかけたら『私は上槇ノ原の者からは、むしらない』だってさ。

まったく相手にしてくれない。

香苗さんは胎教なんかはじめちゃって、ヤナショウで埃かぶってたミニコンポ買って、アマゾンでCD買い込んでんだからさ。

ヨハン・セバスチャン・バッハだよ！

バッハじゃなかろか。

胎教？　ある種の宗教だよ。

俺のガキだぜ、バッハに決まってるじゃんか。

おめでたいことに、喜美ちゃん、孕みましたとも。あれから三晩、誠心誠意お努《つと》め致しましたとも。

でもね、喜美ちゃんも仁王様も、シカトするんだよね。

顔を合わすと愛想笑いのようなものを向けてくるだけで、経過はどうですかって訊いても、まともに口もきいてくれない。

まったく俺はただの精子でさ、人格なんてどこにもねーんだよね。べつに恩に着せる気はないけどね。

自分たちの子供ってことで俺を無視したい気持ちもわかるよ。俺という夾雑物《きょうざつぶつ》、なかったことにしたいだろうさ。けど、いままで通り付き合ってくれればいいじゃねえか。

なにも、また喜美ちゃんとやらせろって言ってるわけじゃないんだし。

わかってるって。幸せすぎて、退屈してるんだってことくらい。

香苗さんなんか、まだ膨らんでもいないおなか押さえて、うっとり、しっとり、俺という存在に対しては上の空！

なんなんだよ、母になるってことは。

香苗さんにとっても、俺は単なる濃いめの精液かよ。

というわけで、不肖《ふしょう》省悟君、どうせ世界は夢なんだし、気分転換に、ちょいバックレます。

深夜見回りです。ていうか季節が進めば路面凍結しちゃうそうだから、スクーターで走りまわれるのもいまのうちだ。

〈バッハ・チェンバロ協奏曲・一番ＢＷＶ·１０５２〉カール・リヒター君の演奏を遠くに聞きながら、ガバメントは下槇ノ原ではヤバかろうってんで、護身用に高儀村国の鉈を腰の本革工具入れにぶらさげて、玄関先で安全長編上靴の靴紐をぐいと締めあげる。

外に出て山吹色の革手袋をはめ、頭は韓国ＨＪＣのフルフェイスヘルメットだ。ま、大仰な恰好のわりに、乗るのは原動機付自転車だけどね。

省悟、夜の上槇ノ原を離脱致します。あわよくばあのアバズレ女子中学生＝歩美と再会してだな、ねちねち問い詰めながら、勃ったまま立ってやる。なんのこっちゃ。

「♪インコー、インコー、それはインコオ」

巡査長オリジナル？　の替え歌、たぶん元歌はインコーじゃなくて先生だったはずだ。ま、どーでもいい。メットの中でがなる。いや歌唱に耽《ひた》る。同じフレーズの無限ループ。アバズレ女子中学生に逢いたい。すっごく逢いたい。

アクセルをあける。グイッとあける。

とたんに皮膚がピリついてきたぞ。どうせ夢の中ですから、委細お構いなし。サスペンス映画を見るような気分で、下槇ノ原をパトロールしてまいります。

なんでこんなに気が急《せ》いているのだろう。例のなかば崩れかけたバス停だが、通りすぎてから気付く始末、昨日今日だったら二屯車《にとんしゃ》に御丁寧に二度轢《び》きされた三バカの血や体脂《たいし》が路面にこびりついていたかもしれないが、たぶんもう気配もないだろう。

ゆるいのやらきついのやら許多《あまた》のカーブを切り返して、メインストリートの〈ランラン　うれしい　ランラン　楽しい　槇ノ原商店街〉に飛びこんでいた。

いやあ、寂れていますなんていえばいいんだろうか。衰弱しきって、点滴の栄養剤も効かず、その針を引っこぬかれてしまって死期を待つだけの難病患者のようです。

上槇ノ原も夜は早いが、こういった殺伐として澱《よど》んだ空気はない。

そう。澱んでいるのだ。

風はやたらと勢いよくメインストリートを抜けていくけれど、なにか大きなものが滞っている。

その大きなものは、じわじわ腐りはじめているだけでなく、風化してミイラ化しつつもある。俺は原チャリの上で腕組みなどして、上と下の差について考えこんでしまった。俺はこんな衰弱をわざわざ見にきたのか。

バッテリーが弱っている。アイドリングで停まっていると、すっかり弱まったヘッドライトの黄色い光が薄ぼんやり明滅する。俺は景気づけにアクセルをぐいとあけ、視線の先の闇に沈む御宿湊屋の看板を睨みつける。

朱色のごく小さな点を捉えた。

タバコの火だ。

暖簾をおろした香北亭の前で、白い、いや白かったであろう汚れ放題の調理師の服を着た貧相な中年男がタバコを喫《す》っていた。まだ消していない店内の照明に青白い煙が映えて妙に鮮やかに流れていく。

速度をゆるめた俺と、香北亭主人の視線が絡んだ。ブレーキを握った。

「もう閉めちゃったんですか」

「もうって、十一時過ぎだよ」

「そっか。出直しますね」

「うん。唐揚げ定食はじめたから。流行りのやつ。凄く大きな唐揚げで、皿からはみでて、五百八十円だから」

「はい。麻婆豆腐や餃子も美味いって聞いたので」

「ははは。うちはなに食っても美味いよ」

布巾のダシがきいてるって噂です、とは言わない。軽く頭をさげて廃線で閉鎖されてしまったらしい槇ノ原駅に向かう。

駅前の小さな広場の街灯の下に、女子が七人ほど群れていた。

歩美のほうが、先に俺に気付いた。

フルヘルをかぶっているにもかかわらず、俺だとわかるということは、よくも悪くも意識しているということだろう。スケボーを立てて持ち、動きを止めて俺を凝視している。意外にジーパンが似合っている。

歩美の前で原チャリを停止させる。歩美と俺と原チャリを交互に見て、背の高い女の子が鼻の下をせわしなくこすり、やべえ——と唇を動かした。一呼吸おいて、歩美に向けて顎をしゃくった。

「歩美。あんたの領分」

「あんたの領分」

「あんたの領分」

「あんたの領分」

「あんたの領分」

「あんたの領分」

歩美を除いた女子合唱がおさまると、背の高い女の子が上目遣いで訊いてきた。

「歩美の領分だし、お兄さん、あたしたち離脱していい？」

「だめ」

「えー」

「なにびびってんの？」

「いえ、その、ははは。やベー」

のっぽと遣り取りしていると、整いすぎた能面《のうめん》じみた顔つきの女の子が、歩美の脇腹に肘を叩き込んだ。

歩美がうずくまる。能面はごく抑えた調子なのに、じつによく通る低い声で、呻いている歩美に言う。

「常々、言ってんだろが。金持ってる愛想のいい男は、いざってときやばいって。ちょくるなら、ビンボー人だけにしとけって。クソ踏みやがって」

「クソって、俺？」

「ちゃう。歩美」

「ま、いいや。おまえらみんな付き合えよ」

薄く笑っている能面を窺いつつ、のっぽが両手で掌を包みこんで、問いかけてきた。

「命の保証は？」

「はい？」

「命の保証」

「あーた、なーにを言ってんのか、とんとわーかりませんな」

やべえ、こいつまぢやべえ、そんな声があがった。能面が薄く笑った。

「あたしは、そーは思わんな」

俺は問い返す。

「思わんか？」

「思わん」

能面はフルフェイスヘルメットの奥の俺の目をじっと覗きこむ。

「あたし、お兄さんと付き合いたい。味方につければ怖いもんなしだ」

じゃ、あたしたちも付き合うよ――と、誰かが呟いた。みんなが頷いた。

能面が眉を顰める。

「それじゃ、男一の女七、大乱交じゃん」

俺は能面の呟きを制した。

「俺だって選ぶ権利はあるぜ」

つまらないことを言ってしまったが、能面は俺を無視して、歩美に雑な視線を投げた。

「お兄さん、性能、どうだった？」

「あ、それは抜群」

「ケー、お世辞臭え。歩美の世渡り、ドツボにはまるぞ」

「――はい。注意します」

歩美は一番下っ端で、へたをすればイジメに遭いかねない境遇《きょうぐう》であるようだ。乳の大きさその他からの類推《るいすい》だが、女の子たちのほとんどは、高校生かもしれない。身を縮めて周囲の顔色を窺っている中学生がすこし哀れになった。

俺は茶目っ気をだし、原チャリから降り、歩美のスケートボードを手にした。皆が注目している。スケボーなんて触ったこともない。

ローラースケートみたいなもんだろう。ローラーなら、ガキのころやったことがある。どこかオートバイに似ていたし。勢いつけて乗っかれば、いい。すーっと滑るはず。いいところを見せるつもりだった。

はじめて滑ったのに、ほれ、このとおり。俺ってクールだろ。

見事にスベってしまった。

転んだ。頭を打った。思わずついた掌にザリザリした路面の凹凸《おうとつ》が刺さった。恰好つけると、必ず失敗する。メットをかぶっていてよかった。

能面が手を差しだしてきた。とても冷たい手だった。意外な力で、ぐいと引きおこされた。能面はのっぽに顎をしゃくった。

「土蔵《どぞう》、行くべえ」

「まぢっすか！」

「不服《ふふく》か？　お兄さんなら、ヤボ言わないって。慾しがりません、勃つまでは。バチバチだから、きっと味しめちゃうぜ」

なにを言っているのか、とんとわからないが、メットの中で失笑すると能面も笑った。薄笑いではなく、親愛がにじんでいた。おいおい、ここでも夢の展開かよ。ま、文句はございませんが。

上槇ノ原とちがって裏道はやたらと狭い。すこし外れたところに、鎮守《ちんじゅ》の杜《もり》に囲まれた神社があり、ぽつんと土蔵があった。かなり年代物だ。

「ザ・タマリバ」

「おっ、えーごで言ったね」

「まーねー」

のっぽに南京錠をあけさせて、能面が俺の臀をそっと押した。黴臭いと決めつけていたけれど、空気は意外と清浄だ。祭りに使うらしいあれこれが所在なげに並んでいる。

「おまえら、鍵管理してんの？」

「盗んだ」

俺が肩をすくめると、能面が目で合図して皆になにやら準備させた。

歩美は率先して空のペットボトルを幾本も持ち、神社の手水《ちょうず》だろう、水を汲んできた。誰も歩美を見向きもしない。そっと歩美を盗み見る。ひどく萎縮している。

「百匁《ひゃくめ》蠟燭《ろうそく》」

大きな真っ赤な和蠟燭に控えめな焔《ほのお》が揺れて、女の子たちは蠟燭を中心に膝をくずして車座になった。俺は上座に座らされた。俺だけ座椅子付きだ。

「あたしの席なんだけどね、今日からお兄さんの席」

「ありがと」

「どーいたしまして。おい、とっととおもてなし！」

金属パイプを手渡された。火皿に得体の知れないタバコが詰めてあるが、それよりも喫口に巻きつけてある濡れたティッシュが気になる。目で訊く。

「熱が伝わって熱くなるから」

なるほどと頷いて、促されて百匁蠟燭に顔を近づけ、火をつけた。

「サイコーのバッズだから。トレインレックってやつ。サティバとインディカ六・四。心も軀もブットビだ～。濃ゆいから、一喫いだけで様子見てね」

鈍い俺にもわかってきた。マリファナだ。やったことはないけど、もちろん遠慮なく戴きます。

ウォッカの焼酎割りも凄かったけど、これまた凄まじい。いがらっぽい。えぐい。肺に充たして、息を止める。なんとなく喫いかただけは知ってるんだよね。

限界がきて、ゆるゆる煙を吐くと能面が顔寄せて、どう？　と訊いてきた。べつにと答えた。もう一喫い勧められた。断りません、効くまでは。

「おまえ、美人だね」

能面は煙で胸を膨らませて俺をチラ見し、わずかに口許を歪めて微笑し、のっぽにパイプを手渡した。能面はゆらゆら煙を吐くと、俺の肩にことんと頭を載せてきた。

「俺、初体験」

「まぢ？」

「うん。臆病でダメ男」

「強がらないだけだよ」

「強がれる裏付け、ねえから」

「正直だね、お兄ちゃん」

「なんか妹に言われてるみたいだ」

「じゃ、近親相姦《きんしんそうかん》だね」

能面が俺のベトコンズボンのベルトに手をかけた。左隣の女の子が気をきかせて、ベトコンズボンとトランクスを一気に引きずりおろした。

百匁蠟燭に照り映える俺様は、驚いたことにゴツゴツに節榑《ふしくれ》立ったバベルの塔だった。心のどこかで、これはまさに幻覚だ——と理性が告げるのだが、傍らから手をのばしてきた能面がそっと両掌で覆って、すっげえ——と囁いてくれたとたんに、バベルの塔は本物になった。

蠟燭の焔が仏様の姿に見え、省悟様は仏をはるか下に見おろしている。心地好い痺れに支配されて、まったく身動きできない。

気怠《けだる》げに上下する能面の頭に軽く手を添えて、腰を中心にした燦《きら》めく快の拡散にうっとりしていたら、いきなり脳裏にtrain wreckという単語が列車事故という意味と込みで泛んだ。能面が口にしたマリファナの銘柄だ。けれど俺はtrainはともかく、wreckという単語など知らない。

腰で渦巻く快感、率直にいってしまえば亀頭を中心とした超越的な心地好さと同時に、脳細胞が凄まじく活性化している。

当初は正直、狼狽《うろた》えた。凄すぎるので、途方に暮れた。いまは尿道球腺液《カウパー》がじわじわにじむのさえ知覚して、しかもそれが射精以上に気持ちよくて、けれどこれもマリファナの効果なのだろうか、心は鎮まって、落ち着いている。

能面が顔をはずして、咽が渇くから遠慮せずに飲んでとペットボトルを示し、ふたたび顔を埋めた。思いのほか濃《こま》やかな心遣いだ。

ペットボトルの手水を飲むと、信じられない甘さと、幽かで複雑な苦みに似た旨味が押し寄せ、一気に舞いあがった。地面に降りたつまでにどれくらいかかったか。

時間が引き延ばされていて、もう俺には判断がつかない。

そっと見やると、歩美は一番最後に回ってきたパイプをおちょぼ口で咥《くわ》えている。歩美の周囲には赤と緑の補色の幾何学模様が烈《はげ》しく明滅している。

俺の視線に気付いた歩美がパイプをはずして、ごめん——と唇を動かした。俺は小さく頷いて、腰全体に拡がる途轍もない快感に沈んだ。

気付くと、女の子たちは皆全裸で俺に群がっていた。俺の軀のあちこちに舌を這わせやがる。

たまらん。なにしろ軀全体が亀頭化している。

しかも軀全体がどんどん沈み込んでいき、地球の中心、マグマに近づきつつある。俺の股間もマグマに覆われている。いつのまにか能面が跨がっていた。

「あたしが、もらったから」

「あたしたちだって慾しいよ」

「二番目以降なら、好きにしろ。それよりかお兄さん」

「なに」

「妹にして」

「わーった」

「わーったはないよ」

「わかった」

「じゃ、いっぱいにしろよ」

「命令するなよ、妹よ」

「お願い、いっぱいにしてよ」

「ん。いいのか、もう」

「いいも悪いも限界だよ。だめだよ」

気怠さを追い出して、そっと能面の腰に両手をやって、ぐいと引き寄せた。べつに動いていないのだが、大噴火した。能面も細い首を精一杯伸ばして反り返り、烈しく痙攣し、俺の上に頽れてきた。

誰かが能面を引き剝がした。驚いたことにますます俺は居丈高《いたけだか》で、俺の上で身悶《みもだ》えする子をぼんやり見あげている。もちろんいまだかつて知らなかった快感付きで、だ。射精しなくても、こんなに気持ちがいいなんて。

そっと歩美を見る。高校生の不良のお姉さんの中に、たった独りの中学生。パシリ。そういえば女人列車の車中で、鹿沼には麻畑があると得意げに口にしていた。鹿沼の麻は、使い物にはならないとも言っていたような気がする。

使い物にならない——。

俺のこと？

上下槇ノ原じゃ、案外使い物になってるじゃん。気付くと能面が俺を膝枕していて、やさしく頭を撫でていた。俺が頷くと、麻の精のせいか、なぜかぽろりと涙を流した。

10

夢さえ見ない眠りだった。大麻の眠りだ。どんな眠剤もかなわない、深く静かな、まるで死んだかのような眠りだ。

心地好い。最高だ。

が——気持ちよかったのは、ここまでだった。

目覚めると、かなり高い位置にある土蔵の窓から黄金色の光が射していて、けれどその光を避けるように暗がりに六人ほどの男女が立っていた。

まだ大麻の効きめが残っていて、世界が微妙に燦めいて、しかも朧《おぼろ》だ。それでも俺を見おろしているのが昨夜の女の子たちではないことは直感した。それどころか見苦しい中年どもだ。その中の二人の男女だが、シルエットを一瞥しただけで、わかった。御両親、ガメ坊の生き写しではないか！

「目ぇ、醒めたね」

俺は全裸だ。情けないことにバベルの塔が縮こまっていき、毛の中に隠れてしまいそうだ。愛想笑いを泛べつつ、虚勢を張る。

「なーんか、御用ですか」

「うちの子の原付乗ってて、いけ図々しい」

「上槇ノ原に乗り棄ててあった原チャリのことですか」

説明的すぎた。嘘丸出しだ。ガメ坊父が唾を吐いた。俺の左頰で粘る痰《たん》まじりの唾液が爆ぜた。

「うちの子ら、どうした？」

「なんのことやら」

「その粗末な魔羅《まら》、切り落としてやるべ」

「いかんよ。決まりだ。いかなる私怨《しえん》あろうとも――だぜ。胤《たね》は神聖冒すべからずだ」

背の高かった痩せっぽちの父親だろうか。ガメ坊の父を止めた。小声で付け加えた。

「俺んちは、いなくなってせいせいしてるところもあんだけどな。三人して、東京に家出したんでねえか」

もう一組の親も、雑に肩をすくめた。乗り気でないことが見えみえだ。

となれば、ガメ坊の御両親を籠絡《ろうらく》すれば、なんとかなりそうだ。チラチラ窺っているとガメ坊の父が真顔で他の御両親に訊いた。

「指なら、ええべ」

「指なら、ええよ」

「ずっと以前から、実験してみたかったんだわ」

「どんな?」

「ちょんと切り落としてさ、また、ちょんと切り落とすとさ、改めて痛いのかなって」

「ああ、想像がつかんね。まったく想像がつかん。高尚《こうしょう》な問題だわ」

「よし。試してみようかね」

ガメ坊父が手にしているのは、俺の高儀村国の鉈だった。まだ木の枝くらいしか伐ったことがない。

まさか――。

「殺すのはかまわんけど、魔羅はだめだっていうのがわかんねえけどなあ。ま、槇ノ原の掟だわ。守るよ」

ガメ坊父がぼやき、ガメ坊母が首を突きだすようにして言う。

「ほら、この石の上に手を置きんさい」

どうにも逆らえない雰囲気だ。現実味のないまま、漬物くさい平たい灰色の大石の上に手を差しだした。

「それじゃ、ぜんぶ落ちちゃうべ。それが望みなら叶えてやっけど、とりあえず実験。小指だけ出せや」

上目遣いで握り拳をつくり、左小指だけ突きだすと、トン――と軽い音がして、小指が飛んだ。石と刃がぶつかって、小さな火花が散ったように見えた。

それよりも、小指だ。三メートルくらい先まで飛んでいる。真っ白で作り物みたいだ。

なんで？

と、小首をかしげようとしたとたん、激痛が襲った。

痛ってえええええ。

「匠《たくみ》の技だべ。第一関節ってやつだ」

「また、呆れるくらい血が噴くなぁ」

「よぉし。次いくべ」

――トン。

第二関節から飛んだ。ガメ坊母その他が俺を押さえつけてきた。爪がねえのは、絵的にいまいちだわ——などと誰かが呟いている。

痛ってえええええええ！

夢なんかじゃない。この信じ難い痛みは、夢なんかじゃない。頰に血飛沫《ちしぶき》がぶつかって爆ぜる。生温かすぎる！　すべてを撤回するぞ。すべては夢なんかじゃない。現実だ。この痛みが証拠だ。

「よし。根元、いくべ」

トン——。

「はは、小指消滅。どうかね、おまえさま。見たとこ、落とされるたびに新たな痛みって感じだけどね」

「痛えよ、痛え！」

「語彙《ごい》ってのか、じつに乏しい青年だな。じゃ、薬指、いくべ」

俺は根元から失せた小指のあった部分を凝視する。肉が収縮したのか、切断された白い骨がすこしだけ露出している。

ガメ坊母が太った腰を屈めて、小指の先端を拾いあげて、しげしげ見つめている。冷たいとか吐かしてやがる。いまにも口に抛り込みそうだ。こいつら息子三人が、どうなったか訊くわけでもない。

こいつら、おかしい。

俺の指を関節ごとに切り落とすことを愉しんでいるだけだ。

漬物石は、血かたまって早くも表面が凝固しはじめて控えめな縮緬皺《ちりめんじわ》が寄っている。そこに小蠅が飛んできた。

それにしても痛い。

痛みで目が覚めたよ。すべての出来事は、夢なんかじゃない。

現実！　だ。

だから、**痛い**。

痛い。痛い。痛いよ。痛すぎる。痛いんだってば——俺は三バカの両親たちからいよいよきつく押さえつけられて、泣き騒ぐ。

薬指が第一関節から飛んだ。

11

「はい〜。そこまで」

涙でかすむ日が、拳銃を構えた二人の警察官を捉えた。眉間に縦皺を刻んでいるのは巡査長だ。一気に安堵《あんど》が拡がった。紺色の制服が、これほどありがたく見えたことはなかった。

見知らぬ警官が目を凝らす。親御さんたちを睨《ね》めまわす。

「やだなあ、鉈なんか構えて。我芽原《がめはら》さん、まずいでしょう。そもそもあんたら、なにやってんの？」

巡査長が銃で親御さんたちを威嚇《いかく》しつつ、足早に傍らにやってきて片膝をつき、俺の左手を持ちあげた。

「あっりゃまー、なによ、これ。左手小指全損、および薬指第一関節より欠損《けっそん》だわ」

見たことのない警察官は下槙ノ原の警官だろう。土蔵の壁に派手に散った血痕を凝視して、苦々しげに首を左右に振っている。俺の指からはまだドクドク血があふれ、滴りおちている。

巡査長は膝をつくと制服のベルトを抜いて俺の手首に巻いて、きつく引き絞った。制服を脱いで、全裸の俺にかけてくれた。

「ベルト十五分ごとに緩めんだぞ。じゃねえと壊死《えし》するぞ」

「――時計、もってません」

「血塗《ちまみ》れかつ脂汗《あぶらあせ》まみれで、よく冗談言えるね」

「冗談言ってねえし」

逆光《ぎゃっこう》で見づらいが、能面と歩美が倉の入り口で立ちすくんでいる。俺の視線に気付いた能面が数歩踏み込んで経緯を説明した。

「歩美、歩哨《ほしょう》に立たしてたんだわ。なんせあたしたち、素っ裸でケムってるじゃん。そしたらさ、ガメ坊のオヤジとか、あちこちの家叩き起こしてしらみつぶし、いずれここにもやってくるって血相変えて報告じゃん。で、みんな逃げちゃった。あたしは省悟の妹分だから、即座にガメ坊の原チャ、かっぱらって下は当てになんないから、上槙ノ原に報告に走ったわけ」

抑揚のない声だった。当てにならないと言われた下の警察官が口をすぼめた。能面は巡査長と入れ替わるように俺の許に跪き、俺の手をその頬にあてがった。

「血で汚れちゃうぞ」

「いいんだ。あたし、この腐れ大人ども、必ずぶっ殺すからね」

「おいおい、尋《ひろ》。本官の前で尋常でないな。おまえ、やりかねんからな。頼む。下槙ノ原で揉め事おこすな」

「ひろって言うのか」

「千《せん》と千尋《ちひろ》の、尋。正しくは、尋常でないの尋――かな」

「いい名前だ」

尋は一瞬、苦笑いを泛べた。

「痛い？」

「痛い。ときどき気ぃ喪いそう」

「真っ青な顔で、汗滴っててんもんね」

「うん。でも、なんか」

「なに」

「なんでもない」

俺のことを気にしてくれる人がいる。指をぶった切られて、この世界が夢ではないことを思い知らされた。けれど俺のことを、気にしてくれている人たちがいる。

「パンツ、穿く?」

「頼む。さすがフルちんはアレだわ。けど、キメてたときは、あんなに立派に見えたのにな。見る影もなし、枯薄《かれすすき》」

「すごかったよ。素敵だったよ」

「ありがと。照れるよ」

「省悟。ラブラブもいいけど、手ぇ、上にあげとけや。お嬢さん、パンツ穿かせたら、省悟の腕、支えて持ちあげてやって」

「はい」

「ん、いい御返事だ」

巡査長は、まだ鉈を持って突っ立っているガメ坊父に向きなおった。下槇ノ原の警察官が腰を落として血溜まりの中から俺の指のパーツを拾いあげ、巡査長に呟いた。

「やるなあ、丹念なもんだ。小指、関節ごとにぶった切りやがった。ほら――」

警察官が巡査長に手渡したのは、俺の小指の第一関節から第二関節だった。爪もない部分だから、長さ二センチほどの丸棒にしか見えない。巡査長は切り口を吟味した。

「汚れひでえな。なんか黴《かび》ついてんじゃねえの? こんじゃ、くっつかねえな」

「第二関節から根元は、見つからねえよ」

「お父さん。まだ鉈、持ってんの」

「あ、いや」

「あいやじゃねえだろ。やる気らしい。撃っていいか」

「いやあ、勘弁してくれよ。やるなら上槇ノ原につれてって、ご自由に」

ガメ坊父の手から鉈が落ち、皮肉なくらい澄んだ金属音が土蔵の中に響いた。巡査長が下槇ノ原の警官をおちょくる。

「事なかれめ」

「そう言うなって。下槇ノ原みたいな終わった地面、任されてる俺の身にもなってよ」

「あ、いかん。尋ちゃんだっけ、救急車呼んで。救急車きたら、上槇ノ原診療所って」

「はい。あの」

「なに」

「あたしも救急車」

「ん。付き添いな。よろしく頼む」

苦痛に脂汗がにじむ。周期的に気が遠くなる。スマホで一一九番している尋を見やり、顫《ふる》え声でぼやく。

「あのね、巡査長」

「なんざんす」

「真っ先に救急車呼んでほしかった」

「だよねー。正規の一一〇番だったら、救急車込みで出動だけど、尋ちゃん直々の報告、イレギュラー。拙者、事件ないからさ、暇ボケしてんの。手順抜けちゃってるんだわ」

悪びれることのない巡査長とちがって、苦り切った顔を隠さず、下槙ノ原の警察官が、問う。

「で、我芽原さん。なんでこんな面倒引きおこしたの？」

「――香北亭の主人が、ガメ坊のバイク乗ってる奴がいるって言うんで、あちこち捜しまわって」

「我芽原さん、御子息の行方がわからねえって捜索願出してたよね」

「ガメ坊のバイク乗ってんだから、こいつがなにかやらかしたんじゃねえかって」

「で、指チョンパ」

「――その、なんていうか」

のっぽの父親が揉み手でチクる。

「ちょんと第一関節から切り落としてね、また次に第二関節からちょんと切り落とすと、改めて痛いのか、二度痛いのか調べてみようって。まてよ。第二関節の次は根元だから、指一本で三度か」

「我芽原さん、頭、変？」

「いや、その、ガメ坊のバイク――」

巡査長が割って入る。

「本官が、省悟にくれてやったんだわ。上槙ノ原の地蔵石《じぞういし》んとこに白ナンなしで乗り棄ててあったからさ、一応、車体番号をば照会したら盗難車で、みどり市だったかな。面倒っちいんで
『♪これ、これ、キミ、キミ、乗りたまえ』ってね」

よくもまあ、すらすらと――。苦笑を怺える。いや、正確には泣き笑いを怺える。下槇ノ原の警官の目が険悪になる。

「みどり市――。桐生《きりゅう》？　塩原《しおばら》か。おたくの息子さん、あんなとこまで出張してんだ？」

「いや、盗難車だとは」

「うちの子にかぎって！」

「お母様。その科白は聞き飽きてんですよ。不良の母のワンパターン。てめえのガキが悪さすると申し合わせたように、そう仰有《おっしゃ》るんですよ。ったく安い映画の脚本みてえで反吐《へど》がでるわ。だいたい、あんたの御子息、カチあげが過ぎて、バカ高専、馘《くび》になったばかりじゃねえか。カチあげっていえば不良高校生の必須科目だけどさ、やってることは強盗だぜ。家裁送りになっただろ。なんで鑑別所、免れたんだよ？」

のっぽ父がうんうんと頷いて迎合《げいごう》した。

「うちの子も我芽原さんの息子さんに誘われて、どんどん悪い方に流れていってしまいましてね、いえね、八月の初旬にいなくなっちゃって帰ってこねえんですよ」

「うちの子も、我芽原さんの息子さんに唆《そそのか》されてもどらんのですわ。東京にでも遊びに行って、それっきりかって――」

「なんだよ、おめえら。ガメ坊、顎で使ってたのは、おめえらんちの不良だべ！」

三バカの親同士のさえない諍《いさか》いに、下槇ノ原の警官が吐き棄てた。

「倅《せがれ》がチンケな不良なら、あんたらガキに輪をかけた無責任でクズな傍観者だ。で、あんたはそれに加えて変質者だ」

「いや、ちょんちょん、細かくちょん切ってたら、なんか知ってたら吐くかなって」

「で、吐いたの?」

「――いや。でも、こいつ、すっげー怪しいから。直感てやつですわ」

苦痛は折れ線グラフにすると、波のように上下する。ただし波の底もすっげー痛いし、波頭《はとう》に到っては仰《の》け反《ぞ》りつつ奥歯をギリギリいわせてしまうほどだ。その激痛をかろうじて抑えこみ、言う。

「いくら刻まれても、知らないことは、吐きようがないっす」

「だよねー、だよねー」

巡査長が同調して、俺の顔を覗きこむ。

「遅えなあ、救急車。ま、指じゃ死なねえけどさ、感染症とか怖いじゃん」

「感染症。また、よけいなことを」

「気が小せえなあ。左手だぜ。オナニーに不自由せんなら、いいじゃんか」

「人の指だと思って」

「案ずるな、おまえの怨《うら》みは晴らしてやる」

「いいけどさ、くれぐれも下槇ノ原ではやんないでよ」

警察官が渋面《じゅうめん》をつくって、けれど哀願《あいがん》をにじませて言った。巡査長は無表情に、短く頷いた。

「巡査長」

「ん、尋だっけ？　おまえ、俺のこと、巡査長って呼んだ？」

「巡査長」

「はいはーい」

「この腐れた大人殺すときは、あたしにも手伝わせて」

巡査長は肩をすくめ、意味ありげに片目を瞑《つむ》る。

「物騒だねえ、綺麗な顔して。でもね本官、警察官。法の裁きはまた別だから」

「法の裁き『と』はまた別――ってことですね」

「そう。悧発《りはつ》だね。高坊か？　なんか戦力になりそうじゃん。下槇ノ原においとくのもったいない。中学でたら就職で他の土地に行っちゃう子だっているわけだし、いっそのこと上槇ノ原に住んじゃえば？」

さりげなく窺うと、土蔵の入り口に突っ立ったままの歩美の顎に梅干しのような皺ができていた。唇が顫えている。

自分がガメ坊たちに万札持ってる兄ちゃんがいるとラインしてしまったのがすべての発端だから、半泣きだ。しかも歩美は尋をすごく恐れている。

巡査長が親たちに告げる。

「はい。なんか間延びしちゃってるけど、とりあえず、おたくら、現行犯逮捕しましょかね。おほほ、緊急逮捕でもよくってよ」

投げ遣りに付け加える。

「どのみち、令状《れいじょう》とらねえからさ。なんだっていーやね」

「じゃ、俺は関知《かんち》しないってことで」

「うん。すまんね、越境《えっきょう》して」

「いいよ、こんな粗大ゴミ。そっちで始末してくれんなら大助かりだ」

「面倒かけついでにさ、手錠《ワッパ》、くれよ」

「えー、始末書、書くの俺だよ」

「それぞれ別の亭主とかみさんつないで、新しい夫婦こさえるから」

「なんだ、そりゃ。こいつら、どう組み合わせても、見たい風景じゃねえよ。ま、それはそれで面白いか」

巡査長はガメ坊父をしゃがませてその手首に、そしてのっぽ母の足首に手錠をかけた。まともに動けないだけでなく、夫婦でつなぐのを避ける周到さだ。けれど——。

「本官、間抜け〜。一組分、手錠、足んねえわ。腰縄持ってる?」

「腰縄くらい持っとけよ」

「あいにく上槇ノ原は治安良好でな。軽装で事足りちゃうんだな」

「ペストル、弾、入ってねえもんな」

「おまえ、レンコンの穴まで見てんの?」

「呆れ気味に、観察させていただきました」

「おまえ、サツカンやめて、上槇ノ原に引っ越してこいよ」

「——なんか、やり放題？」

「うん。男の天国。それにな」

「なに？」

「経済的な不安が一切ないんだわ。噂だから確定してないけどさ、上槇ノ原はベーシックインカムおっぱじめるらしいよ」

「みんなに金くれるってやつか？　まっじかよ。そんなのありかよぉ」

雑談かよ〜。

まだ救急車、こねえよー。

滴る汗に返り血が溶けて口の中に流れこんできた。鉄錆《てつさび》の味が拡がる。すこしだけ塩っぱい。

もう、だめだ、気が遠くなってきた。

朦朧《もうろう》としていると、巡査長は残った親御さんそれぞれの手首足首を腰縄でつないで、苦痛に歪むお父さんの脂ぎった鼻先をピシッと弾いて、ぼそっと訊いた。

「あんたらんち、ほかに子供、いんの？」

苦しい姿勢で我芽原さんが答える。

「——うちら、みんな一人息子だけど」

下槇ノ原の警察官が他人事のように呟く。

「三家族失踪。下槇ノ原、また人口減だ」

12

救急車の中で神経組織の損傷などを素早く調べられ、失血性ショックが起きていないことを確認してから、止血帯《しけったい》はまずいとベルトをはずされ、直接圧迫止血という文字通り切断面を力を込めて押さえつける応急手当に切り替えられた。

でも巡査長のベルト、家宝《かほう》としてとっておきたい気分だ。救急隊員がステンレスのトラッシュに棄ててしまったベルトを尋に回収するように頼んだ。

「なんで、こんなもん。あたしを叩く？」

「なに言ってるの？」

「なんでもない」

同乗させられた歩美が、尋の横顔を素早く窺った。なんとなく察しがついてしまった。

「俺、おまえを絶対に叩かない」

尋は俺の言葉になんの反応も示さず、見てんじゃねーよ、と歩美の脇腹に肘を打ちこんだ。

歩美は前屈みになって、必死に耐える。

「歩美。ちょっと脇腹見せてみ」

「いいって。いいから」

「見せろ」

歩美が尋に泣きそうな視線を投げる。尋が顎をしゃくる。

「見せてやれよ」

「いいの？」

「兄貴が見せろって言ってんだろ」

「はい」

歩美は首をすくめるようにして灰色のトレーナーをまくった。紫色から絵に描いたような青、そして赤黒いものまで痣《あざ》が重複《ちょうふく》して記されていた。泣き顔で、すぐにトレーナーをおろしてしまった。

救急隊員が、横目ですべてを見ていた。見事なまでに一定の力で切断面を圧迫しつつ、黙って下を向いた。俺も黙って救急車の天井を見た。

指は当初の鋭い痛みから、どんより澱んだ激烈《げきれつ》な鈍痛に変化して、切断面のピンポイントの痛みではなく、左腕から肩にかけてまでもが熱をもって烈しく疼《うず》く。

「巡査長、中学でたら就職でよその土地——とか冗談めかしてたけど、ちゃんと見抜いてんだな」

「なにが？　わかんねぇ〜」

「尋、上槇ノ原で暮らせよ」

「——そのつもりだから」

「うん」

会話はそれで終わってしまった。救急隊員が執りなすように言った。

「すごいねえ、巡査長。軽のリアシート倒して六人、抛《ほう》り込んじゃった。すごく太ってた人もいたじゃない。六人だよ。昔のちっちゃな軽だよ。入っちゃうもんだねえ」

「道交法違反でチクってやってください」

「あなたは強いね。呻いてるはずなのに」

「痛いですよ。気を許すと、気を喪っちゃいそうだ」

「うん。すごい脂汗だもん」

救急隊員が額や首筋をガーゼで拭いてくれた。尋が黙ってガーゼを受けとって、意外なほど繊細な手つきで俺のあちこちを拭いはじめた。救急隊員が囁いた。

「全力で上槇ノ原診療所に向かっているからね。麻酔、打ってもらえるからね」

あいにく道はカーブが続く。全力疾走はありがたいが、その横重力のせいで血が左右に攪拌《かくはん》されるのだろう、痛みはいよいよ増長していく。左腕全体、肩甲骨あたりまでもが痛い。そして奇妙に重い。

13

診療所で切断面をとことん洗浄された。ふやけて白けた肉片が波打っていて、色は正反対だけれどゴボ天のゴボウのように骨が覗いていた。喫煙《きつえん》の有無を訊かれた。タバコを喫《す》ってると血の巡りが悪くて予後最悪らしい。

先生は内科医とのことで、正直、自信ないなあ——と呟きながら、看護師にリドカイン二パーの二〇〇ミリと指図して注射の準備をさせた。

自信がないわりに、一切の躊躇《ためら》いなしに針を突き刺し、注射筒内の麻酔を切断面の周辺あちこちに、幾度にも分けて注入していく。びっくりしたのは、切断面にもスッと針を刺したことだ。

「びっくりしただけでしょ。もう、効いてるから痛くないはず」

「いや、多少は痛いっす」

「論評《ろんぴょう》は控えたいけど、こんなことする人って、いるんだね」

「現実味がなくて、小指が飛んでから目を瞠《みは》っちゃいました」

「ねえ。誰が、こんなことをするかって」

薄々知っているだろうに、俺が三バカを殺したことは不問で、四回指を切断されたことに対しては烈しく憤《いきどお》っている。もちろん先生の手つきはあくまでも冷静で的確だ。

尋が食い入るように見つめていた。俺ではなく、先生を――。

先生は一瞬手を休め、視線が刺さっている頰をかいた。尋を見ずに訊く。

「興味あるの？」

「――はい。お手伝い、できますか」

「いまは、私がぜんぶやる。一段落したら、このバカなお兄さんの面倒、見てあげて」

「はい。お兄さんだけでなく、他の患者さんも――」

「いいよ。お家に連絡は？」

「諸事情あって」

「うん。それならシカトだね」

「シカト。はい。シカトできるなら、お願いします」

「あなた、とっくに独り立ちしてるもんね」

「いえ――」

「わかるのよ。ただ」

「ただ？」

「あなた、いろいろ矯正《きょうせい》しないと看護の仕事は無理だよ」

「無理ですか」

「当たり前じゃない。無理無茶ばっかしてきたでしょ。他人の言うこと、確実に無視してきたでしょ。気力と暴力と、厭な言いかただけど、策略で圧倒してきたでしょ。叮嚀な言葉遣い、必死だよね」

「――はい」

「私の下についたら、ちょい、きついよ。学校じゃないしね」

「殴りますか」

「殴る？」

先生は小首をかしげた。横目で尋を一瞥した。俺が頷くと、先生も頷き返し、さらりと言ってのけた。

「殴るよ」

尋は瞬きしなくなった。先生は抜いた針先を尋に向かって突きだして、頰笑んだ。

「私は聖人じゃないから」

「はい」

「いいよね、頭にきたら殴って」

「はい」

「正しくは、理由があれば殴るってこと」

「はい」

「あなたは我慢を覚えようね」

「はい」

「あとで給料のこととか、詰めようね」

「給料！　もらえるんですか」

「当たり前じゃない。働くんだよ。我慢しなけりゃならないんだよ。誰が、ただで我慢するかっての」

「はい！」

「お兄ちゃんと一緒にいたいんでしょ」

「――はい」

　尋は上目遣いで俺を見ている。俺のどこのなにがここまで尋を惹きつけているのか。慣れないので照れ臭いというか決まりが悪い。先生はぴしりと遮断した。

「さしあたり、だめ。指のこともあるけど、なによりも、お兄ちゃんの奥さん、妊娠初期なんだ。まったく、こんな有様見たら、香苗ちゃん半狂乱だな。とにかく香苗ちゃんのお腹の子が落ち着いたら、いくらでもデートしていいから。お兄ちゃんの子供、妊娠してもいいから」

「子供は産みたくないです」

「怖いんだよね。子供ができたら、自分も手を出しちゃいそうで。でも、そういう想像力があるなら、だいじょうぶだけどね」

　尋は眼差しを伏せ、黙りこんでしまった。その間も先生は手を休めず、皮膚と肉を抓みあげるようにして縫合していく。トーテムポール、あるいは頭頂部を縫いつけられたテルテル坊主みたいな俺の薬指。ちなみに、小指は、ない。って、当たり前だね。

「先生。看護師さんに頼んで歩美の脇腹も診てあげて」

片隅で縮こまっている歩美を一瞥して頼んだ。先生は小首をかしげながらも頷き、看護師は俺から離れて、有無を言わさず歩美の脇腹を診た。あえて軽い声で告げてきた。

「右の下から二番目の肋骨《ろっこつ》が折れた痕があるけど、ずいぶん古い。くっついてますね。打ち身はロキソニンテープの一〇〇ミリでいいですか」

「お願い。まかせる。あ、貼る前に喘息《ぜんそく》の有無だけは訊いてね」

ごくさりげなく尋に目配せする。一瞬、瞳が潤《うる》んだように見えた。錯覚だった。ふん、といった気配で、また加減せず肘を叩き込みかねない不敵な面差しだ。

俺が苦笑すると、縫合に集中している先生に気付かれないように満面の笑みを返してきた。感情があらわれて能面を脱ぐと、尋は身震いしたくなるような美貌だ。

14

修羅場《しゅらば》、いや愁嘆場《しゅうたんば》か。お腹の子に差《さ》し支《つか》えるからと必死に執《と》りなすのだが、香苗さんは包帯でグルグル巻きにされた俺の手に頬擦りして悲鳴のような声をあげて泣いた。

先生に命じられて俺をハギノ旅館まで送ってきた尋は、面映《おもは》ゆそうな顔で両手指を絡ませあって俺と香苗さんを見ていた。下槇ノ原にもどる気配を見せない歩美は、貰い泣きしかけていた。

そこに仁王様と喜美ちゃんが駆け込んできて、それこそ以下略としたいくらいの大騒ぎをはじめて、さらにヤナショウの爺さんが早くもお見舞いと書かれた籠に入ったフルーツ盛り合わせを持ってきて、さらに上槇ノ原の名も知らぬ面々が押し寄せて、そこに悠然とあらわれた高畑所長が省悟を休ませてやりなさいと命じてくれて、ようやく鎮まった。

が、誰も帰ろうとしない。

逆に香苗さんは人であふれかえったハギノ旅館に女将の血が目覚めたか、両手の甲で涙をごしごし拭って、煎茶がいいかコーヒーがいいか皆様にいちいち訊いてまわって、あれこれ忙しく立ち働きはじめた。

尋はこの状況を見越した先生に命じられていたらしく、甲斐甲斐《かいがい》しく香苗さんの手伝いをはじめた。

といっても、香苗さんの頼みを歩美に伝達し、歩美にやらせるだけだが。

やっと皆が去って、夜風が遠慮気味に俺を撫でていく。普通は切断でもロキソニン程度らしいが、特別に与えられたフェンタニルクエン酸塩パッチなる皮膚に貼りつけて用いる強烈な鎮痛剤に加えてモルヒネの錠剤のおかげで半分眠ったような状態で虫の音を聴きながら、香苗さんの膝でぼんやりしている。

香苗さんと喜美ちゃんが、調理場であれこれ手順よく皆に供する簡単な食事などを作るのを、尋は脇に立って、じっと凝視していたという。

「でね、あなた、ぼんやり見てないで、卵割ってってって頼んだの」

香苗さんは卵割り名人だ。右手だけでカンと一発割って、右手だけで中身を落とす。それがもう信じられないくらい速い。しかも殻が一切混じり込まない。

「それがね、あの子、卵、割れないの。最初信じられなかったけど、割ったことがなかったのね。顔こそ省悟君が言うように能面だけど、あきらかに卵、手にして途方に暮れてるの」

俺の鼻筋を指先でなぞる。

「卵形のハッとするほど整った顔をした女の子じゃない。それが、卵を持って呆然ていうか、固まってるの」

ちいさく溜息をつく。

「ちょい忙しかったからさ、卵奪って、片手でボウルの縁でコッチンて割って、片手で黄身と白身を落とした瞬間――」

感慨深げに息をつく。

「まったく感情をあらわさないあの子が」

「どうした」

「怯んだ」

「そうか。怯んだか」

「あたし、その瞬間、世界に尋ちゃんと二人だけになっちゃって、手取り足取り、足は取らないけど、とにかく背後から重なるようにして手を添えて、尋ちゃんに卵持たせて、ロボットみたいに扱って、卵コッチン、片手でパカッって。そうしたら」

「そしたら？」

「尋ちゃん、小刻みに揺れだした」

「揺れたか」

「揺れた。必死に怺《こら》えてたんだね。なんかいろんなことに耐えてたんだね。卵のボウルん中に涙がポタポタ落ちた。私も貰い泣きしそうになったから、尋ちゃんと二人羽織みたいにしてパッカパッカ卵割って、泡立て器持たせていっしょにガーって、混ぜた」

「ガーって混ぜたか」

「混ぜた。省悟が食べただし巻き、尋ちゃんの涙入り」

「どうりでちょい塩味が濃かった」

「また、料理、習いにきていいですかって」

　なぜか俺の目からも涙がスルッと落ちてしまって、俺と同様、尋は上槇ノ原で人間になれたという不遜《ふそん》な思いが湧いた。

「あたし、省悟さんが大好きだから、香苗さんはライバルです、だって」

「綺麗な子だよね」

「うん。信じ難い。完璧左右対称」

　香苗さんが襖《ふすま》のほうを見た。

「いいよ。入っておいで」

おずおずと歩美が香苗さんの横に座った。

「今夜は泊まってくって」

「ぼったくってやれ」

「いちばん手伝ってくれたから、タダ。ちなみに尋ちゃんは先生から診療所に部屋をもらったとかで、なんなんだろね、ふて腐れた顔して帰ってったよ。まったく、みんな、なにしにきたんだろね。ま、いいか。たぶん省悟君、あと少しで寝ちゃうから、焼き肉食べに行こか」

「えー、放置するのかよ」

「先生が尋ちゃんに託した伝言。感染症の恐れもないから、とにかく寝かせろって。いっしょにいるとモヒの薬効《やっこう》で、うつらうつらしながらも甘えて休まないから、完全に放置しろって。気持ちいいらしいねえ、モルヒネのうつらうつら。でも人がいなくなれば、ふわって寝ちゃうって。傷って甘やかせると悪くなるもんだって。午前一時にフェンタニルと抗生物質、服《の》ませるの以外は完全に放置しろって。歩美ちゃん、上槇ノ原短角牛、美味しいよ～」

はい、と唇が動いて、その唇が小刻みに顫えだして、歩美は手放しで泣きだした。しゃくりあげながら訴える。

「省悟さんに優しくしてもらいました。とてもよくしてもらいました」

「省悟君はだらしないけど、いいところもあるんだよ」

と香苗さんが返す。

「バカだから指なんかなくしちゃって」

そう付け加えて、二人くっつきあって泣きだした。

また涙かよ。

みんな、よく泣くな。

俺も泣いたか。

ま、いいや。泣きたいときは泣けばいいよね。

そんなことを思っているうちに、モルヒネの眠りにやさしく覆われて、意識が消えた。

15

「フェンタニルもモルヒネも、もういらないね。今日からはロキソニン」

「先生、そりゃー、ないですよ～」

「どっちも依存性が強いし、フェンタニルは死ぬこともあるからダメ。省悟君だから、どうも甘くなっちゃったけど、本来指の切断くらいじゃ処方しないから。三日もやれば充分よ。もう、たいして痛まないはず」

「ぶつけたら、跳びあがるほど痛いっす！」

「ぶつけなければいいじゃない」

「そりゃ、そうだ。じゃねえや、頼む。頼みます」

「もう、依存してるんだよね」

「――はあ」

「ロキソニンに、オマケもつけてあげるからさ。オマケのほうが効くから、ロキソニンは補助。オマケが効いたなら、炎症系の副作用が面倒臭いから、ロキソニンは服まなくていいよ」

白衣で畏《かしこ》まっている尋にむけて、先生が顎をしゃくった。尋はなんとも微妙というか、困惑がにじんだ表情で、眼《め》が微妙に落ち着かず視線が定まらない。先生が笑う。

「尋さ、いっぱしの不良だったんでしょ。こんなもん、べつにって感じでしょ。下槇ノ原では若い子のあいだで、ずいぶん広まってたはずだよ」

「――まさか病院で」

「大麻を処方するなんて？」

「はい」

「ははは。下槇ノ原で流行ってた大麻、洋物のふりしてたけど、ぜんぶ、上槇ノ原産」

「え!?」

「効いたでしょ～。抜群だったでしょう。戦略物資。下槇ノ原の子供たちを大麻に夢中にさせて戦闘意欲を削《そ》ぐ。基本、喫っちゃうと多幸感で和気藹々《わきあいあい》だからね」

香苗さんの妊娠を知ってクッキー持って診療所に御挨拶に伺ったとき、先生は『上槇ノ原の女はおっかないよ』と意味ありげに呟いていた。いやあ、まいりました。俺は、尋の手にした蓋を開いた密閉容器に鎮座した暗緑色の大麻の先端と思われる見事にたわわな房と、信じ難いといった尋の顔と、いかにも得意げな先生の顔を次々に見やって、呆気にとられていた。

「今後の上槇ノ原の財源について高畑所長と相談して、五年前から大麻栽培に乗りだしてるんだ。諸外国から種子だけ入れて、私も化学《ばけがく》の知識を活かして品種改良に一役買ってるよ。上槇ノ原ブランド。なかなかだよ。強いだけじゃなくて、勘ぐりとかの不安が起きない優しさも追求」

上槇ノ原の女たちのアナーキーさに、返す言葉がない。俺の顔をチラ見して先生は柔らかく笑う。

「ふふふ。とりあえず省悟君には、痛みによく効くインディカを主体にしたバッズを用意しました。香苗ちゃんね、生理きつかったんだ。で、半年くらい前から生理前にインディカ処方してるよ。省悟君の子供を妊娠したのも、生理不順や大量出血がおさまったからじゃないかな」

「生理痛に効くんだ?」

「バッチリ。インディカ系は軀に効く成分が多いの。頭痛や歯痛にもね。肩凝り、腰痛。神経痛。食欲不振。不安やストレスの解消。不眠」

「不眠」

「うん。眠剤とか習慣性強くてろくなもんじゃないから。もし省悟君がうまく眠れてないなら、絶対私に感謝するよ」

それには空《そら》とぼけて、確かアメリカでは州によっては解禁されてますよね——と水を向けると、先生は黒眼を上にあげて記憶を手繰りながら静かに捲したてた。

「バカらしくなって追うのをやめちゃったから、いまはもっと増えてるかもしれないけれど、嗜好用医療用合めて解禁は、カナダ、オランダ、スペイン、チェコ、ウルグアイ、チリ、コロンビア、ルクセンブルク。アメリカは嗜好用大麻はコロラド州やカリフォルニアなど十州以上。医療用は三十余州。世界で医療用大麻を解禁してる国ってタイ、ドイツ、フィリピン、オーストラリア、ニュージーランド、イギリス、韓国、イスラエルをはじめ三十以上あるんだ。これからも凄い勢いで増えていくね。理由はね、まずは医療用。てんかん治療なんかに必須。実際に、いろいろな病気にすごく効くんだから。省悟君の疼痛《とうつう》にはフェンタニルみたいな習慣性、致死性がない大麻がバッチリ。でも、本音は、儲かるから。御静聴、感謝します」

「儲かるからって──。ということは上槇ノ原では日本での解禁を見越して？」

「うん。まあ。日本はどうなんだろうね。じつに固陋《ころう》だから。そもそも日本には、大麻を禁止する法律なんてなくて漢方として流通してたんだけど、取り締まりで飯食ってる人たちの利権化してるからね」

なかった？　首を傾げると先生は頷いた。

「終戦後にGHQが大麻取締法を押しつけたんだよ。で、押しつけたアメリカでは、取り締まり命の日本を尻目に、いまや解禁されていないほとんどの州でも犯罪を構成しないもんね。お隣韓国だって医療用大麻は問題ないし、日本だってO塚製薬がイギリスのGW Pharmaceuticals社といっしょに研究して大麻製剤の小児用てんかん治療薬〈エピディオレックス〉をアメリカで販売するライセンス契約を結んでるんだ。日本では研究さえも許されないからね。O塚は頑張ってるよ。多発性硬化症治療薬の大麻製剤〈サティベックス〉の独占販売権までもってるからね。ま、製薬会社は、これから先の大麻製剤流通＝大麻ビジネスに乗り遅れないように虎視眈眈《こしたんたん》だもの」

はあ、としか言いようがない。

「高畑所長なんか、戦前に野良仕事で軀がギシギシになっちゃったら、大麻で一服してたって。日本の農村では、昔から麻喫いって言って野良で一服してたんだよ」

はあ——と、ふたたび空返事して、気付いた。戦前って、どういうことだ？　高畑所長は、いったい幾つなんだ！

「ははは。疑問もったね。直接、高畑所長を訪ねれば？　ちょうどいいな、尋もいっしょに所長に挨拶してきなさい」

先生は俺と尋の臀をぽんぽんとリズミカルに叩いて診察室から追いだした。俺と白衣の尋はどことなく上ずった様子で、並んで歩くのが照れ臭い。

「痛いですか」

「なんで敬語」

「なんとなく」

「痛くないよ」

「先生、達人」

「そうかもね」

「凄い人です」

「それよりも」

「なんですか」

「顔つきがさ」

「なんのこと」

「尋の顔つき」

「私の顔つき」

「変わったよ」

立ちどまって、そっと尋の頬に触れる。ポーカーフェイスが消えていた。

「先生には頭とか、加減せずにはたかれてるよ。まぢ、ムカつく。そのせいかも」

「反抗しないのか」

「する。食ってかかる。あたしを叩くな！　って」

「さっきは私って言ってたぜ」

「あ、いけね。私を叩くな！」

「ケンカ腰？」

「もろ」

「叩き返す？」

「それは、できねー」

「できねーか」

「できねー」

物見高いヤナショウの爺さんに会うと面倒なので、大廻りしてススキの原っぱを行く。居丈高に伸びて、枯れてしまったススキは胸のあたりまである。尋が腕時計を覗いた。

「ん？」

「なに」

「ロレックスじゃねえか」

「先生にもらった」

「高えぞ、それ」

「そうなの？」

「気前いいなあ」

「――午後三時過ぎちゃった。省悟さん、お薬の時間。まずはケムる？　じゃねえ、お薬喫いますか」

「いいねえ」

尋は予熱した医療用ヴェポライザーにほんの一つまみの大麻を入れた。もともとぶつけないかぎり強い痛みもない。すぐにいい気持ちになった。ほっこりしてチラ見すると、尋は先生からもらった時計を、指先でそっと撫でていた。

上槙ノ原出張所で尋は借りてきた猫になって、初めましてから始まって、ひたすら破綻なく叮寧語だ。高畑所長がお茶を入れるからと席を外したとき、耳打ちしてきた。

「所長、やべー。おっかねえー」

俺は首を傾げる。ビバンダム君だっけ？　ミシュランのタイヤ人形みたいな所長のどこが怖いのか。

「悪いオーラ、出まくってる」

「悪いオーラ？」

「悪いオーラ。最強で極悪だ。あたしにはわかる。誰も勝てない」

「ま、重量では、誰も勝てないでしょうね」

「こら、省悟」

「あ、所長。早ええな。茶碗から紐、垂れてる、ティーバッグか。お手軽だね」

「アームボンバー、喰《くら》わすぞ」

「アームボンバー？　ボディプレスの間違いでしょう」

「言うねえ！」

「あ、気色ばんだ！」

尋が狼狽気味に、口に気をつけろと肘で盛んに俺の脇腹をつつく。俺は歩美じゃねえと見返すと、尋の唇が、ヤバいよ、ヤバい、と動いている。高畑所長が一瞥すると、あわてて目を伏せた。尋は俺の後ろに隠れてしまいかねない怯え方だ。

俺は使える右手で茶碗を受けとり、ふーふーして啜る。ティーバッグなのに、なんで茶柱が立ってる？

俺はだらけて、尋は神妙に、いや肩を強ばらせて茶を飲んだ。あまりに奇妙なので、頭をボリボリ掻いてから、訊いた。

「高畑所長、昔、尋を虐《いじ》めたことある？」

「アホ。尋。こっち、きなさい」

「――はい」

俺は尋の裾を引いて問う。

「尋、どしたの？　変だよ」

「だからぁ、やべーよ。この人、やべー」

「私は、やべーか？」

「あ！　ごめんなさい、ごめんなさい」

烈しく物怖じしている尋と高畑所長を交互に見る。尋は高畑所長に顎をしゃくられて、所長の眼前の事務椅子にぎこちなく腰を落とした。顫えているのが見てとれて、呆気にとられた。大同時に大麻が効いていても、意識を集中すればちゃんと物事に対処できることもわかった。大麻の作用か、咽が渇く。じつに茶が美味い。率直にいって成り行き不明。所長と尋を観察だ。

「眼、閉じて」

「――はい」

「力、抜く」

「――無理です」

だが高畑所長が尋の両肩に手をやると、すっと脱力した。

「いいねえ、おまえ。やっと見つけたよ」

「やっと見つけた?」

「そ。私の跡取り」

「あたし、高畑所長の跡取り。って子供になるんですか。養子とか?」

「ま、そういうことだけど、ちょい調べるから。眼、閉じたままね」

「はい」

「あたしの子になったら、尋はどうなる?」

「天下無敵。恐いものなし。所長以外、怖くない」

「よくわかってるねえ。悪いオーラが出まくってるとか言ってたもんね」

「ごめんなさい、ごめんなさい」

「見えた?」

「はい。いまも見えます。高畑所長の頭の後ろから真っ赤に光る艶々の蜘蛛《くも》の脚みたいに長くて鋭いのが無数に三百六十度ぐるりと」

おいおい、尋、おまえ、目を閉じてるんだぜ。なにかクスリやってるんじゃねえか。だいじょうぶかよ。ま、見守ることにします。

「ちょい、目蓋《まぶた》触るよ」

高畑所長は尋の左眼の目蓋を太い指先で器用にめくった。覗きこむと、尋は完全に白眼だった。さらに右眼もめくり、頷くと、高畑所長は満面の笑みだ。

「尋。診療所勤め、つらいか」

「正直――」

「あの先生、きついところあるからな」

「はい。省悟さんにもチクってやったんだけど、バシバシ叩かれます。あれこれいいこと言ってたけど、ぜんぜん違う。気分で、叩くんです。いつかキレちゃうかも」

「それはね、尋。おまえが叩かれた理由に気付かないだけ。それに致命的な叩き方はしないだろ」

「――そうですね。頭をパッシーンって、かするように」

「うん。おまえみたいのはさ、口で言ってもわかんないじゃない」

「――尋、バカだから」

「バカじゃないよ。プチアホくらいかな」

「ふふふ」

「やっと笑ったね」

「あ、ごめんなさい、ごめんなさい」

「ちっちゃいころから誰に謝り続けてきたのかは訊かないけど、尋ね、ごめんなさいは、もう口にしなくていいから。永遠に」

「はい。ごめんなさい」

「尋がごめんなさいを言うと、私もごめんなさいを言うよ」

「え、ごめんなさい」

「はい。ごめんなさい」

「――最後です。ごめんなさい」

「ん。ごめんなさい」

尋は上目遣いで高畑所長を凝視している。

「すごくちっちゃいころだね、ごめんなさいって必死に口にしてたのは」

「言いたくありません」

「言わなくていい。永遠に」

「はい。高畑所長が怖くて」

「怖い私は、おまえをギューするよ」

高畑所長は尋の両脇に手を挿しいれて立たせ、尋の全身を覆うようにして抱き締めた。一分ほどか。高畑所長も尋も微動だにしなかった。

「私が何者か、わかったか」

「はい」

「よし。私の子供になるか?」

「なります」

「よし。じゃあ、最低一年は診療所で礼儀その他、自分に与えられた仕事に絶対手を抜かないことを叩き込まれてこい。もう、耐えられるだろ？」

「――高畑所長が怖いから、耐えます」

「うん。上槇ノ原は、おまえにかかってるからさ。私だって歳だから、そろそろ引退したいからね」

「はい。精進《しょうじん》します。精進で、いいんですよね？」

「うん。ま、頑張りすぎるな。おまえなら見事な巫女《みこ》になれる」

黙って遣り取りを聞いていたが、怺えきれずに割り込んだ。

「巫女って？」

「上槇ノ原に結界を張る。真に必要な者は呼び込む。害意のない者は通す。そうでない者は、通れない。鬱陶《うっとう》しいことに、たぶん下槇ノ原の奴らは、遠い昔は上槇ノ原と血がつながってたんだな。だから私の結界をすり抜けることができる。でも、尋が結界を張れるようになれば、下槇ノ原の奴も、入れなくなるだろう。それくらい強い力をもってるんだ、この子は」

結界。オカルトか。狂信か。俺の上目遣いに逆らったのは、尋だった。

「だめだよ、省悟さん。いくら仲良しだからって、高畑所長にそんな目つきしたらダメ。狂ってるとか思ったら、ダメ」

ヤバい。心、読まれてるじゃねえか。ほんとにヤバい！

「いいよ、省悟は特別。理由はバカだから。どうせ私のことも尋のことも、信じてないから。

唯物《ゆいぶつ》バカ。多いよね」

「バカを許すんですか」

「うん。バカには二種類あるんだ。いけ好かないバカと、可愛いバカ」

「あ、省悟さんは可愛いバカだ」

おいおい、キミたちはなにを言うてるのかね。ま、いいや。なるほど、ほんとに結界を張れるならば、大麻も露見《ろけん》しないぜ、ロケンロール。↑ださい……太宰治……結界ね。はは、結界。やや錯乱《さくらん》しております。が、ここは気合いを入れなおそう。

「高畑所長。質問させていただきます」

「よろしい。バカ君。どうぞ」

「だーれがバカ君だよ。ま、いいや。本気で大麻ビジネス？」

「うん。日本最大最良の供給地になる。いまだって太陽光発電で、すごく大量に育ててるからね。ちなみに上槇ノ原は太陽光や地熱で電気代、タダだから。水道は昔っから湧き水でタダだったしね」

大麻栽培と太陽光発電、なんの関係があるのか。ま、それはおいといて、大麻は儲かるの？

という率直な質問をぶつけた。

「儲かるよ。自由化したコロラド州の税収だけど、大麻以前は七十九億円。大麻以降は二百八十三億円。古いデータだから、いまではもっと多いだろうね。三百億は軽く超えてるはずだ。州税で、これはでかいだろ。ちなみに大麻の売り上げ自体は二千億にならんとしてるよ」

「二千億——。まいったな。上槙ノ原はコロラド州になる？」

「もっと大きなものになる。ただし、人口は増やさない」

「結界があるもんな」

「そういうこと。とりあえず取り締まられる心配はない。ならばどんどん良質なものを日本中に供給してやろう。取り締まりが無力になるくらいに」

「なるほど。結果、上槙ノ原は日本の大麻の聖地となる」

「リゾート構想はあるよ。中核となるのは御宿蘗埜《はぎの》。外人は絶対、御宿蘗埜だろ。香苗、忙しくなるよ。ま、御宿蘗埜だけじゃキャパが不足するから、阿嶽山《あたけやま》の中腹に、でかい今風のホテルを建てる計画も進行中。省悟の預けたお金も、こういうところに活きるわけ。ホテルも香苗が責任者。でも、だからこそ結界は重要。上槙ノ原に害なす奴にきてもらいたくはないから」

「そんな選別ができるの？」

「私には無理でも、尋ならば、ね」

「はあ——。もはや、言うことありません」

「昔、巫女。いま所長。尋はいずれ上槙ノ原の所長になるから。省悟はいまのうちにヨイショしとけよ」

　俺は首をすくめて尋を見やる。満面の笑みが返ってきた。能面は、どこで外した？

「省悟。会わせたい人がいる。呼びだすから〈おめん〉に飯食いにいこう」

「高畑所長、あたしもいっしょしていい？」

「まだ勤務中だろ。もどれ」

「はい」

「勤務終えたら、飛んでこい」

「はい！」

〈焼き肉・おめん〉の暖簾を高畑所長がくぐると、一番広い席をあてがわれた。女たちは誰もが高畑所長に親しみの眼差しを向ける。高畑所長も裏のないニコニコ顔だ。どっこいしょと壁を背にして座った高畑所長は——。

「ジャバ・ザ・ハットみてえ」

「なんだ、そりゃ。悪意に充ちてるな」

「そうでもないっす」

「ま、いいや。なに食う」

喜美ちゃんの頬が赤らんでいる。俺も照れ臭い。ぶっきらぼうに注文する。

「餃子オン・ザ・ビール。吃逆川《さくりかわ》の天然鰻白焼き。ホルモン煮込みに炊込み御飯松茸《まつたけ》、自慢の豚汁」

「面倒だから、それ、二人前。しかしホルモンと松茸御飯、どーいう取り合わせだよ。省悟、携帯貸せ」

「どうぞ」

手渡す前に奪われた。え！　所長、スマホに親指を押し当てた。で、指紋認証クリア。しかも、ひと言も発さずに、つまり音声認識も用いずに、もちろんダイヤルをタッチするわけでもなく、そのまま会話に入った。誰かを呼びだしているのだが、けっこう横柄だ。いや、これはあり得ねー。

けれど、詮索が無駄なのはわかりきったことだ。巫女だの、結界だので、若干耐性がついてきてしまった。

生姜のきいた餃子をつついて、ビールで乾杯しているところに、ひょろっとした優男《やさおとこ》が駆け込んできた。高畑所長が顎をしゃくる。優男が額の汗を拭って名刺を差しだす。

〈上槇ノ原コーディネーター・木折浩助《きおりひろすけ》〉

コーディネーター。なんの？　委細構わず高畑所長が調理場に声をかける。

「さらにぜんぶ一人前、追加」

「あ、わたくし小食ですので、餃子だけでけっこうです。それよりも、省悟さん、お初にお目にかかります」

「はい。こちらこそ、よろしく」

中腰で立って挨拶を交わす。

「木折って苗字、いかにも山の民ですよね。よく指摘されるんですよ」

「はあ、そーですか」

「このたびはとんだ災難でしたね。でも、ナニがナニしなかったことだけは、不幸中の幸いでした」

そこで思い至った。まったく俺も暢気《のんき》というかなんというか、俺の指を落とした我芽原さん以下、どうなった？

「さて、不肖、木折でございますが、省悟さんのコーディネートを担当させていただきます。って、上槇ノ原におけるコーディネーターはわたくし、木折のみでございますが」

我芽原さんその他がどうなったか、気もそぞろな俺に、木折がぐいと顔を寄せる。しかたなしに問う。

「コーディネート。なんの？」

「省悟さんの、夜のお相手をコーディネートさせていただきます」

「はい？」

「お相手の排卵日に合わせて、木折がお声がけさせていただきます」

「俺は種馬《たねうま》か！」

「コーディネート致さぬと、省悟さんは御自分の好みの方のみと致すばかりでございましょう」

「致すばかりでございましょうって、そうに決まってるじゃん」

「選ばれた方は、この上槇ノ原では、斯様《かよう》なわがままは許されません」

「選ばれた方ってなあ、勝手に選ぶなよー」

俺は呆れ気味に、いや狼狽気味に高畑所長を見る。

「省悟よ。上槇ノ原のために一肌脱げ。一肌じゃないな、一射精か。上槇ノ原のためにイッパツぶっ放せ。無限回の一射精。いいなあ。こんな閉鎖された集落だけど、女はいっぱいだ。すなわち、省悟は女体《にょたい》の達人と相成《あいな》る」

「勘弁してくださいよ。俺にだって選択の自由ってもんがあらあな」

「ないね」

「ない？」

「ない。省悟は選ばれてしまったんだから、上槇ノ原の隆盛《りゅうせい》のために、夜になると獣と化す。相手を選ばぬ、しなやかな獣。しなやかはないか」

「冗談じゃねえよ。いや、やりたい一心ですけどね、選ぶ権利を放棄するなんて」

「ホルモン煮込みと松茸御飯《まつたけごはん》、同時に食ってるような奴に選ぶ権利なんてあるか？　選択なんて言葉が遣えるか？　物言えば、片腹痛し、秋の風——。うーん、省悟を象徴したよい句だ」

悄然《しょうぜん》として、いや、自棄《やけ》気味に松茸御飯にホルモン煮込みの赤味噌の汁をぶっかけてかっ込む。木折はおちょぼ口で餃子を食べ、ひょいと首を伸ばして俺に笑いかけた。

「省悟さん」

「なんだよ」

「餃子の羽根。大好物なんですよ。おめんの餃子は絶品ですね。羽根の美しさときたら、もう。いえね、自宅用にささっと食べたいとき用に王将羽根つき、じっくり食べたいとき用に蒲田ニーハオの羽根付き餃子、それぞれ冷凍で取り寄せてるんですよ」

「なんだ、それ」

「だっからぁ、餃子は羽根でしょう」

いきなり眉間に深い縦皺を刻んで険悪な眼差しになった木折である。ぐいと身を乗りだして睨みつけてくる。なんなのだ？　こいつは。ちょい、おっかなくなって逃げだす。高畑所長に視線をもどす。

「なあ、省悟。おまえが巫女がどうたらって訊いてきたとき、ちゃんと言っただろう。上槇ノ原に結界を張る。真に必要な者は呼び込む。害意《がいい》のない者は通す。そうでない者は、通れない」

「――真に必要な者は呼び込む」

「そういうこと」

「俺は、真に必要な者？　ちゃんちゃら～」

茶化《ちゃか》すと、高畑所長は人差し指を立て、俺の額を指し示し、囁くように言った。

「上槇ノ原に辿り着くまで、滑り出しから、ずいぶんおかしな景色じゃなかったか。ありえね～ってやつだ。省悟の目の当たりにしたイリュージョン、じつは現実だけどね、なかなか愉しかっただろ。省悟の日常を引っ繰り返すというか、心の底の願望が現実になったって感じか。省悟はじつに複雑な、しかもアホな御仁だよね。よくいえば夢見がち。正しくいえば、現実を生きていなかった。で、人嫌いのくせして、もてないくせに女好き。いろいろ鬱屈《うっくつ》してたね。すごく退屈してたね。迷走してたね。ぶっちゃけ、すること、なかったね。息してるだけだったね」

　あれこれ列挙されて、いまになって、抜《ぬ》け作《さく》な俺は、じわじわと搦《から》め捕られていたことに気付いた。だが、呆れたことにリアルと幻想の境目がわからん。秘密らしきものを明かされても、現実感の欠片もない。

　アレは夢でしょう、以上――。

　そんな感じだ。もし、これが高畑所長の力だとしたら、空恐ろしすぎる。

「省悟。肚据えろ。別の言い方をするなら、諦めろ――か」

　いい気になっていたが、すべては仕組まれていたのか。もちろん僕は文化人じゃねえけどさ、一応は文明人でございます。こんな超常現象？　加えて筋の立たない不条理、信じるわけないし、暗示に乗ってたまりますか。超常現象だとしても、もう少しあれこれ体裁《ていさい》にこだわるものでしょう。どう考えたってあれやこれや、夢にありがちな不合理ぶりそのまんまですわ。確かに短いあいだに、いろいろありましたけどね。じっと手を見る。

「指までちょん切られて……」

「それは、想定外だった。すまなく思ってるよ」

　高畑所長は木折に向きなおった。

「おまえ、省悟に凄むな。短命に終わるぞ」

「――申し訳ございません」

「おまえ、夜半獣の奴隷《どれい》だろ？」

「――はい。身の程をわきまえます」

「すべて見透していているから。省悟にぞんざいな態度をとったら、まさに短命に終わるぞ」

木折はまだ残っている餃子、いや羽根に未練を残しつつも、泣きそうな顔で立ちあがった。入れ替わるようにして、尋が駆け込んできた。

俺の性格的欠陥でもあるのだが、どーでもよくなってきた。香苗さんもいれば、尋もいる。下界では絶対に相手にしてもらえない女たちがいる。

いやあ、こだわらねえな、俺。

というわけで、隣に座った尋に顔を寄せてなにを食うか訊く。高畑所長はそんな俺に満足そうな笑みを向けた。

16

高畑所長、先生、巡査長、尋、そして大工の西さんと連なって、晴れ渡って空気が冷たい晩秋の日曜日の午後、御厨山《みくりやさん》に向かう。

整備された林道を高畑所長の七人乗りのでかい四駆で上がっていくと、山の中腹、南斜面に無数の太陽光パネルが設置されていて、陽光を吸いこんで黒光りしていた。なだらかな岩場の山頂下部には五機の風力発電の巨大風車が設えられて、ヒュンヒュン風切り音が届く。地熱発電施設は御厨山の背後にそびえる休火山、大彦岳《おびこだけ》の谷間《たにあい》に設備があり、派手に蒸気を噴いていているそうだ。

「これらの電力を羽鳥山ボーキサイト鉱山跡地で一元管理してな、各家庭、および大麻農場にまわしてるってわけだ」

西さんは息をつき、無数の皺が刻まれた目尻を若干持ちあげ、得意げにウォッホンとわざとらしい咳払いをして続ける。

「すべてはこの俺が設計したんだぜ。もちろん風車は専門技術者の手を借りたけどな」

「ハギノ旅館の手入れだけじゃねえのか」

「本来は大工仕事。古くてしっかりした建物を弄くるのは俺の快楽だ。でも1級電気工事施工管理技士でもあるんだぜ」

御厨山からボーキサイト鉱山跡地に行く。片手が使えないのでもたついていたら、巡査長が手を貸してくれて、インクラインの平たい籠のような鋼鉄のケーブルカーに乗った。ぶっちゃけ巨大な台車だ。強烈な灰色の急斜面を見あげて問う。

「動くんですか」

「動くんだなあ。西さんが電気引いたしな」

俺の問いかけにおざなりな調子で返事して、巡査長は所長のほうを向く。

「高畑所長、駐在所にも四駆、買ってくださいよ。そしたらこの抜け作だって急坂、ちゃんと上れるから」

西さんが防水と思われるぶっといコードでつながれた直方体のスイッチの緑のほうを押すと、

グイッとトルクがかかって、のけぞり気味に首が動くほどの勢いで急斜面を昇っていく。

「抜け省悟、あの坂を上れなかったってわけか？」

「ビビリだからねえ。途中で止まりやがって大《おお》わらわ」

「抜け省悟って、俺のこと？」

「おめえ以外に、誰がおるかいな」

巡査長に頬っぺをぐりぐりされていると、高畑所長が割り込んできた。

「わかった。私のパジェロ、あげるよ。それとも新車がいいかい」

「そりゃあ、新車ですよ。ランクル。白黒パンダに塗ってほしい」

「ん。予算計上するから、勝手に買って、勝手に塗って。冬タイヤとかもいるよな。ヤナショウで見積もりだしてもらって、明細持ってきて」

「さすが、太っ腹〜」

「語尾が伸びたね」

「いや、まあ」

「あきらかに私の体型にアレしてるよね」

「邪推」

「ラジコンの四駆でも買ったげようか？」

「ははは、冗談にもなってねえ」

高畑所長と巡査長の遣り取りが終わらぬうちに、晩秋の淡い青空に向けて射出されたかの台車が鉄路の曲がりに合わせてガクッと水平になり、坑道内に入った。

LED照明が煌々《こうこう》と灯る赤茶けたやたらと天井が高い坑道内を、制動がかかった台車は鉄路の繋ぎ目の音を間遠に響かせて、のんびり行く。さりげなく訊いた。

「巡査長も木折ってコーディネーターに？」

「そ。あいつってば奴隷気質だから、話とか御拝聴しちゃダメ。無視、そして冷たい一瞥のみ。そしたら自分の思いとかぐっと呑みこんでさ、言わなくたって揉み手で省悟好みのおめこ見繕ってくるよ」

「ちょい、気味悪かった。頭、変かって」

「あ、変だよ。すっげー変。けど省悟、常識的に対処すんな。簡単な返事もいかんぞ。無視、あるいは加虐。さすればだな」

「さすれば」

「さすれば奴隷だ。いい奴隷だよ。立ちションしてさ、魔羅《まら》先浄めろっていえば、よろこんで舐めるよ」

「い、んこは？」

「ケツ穴、きっれーにしてくれるよ。食えって顎しゃくれば、よろこんで食うよ」

「まぢかよ～」

「省悟さ、人の心の深淵《しんえん》とかいうやつ、わかってねーよね」

うーむと唸《うな》っていると、高畑所長がいきなり振り返った。俺と巡査長は即座に視線を左右に散らしてとぼける。が、もし、心を読まれてしまうのだとしたら、じつに無意味なことをしているな。ま、いいか。

「所長。初潮はいつですか」

「縦坑《たてあな》に落とされたいか?」

「いや、小心だから、穴ん中が怖くて」

「穴好きなくせして。いちいち冴えないダジャレで場を繕わんでもいい」

横で巡査長が笑いを怺えている。巡査長に注ぐ高畑所長の眼差しが、柔らかい。俺と同様、真に必要な者として呼び込まれたのだろう。いまひとつ、真に必要な者の選択基準がわからないが――。巡査長が無理やりつくった真顔で声をかけた。

「ねえ、初潮」

「――発音は同じだけど、所長じゃなくて初潮って呼んだね」

「だっからぁ、邪推しすぎだよ、初潮」

「ま、いいか。なんだ」

「うん。礼を言いたくてね」

「なんの」

「省悟がきてくれて、本官、退屈から逃れられた。上槇ノ原、すごくいいところだけど、省悟が指ちょん切られる前までは、なーんにも起きなかったからね。なんか上槇ノ原の男って、西さんやヤナショウのジジイはともかく、去勢されたような奴ばっかで、まともに話しもできねえし」

「巡査さ、うまく立ちまわったよね。省悟にあれこれ明かさず、巧みに馴致《じゅんち》させた。功績大だな」

「あ、それ、本官の保身。こいつなら暇つぶしになるって直感したからね。逃がしてなるかって感じ」

おいおい、俺が指を叩っ切られたのは程よい退屈しのぎのイベントかよ。

「なんなんだろうね、上槇ノ原。能力や覇気《はき》がぜんぶ女に行っちゃって、男は幽霊みたいな奴ばかり。そこからすると巡査と省悟。タイプは違うけど、バッカだよね～」

「ははは。バカです」

「バカが、必要なんだよ」

「なんとなくわかるよ」

「巡査、頭よすぎるもんね」

「それって、罵詈雑言《ばりぞうごん》だぜ」

「ごめん。でも本音。あんたに上槇ノ原に骨を埋めてもらえたらって」

「骨埋めてもらいたかったらね、ちゃんと巡査・長って言えよ」

「ごめん、巡査」

「あのね、初潮だって遠慮しないよ。今回は装塡してんだからね。発砲するよ」

「いい加減、所長にもどしてくんない？」

「ひひひ。ばれてんのかよ。やだね、読心《どくしん》」

そんな遣り取りを続けているうちに、錆さびの台車が停止した。あとから設えられたのだろう、巨大な鉄扉《てっぴ》があり、高畑所長がぐいとパネルに顔を突きだす。顔認証だろうか。所長の顔、センサーに収まるだろうか。案じるまでもなく重々しく扉が開いた。中から、じわりと蒸れた匂いが迫った。俺はたぶん口をあんぐり開いていたことだろう。

やたらと高い天井まで三段の区切りがあって、そこに無数の大麻草が植わっている。連続する背丈の高い濃緑《のうりょく》の帯に圧倒されたが、黄色い蛍光色の照明が眩しくて、まともに目を開けていられない。眼球に黄色いフィルターがかかったみたいだ。たまらず顔をそむけると、ひょいとサングラスを手渡された。先生が耳打ちしてくれた。

「グロウ・ライト。光合成に有効な波長の光のエネルギーをぶち当ててるんだ。量子力学で言う光子の束。麻は大喜びだけど、人間の眼で直視していいもんじゃないからね。このサングラス、私があれこれ勘案して、鯖江《さばえ》のメーカーにレンズとフレームつくらせたんだよ。メイド・イン・ジャパン。まだまだ棄てたもんじゃない」

大麻プランテーション、大麻工場？　よくわからないが、サングラスをした幾人もの女がのんびり働いている。ヘッドフォンをかぶってリズムに乗って作業している女の子もいる。熟したものらしい穂先《ほさき》を摘んで、ステンレスのトレーに安置している。

「植物って、なんで緑かわかる？」

先生の問いかけに、光合成？　葉緑素《ようりょくそ》？　と、あやふやな口調で答える。

「植物って緑の光が大嫌いなの」

「はい？　だって、緑でしょ」

自分でもなに言ってるかわからないね。傍らでは尋がじっと耳を澄ましている。

「物体に電磁波＝光が当たるとね、その一部は物体に吸収され、一部は透過《とうか》して、一部は反射するの。吸収。透過。反射。太陽光の中の緑色光を反射あるいは透過させちゃう物体は、人間の眼には緑に見える。私たちに見えるのは物体から反射された電磁波のうちの可視光《かしこう》だけなんだけど、吸収された分は絶対に見えないわけ。だから太陽エネルギーを最大限利用するなら、すべての光を吸収する黒いハッパが一番な訳だ。それなのに植物は、なぜ緑色光を透過＝遣り過ごし、反射＝撥《は》ねかえすのか」

「苦手だから？」

「そうなの。植物の緑って、直に達する陽射しのもっともエネルギー密度の高い波長の吸収を抑えこんで、過剰な熱吸収を避けているからこそ、緑に見えるのね。ここの照明は大麻に最上なものを西さんと私で綿密に計算して、最良なものを特注したの。多少の試行錯誤はあったけど、バッチリだよ」

傍らで西さんが、うんうんと頷いている。先生の説明によると、ここは第一農園で、第二、第三、第四まであるという。働いている皆が、高畑所長に気安い声をかけて笑いあっている。際どいものまで含めて冗談が飛び交う。なんという和気藹々ぶりだ。

「そうか。こんだけの光だ。しかも徹底した空調。とんでもなく電気を食うんだな」

「そういうこと。太陽光その他がうまくいくまでは、じつに細々とやってたんだけどね。いまでは西さんのおかげで電力、湯水のごとく使い放題。その結果、人間の眼に悪いくらいの光《こう》量《りょう》」

「本官は取り締まる側だろ。あれこれ見えないようにってんで、とりわけ分厚いレンズのグラサン、させられてんだぜ」

「嘘つけ」

「ははは。本官自身、最初は当然公僕《こうぼく》として納得できなかったけどさ、この規模を見せられたら、あれこれ言うのがバカらしくなったぜ。かつまた自分で人体実験、なーんの不具合もないってことを実感。省悟は女は選びたいなんて傲慢《ごうまん》なこと言ってたけどさ、喫ってやれば皆、天《てん》女《にょ》だぜ」

それには答えず、尋に囁く。

「下槇ノ原のキミたち、見事に踊らされてたなあ」

それには答えず、尋は所長に訊いた。

「上槇ノ原にいれば、喫い放題ですよね」

「まあね。でも、常時喫ってるのなんて省悟くらいだろ」

「あのね、所長。俺は薬として与えられてんですからね」

「どうだかなあ。ねえ先生。もう傷、ふさがってんでしょ」

「うん。ふさがってる。それなのに、痛いだ寝られないだって、ねだるんですよ」

「普通は、飽きがくるっていうか、ほかにもやることがあるからさ、省悟みたいにケムリっぱなしなんて、有り得ないんだけどね。べつに習慣性があるわけじゃないからね」

「後顧《こうこ》の憂《うれ》いのない休日に、じっくりゆったり愉しむっていうのが、ごく一般的だけれどね。私なんか急患に備えて、休みの日だって喫わないもんね」

クソ。俺、一方的にケチョンケチョンじゃねえか。所長が俺の肩に手をおいた。気にするな、喫いたいだけ喫え、飽きるから、間を置いたら、またすごく好くなることがわかって、連用しなくなるから――そんな思いが湧いた。いや、伝わった？

ともあれコロラド州の大麻売り上げが年間二千億だったっけ。世界の大麻解禁の流れに日本も押し流されて、このプラントが先達として機能すれば、上槇ノ原はベーシックインカムなど軽々だろう。

合法化されなくたって、日本中にばらまけば、その収益は尋常でない。逆に合法化されない方が高額取引、大儲けだぜ。

いやはや、アナーキーな女たちは、上槇ノ原限定という但し書きが要るにしても、少なくとも経済に関しては地上の楽園をつくりあげるために着々と手を打ち、先々を見透している。

いまだって上槇ノ原においては飢えに苦しむ人はいないが、ちょっと前、ネットを彷徨《さまよ》っていたら、恐ろしいデータに出会ってしまったよ。出所は週刊誌〈女性自身〉の六、七年ほど前の記事だ。

――アベノミクスによる好況が伝えられているが、日本人の「餓死《がし》」は特殊なことではなくなりつつある。十一年の国内の餓死者は栄養失調と食糧の不足を合わせて一千七百四十六人。およそ五時間に一人が餓死しているという状態だ――

読んだ瞬間は、いったいどこの国のことだと怪訝な気分になったよ。五時間に一人が餓死――。たぶん、いまだって、絶対、好転してないよね。餓死者。

『日本人の餓死』で検索かけてみな。北朝鮮のこと言えた義理かよ。すばらしいな、我が国は。アベノミクス。お笑いかよ。

高畑所長が、じっと見つめていた。俺は怒った顔を向けてしまった。高畑所長に怒りをぶつけるのは筋違いだ。

けれど、派遣、馘になって所持金も尽き、国分寺のボロアパートで逼塞《ひっそく》して万年床で膝を抱えてぼんやり畳の上の空のヌードルの容器を眺めて転がっていると『日本人の餓死』は他人事ではなかった。

こんな世の中、おちゃらけてないと、生きていけないでしょ！

高畑所長は静かに頷いてくれた。信じ難い包容力があった。

省悟、絶対に飢えさせないよ――。

第一農園を抜けて、第四農園の先まで行った。いきなり掘削痕《くっさくこん》も生々しい、いかにも昔の坑道といったところにでた。その奥に、我芽原さん以下、親御さんたちが剝きだしの岩の上に転がっていた。

皆、下槇ノ原から連行されたときと同じ状態、つまり我芽原さん父とのっぽ母といった具合に手錠でつながれていた。ただし腰縄でつながれていたカップルも手錠に変えられていて、手錠を幾つ用いているのだろう、全員が数珠《じゅず》つなぎになっていた。

我芽原さん夫妻とのっぽ夫妻は当然見分けがつくが、申し訳ないことにもう一組の夫婦は息子に印象がなかったせいか、どこか知らない人のような気がする。だから無個性夫妻と名付けた。

数珠つなぎだが、具体的には我芽原さん夫の右足首にのっぽ妻の右手首がつながれていて、のっぽ妻の右足首と無個性夫の右手首がつながれていて、無個性夫の右足首と我芽原さん妻の右手首がつながれていて、我芽原さん妻の右足首にのっぽ夫の手首がつながれていて、のっぽ夫の足首に無個性妻の手首がつながれていて、無個性妻の足首は我芽原さん夫の手首につながれて一廻り、複雑な、見てくれぐしゃぐしゃな汚い輪っかになっております。

それよりも、図解できるならばともかく、これを文章化したら、さぞや悪文になるだろうなと心配です。頬被りしますね。

じつに薄汚い輪っかだけど、よく考えたら幾何学的には見事な形状でございます。ぐしゃぐしゃにしちゃってるのは人間様です。

いやあ、重ねがさねひどい描写だ。最悪な説明だ。ま、いいか。

とにかく全員垂れ流し、苦痛に蠢《うごめ》く男女が御叮嚀にこねまわしちゃうので、酸っぱいような苦いような便臭がたまりません。ともあれ離れたくても離れられない新たな御夫婦の関係、馴染まれたでしょうか。

水は岩盤を伝い落ちる滴《しずく》でなんとかなるだろうけれど、我芽原さんなんて、奥さん共々すっかり痩せちゃいましたね。

のっぽ父と奥様は、背丈は当然変わらないけど、いやあ、見事に骨格標本です。

もう一人の無個性なガキの御両親、ガキと同じく見事な無個性で、いまだに貌《かお》が泛ばないガキと同様、なぜかまともに像を結ばない感じだけど、それでも顔全体の歪みが水分失せたミイラみたい。いやはや、痛そう。

あっ、我芽原さんが口を動かした。唇、顫えてます。なんか食わせろって言うのかな。耳を澄ます。

「頼む。もう外してくれ、手錠外してくれ。なんでもするから、外してくれ。こんなに捩くれてまで生きているのはいやだ。なんでもするよ、なんでもする。痛い。苦しい。たまらねえ。痛えんだよ。外せ、外してくれ」

巡査長が、受ける。

「ほんと、なんでもする?」

「なんでもする。堪忍してけろ」

堪忍して『けろ』? 方言? 腕は別人の足に、足は別人の手にと凄まじく不自然なかたちで数珠つなぎにされてるんだもんな。六人の男女、雑に転がってるけれど、軀をまともに動かせないことにおいて、いわば永遠の正座を強いられているようなもんだわ。しかも季節は晩秋、なにやら赤っぽい岩が剝きだしの廃坑、寒いよ～。冷たいよ。他人事だけど、こりゃ、じつにしんどそうだ。

「よーし、下槙ノ原の皆様方。整列ぅ」

我芽原さん以下、頬が痩けて骸骨《がいこつ》のような貌で、一斉にきょとんと見あげてきた。こんな数珠つなぎでどう整列すんだよ、と吐き棄てる親御さんもおられる。

「しんどいだろうけど、きっちりした円をつくれ。転がってるから円陣を組むっていうのとちがうよねー。とにかく丸くなれ」

無理だ、ダメだ、痛え、折れる、そんな苦痛の声があがる。

「楽になりたかったらさ、できうる限り丸くなることだよ。その苦痛に対する対処法ってのを伝授するからさ。うまく立ちまわれば、一気に解決だぜ」

巡査長の言葉に、苦痛に呻きながらも、エッシャーの版画みたいな人間による数珠つなぎの円ができあがった。巡査長はじっと見おろし、人間数珠つなぎに聞こえぬよう顔を寄せ、ごく小声で名を呼んできた。

「省悟」

「なに」

「やるか」

「なにを」

「あいつらの真ん中に、おまえが指を落とされた鉈を、落としてやるわけだ」

「なにを仰有《おっしゃ》ってるのやら、いまいち」

「奴らは、この苦しい数珠つなぎのまま一週間以上。とにかく解放されたい一心だ。こないだ捩れた足を検分《けんぶん》したらばな、男性諸氏、同じ方向に無理やり曲げられ続けた膝軟骨が逝っちゃってるんだろな、肉まんみたいに膨らんでた。青黒い肉まんだ。女性陣は多少柔軟性があるんだろうな、まだ膝崩壊にまでは到ってないけど、こういう姿勢ってのはな、崩壊もきついけど、その過程がすっげー痛いと各々自己申告なさってた」

「で、鉈を円陣の真ん中に落とすと？」

「うん。もったいつけて落としてさ、チョー上から目線で、厳かに御託宣《ごたくせん》してやれ。其《そ》の方たち、自由になりたくば、自由なる左手を用《もち》い、つながれている相手の腕なり足なりを切断せよ」

「え——」

「なんだよー、なに目ぇ剝いてんだよ。素敵な復讐《ふくしゅう》だろ。目には目をじゃなくてさ、指には手首か足首。喜んでやるかと思ったよ」

「いや、まあ、その」

「じつに煮え切らないね、貴君」

「巡査長」

「なんざんす、尋ちゃん」

「私にやらせて」

「いいよお。じつはね」

「はい」

「高畑所長からね、できたら尋にやらせろって言われてたんだよね。だからあえて尋の近くでヘタレを唆《そそのか》したわけ。一応このヘタレに復讐の権利、あるじゃない。本官としてはヘタレにやらせたかったけどね」

ヘタレを連呼《れんこ》されても、返す言葉がない。尋が高畑所長を食い入るように見つめる。高畑所長が大きく頷く。

「尋さ、私の後を継ぐからさ、いろいろきつい決断しなきゃならないときがあるわけだ。でも、こいつらの修羅場のきっかけつくればさ、けっこう肚が据わるよ」

高畑所長の顔が笑顔で大きく崩れる。

「省悟はヘタレの夜半獣候補。ヘタレなりに力があるけれど、まだ気付いていないね。巡査はニュートラルな夜半獣候補」

「あ、本官、そういうの、けっこうです」

「そう言うなって。ま、尋がきてくれたから強制はしないし」

高畑所長は俺や巡査長には絶対に向けない慈愛《じあい》のこもった眼差しを尋に据える。

「尋は、いずれ、本物の夜半獣になる。尋が自分からやらせろって巡査に囁いた瞬間ね、見込んでただけあって嬉しかったよ。落ち着き払ってたから頼もしかった」

「——高畑所長も、こういう決断、したことありますか」

「あるよー。いわゆる極限状況の決断だね。戦時中、食糧不足で、人を食うのが流行っててね」

「人を――」

「うん。ボーキサイトで人口膨らんでたんだけど、下槇ノ原が攻めてきて焼け野原、奴ら段々畑まで完全に燃やし尽くしたからね。しかも終戦間近なんて国は上槇ノ原のことなんか完全に忘れてる。負け戦だからね。国民。なんですか、それ？　って感じ。国なんて税金くすねるだけで、いざとなるとなーんにもしてくれないんだよ。食糧配給なんてとっくに途絶えてさ、食うもんないんだもん。しかもボーキサイト鉱で働いてた囚人《しゅうじん》」

「囚人？」

「そ。徴兵忌避《ちょうへいきひ》の極道者《ごくどうもの》。そいつらが村人を襲って食いやがってね」

「上槇ノ原の人を食った」

「食うよね、人。とことん腹減ったら」

「わかんない」

「わかんないことないだろ。食うんだよ。ところが、それが上槇ノ原の住人にも伝染しちゃってね」

「人を食うのが？」

「そう。とにかく緊張状態なんてもんじゃなかったよ。あれは、きつかった。私なんか、いまだに唾《つば》がまともに出ないからね。張り詰めてたから、カラカラでさ。で、極道が人肉求めて攻撃しかけてくるなか、村民も飢えに抗しきれなくて、弱い者から食ってくわけ。お父さんお母さんがまず手をかけるのは赤ん坊で、そして娘を、息子を、食うわけ」

尋の頬が、青褪《あおざ》めている。

「うん。わかってるって。尋だって親に食われたようなもんだもんね」

「食われてないし」

「でも、食うのは肉だけじゃないだろ」

「食うのは肉だけじゃない」

「そう。食うのは肉だけじゃなくて、心の場合もある」

先生が尋を背後からきつく抱き締めた。尋の家のことを口にするな――と高畑所長に向けて意外な剣幕で声をあげた。先生の腕のなかで尋の頬に血の色がもどっていく。

「怒られちゃったよ。先生は尋の本当のおっ母さんみたいだな。おっと、大東亜戦争の食糧難の話だね。ついに怺えきれなくなった家で、まずは子供を食い尽くして、上槇ノ原は女が強いからさ、つぎに、とーちゃんが食われた。最初に食っちゃった家のお母さん、発狂して自殺しちゃった。それを知ったときは後悔したな。襲ってきた下槇ノ原の奴らの屍体、ぜんぶ火葬しちゃったんだよね。大切な食糧資源、焼いて灰にしちゃったんだから」

先ほどから笑みが絶えない高畑所長の頬にさらに不思議な笑いが泛ぶ。

「で、こういうの、誰か一人が一歩踏み外しちゃうと、一気に箍《たが》が外れちゃうんだよね。みんな、泣きながら子供を食ってた。とーちゃん食ってた。でもさ、泣いてるくせに飢餓にはかなわないんだよね。でも、それってあんまりでしょうが」

高畑所長の笑みが深くなる。

「地獄――。悩んだな。苦しかったな。で、真夜中だ。私になにかが降りた」

「降りましたか」

「降りたね。世界が、いきなりクリアになった。で、肚が据わった」

「世界がクリア」

「うん。善悪とかを超越して、上槇ノ原を存続させて、みんなを生き存《なが》えさせるためにはなにをすればいいかが綺麗に見透せた」

「見透せる。あたしの目には、いつだって膜がかかってます。ぼんやりしていて、先がよく見えない」

「尋の目は瞬膜《しゅんまく》があるもんね」

「しゅんまく？」

「鶏やトカゲの目に付いてるじゃない。白い膜。シャッターみたいに目玉を覆うやつ」

「あたしは鶏でトカゲですか」

「ま、いずれ、進化する。夜半獣になれば、瞬膜は消える。いろんなものが見えるようになる。お金の流れとかも、ね」

尋は目蓋をいじっている。高畑所長は話を元にもどした。

「おまえら生き残りたいのはわかるけれど、身内は食うなって命令した。で、鉱山で水磐土《すいばんど》、当時はボーキサイトって敵性語だったから水磐土って言ってたんだけど、水磐土、掘ってた極道たち、余所者を襲えって私が命令した。私の決断て、どんなものかな？」

能面にもどった尋が深く頷く。

「見習いたいです。まだそこまで肚、据わってません」

「さっきも言ったけど、ボーキサイト掘ってたのは犯罪者ばかり。戦争行きたくないからさ、鉄砲の引き金引けないように、省悟じゃないけど人差し指、鑿《のみ》で自分で落としてヘラヘラしてるような凄い男ばっか。そんな荒くれ者も、女たちの真の怖さ知って、こんなところにいられねえ——って三分の一が山越えして逃げようとしたんだ」

「それは、女たちじゃなくて、高畑所長の怖さを知ったんです」

「尋、私はそんな怖い？」

「はい。初対面でやべえって騒いだのは、本気でした。いまも怖いです」

「そうか。やべえか。尋に所長を譲ったら、私はじっくりあのころのことを書くつもりだよ。槇ノ原戦記。我は如何にして夜半獣となったか——。ははは。自己顕示《じこけんじ》」

「槇ノ原戦記、読みたいです。でも、ひらがな振ってください」

「尋、先生といっしょにいれば、すぐに字なんて読めるようになるよ」

「そうかな」

「うん。おまえ、凄く頭がいい。自分で頭がいいって思ってる省悟兄ちゃんなんか、比べものにならないくらいに」

「なんだよー、俺を出すなよ。続きを語れってば」

「では、極道たちの山越え。けど、そんなのちゃんとお見通し。女たちに山で待ち伏せさせてたから。戦法も与えたから。女たちにも犠牲が出たけど、とにかく、ただの一人も上槇ノ原から出さなかったよ。彼女たち、殺した男共を解体して畚《もっこ》に包んで運んでもどってきた。極道に殺されちゃった女も、解体されてたな」

「夜半獣？　になった高畑所長は、全部見えてたんですね」

「うん。ちょっと昔に夜半獣が降りたんだけど、追い込まれるまではぼんやりした光景しか見えなかった。それが、くっきり見えた。だから作戦は全て成功したよ。凄い絵だったな。逃げ遅れた三分の二は私の指揮で包囲して、一斉に襲って、なるべく殺さないように采配《さいはい》して、坑内に数珠つなぎにしたよ。で、畚で運んだ山越え極道肉が尽きたときに、折々数珠つなぎ殺して、上槇ノ原独自の配給制。殺した極道のお肉は当然、私たちが食ったけど、骨の髄《ずい》は、あえて生かしてた穴掘り極道共に食わしてた」

「なんで、食わして生かしてたんですか」

「なんでって、冷蔵庫とかの気取ったもんなんてないじゃない。生きてれば腐らない。やってることは、肉牛育成、槇ノ原牧場と変わらないよ。牧畜。それだけ。ま、牛とちがって生かさず殺さずだけどね」

「生かさず殺さず。座右の銘にします。座右の銘で、いいんですよね？」

「いいんだけどさ、こういうふうに作り直しなさい。生かさず殺さず。ただし、自分の好きな人は、上槇ノ原の人たちは、ひたすら生かす。なにがあっても、生かす」

「はい。肝に銘じます」

「肝、食ったなあ。殺したてはレバ刺し。貪《むさぼ》り食ったよ。荒くれ共、酒飲みばっかだからさ、ほんとにアルコール臭えんだよ、肝臓《かんぞう》」

先生が割り込む。

「それは、ないはず。拘留されているうちに分解されて尿で排泄《はいせつ》されてしまうから。思い込み」

「あたしも先生の説に賛成です」

「ふん。なんだよ、おまえら、食ったこともないくせに、偉そうに。だいたい尋、私と先生とどっちが好きなんだよ」

「それは、言えません」

「言えないってことは、好きの程度に差があるってことだね」

尋は頬笑みを返した。

「たいしたもんだよ、おまえは。理詰めの先生に洗脳されちゃったよ。いや、そういうことじゃないか。ないね。ま、すこしでも私を好いてくれてるなら、それで、いい。私は形状といい根性といい、あまり好かれるタイプじゃないからね。自覚はある」

愛おしげに尋を見やって、高畑所長は話をもどした。

「生かさず殺さずの極道共の髄まで啜りきって食い尽くしちゃったら、けっきょく、次は上槇ノ原生まれの男に向かっちゃって元《もと》の木阿弥《もくあみ》だ。いくら止めても飢えには勝てないねえ。私の目を盗んで、殺して食うわけだ。それが原因でもともと女ばかり生まれる変な土地だったけど、完全に男不足。人口減少、上槙ノ原は凋《しぼ》んでいくばかり」

高畑所長の笑みに、ほんのわずかだが苦いものがにじんだ。

「戦後、陳情《ちんじょう》重ねてボーキサイト鉱山再開したけどさ、海外から鉱石が安く入ってくるようになっちゃってね。だから水礬土掘りなんて、すぐに立ちゆかなくなった。またもや男が消えて、上槙ノ原、女ばっかりでお先真っ暗。それをいまだに引きずってる。人道に背いた罰なのかなあ」

罰というわりに笑みが消えない所長だ。

「歳だね。ボケがはじまってるよ。話が前後しちゃうけど、私がくだした決断は、とにかく上槙ノ原生まれの者を食うなってこと。こうして思い出話みたいに語ると、たいした決断じゃないみたいだけど、代わりに余所者《よそもの》を食えってんだからさ、そのときはけっこうきつかったよ。夜半獣が命じるんだ。私に憑《つ》いた真紅《ルビー》の夜半獣が」

「夜半獣――」

「上槙ノ原に昔から伝わる伝説。夜中の獣、丑三つ時の獣。妖怪かな。とにかく最悪を仕切る魔物」

「あたしも夜半獣？　なんか、さっきもそんなことを言ってたような」

「そう。尋。夜半獣候補。おまえの隣で惚けた顔してる省悟も、夜半獣候補」

高畑所長が顔を向けたとたんにもう一人の夜半獣候補である巡査長はシカトして、あくびした。高畑所長は苦笑して俺に視線をもどした。困惑たっぷりの上目遣いで、俺もですか？　と自分の顔を指し示す。

「ま、無理か。ヘタレに対して高望みはしないから。せいぜい女に対してだけ、夜半獣、貫徹《かんてつ》してください」

なんか、やな感じ。ヘタレけっこう。ヘタレ貫徹します。フンだ。

「高畑所長、究極の選択した。凄い。こんな数珠つなぎのクズ共アレするよりもよほどきつい決断だった。凄え！　あたしは所長を尊敬します」

「尋は優しいね。大東亜戦争のさなか、私は二つの大きな決断をしたわけだ。その一は、攻めてきた下槇ノ原の奴らをあえて無人にした上槇ノ原に誘いこんで、皆殺しにした。その二は坑夫を襲い、食わせたこと。どちらも上槇ノ原を守って生き残るためには必然だったけどね、御国の戦争とはべつに、私は否応なしに二つの戦争をした気分。坑夫たちとの戦争も凄まじかったな。なんせ食われるのがわかってるからね、奴らも死に物狂いだったから。荒くれの極道揃いだから、上槇ノ原の男とちがって、ケンカも体力も悪知慧も別もんの強さだったからね。もちろん、やるからには策略駆使して勝ったけど、そのあたりから私はすこし、じゃなくて、かなりおかしくなったね」

「所長、やべー力をもってるけど、おかしくないから」

「いや、尋の言う『やべー』力が宿っちゃったんだよ。それまでは、まあまあ、ただの人で、それなりに、ただの人」

「決断したから？」

「どうだろうね。二つ変化があった。ひとつは『やべー』力。もうひとつは、肥満《ひまん》」

「肥満て」

「そうなんだよー。食糧不足以前に、それまではガリガリだったんだよ。スーパースリムな美人。それが、終戦直前からどんどん太りはじめて、現在に到る。やっぱ屍体食ったから、こんなになっちゃったのかな」

「ですね。鉱山の極道たち、凄い栄養があったんですよ——ごめんなさい。慰めになってねぇや。あたしが言いたいのは、大東亜？　とかの上槇ノ原の二つの戦いで高畑所長は信じられない決断を下して、上槇ノ原を守り抜いたってこと。あたしなんてチンケすぎる。高畑所長は軽く喋ってるけど、神だ！　じゃねえ、夜半獣か」

高畑所長は手を伸ばし、尋の頭をくしゃくしゃにした。

「おまえ、可愛い。たまらない」

尋はうっとり、されるがままだ。高畑所長は綺麗な円になった親御さんたちに雑な視線を投げた。

「鉈を抛り込んで、宣言するだけなんだけどね。省悟にはできないってわかってた」

「省悟さんは、やらなくていいです。あたしが代わりにやるから」

「だね。それがいいよ。省悟は愛玩動物みたいなもんだから」

なんという言い種《ぐさ》だ！

高畑所長の凄まじい過去を知って打ちのめされていたのだが、しょせん愛玩動物。もうなんの思い入れもありまっせーん。嘘くせえ昔話でもしてやがれ。クソッタレが。ならば愛玩動物の俺が鉈を抛り込んでやろうではないか。もともとちょん切られたのは俺だし、鉈は俺の高儀村国だ。

「ダメ。省悟さんはそんなこと、しなくていい」

あれ？　俺、思ってたこと喋ったっけ？　じっと尋の目の奥を覗きこむ。底意地の悪い眼をつくって、訊く。

「愛玩動物だから？」

「そう。あたしのペットだ」

「断言すんなよ」

「いずれ省悟さんが烈しく咬む日がくる気がする」

「おまえのおっぱいとか？」

「省悟。つまらんこと言うな」

巡査長が、目で示した。尋の様子が、尋常でない。いや、落ち着き払った貌だけど、なんというのだろう、奇妙なまでに透明な感じで、背後の鉱石が透けて見えるようだ。

「本官、ダテにおまえに拳銃の訓練させたわけじゃねえぞ」

「いつか、俺だって撃つ日がくる？」

「尋には、それが見えてるようだよ」

「ペットが牙を剝く？」

「うん。おまえが牙を剝くのは上槇ノ原のほうじゃねえけどな」

「わかった。今回だけは尋にまかせる」

「なーに、渋い顔つくってんだよ。内心、やらんですんでホッとしてるくせに」

「巡査って、ほんと、性格悪いね」

「てめえ、わざと巡査って言ったな。どっちが性格悪いんだよ！」

高畑所長が割り込んだ。

「はいはい。仲良しですこと。さ、とっとと済まそうよ。ここは肌寒くていかん」

尋が受ける。

「じゃ、とっととやっちゃいます」

当初こそヒソヒソ話の態だったが、いつのまにか普段の声量と口調になってしまい、我芽原さん以下数珠つなぎは、呆気にとられた顔で俺たちを見あげている。いや、鉈を手にした尋を凝視している。

「尋。すごく小さいころだ。おめえが雪ん中で裸足《はだし》で泣いてたとき、俺がおめえを俺んちに入れてやったの、覚えてるか」

「覚えてるよ。パンツ、降ろされたのも」

無個性父は気まずそうに視線をそらした。

「あたし、下槇ノ原に未練、ねーからさ。ほんと、あそこは寒い。鳥肌立つよ。とっとと終わらせるよ。じゃあ、宣言します。ゴタクセンて言うの？」

問いかけられたので、大きく頷く。

「ゴタクセンします。尋、バカだから、ちゃんと覚えてるかな」

上目遣いで尋は記憶を手繰《たぐ》っている。自信がなさそうだ。それでも尋は俺に笑いかけ、ごく抑えた、けれどじつによく通る低めの声で御託宣した。

「自由になりたくば、自由なる左手を用い、つながれている相手の腕なり足なりを切断せよ」

俺の血で汚れて黒ずみ錆の浮いた高儀村国を数珠つなぎの男女の中心に投げ入れた。鉈は円内に真っ直ぐ落ちた。円と直線、幾何学図形だ。

さんざん超能力じみたことを聞かされて空気に呑まれているせいか、まるで念力が働いているみたいに感じられた。

「尋！　こいつらから離れたら、ちょん切ったら、俺は助かるのか？」

ガメ坊父の問いかけに柔らかな笑みをかえし、尋は脱力してじっと見おろす。その姿は巡査長が指摘したように、淡い。幽体離脱したかのような透明さだ。いや、俺、幽体離脱した人、知らないけどね。

御両親たちは、円の中心に行儀よく横たわっている鉈を凝視している。椅子《いす》取りゲームに集中している人たちみたいだ。椅子代わりの鉈は、一つしかないけれど。

尋が柔らかく瞬きした。その瞬間だ。

「てめえのせいでよお！」

無個性夫が鉈を手にした。間髪容れずに我芽原さん妻の手首に鉈を振りおろした。無個性夫が端緒《たんしょ》を切った。意外です。

無個性夫、気合いが入りすぎ、力が入りすぎているのだろう、とっくに我芽原さん妻の手首が落ちているのに、凄い勢いで鉈を叩きつける。

我芽原さん妻は落とされた手首を左手で摑んで噴き出す血潮で歌舞伎メイク、金切り声をあげている。

無個性夫はひたすら岩盤を鉈で叩き続け、岩と金属がぶつかるガッチンガッチンした音を立て続けている。

我芽原さん妻の苦悶の悲鳴と、無個性夫の振るう鉈が岩盤を打つ音が重なって洞内に反響し、じつに囂しい。我芽原さん妻の手首からピューピュー飛んでくる血が、俺の頰を汚した。

「てっめー、やりやがったな！」

大声あげて鉈を奪ったのは我芽原さん夫だった。妻の復讐するのかと思ったら、一瞬思案して自分が楽になるのを選んで、足首がつながれているのっぽ妻に鉈を向けた。

「まずは、こっちだ！　動けるようになったら、てめえ、敵討《かたき》つぞ！」

我芽原さん夫はのっぽ妻に視線を据え、委細構わず鉈を振りおろした。

「いってぇぇぇぇぇぇぇぇぇぇぇ！」

喚きのたうつ我芽原さん夫の脇で、のっぽ妻がキョトンとしている。

我芽原さん夫ってば、勢いが過ぎたか勘違いしたか、自分の足をちょん切っちゃった。見事に一刀両断です。

巡査長が目玉を上にあげて笑いを怺えている。俺も笑いだしそうになったが、俯《うつぶ》せになって切断してしまった足に頬擦りしている我芽原さん夫の切実さに、笑いは引っ込んだ。

「やりやがったなあ」

ドスのきいた声は、我芽原さん妻だった。我芽原さん夫の手から鉈を奪い、のっぽ妻を滅多打ちにした。左手しかないし、失血が祟《たた》っているようでじつに乱雑な動きです。

それでも入念、丹念、執念、俺の頬っぺに飛んできたのは、のっぽ妻の脳味噌だった。ねっとり頬に貼りついていたけれど、じわじわずりずり落ちていく。

「アホかぁ！　勘違いだべやぁ」

のっぽ夫が雄叫びじみた声をあげ、我芽原さん妻から鉈を奪うと、我芽原さん妻の脳天を割るべく、どうにか膝で立ち、全力を込めて鉈を振りおろした。

頑張りすぎたのか、狙いを外して我芽原さん妻の肩口に深々と鉈がめり込んだ。

それを無個性妻が息みもせずに引きぬき、思いのほか淡々とした表情で、自分がつながれているのっぽ夫の右足首を切断した。さらに足首につながれている我芽原さん夫の手首を切断して、我芽原さん夫自身が切断してしまった足首と手首が綺麗に並んでいるのを見やり、薄い唇に笑いのようなものを泛べた。

さすがの無個性妻も、ここで気力が尽きたようで、口を半開きにしてぼんやり座しているばかりだ。

「巡査長」

「はーい、尋ちゃん」

「もう、いいよね」

「うん。もういいね。とにもかくにも見苦しい。不細工すぎるわ」

「じゃあ、終わらせてくれる？」

「もっちろーん」

手招きされた。巡査長の口調を真似る。

「なんざんす？」

「終わりにするからさ、俺の耳、ふさいどいてくれない？」

「なんのこと？」

「だっからー、こんな洞窟でペストルぶっ放せば、鼓膜やられちゃうじゃない」

「わかったけど、俺の耳は誰がふさぐの？」

「そんなもん、気合いだろ」

「気合いで対処できるかよ」

「細いよなあ、省悟君はさ」

「狡《ずる》いよなあ、巡査長はさ」

「こんなときでも巡査長？」

「ただの口癖にすぎません」

「ちっ。可愛げがねえなあ」

「巡査長に可愛くしてもね」

「じゃあさ、こうしようか」

「どんなご提案でしょうか」

「省悟は右手で耳穴ふさぐ」

「右手で右耳穴ふさいだよ」

「うん。でさ、左手で本官」

「オホホホ。こんな具合？」

「省悟が右穴、本官が左穴」

「巡査長は両耳ふさがった」

「はい。問題ございません」

「ざけんなよ。俺の片耳は」

「知ったことか、クソ戯《たわ》け」

巡査長はニューナンブを構えると、じっくり狙いをつけ、六人の親御さんの額を打ち抜いた。

いや、絶命していたのっぽ妻には撃たなかったから、弾は五発です。

「省悟、てめえ」

「ははは、なんざんす？」

「撃った瞬間、本官の耳から指、抜きやがって。自分だけ両耳ふさぎやがって」

「だって、クソ戯けはねーでしょ」

「遣り取りが、めんどくなったんだよ。こういうのはね、とっとと終わらせるのが常道。省悟だったら、躊躇《ためら》いまくって先に進まねえだろ」

巡査長は大きく顔を歪めた。

「クソ。省悟が指抜いたから、右耳だけ難聴《なんちょう》だよー」

高畑所長が退屈そうに命令してきた。

「省悟さ、なーんにもしてないじゃない。せめて後片付けくらいしな。そこの猫車に御遺体《ごいたい》載せて、縦坑に棄ててきな」

「俺だって参加しようと思ってたんだけど、機会を失しちゃったんだよ」

「言い訳無用。とっとと終わらせて。こんな冷えるとこに長居したくないから」

ぶすっとしながら手首足首から手押しの一輪、猫車に抛り込んでいく。あれこれ偉そうに吐かしてたって、異常者集団じゃねえか。まともな俺は迫害されて、屍体処理。

そんな不平不満でぶつぶつ呟きながら、片手しか使えないので、ガメ坊のお父様の胴体を猫車に載せようとして足掻いて途方に暮れかかっていたら、尋がすっと近づいて、血で汚れるのも厭わずに手伝ってくれた。

尋と俺とで仲良く猫車の左右の取っ手をそれぞれ持って、大麻プラントを抜けていく。みんな、見て見ぬふりだ。

縦坑の縁にはあまり近寄りたくないが、ガメ坊父の死体を引きずるのもいやだ。猫車の取っ手に全力を込め、持ちあげて屍体を縦坑に落とす。ふっと一息ついたころ、幽かな水音が聞こえた。どれだけ、深いのか――。

「尋」

「なに」

「ありがとう」

「べつに。あたし、省悟さんのこと」

「なに」

「べつに」

「もどろうか」

「うん。まだ五つもあるもんね」

「高畑所長がさ」

「うん」

「食えばいいんだ」

「だよねー」

俺と尋はぴったり寄り添って空の猫車を押しながら、現場にもどった。

17

歩美はハギノ旅館に居着いてしまった。尋も家庭環境が強烈そうだが、歩美も家に帰りたくない理由があるのだ。尋に強烈な肘打ちを食らいながらも、家に帰るよりは年上のグループとつるむことを選んでいたのだ。もちろん家庭のことなんて、なにも訊かない。おくびにも出さない。

家庭、家族、難しいものだ。思えば俺も母親にすっげー迷惑をかけてきた。ま、マザコンですわ。不細工ですね。家を蔑ろにしまくったくせに、もっとも家に縛られていた。柄にもなく、そう思う。

香苗さんは自分の和服を、ささっと仕立て直して歩美に着せている。よく似合う。超若女将の出来上がりだ。

当初は馬子《まご》にも衣装《いしょう》と古臭いことを泛べて内心揶揄《やゆ》し、小バカにしていたが、思いのほか素直な子で、香苗さんの言うことをきっちり守って、常に香苗さんに自分の行いに対する意見を求める。心酔《しんすい》した人に対する中学生的素直さとでもいおうか。その立居振舞を見ているうちに、この子にはすごい才能があるのだと考えを改めさせられた。

侮れない愛想と人あしらいの巧みさで、歩美は接客業的なことが先天的に得意なのだ。相手に応じて態度を変える。尊敬してもらいたい人には敬愛を、打ち解けてほしい人には我儘《わがまま》を。それらがじつに巧妙だ。とにかく笑顔がよい。対する人の気をそらさない。

残念なのは、ときどき法事などの会合の場に使われる以外、外からのお客さんがまったくこないこと——だ。

客はこないけど、ハギノ旅館は和気藹々。このあいだまでは俺の食いたい物をリクエストしていたのだが、決まりきったものしか食べずに栄養バランスがすっごく悪いと仲間はずれ、それはそれでなにが出てくるかという愉しみがあって悪くない。

で、今夜の夕飯はなにかな？　と目玉を上にあげてあれこれ思い巡らせていたら、木折がやってきた。緊張しているのだろうが、咳払いがうるさい。

木折がきたとなれば、俺がアレをしなければならない——御用命なのは一目瞭然《いちもくりょうぜん》だ。当然気乗りしまっせーん。

額を突きあわせるようにして、肉でいくか魚でいくか献立《こんだて》を相談し、三人分プラスお腹の子の夕食の準備を始めていた香苗さんも歩美も、じつに棘々しい応対をした。

もちろん面白くないからだが、それ以前に木折は異性に好かれる要素が欠片もない。好かれるどころか、忌避されている。べつにコーディネーターをしていなくても、道ですれ違えば、おえっ、キモわる！　などと女たちに顔を背けられてしまうキャラだ。

痩せて背骨が曲がっている。首も傾いでいる。当人はまったく笑ってるつもりなんてないんだろうけど、なんか、いつも薄笑いを泛べているように見える。見事に青々とした髭《ひげ》の剃《そ》り痕、スキンクリームでテッカテカ、でも必ず剃り残しがあって、顎の下とか、ひょろり妙に長いのが——。ときどき独り言をして、独りで頷いたりしてもいる。指が異様に長くて細くて、吸血鬼みたい。

とにかく、木折に対する香苗さんと歩美の険悪な気配がきつい。なんか他人事じゃないんだよね。昔の俺？　俺なんて昔だっていまだって似たようなもんだけどね。とにかく女というものは、好みでない男にこれほどまでにひどい接し方をするということを思い知らされ、肌がワギワギしてきた。

木折はいまにも泣きだしそうだが、絶対に去ろうとしないだろう。ならば俺がいなくなればいいよね。ハギノ旅館から逃亡することにした。

ちょっと便所とか言って玄関先から逃げだして、褞袍《どてら》を羽織り、勝手口から外に出た。さすがに香苗さんの小さなサンダルに素足では足指が凍えるが、ヤナショウの爺さんに匿《かくま》ってもらうつもりだ。

もちろん木折は玄関先で待ちぼうけだ。腕組みして白い息を棚引かせ足早に行く。メインストリートを避けて、ハギノ旅館からすこし離れた水路の小径《こみち》を抜ける。水中の魚は、じっと動かない。

「省悟さん、省悟さん、省悟さん、まてこら省悟さん、省悟さん、省悟さん、省悟さん、省悟さん、省悟さん、省悟さん、省悟さん、省悟さん、省悟さん、省悟さん、省悟さん、省悟さん、省悟さん」

幻聴かと小首をかしげたあと、身がすくんだ。連呼して追ってくる。俺の名前が背後からどんどん迫ってくる。なんでばれた？　くどい。怖い。

巡査長のアドバイスもあるから、相手をしてはならないと下肚に力を入れ、やや前屈みでずんずん歩く。でも香苗さんのサンダル、すっげー小さいから省悟君、ずんずんは気持ちばかりで、不細工なアヒルみてえなよちよち歩きだ。

木折君だが、ぱったぱたぱた妙にでかい革靴の不規則な足音たてて、両腕をぶんぶん振って、全力疾走して前に出てきやがった。俺は必死で動じない貌？　をつくる。

ひたすら名前を連呼して駆けたから、こんなに冷えるのに、木折は烈しく息を切らしている。

「今宵《こよい》のお相手が――ぜー、ぜー、決まりました、ぜー、ぜーぜー」

「うるせえよ」

「そう言わないでください。省悟さんは、木折めが殺されてもいいのですか」

「うん」

「うん――て言いましたか？　言いましたよね！　なんという！」

「熱《いき》るなよ～」

「熱らずにいられますか！」

「てめえ、俺の名前連呼して追っかけてきたときさ、まてこら――って言っただろ」

「はあ？　言いませんよ」

「はあ？　なら、スマホの録音、聞かせてやろうか」

「──すいません。つい勢いで」

「つい勢いで意識的に、だろ」

「──ほんとにスマホで録音してんですか」

「してるわけねえじゃん。上槇ノ原にきてから、スマホなんてほとんど使ってねえよ。充電さえしてねえや」

「くっそ！」

「え？」

木折は両手で口を押さえた。薄く歪みきった唇が消えると、顔上半分は案外美男子だ。くっきり二重が気持ち悪いともいえるが。俺はいやらしく小首をかしげて木折に耳を向けて、え──と問いかけたきり、黙っている。

「──聞こえました？」

やだな、木折はぜーぜーだけど、俺は冷えて鼻水垂れてきたよ。

「お願いします。許してください。遣り取りはぜんぶ高畑所長に筒抜けです」

「筒抜けてんのに、『まてこら』だの『くっそ！』は、ねえだろ。おまえ、バカ？」

いやらしく重ねて訊く。

「俺に態度悪くすると、やばいんじゃなかったか？　きっおりくうぅん〜」

省悟にぞんざいな態度をとったら、まさに短命に終わるぞ──という高畑所長の木折に対する威嚇の言葉が脳裏に蘇っていた。虎の威を仮る狐という言葉が泛んだ。じつに俺にふさわしい。よし。今日は四字熟語で決めますね。あ、四字熟語じゃねえか。でも、たぶん狐仮虎威とかあらわすんだよね。どーでもいいや。

木折は顔面蒼白で、唇など真っ白だ。きつく握った両の拳がガタガタ顫えている。本気で恐怖しているのだ。哀れになった。おちゃらけてすまそう。

「言うことを聞いてほしかったらさ」

「はい！」

「餃子の羽根、食うのやめろよ」

沈黙が拡がり、農水路の水音ばかりが鼓膜を擽《くすぐ》る。しばらくして、木折が呻くような、いや山羊《やぎ》の鳴くような声をあげた。

「えーえーええーえー」

「羽根、やめたら言うこと聞いてやるよ」

「でも、羽根――」

「うざい。餃子自体食うの、やめろよ」

「餃子もダメ……」

「だって、餃子から羽根のけても餃子を焼いた底に必ず羽根ついてるじゃん。一体化してるじゃん」

「――わかりました。金輪際、餃子の羽根、いや餃子は食いません」

「よろしい。俺も鬼じゃねえからさ、水餃子は許すぞ」

「有り難き幸せ！」

「口調と裏腹に、ぜんぜん幸せそうじゃねえじゃんか」

「そりゃあ、水餃子なら羽根、ないですもんね」

「ないね～」

「べつに水餃子なら」

「ん？　なんか不満？」

「いえ。仰せのとおり致しますから、どうか今宵のお仕事、恙《つつが》なくお願い致します。木折めが高畑所長の指図に従って特別に調合した大麻オイルを御用意致しましたし、あと〈おめん〉から特別な出前とりますから、結構愉しいお勤めかと」

「だったらオメーがやりゃーいいじゃん」

「生憎《あいにく》木折、役に立たないのです」

「立たない」

「はい。微動だにしません」

木折は真顔だ。俺は神妙になった。指は取れてもマラだけは元気。男の最後の拠り所。これが木折にはない。

それどころか高畑所長の恐怖支配を受けて怯えて生きている。巡査長の言うサドマゾなんかじゃない。男としての自負の持ち合わせがなく、生殺与奪権を握られている。

同時に、そういうことか——とも思った。上槇ノ原の大多数の男共の俯き加減は、たぶん不能からきているのだ。誰も彼も見るからに脆弱《ぜいじゃく》で虚弱だ。

上槇ノ原は、本当にパラダイスなのか。

大東亜戦争中は、女たちに真っ先に食われて、いまは羊であることを強いられている。上槇ノ原生まれの男にとっては、地獄ではないか。

もっとも現実が地獄だから、なにも上槇ノ原だけがアレなわけじゃないよね。それどころか少なくとも現在は経済的な自由だけは実現できているわけで、それの恩恵にあずかっていることにおいて男女の差はない。

え、人はパンのみに生きるにあらず？

調子っくれたこと吐かすなよ。腐れ文化人め。余剰の上に載っかった高貴な貴方様とはちがって、俺はパンと性慾で生きてんだよ。

「ま、鬱屈してたって、そう簡単にキレて暴れるわけにもいかねーよね」

俺の独り言に、木折が神妙になった。

「はい。三人、岩で殴り殺した省悟さんは、僕たちの憧れの的です」

僕たち？　上槇ノ原の無力男たち、なんか勘違いしてるんじゃねえか？　俺はマッチョじゃねえし、マッチョなんてある種の糞《ふん》詰まりに過ぎねえじゃん。精神的な便秘に悩む弱者ってことだよ。筋肉の鎧《よろい》で物事が解決するなら、プロテインとバーベルさえあれば世の中、楽勝だ。

咳払いした。

「だったらさ、巡査長に拳銃の撃ち方習ってさ、気に食わない奴、片っ端から撃ち殺してけばいいじゃん」

「八つ墓村ですね。津山《つやま》三十人殺しですね。憧れまっす〜」

「憧れるか。じゃあさ、上槇ノ原の住民、皆殺しにしちゃえよ」

木折は上目遣いで俺を一瞥し、俯いてしまった。

「──省悟さんは、怖い人ですね」

「怖いかなあ」

「なんで僕が心の底で思ってること、わかるんですか」

「わかるわけねーだろ。木折がそういう素敵な危うい風情を醸《かも》しだしてるんだよ」

「いや、覗き見された」

「あのね、俺はスケベだけど、案外まっとうなの。覗くくらいなら、直にヤリたい。そういうタイプざあます。ぶっちゃけ、他人に興味ねえし」

「あまり深掘りすると、さらにヤバいことになりそうだ」

「はいはい。とにかくうだうだ吐かしてないで、撃てばいいじゃん」

「はあ──」

「俺はそーいうのやらんけど、止める気もないから。ま、俺のことは撃たんでくれってとこですかね」

木折は日陰で盛りあがった霜柱を踵で踏み潰し、中空に視線を投げた。

「愈愈死するにあたり一筆書置申します、決行するにはしたが、うつべきをうたずうたいでもよいものをうった、時のはずみで、ああ祖母にはすみませぬ、まことにすまぬ、二歳のときからの育ての祖母、祖母は殺してはいけないのだけれど、後に残る不びんを考えてついああした事をおこなった、楽に死ねる様と思ったらあまりみじめなことをした、まことにすみません、涙、涙、ただすまぬ涙がでるばかり、姉さんにもすまぬ、はなはだすみません、ゆるしてください、つまらぬ弟でした、この様なことをしたから決してはかをして下されなくてもよろしい、野にくされれば本望である、病気四年間の社会の冷胆、圧迫にはまことに泣いた、親族が少く愛と言うものの僕の身にとって少いにも泣いた、社会もすこしみよりのないもの結核患者に同情すべきだ、実際弱いのにはこりた、今度は強い強い人に生まれてこよう、実際僕も不幸な人生だった、今度は幸福に生まれてこよう。思う様にはゆかなかった、今日決行を思いついたのは、僕と以前関係があった寺井ゆり子が貝尾に来たから又西川良子も来たからである、しかし寺井ゆり子は逃がした、又寺井倉一と言う奴、実際あれを生かしたのは情けない、ああ言うものは此の世からほうむるべきだ、あいつは金があるからと言って未亡人でたつものばかりねらって貝尾でも彼とかんけいせぬと言うものはほとんどいない、岸田順一もえい密猟ばかり、土地でも人気が悪い、彼等の如きも此の世からほうむるべきだ。もはや夜明けも近づいた、死にましょう」

「気持ち悪《わり》ーけど、なんなの?」

「津山三十人殺しの犯人、都井睦雄《といむつお》様が自殺する直前に認《したた》めた遺書です。一部誤字かな、意味の通らないところもございます」

「って、暗記してるの？」

「木折めのヒーローですから。なお都井睦雄様は育ての親の祖母の首を真っ先に鉈で切断してます」

鉈で切断。俺にとっては刺激的な言葉だ。でも、シカトして、話をば逸らしますね。

「ふーん。やっぱ巡査長にペストル習うべきだよ」

「省悟さんは、僕を唆してるんですか」

「べつに。溜め込むと軀に悪いじゃん」

「できませんよ。心の中で想うだけ。妄想するだけです。それなら高畑所長からも痛いめにはあわされませんから」

「痛いめ──」

「はい。思うのはかまわないんですよ。なにを思うのも自由。でも」

「そうか」

「はい」

「実行しようとしたら、七転八倒させられるか」

「はい。凄いです。十代のころ、反抗心にまかせてちょいアレしたら、歯がぜんぶ折れるくらいアレされました。奥歯までです。土間でのたうちまわりました。歯茎《はぐき》の肉がついた自分の歯がぽろぽろ落ちてくの、呆然と見守りました」

「で、ぜんぶ差し歯？」

「はい。インプラントです。歯医者の金は、高畑所長が出してくれました」

「はは、アフターフォローはバッチリだ」

「ですね。セラミックだから、歯、磨かなくたって虫歯にならないし」

木折と俺の視線が交差した。俺は木折の背後の雪を戴く大彦岳に視線を移し、小さく息をついた。

「もはや夜明けも近づいた、死にましょう――か。いいね、なんか」

木折は立ちどまり、じっと俺の横顔を見つめてきた。

「なんだよ、視線が刺さって頬っぺ、痒いんだけど」

「普通じゃない」

「失礼な」

「普通じゃない」

「俺自身はね、ごく普通のつもりだけど。普通にしてつまらん奴だ。正確には、観念的でなーんにもできない、つまらん奴だ」

「ちがう！」

「大声だすなよ」

「ちがいますよ！　最初から感じてた。省悟さんは槇ノ原にとって不審者っぽかった。とにかく異質でした。いまでは確信してます。変質者だ。じつはサイコパスだ！」

「わはは。すげえな。不審者から変質者でサイコパスにまで格上げか。ま、それは近ごろのあれこれに鑑《かんが》みると、同意せざるをえませんな」

「自分が三人ぶち殺したの忘れてんですか。小指と薬指落とされてヘラヘラしてんの、いったいなんなんですか。下槇ノ原の親御さんたち、どーなったんですか！」

「下槇ノ原の親御さんたちは、高畑所長が食ったよ」

「食った――」

「冗談だよ」

「いや、本当だ！」

まいったな、真顔だよ。

「逆らえませんよ。上槇ノ原の男たちは、高畑所長には逆らえない。僕が銃なんか習ったら、即座に暴発だ！」

「それは、有り得るな」

「絶対ですよ！」

「なんか木折の喋り、ビックリマークが多くね？」

「偶々《たまたま》ですよ」

「お、漢字で言ったね」

「――なんでわかるんですか」

「いや、なんとなく。つーか、テキトー」

木折は怯えた目で俺を凝視する。

「やはり、夜半獣だ」

「はいはい、夜のお相手に特化した夜半獣でございます」

＊

ホストクラブの男は、銭を引っ張るために気合いでこなしてるんだろうな、などという感慨を持たざるを得ない相手だったが、医療用ヴェポライザーで吸引した大麻オイルのおかげと、肌を合わせてやりとりしてみると、とても気持ちのいい女だったので、ちゃんと妊娠させてやりたくて、とても頑張った。

頑張ったは傲慢だな。心が通じて、愛おしさにきつくきつくきつく抱き締めた。彼女すこし泣いていた。

俺のようなゴミが、感謝してもらえる。選り好みなんて、俺のような息してるだけの奴には図々しすぎる。理由はみんな、俺よりもずっと心が深いからだ。

相手は子供を欲しがってるんだ。母になりたがっている。せいぜい精液を濃くしましょう。ちゃんとやるよ！　ただし大麻関係は御褒美としてほしいね。オイル。すばらしい。ははは、セコいね。

「省悟さん、お疲れ様でした。ありがとうございました」

「うん」

「高畑所長から伝言です。もちろん好みの子とやっていいよ——とのことです」

「うん」

「どうしたんですか?」

「うん」

「彼女、凄く喜んでましたけど」

「うん」

木折は黙りこんだ。好みでない女とするのはかなりのストレスなのだろう、と、勝手に思い込んでいるのが伝わってきた。やらずにすむ僕は、恵まれている——という錯綜《さくそう》した優越感さえ抱いてやがる。

——ん?

俺、なんで木折の心がわかる?

うーん。気のせいか。単なる推測ですね。人は誰でも自分を過大評価しますからね。バカは自分をバカと思ってなくて、抽《ぬき》んでてると確信してる。アレに通じる心境です。って、ぜんぜん通じないし、重ならんか。

最近、いよいよ考えというものがですね、ぐっちゃぐちゃで、筋道を喪《うしな》いつつございます。精神の段違い平行棒。ま、いま始まったことじゃねーか。

気恥ずかしくなって頬をボリボリ掻いた。木折はハギノ旅館まで送ってくれて、深々と頭をさげ、去っていった。

木折の背を見送って、縕袍の前をきつくあわせ、白い息を吐きながら、晴れ渡って澄みわたった闇に静かに浮かんでいる、やや左が欠けた蒼白の月を見あげる。

月の名前なんて満月か三日月しか知りません。小望月《こもちづき》とか名前だけは頭の中に残っているけれど、それがどういう形かはちゃんちゃら～（誤用）。それはともかく香苗さんのサンダルはとても小さいので、期せずして脹脛《ふくらはぎ》が鍛えられました。

ぼんやり月を見あげていたら、左右にいつのまにか香苗さんと歩美が立っていた。

俺が思いきり白い息を吐くと、香苗さんが負けずにゴジラみたいに喉を鳴らして白い息を吐いた。得意げに反り返る。夜露に淡い色の睫毛《まつげ》が濡れて見えた。

歩美はもろ中学生を発揮して俺と香苗さんを見較べて、爪先立って、あたしが一番！　と天に向かって白く長く強い（つもりの）息を吐いた。痩せっぽちで肺活量も足りないので、自負と裏腹に、なんとも可愛らしい白く淡い花火だった。

愛おしくて、そっと二人の手を握った。冷え切っていた指先が溶けるように温《ぬく》もっていく。

18

上槇ノ原で正月を越すとは思っていなかった。当初はほんの寄り道のつもりだった。いままでは香苗さんに子供までできて、すっかり住人だ。ぶっちゃけヒモだけど。

香苗さんは、おなかはいままでと変わらないが、すっげー、ボイン（死語）になりつつある。

言葉遣いもどこかしっとりして、美しさが増して、肌もますます白くなり、アングルによっては正視をためらうほど色っぽい。恐るべし、妊婦！

大晦日《おおみそか》の午後から降りはじめた雪は、三十センチほど積もった。窓際に二人並んで濃藍《のうらん》の夜の奥底から舞いおちる純白の塵《ちり》を眺めていたら、香苗さんが根雪の一番底になるだろうと呟いた。そこで年が明けた。

行くとこないから、長靴履いて雪を踏み締め、元旦から営業しているヤナショウを覗いたら、私服の巡査長がいた。種子のコーナーでトマトの種を見繕っていた。俺が傍らに立ったのに、気付かぬ集中ぶりだった。

「おっどろかすんじゃねえよお。やめてよ、心臓止まるよ！」

肩、ポンて叩いただけなのに、トマトの種の袋を取り落としてやがる。鮮やかな赤が床に散っている。いやはや大げさすぎませんかね。

瑞栄《ずいえい》、サターン、甘っこ、フルティカ、ティンカーベル、桃太郎、アイコ——。

やりすぎくらいに腰を屈め、いちいち種の袋の品種名を読みあげていくと、熟れきったトマトみたいに頰を赤らめていた巡査長だったが、すぐに開き直った。

「接《つ》ぎ木をせんでも青枯れ病に強いもんをってあれこれ思案してんだわ」

なんのことやら、ちゃんちゃら〜。

「所長にアレして土地もらったからさ、露地栽培《ろじさいばい》からはじめようかなってな。三月もなかばになれば種蒔《たねま》きさ。模合で金借りてさ、もうハウスの手配もしてるんだぜ。西さんてば凝り性じゃん、既存のアルフレームは風雪《ふうせつ》に弱いから角ステンで自作してやるって」

「いいね！」

「いいだろ！」

巡査長はしゃがみこんで、取り落とした種をひとつひとつ、愛おしむように拾いあげながら
呟いた。

「オランダ系の房取りの種、入れろって爺さんに頼んでんだけど、届かんなあ。大麻の種ばっか入れてんじゃねえよ」

房取り？　なにがなにやら。マニアにはついていけませんわ。トマト・オタクは相当にめずらしい。

「もうさ、月刊〈トマト生活〉読んでると、超ハッピーなわけ」

「それって？」

「トマト栽培の雑誌だよ」

「あんの？　そんなの」

「ねえよ」

「あのね」

顔を見合わせて笑う。めでたいねえと呟きながらヤナショウの爺さんがやってきた。

「つかぬことを伺いますが」

「なにかね、省悟君」

「親父さんは、いま独り暮らし？」

「だな。連れ合いは夜の酷使がたたって、数十年前に死んじまったよ」

上槇ノ原の男にあるまじき凄まじさ！

「まぢっすか？」

「子宮癌のせいか、子供はできんかった」

「ハギノ旅館に雑煮食いにきませんか。昼にはもどれって命令されてます」

「いいねぇ、元日から老人がカップ麺はしょんぼりすぎるなって俯き加減だったんだ」

ぜんぜん俯いてねえじゃん。

「あ、毎年恒例のやつね。本官もいい？」

「もちろん。でも御家族は？」

「トマト以外に見向きもしない本官はだな、妻子から見放されつつある」

「でも、正月くらい」

「朝早くから叩き起こされて、おせち食ったよ。手作りだけはすんなって土間に額擦りつけて頼んだのによ、正月早々嫌がらせ」

ヤナショウの爺さんが割り込んできた。

「俺が言っていいものかなあ、巡査の家内の料理は、おっかない」

「？　ダジャレかよぉ」

巡査長はぼやき、渋面をつくって呟いた。

「料理下手と結婚すると、すべてが帳消しになるよ。これ、本音」

「でもお子さんたち、すっげー可愛いじゃないですか」

「あ、見たの？」

「見た見た。ていうか挨拶された。指チョンパですか？　って」

「ありゃま」

「巡査長、俺のこと、御家庭内で、そう呼んでる？」

「邪推《じゃすい》ですね、若人《わこうど》よ」

「ま、どうでもいいや。親父さん、店はどうします？」

「必要なもんは、もってけ泥棒。このまんまにしてくよ。一応、年中無休なんでな」

爺さんは俺に荒巻鮭《あらまきじゃけ》やイクラなどを大量に持たせ、納車されたばかりの、まだ白黒パンダに塗りわけていない四駆に乗って、夏タイヤのまま、ずるずる左右に滑りながらハギノ旅館にもどった。

すべての襖を取り払った大広間、すごい賑わいだった。町民集会か！

どうりで昨夜から昆布だのあれこれ仕込んで、香苗さんと歩美、やたら忙しく立ち働いていたわけだ。仁王様がドスドス近づいてきて、俺の肩を叩いた。

「痛《いて》えよ、力ありすぎ」

「すまんすまん、すすすまん」

「機嫌いいね」

「ま、ね。喜美だけど、つわりがひどくて戦力外」

口を押さえたまま、喜美ちゃんが申し訳なさそうに頭をさげてきた。

「おめんも、調理は無理ってんで、最近はあたしがあれこれつくってるよ」

「そうか。診療所の先生が仁王様はすっげー料理が巧いって褒めてた。ここしばらく親子三人で飯食ってたから御無沙汰してたけど、こんど、食いに行きますね」

「うん。手によりをかけて、ひねり潰してやる」

わりと間近で親子三人という言葉を聞くともなしに聞いていた歩美が、台所に駆け込んだ。すぐに香苗さんに入れ替わった。

「正月早々、歩美、泣かさないでよぉ。はっきりさせときますけどね」

「はいな」

「家族四人、だから」

香苗さんは余裕の笑みでおなかを押さえている。

「――おっぱいでかくなって突出してきたけど、つわりとか、ないね」

「話をそらすなっての。わかりましたか、省悟君」

「いや、純粋につわり云々《うんぬん》をお尋ねしております」

喜美ちゃんを目で示す。

「ないねぇ〜。かわりに炭酸水飲みたくてたまんなくて、ケース買いしてるよ」

「甘くないやつ?」

「そ。お話し変わってちなみにあたしも喜美ちゃんも、おなかん中の子、せいぜい三センチぐらいかな」

俺は指先で三センチ幅をつくり、じっと見つめて、感極まってしまった。

「泣く？」

「泣かねえよ」

次々に新年の訪問客がやってくる。毎年ハギノ旅館は会費制で手作りおせちで持てなしてはいたけれど、なぜか今年はやってくる人がやたらと多いらしい。

材料が足りるかしら——と、香苗さんはヤナショウの爺さんや巡査長に対する挨拶もそこそこに白い割烹着《かっぽうぎ》を翻《ひるがえ》して、慌ただしく調理場にもどった。

大広間を横断して、どん詰まりの端っこの壁に並んで座っている先生と尋のところへ行く。なんか二人並んでると、氷の母娘《おやこ》だ。ほんと、氷像みたい。

どっこらせと尋と先生の隣に座る。先生も尋も、なにも言わない。俺も黙ってハギノ旅館の喧噪を見守っている。先生は俺と尋にはさみこまれるかたちだ。

なんのことはない、巡査長の家族も少し遅れてやってきて、子供たち、畳の上に転がった巡査長とじゃれあっている。傍らに膝をついた奥さんも満面の笑みだ。それをヤナショウの爺さんが眩しげに見守っている。

「尋」

「省悟さん」

同時に名を呼びあった。先生が肩をすくめた。照れくささを圧《お》し隠して、訊いた。

「慣れた？」

「うん。あんまり叩かれなくなってきた」

「すごい勘がいいよ。叩かれる前に、できるようになってきた。年齢を考えたら凄いね。先読みの達人」

生い立ちもあるし、超越した能力もあるのだろう。

「それは省悟さんもいっしょ」

「え――」

俺、なーんにも言ってないけど。先生が真顔で呟く。

「エスパーだね」

柔らかく笑って付け加える。

「省悟君がエスパーかどうかはともかく、尋は尋常じゃないね」

尋当人が、尋常でないの尋――と言っていた。もちろん、不良の自分を揶揄した言葉だったけど、あの七人組の中でリーダー張ってたのは、特別な能力の兆しが大きく関与していたからではないか。俺は念押しするように訊く。

「尋常じゃないですか」

「尋常じゃない。それを隠す強《したた》かさもある」

「ちがうよ、先生。尋は弱っちい奴だって悟ったんだよ。尋、ずーっと強え奴って思い込んでたんだけどね、虚勢ってやつだった」

「うん。強くなってく人は、みんなそうだから。バカって自覚すればバカ脱却、真に弱いって自覚すれば、弱者脱却」

なかなか耳に痛い御言葉ですな。

「生憎《あいにく》、どっちも難しいっす」

「省悟君はね、永遠にバカで弱っちくていいんじゃないの」

「先生、省悟さんは、最近他人の心が見えるんだよ」

「見えるわけ、ねーだろ。強いて言えば」

「強いて言えば？」

「善意と悪意は以前よりも強く感じられるようになったかな。でもこれは、人間なら誰だって感じることだよ。いままで俺は鈍すぎたんだ」

結構まともなことを口走ってるなあ。なにやら厭な気分になってきた。正月気分を壊したくないから、笑顔をつくる。

「ちがう、省悟さん。厭な気分は、原因がちがう」

「え――」

「たぶん大丈夫だけど、心構えして」

「って、どんな心構え？」

「言えない」

「あ、そう」

先生が尋の頭を雑に撫で、そのまま自分の胸に抱きこんだ。

「省悟兄ちゃんが対処するから、尋はこのまますこし寝なさい。去年は、よく頑張った。ぜんぶ見てたからね」

尋はうっとり目を閉じた。先生の膝枕で動かなくなった。先生が徳利《とっくり》の酒を注いでくれた。ひとつの盃で、交互に呑む。

「甘いけど、いやな味じゃないね。こういうの、識者はフルーティーとか言うのかな」

「うん。榑ノ原牧場が手間暇かけて仕込んでる密造酒」

「あ、そういうことですか」

「依里《えり》ちゃん、くるかな。生き物相手だから盆も正月もないんだよね」

確か巡査長が、牧場を経営している女はジーパンが似合う女カウボーイで、おっぱい乳牛並みとフェミニストが噛みつくようなことを言っていた。お逢いしたいものです。

俺の表情をさりげなく窺っていた先生が、耳打ちしてきた。

「省悟君、こんど私と尋と三人でセックスしようね」

「え！」

「いや？」

「なわけないじゃないですか」

「ちゃんと妊娠させろよ」

そっと尋を見やる。寝ているようにも見えないが、聞いているふうでもない。セックスなんかどうせできるんだから、どうでもいい、などと悟っている俺様です。それよりも、省悟兄ちゃんが対処する――と先生は尋に言った。

「先生も、なんか見えるの？」

「私は、ほんのちょっと。男の軀に喩《たと》えれば半勃ち以下だな。うまくすれば入れられるけど、ぐいぐい挿せるほどじゃない。中折れに毛の生えた程度で射精は無理」

「あのね――」

「尋がね、省悟さんは面倒くさがりだから、人の心になんて興味がないから、ちょうどいいって呟いてたよ」

「そうかなあ、俺は他人のことばっかし気にして生きてきたけれど」

「それは自分の領分を侵されないためでしょう。抛っといてもらうためでしょ」

水掛け論は、面倒っす。

おそらくは江戸時代、あるいは、もっと以前から連綿《れんめん》と受け継がれてきたものだろう、御宿蘖埜、こんなに大量の什器《じゅうき》があったのか――と感嘆する。

香苗さんと歩美と仁王様が忙しく立ち働いて、各々の前に立派な漆塗りの膳が並ぶのをぼんやり見守る。

大多数の女の中に、覇気のない男たちの姿も見える。鮒鮨《ふなずし》らしきものを抓み、密造酒を呑んで案外気持ちよさげだ。

肉体的ハンデなどなどはあっても、そこはかとなくマイノリティーの悲哀はあっても、案外上槇ノ原は天国なのか。

そりゃそうだよね。俺と五十歩百歩の彼らが、上槇ノ原から地上の現実に抛り込まれれば、まっとうに生きていくのは難しいよな。俺なんて、いま思えば根性の先から腐り果てて、死にかけていたからね。

高畑所長は、最後の最後に真打ち登場、偉そうにやってくる腹づもりか。

そんなことを思って先生にそっと寄りかかって、気付いた。

木折が、いない！

なんでだ？　呼ばれてないのか？　誰も気付いていないのか。あいつ、どのあたりに住んでんだ？　苛々《いらいら》するな。迎えに行くか。

べつに木折なんてどうでもいいけど――どうでもよくねえよ。

フルーティーな密造酒呑んで羽目外せよ。なんなら酔って俺に絡んでもいいからさ。蹴倒してやるけどね。なんなら香苗さんに頼んで餃子焼いてもらうからさ。なんか冷蔵庫に冷凍のがあったから。たっぷり羽根つき、カタクリ溶いたの垂らせばいいんだろ？　それで酒呑めよ！

先生と、先生の膝の尋がじっと俺を見つめていた。先生が呟いた。

「くるよ」

ドスドスと擬音を入れたいとこだが、超軽量級木折君、誰にも気付かれずに広間に入ってきた。なにか手に持っている。

なんだ？

細長い棒？　しなりがあるぞ。

錆び錆びで金属に見えなかったが、どうやら古いサーベルらしい。いかにも骨董品だ。よく見たら足許は俺が愛用しているのと同じ黒いゴム長で、ヤナショウの自由物品コーナーに置いてあったもの、土足だ。雪のせいで濡れてはいるけど、汚れてはいません。

大広間全体を見まわして、委細構わずといった調子で真っ直ぐ俺に近づいてくる。

まさか正月早々、コーディネートでもねえよな。俺はなんか木折に親愛感を覚えてるというか、ホッとした気分、ひょいと立ちあがって指のない手をあげた。

「よっ。それ、なんの余興？」

サーベルを指し示すと、木折は俺の眼前で大きく振りかぶった。

え——。

ひゅん！　ていったよ。

頭割れちゃうじゃん。

そうはイカキン！　イカのキンタマ略しました！　うーん、死語の世界か？

「真剣白刃《しんけんしらは》取り！」

サーベルは俺の眼前で止まった。

注・間延びして感じられるかもしれませんが、これらは、ごく一瞬の出来事です。

もちろん俺は両手だらりんのまま、口だけ真剣白刃取りだ。そんなすばらしい反射神経の持ち合わせはございません。指の本数も足りないしね。

木折、たいした見切りだ。俺のデコぎりぎりで、サーベルの刃を止めた。

上目遣いで、刀身だけはきっちり研《と》いであることに気付き、余興にしては入念すぎると木折の顔を見返して肝が冷えた。

こいつ、本気で俺の頭、かち割るつもりじゃん。脳天幹竹割《のうてんからたけわ》りだっけ？

なんで？

俺、そんなに厭なことしたかな？

餃子の羽根の復讐？

津山三十人殺しの話をしたせい？

わからんなあ、木折君。

じっと目を見る。

振りおろしかけて中空で止まったままのサーベルの切先が木折の顔に向いた。芝居がかっていた。なにがしたいのかね。

なんか茶番劇っぽくて、アホじゃねえの、と呟いた瞬間、木折は刀身を鷲摑《わしづか》みして、自分の口の中に突き立てた。なんだか見世物の刀を呑みこむ芸のように見えた。実際に見たことはねーけどね。

でもサーベルの刀身は喉から食道、胃袋という具合には移動せず、後頭部から切先が飛びだした。

すっ——って感じ。

引っかかりゼロ——って感じ。

木折は俺を見つめたまま、唇を動かした。

「なんで僕を殺すんですか」

「俺が？」

「省悟さんが僕を殺す」

周囲の人には聞こえないだろう。

なにせ口の中から後頭部に刀身が抜けているのだから。でも、俺には、はっきり聞こえた。

不条理すぎるし、バカっぽすぎる。でも木折は死んじゃうんだろうな。一応、謝っとくか。

「ごめんな」

「いいんです。一歩踏み出す機会を与えてくれたし。省悟さん。僕、本気で省悟さんの頭を両断するつもりだったんですよ。でも本物だったとは——」

「本物？」

「——夜半獣」

木折は俺にしなだれかかってきた。

俺の胸でサーベルの柄がぐいと押され、刀身のほとんどが後頭部に抜けた。手を守るためと思われる独特の半円状の鍔《つば》が大きく開かれた木折の口でつっかえて、止まった。

木折は自ら菊の御紋が入ったサーベルを口から刺し入れ、突き抜いて、ごくごく控えめに血の泡を噴いて、事切れた。

仰向けに横たえれば、サーベルが畳に刺さる。俺にもたれかかったままの姿で、俯せにして支え、手近な膳を引き寄せ、木折の口のあたりに据える。顔を載せる。もちろん流血による汚れを最低限に抑えるためだ。

「すっげー、省悟さん、すっげー」

尋が感嘆しまくっている。なんなのだ、このプリミティブさは。まるで俺が偉業を成し遂げたみたいだ。さすがに先生が短くたしなめた。俺は木折の屍体をどうすべきか途方に暮れながら、訊いた。

「尋が守ってくれたの？」

「まさか。ぜんぶ省悟さんがやったんだよ」

「ちゃんちゃら〜」

もう、ふざけてしまうしかないじゃない。膳に顔を突っこんで俯せのまま幽かに四肢を痙攣させている木折を見やり、先生と尋が返り血を浴びていないことを確かめる。

鏡で見たわけじゃないから断言はできないけど、俺にも木折の血はまったくかかっていないようだ。

膳にたまった血が木折の痙攣のせいで細かく複雑な緋色《ひいろ》の皺を刻んでいる。木折の首から突き抜けたサーベルは、木折の肉が絡んだおかげだろう、ずいぶん錆が取れていた。居たたまれなくなって先生を凝視した。

「省悟君」

「はい」

「さっき尋が言ったでしょう。厭な気分は原因がちがう――って。たぶん大丈夫だけど心構えして――って」

「それが、これ？」

「みたいね」

「俺、ついに人殺しか」

後頭部を軽くつつかれた。

「よー言うた。童貞みたいなこと吐かしてんじゃねえよ」

巡査長だった。言われてみれば、四人めじゃんか。いやはや、とんでもない殺人鬼だ。巡査長の奥さんは心得たもので、あるいは木折が這入ってきたのに気付いた時点で巡査長が命じたのか、娘と息子を胸に抱きこんで、顚末が見えないようにしていた。

ほかの子供たちも、なぜか申し合わせたように身近な人が抱きこんで、血腥《ちなまぐさ》いあれこれを見えないようにしている。それだけはホッとした。

「香苗さん～、でかいポリ袋頼むー」

「はい～」

「サイズはどんくらいのがある～？」

「業務用特大でいいかなあ～。一七〇センチかける一三〇センチだったかなー」

「いいねえ、誂えたみたいだ。予備も入れて五枚ちょうだい〜」

「はいー」

「省悟に、なにもなくてよかったね〜」

「うん。木折さん、なんでそんなことするかなあー」

「ま、こーなったのも自業自得だぜ〜」

巡査長と香苗さん、微妙に語尾を延ばして遣り取りしてる。いよいよ現実味がない。巡査長は特大ポリ袋の中に突っこんだ木折の口から器用にサーベルを抜き、俺に示す。

「戦中まで巡査に支給されてたやつだね」

はあ、としか答えようがない。巡査長の指図に従って、いっしょに木折をポリ袋に詰めていく。木折の屍体がおさまると、巡査長は俺にポリ袋の口を持ってろと命じて、木折の背中に膝をあてがって血を搾りだした。いまになって血が噴いて、ポリ袋の下の方に大量にたまった。

木折は三重に重ねた分厚いポリ袋の中で、自分の血を分厚い座布団に見立てて、昔の日本の棺桶《かんおけ》＝坐棺《ざかん》ていうのか。それに葬られた屍体のように膝を抱えて、ぼんやり濁った目で俺を見ている。

「季節柄、ちょい離れたとこに雪かぶせて抛っといてもたぶん腐らねーよね。血抜きもしたしね。処置は、ま、先々ということで。正月早々棄てにいくのもなんだし、スタッドレス、まだ届かねーしね」

これまた、はあ——としか声が出ない。

「巡査長」

「なんざんす？」

「俺、木折、嫌いじゃなかったんですよ」

「だから、こんなことになっちゃったんじゃねえか」

「え――」

「省悟が、悪い。俺のアドバイス、守んなかったでしょ」

俺は口をすぼめて上目遣いだ。

「ま、現実面に目を向ければだな、畳もほとんど汚れてないし、省悟、あとの処置も含めて、上出来。パワフル・アンド・パーフェクトだぜ」

手伝えと顎をしゃくられた。巡査長といっしょにポリ袋特大を引きずって大広間を抜けた。

玄関先から、スノーダンプとかいう除雪の超巨大シャベルにポリ袋を載せた。座った恰好の木折は、スノーダンプにちんまり収まった。湯殿山《ゆどのさん》の木乃伊《ミイラ》みたい。

さてと――と、巡査長が軽いジャブで軒先のつららを折った。もう片方の手でうまくキャッチして、つららを頬張る。俺ってフェラ上手と言ったようだが、無視した。

雪上を二人して真っ赤なスノーダンプをぐいぐい押していく。乗ってるのは木折。そり遊びか。

巡査長がひょいと首を伸ばして俺の左手を一瞥した。

「もう、完全にふさがったみてーだな」

「うん。ねえ、巡査長。俺が悪いの?」

「あたぼうよ。奴隷に情けかけるの、いいことか」

「——俺に似てるとまでは言わんけど、類似点を結構感じてね」

「奴隷として生きてきた人間がだな、情けかけられると、甘えが生じる。甘えが生じると心の底の我儘が、そのさらに奥底の願望が破裂しちゃう。そんなとこだべ」

「そんなとこか」

「だべ」

「まいったな」

「まいるなよ」

「生きるの、難しすぎるよ」

「えー、泣いてんのかよ。だからさ、そんなんだからさ、木折、死んじゃったんだよ。おまえ、情けのかけどこ間違ってんだよ。この感傷バカが。大ボケが。おめえは木折じゃねえ。誰でもねえ。腐れ省悟にすぎない。腐れプラス泣き虫省悟か」

仰せのとおり、涙鼻水垂れ流しです。北風に、濡れた頬がひりひりします。

「省悟ってば、じつはすっげー不器用。距離感ゼロ。相手とうまく距離取れねえじゃろ」

「巡査長みたいにマラ先やケツ穴、舐めさせてればよかったのかな」

「あのね、本官はそんなことは実際にはしませんずりよ。意識の上で、そういうふうにして付き合ってたってことだよ」

「俺って、甘いのかな」

「うん。甘い」

「ごめんなさい」

「いいんじゃないの。木折に情けかけるのは悪いことだけど、悪いことじゃない。そんなの、相対的ってやつだべ。ならば省悟はさ、しょんぼりした上槇ノ原の男の権利の向上を目指して活動しなさい」

「ははは。そういうの、もっとも苦手」

「だよねー、だよねー。でもね、それしないとさ、ならねえんじゃねえの」

「定め？」

「アホ。真顔、咬ますな、ドアホ。カチコチ構えるなよ、バカ。テキトーでいいんだってば。おまえってば超テキトーなくせに、変なとこでマヂになるからなあ。度《ど》し難《がた》いね。本当の意味でテキトーになってくださいまし」

「——これからもアドバイス、もらえる？」

「一回、十万でどうだ」

「あのね——」

「わーってるよ。ガキ生まれるもんな。金かかるもんな。ま、ここに住んでるかぎり、金かかんねえけど」

ぽろっと言ってしまった。

「なんで俺に一千万もくれたのかな」

「いせっんむぁぁーん！　マヂかよ」

「うたた寝してたら、どなたか奇特な方がいらっしゃって、臀ポッケに入ってた」

「ふーん。本官に半分よこせよ」

「うん。楔合とか、あれこれ遣っちゃったから一千万は切っちゃったけどね」

「アホ。ジョーダンだよ。マイケル・ジョーダン」

「クソつまらん」

「てめえ、いっしょに押してやんねえよ。ていうか、ここいらでいいんじゃねえの。お座りしたままの体勢で雪かけてけば、即身仏《そくしんぶつ》風雪だるまの完成です」

「あーあ、まったくリアリティがねえや」

「そういう高級な悩み持ってるからね、木折は雪だるま――だよ」

「わかった。わかった。わかったよ」

「ま、それが省悟のいいとこだけどさ」

あれこれ遣り取りしながら、雪かきの脇に載せてきた平たいスコップで木折の全身を雪で覆っていく。

巡査長は雪で覆われた木折の軀を、平たいスコップの後ろでぺたぺた叩いて、雪を丹念に突き固めていく。

数歩下がってしばらく見つめ、雪だるまの手として、左右に二本の木の枝を挿し、スコップの角で器用に笑いに歪んだ目と口を刻んだ。

札幌雪まつり級と自画自賛して、さらにしばらく見つめて、ガキが勘違いして弄るのもなんだな――と呟いて、木の枝を抜いて、顔面もつるつるにしてしまった。俺が雪だるまに小声で『ごめん』と言ったのには、気付かぬふりをしてくれた。

もどったら高畑所長もやってきていて、畳は綺麗に拭われて、惨劇《さんげき》？　の痕跡などどこにもない。巡査長のお子さん以下、上槇ノ原の子供たちもガキ満開、乱暴狼藉阿鼻叫喚《らんぼうろうぜきあびきょうかん》。大騒ぎで走りまわっている。

「所長」

「ん。明けましておめでとう」

「はい。おめでとうございます」

「殊勝《しゅしょう》だね。気持ち悪い」

「すみません」

「出来事から、そして巡査長からすこしは学んだか？」

「そうですね。よくわかんないんだけど」

「わかったふうな奴だったら、要らないよ。さあ呑め。食え。御宿蘗埜の、上槇ノ原の新年を祝え！　香苗の心尽くしを味わえ」

そうだ。正月だ。酔っ払っちゃおう。しかしおせち旨《うめ》えな。俺、おせち料理、生まれてはじめて旨いと思ったよ。出汁のきいた雑煮が、臼と杵《きね》でついた餅がこんなに好いものだとは――。

食って呑んで、呑んで食って、子供はともかくすべてを見ていた大人たちからは過剰に親身にされて、いつのまにかお開きになっていて、最後は香苗さんの膝枕だ。

そろそろ眠ろうと促されて立ちあがって、よろよろふらふら、無人の大広間内を彷徨った。

足裏がパリッと粘った。畳の表面は綺麗に拭きとられていたが、沁み込んだ木折の血の痕だ。

また雪が降ってきた。あの雪だるまを包みこんでいく雪だ。香苗さんと歩美に右と左を抱きかかえられて、寝床に連れていかれた。夜はしんしん深《ふ》けていく。これが上槇ノ原の最初の正月だった。

19

「奥歯を治したいって、金の無心をされたことはあるけど、いったいなんなの？　歯茎の肉がついた歯が土間にぽろぽろ落ちたって」

「木折がそう訴えてたんです」

「はい？」

「十代のころ、反抗心にまかせてちょいアレしたら歯がぜんぶ折れた——って」

「木折が言ったの？　私がやったって？」

「そう。所長がやったって」

「やんないよー、そんな面倒なこと。そもそもなにを言ってるのか、わかんないわぁ」

怪訝そうな高畑所長の顔を見守っているうちに、すべては木折の作り話だったような気がしてきた。

「木折、すべての歯がインプラントだって」

「ったく、妄想極まれりだ。私にインプラントで治したいからって歯医者代無心にきたときはね、左の奥歯だけだよ。だらしない奴で一切歯を磨かないからね、私のところにきて見せたときも、黄色い歯屎《はくそ》まみれで閉口したもん。で、結局は虫歯の穴伝って顎の骨まで溶けちゃってて、インプラントは無理だって医者に言われたって。薄皮一枚というか、歯の外側だけかろうじて残して、なんか詰め物して保たしてたよ。ほかの歯もひどかったけど歯医者は怖いって、上槙ノ原から出るのは怖いって、左奥歯だけ治して逃げちゃったんだ。あとで診療所の先生から痛み止め処方してもらってラリってたことあったから、鎮痛剤服むならハッパ喫っとけって怒ったことがあったな」

俺は茶を啜る。どういう仕掛けか、相変わらずティーバッグなのに茶柱、立ってます。あ、こんなの、茶柱用意しといて茶碗に抛り込めばそれでいいわけで、トリック以前だ。暇だなあ。普通の人は、いちいちこんなことしないよね。

揶揄気味に高畑所長を一瞥したけど、なにも感じていないみたい。やっぱ茶柱は超常現象か。地味ですなあ。

茶柱を抓みだして決心する。あまり見たくないけど、こんど木折の屍体を巡査長と処理するときに、口を開けて鑑賞してみよう。

「それがいいよ。抜けてる歯ばかりで詰め物だらけ。それをインプラントっていうなら、私は一切逆らいません」

もう、確かめなくてもいい。間違いなく高畑所長の言うとおりなのだ。

「ねえ、所長」

「なによ、物欲しげな顔して」

「物欲しげ！　失礼な」

「じゃ、どんな顔」

「強いて言えば、甘え顔」

「寒疣《さぶいぼ》でそう」

「ほんとに鳥肌立ててんじゃねえよ」

「ばれたか」

「――俺のこと、苦手？」

「当たり前じゃない」

「ちっ」

「どうしたの？」

「いえね、所長にちょっと甘えてね、寄っかかっていいですかって」

「いやに決まってるじゃないか。あんた、私のことジャバ・ザ・ハットって言ったじゃないか」

「検索かけた？」

「うん。そっくりだったんで、笑っちゃってから腹が立った」

俺はひょいと高畑所長の隣に行き、そっとその軀に寄りかかる。

「よか、よか、すばらしきクッションなり」

「ふーん。人間椅子、してみるか」

「いいですねえ。乗っていい？」

「いいよ」

ひょいと太腿の上に座る。たぶんオッパイかな？　全体が脂肪層なのでよくわかんないけど、超越的クッションです。ＮＡＳＡに採用されるんじゃねえかな。ロケット打ち上げの衝撃緩衝用の椅子として。

「アホ。一脚分しかないじゃないか。だいたい発想が古くさい」

もはや喋らなくても返答が返ってくることにも慣れた。ちょっとウツラウツラした。声が降ってきた。

「省悟、結構傷心《しょうしん》だもんな」

「小心《しょうしん》ですとも」

「ちがうだろ、わざと言うな」

「へへへ。だらしなく傷ついてます」

妄想に生きていた木折は、本質的に俺の生き写しじゃねえか。なんか自分を刺しちゃったような気分で、たまんないよ。

「おまえさ、おまえの役目」

「なんざんす」

「――ときどき巡査の口調が乗り移っちゃってるね」

「それは、あるかも。あの人、ほんとに官憲《かんけん》かよ」

「ねえ。ふしぎな人だよね」

あんたもな、と胸中で呟く。それに呼応するかのように高畑所長が囁いた。

「省悟は頂点の夜半獣。その役目はね、破壊――」

俺はもう口をひらく気はない。高畑所長の肉と熱につつまれて、束の間の安逸《あんいつ》を貪る。高畑所長が俺の頭を撫でてくれている。まるで赤ん坊にするように――。

ふと目覚めた。高畑所長の顎が俺の頭のてっぺんに乗っかっていて、所長も船を漕いでいた。顎といっても肉厚なので、俺の頭の負担になることはない。

なんか、すっげー力が充ちている。心身共に、疲労が完全に消えている。こりゃすばらしい。ヒーリング？　脂身ヒーリング。いいね！　じつに、いい。

「省悟」

「なに」

「金、いるか」

「まだ六、七百万くらいある。正確な額はわかんないけど」

「地上にいたときは、あんなに金欲しがってたのにさ」

「うん」

「二進《にっち》も三進《さっち》もいかなくなって、船橋だったっけ？　友だちのとこに借金しに出向いたあげく、上槇ノ原にまぎれこんじゃったのにさ」

「うん」

「省悟の念頭から、金のことが完全に消えちゃったね」

「だね」

「省悟さ」

「なに」

「借金しに行くときさ、限界だったよね」

「ま、経済的には、ギリでしたね。これじゃヤバイってわかってても働こうとしなかったわたくしの過ちおよび怠惰ですが」

「いや、心も限界まで追い詰められていた。意欲と裏腹に、働けなくなってたんだよ。心身共に限界だったの。でも」

「でも？」

「おまえ、変に明るかった」

「見てたのかよ」

「見てたよ」

それは、トイレで歩美にしたことも見ていたということだ。

「やな感じ」

「ふしぎな子だなって」

「どこが？」

「鬱《うつ》だったじゃない。躁《そう》だったじゃない。いまでもそうだけど」

「ダジャレかよ」

「鬱のときも明るい奇妙な双極性障害《そうきょくせいしょうがい》。けど自殺一歩手前。異様な量の眠剤服んでた。眠ったまま、起きたくなかった。死ぬ気だった」

「ははは、大げさすぎです」

「金借りに出向いた友だち、いなかったね」

「いませんでしたねえ。見事、ほかされた」

「無人の東京駅とか、三両編成の女子専用車両とか、妄想と現実の狭間で省悟、死にかけてたね」

「——あれは、幻覚みたいなもの？」

「現実」

「わけわかんねえんだけど」

「人の意識なんてね、じつに、あやふやなもんでね。自信満々のあの方ですが、本当に現実を生きているのかな？」

「自信満々のあの方って、誰？」

「私、かな」

「恰好付けすぎ」

「まったくだ。おまえといると本音が洩れるよ。つい気を許してしまう」

「なんか金の話ばっかかしてるけど、もっと金くれんの？」

「あげるよ。五万でいいか」

「ははは」

「私の車、貸してやるから、香苗と歩美を連れて、パセオで鮨食ってこい」

「湯葉の握り？」

「私は食ったことないけど、侮れん美味さだぞ」

「香苗さん、トロとか甘エビも食いたいって言ってた」

「食わせてやれ」

「うん」

「で、帰り、一仕事してこい」

「どんな？」

「下槇ノ原の長老に会ってこい」

「会談？」

「そう。詰めてこい」

「なにを？」

「やるのか、やらねーのか」

「戦争？」

「そう。将来を鑑みるとだな、あんな落ちぶれたとこと、いつまでもイザコザしてられないから。やるなら、やる。やらないなら歴史的な相互不可侵条約《そうごふかしんじょうやく》を結ぶ。ま、望み薄だけどね」

「相互不可侵？」

「そう。余裕がないほうは、どうしても自棄気味にでるしかない。あげくジリ貧で死んでいくか、一発逆転を狙うか。やっぱ特攻隊みたいになっちゃうわけだ」

「うーん。面倒臭いね、下槇ノ原」

「まったくだ。あいつらも上槇ノ原の具合が凄くいいことには気付いているからね。力で奪い取れっていう一派も出てきたそうだよ。そこで省悟に全権委任」

「所長、昔から四字熟語が多いね」

「おちょくるしか能がない、そんな省悟に必要なのが、香苗と歩美。二人はストッパー。省悟、アホだから、気分でなにするかわからないからね」

「失敬な！　ていうか」

「ん？」

「香苗さんはともかく、歩美つれてって、だいじょうぶなの」

「歩美の親だって、死にたくはないだろ」

「ああ、まあ、そうですね。って、よーわからんけど。歩美は上槇ノ原はハギノ旅館に就職したということで」

「だね。でね」

「はい」

「ん、いい御返事。で、心に留めおけ。いいか。上槇ノ原も下槇ノ原も、じつは地勢上、旅館が軸になってるんだ。一番重要なところに旅館が建っているってことだけどね。で、会談は下槇ノ原の旅館をセットしておく」

「御宿湊屋だっけ？　それと、うちの御宿蘖埜が軸か」

「うちの御宿蘖埜、いいね。湊屋もよく覚えてたね」

「――猪《いのしし》」

「なに？」

「なんでもない」

「上槇ノ原は御宿蘖埜の位置を変えていないけれど、下は鉄道乗り入れだ、商店街だと、湊屋の場所を変えてしまったんだ。移築すればいいってもんじゃないよね」

「風水《ふうすい》みたいなもん？」

「うん。真に受けるのもバカバカしいけど、無視するのもヤバイってこと」

20

高畑所長は本当に五万円、くれた。

凍結路面なんて走ったことないですわ。なので、追い越し車線に絶対に出ない安全な超トロトロ走りで宇都宮インターで高速を降りて、パセオの駐車場に四駆を駐めた。

寿司屋台・忠治は、ほんとに立ち食いだった。宇都宮駅で乗り換え待ちをしている人がひょいと摘むといった感じか。俺たち三人、肩を寄せあってお互いの体温を感じつつ、板前にあれこれ注文する。

イカゲソとか玉子なんかが七十五円で、湯葉の握りも甘エビも百二十円だった。最高は四百円の大トロとかウニだ。なるほど百円のネタがないのが商売のコツですな。いくら安いからってゲソばっか食わねえよな。

でも、目の前で板前が握ってくれるのは、いいもんだ。もう食えねえ――ってくらい食いまくって五千円弱だった。下槇ノ原の長老のお土産に、特選にぎり寿司を四人前、テイクアウトした。

「歩美ってさ、納豆巻きと干瓢《かんぴょう》巻きしか食わんでしょ」

「いいじゃん、好きなんだから」

「いいよお。香苗さんみたいに四百円ネタばっか食うよりはね」

「私はね、二人分」

「強いね、母は」

「ははは」

そんな遣り取りをしながら歩美に服を買ってやりたくて二階を覗いた。香苗さんと歩美は控えめな、けれど、はしゃいだ笑い声をあげながら、SOUPというレディス雑貨の店であれこれ物色しはじめた。おそろいのピアス、八百八十円也に決めるまでに四半世紀はたったであろうか。

やっと終わったと思ったら、今度は靴下屋なる靴下屋でソックスを見繕いはじめた。長いとろい。怠い。付き合いきれないので、わたくし、一人で漫《そぞ》ろ歩き致します。

焦げる匂いが、フロアにまで流れている。芳香だが、食欲からではない生唾を、ぎこちなく呑んだ。

餃子の店舗が二軒あった。宇都宮は餃子が売りだったな。木折もパセオで餃子食ったのかな。餃子の羽根か。たまらんな。『焼き餃子、食うな』なんて命令して、ごめんな。冗談だったんだけどな。死ぬ前に冷凍餃子ぜんぶ食ったかな。食ったよな、羽根つき。食ったよな。食った、よな。

香苗さんに背中をぽんと叩かれた。

「落ちこんでる場合じゃないよ。大切な任務が残ってるんだから」

「だね。行こうか」

香苗さんと歩美は、大量の買い物袋を抱えている。とはいえ、どうせ安物買い。高畑所長からもらった五万、すべて香苗さんにわたしてんだけど、たぶんまだたっぷり残ってるな。慾がねーよな。

歩美は『いつも自分で服を買ってたから、今日は最高だ～』といかにも嬉しそうだ。高速に入ってから助手席の歩美に訊いた。

「自分で服買ってたんだろ。小遣いはもらってたんだ?」

歩美は答え渋り、しばらくたってから消え入るような声で言った。

「自分で稼いでた」

俺の脳裏に女学生専用列車内での歩美の一万札に対する執着が甦った。

「そういうことか」

「――そういうこと」

「ねえ、香苗さん」

「なに」

「歩美に給料払ってやろう」

「いいよ。いままでも小遣いはあげてるんだけどね。でも給料となると、うちは儲けというものがほとんどないざーますから、原資は省悟君のお金だよ」

「かまわん。とにかく二人で相談して、月給の額、決めろ。超安月給」

肝心の歩美からは一切反応がない。

顔を向けると、歩美は顎を引いて、涙をぽろぽろ流していた。手を伸ばして、歩美の頭をぐしゃぐしゃに掻きまわした。背後から香苗さんが黙ってティッシュの箱を差しだした。北上するに従って粉雪が舞いはじめた。

行きは堂々とランラン楽しい商店街を抜けてきた。いざとなったら委細かまわず轢き殺してやると気合い充分だった。

でも、抜けるのと、訪れ、留まって談判するのとでは緊張感が違う。下槙ノ原の集落に入ると、背筋が伸びた。やはり指を落とされたことが俺の心を深く傷つけているのだ。表現を変えますと、ビビってます！

「ったく、なーにが『省悟の役目は破壊』だよ。俺が破壊――。役不足を絵に描いたようじゃんか。あ、知ってますって、役不足、誤用です。誤用ですとも。ったく口うるせえんだよ」

香苗さんも歩美も聞いていなかった。独演会《どくえんかい》かまして恥ずかしい〜と身をよじっていたら、御宿湊屋に着いてしまった。

俺は神妙に鮨折りをもって、車外にでた。宇都宮よりも数段冷える。首を縮めて、ダウンジャケットに顎を突っこむ。

はじめて訪れたときは、街灯の光に無数の蝙蝠《こうもり》が乱舞していた。いまは街灯に青褪めた貧弱な氷柱《つらら》が下がっている。暮れているのに点灯していない。いやあ、節約が行き届いておりますな。

さっさと済ますから、おまえたちはこなくていいよ、と恰好付けようと思っていたが、香苗さんがなんの拘《こだわ》りもなく巨大な引き戸に手をかけてしまった。

今夜はちゃんと電灯がついていました。歩美は俺の背後に隠れている。なぜ、高畑所長は歩美もいっしょに訪ねさせたのだろう。わからん。いや、わかるような、わかんないよーな。

凍てついた土間に立って今晩は～と声を張りあげようとしたとき、前回出現したときと同様、前掛けで手を拭いながら、湊屋のおばちゃんがあらわれた。ただし愛想もこそもない尖った、刺すような眼差しだ。

「予約は入ってるのかな。よーわからんが、省悟です」

「いらっしゃい。前とちがって季節柄、猪鍋を用意させてもらっております。お代は高畑所長から戴いておりますので、存分にお楽しみください」

湊屋のおばちゃんの真顔が怖い。たっぷり嘘を吹きこまれ、大恥かいた過去を反芻《はんすう》し、ちらっと背後を窺う。歩美がぺろっと真っ赤な舌をだす。そっと香苗さんに囁く。

「俺って優柔不断というか、人見知りするというか、予約した席とか、こういうのすっげー苦手だったんだよ」

「過去形だ」

「うん」

「あたしも余裕だよ。客がこないとはいいえ、御宿蘗埜は営業中だからね」

潰れた湊屋とはいっしょにするなという強い自負が香苗さんの頬を引き締めている。

「省悟さん」

「なに？」

「あたし、猪、苦手だ～」

「罰として、食いたまえ」

「えー、なんか別のもの頼めない？　ハンバーガーとか」

「わかりやすいですな。小説だったら、作者がいかに手を抜いているか、ありありとわかる科白《せりふ》ですぞ、ハンバーガー。ドアホ。湊屋さんは、マックじゃねえ」

「関西ではね、マクドって言うんだよ。豆知識」

そんなの、誰だって知ってらあ。

「おまえ、意外と平気っぽいね」

「省悟さんといっしょだから」

「あたしだってそうだよ。省悟君といっしょなら怖いものなしだ」

「うーみゅ。俺も偉くなったもんだ」

「うーみゅは、ないでしょー」

もちろん空笑いでごまかして、座敷にはいる。寒山拾得《かんざんじっとく》の掛け軸が下がる上座《かみざ》に、長老が座していた。女将が背後についた。寒がりなのでダウンは着たままで——と脱がずにすます。

下槇ノ原も女が多く、男は少ないと聞いたが、長老を中心に席を固めている十数人はほとんど男だ。ただし、若い男は数人だけだ。年季のはいった皺、皺、皺——。

長老が座椅子に反っくりかえってギクシャク上体をねじり、掛け軸を一瞥し、言った。

「明兆《みんちょう》の作じゃ」

寒山拾得までは知ってても、誰ですか～、それ。とは返せない。もっともらしい顔をつくっておく。女将に案内されて長老の隣に座らされた。

「室町《むろまち》初期の画僧《がそう》じゃ」

「ほほう、大層古いものでございますな」

もっともらしい顔で頷く。長老はさらに重ねて、ねちっこく問いかけてくる。

「どうじゃ？」

「当時のホームレス、いや自由人お二人といった趣、そこはかとなく深淵《しんえん》かつ愉快痛快《ゆかいつうかい》、感服《かんぷく》いたしてございます」

傍らで、香苗さんが膝の上で握り拳をつくって必死で笑いを怺えている。その隣で歩美が上目遣いで首をすくめている。

大きな鉄鍋が三つ、味噌仕立ての猪がぐつぐつ煮えている。湯気がすごい。結構な熱気だ。メガネかけてたら視界ゼロだ。

が、ダウンジャケットは脱ぐわけにはいきません。

なんとなく春のものという印象があるが、どこから調達したのだろう、女将が大量の芹《せり》をぶち込んだ。鉄鍋に鮮やかな緑の山が聳え立つ。熱で山は少しずつ縮んでいく。

運転をするので酒は控えますと宣言した。ウーロン茶で乾杯する俺に、嘲笑の眼差しが刺さる。ま、どうでもいいや。女将が取り分けてくれた猪、旨え！　脂身が甘い。赤身の歯応え、たまらない。香苗さんと顔を見合わせる。

「あとで味噌の配合、訊こうっと」

「御商売、御熱心ですな」

「その喋り、やめない？」

「ははは。どうしてもと仰有るなら、やめましょう」

歩美はおちょぼ口で芹ばかり食べている。ちらちらと男たちの視線が歩美を嬲《なぶ》る。なんか、やな奴ばかり。てめえら中学生、弄《いら》って愉しいか？

「さて、今日の御用は、何用かな」

長老が茶碗酒を含んで、声をかけてきた。

「お幾つですか」

「儂《わし》か。百と少々」

「百歳超！」

「おまえんとこの高畑所長も、似たような歳だぞ」

「まぢっすかぁ」

「骸骨じみた儂とちがって、なんか大きく横に拡がってるようだが」

俺は箸を置いて腕組みしたね。ついに自分で仰有いました。骸骨。下槇ノ原の所長、即身仏か！

それにしても高畑所長も百歳超？　いやはや御長命、長老は喋るミイラだけど、高畑所長は年齢が読めねー。しかも、やたら元気じゃん。ボケの兆しもない。

「さてさて、今日の御用は？」

長老に重ねて問いかけられて、答えに窮した。

「いや、その」

いきなり『やるのか、やらねーのか』とは言えないよね。よく考えたら、高畑所長は俺になーんの指図もしてないからね。湯葉の握り食ってこいって言っただけだからね。

いやあ、まいるな、全権委任。

「なんらかの書簡でもお持ちか？」

書簡ときたか。堅苦しいねえ。

「いえ、なーんもありません。俺の役目ってば、いったいなんなんでしょうね？」

「それを儂に訊くか？」

「ま、親睦を深めてこいってことじゃないでしょうか」

「おまえさんがやってきて、上に行ってからな、下ではいろいろよくないことが起こっておるのじゃ」

「それは、それは難儀なことですな」

「ちょくるのか」

いやあ、近頃の若者の俺さま、ちょくるを直行すると勘違いしてしまいました。いや、直るなんてのも、もう死語か。

「下槇ノ原の住民のあいだでは、よくない不満が渦巻いておる。上を襲って奪いとれという声も多い」

「いまどき戦争はないでしょう」

「ということは、お主、平和の使者か」

「現実として、いま、この時代に戦争ができますか」

「空々しい。おまえんとこのバアサンほどではないが、儂にもそれなりの力がある」

じゃ、起こるとしたら妖怪大戦争だね。

「ならば長老とバアサンが戦って、決着を付けるというのはどうでしょう」

「ちょくり続けるか！」

「まさか。おちょくるつもりはありません」

長老は奥歯をギリギリいわせた。あらためて観察する。本物の歯が、ちゃんと揃って生えている。インプラントではありません。長寿の秘訣は、やっぱ自分の歯で嚙む。ちゃんちゃら〜。

「繰り言をする。よいか」

「どうぞ」

「鉄道が通じたときは、町中歓喜した」

俺がやってきた日に廃線になっちゃったはずだぞ。ひょっとしたら鉄道会社の都合まで俺のせいになってるのかな？

「これで人の流れが活発になる。停滞していた下槇ノ原に、よそから人が入ってくる」

いやあ、ほんと、猪、うめー。

「だがな」

「へい」

「へい？」

「あ、はい」

「――人はこなかった。かわりに町の者たちがいなくなった。鉄道に乗った者は、もう帰らなかった」

鉄道開通は下槇ノ原に人口流出をもたらしただけというのだ。

「儂は窘《たしな》めたのだが、皆浮かれおってな。商店街なんぞ拵《こさ》えおって。外から誰もやってこないのに、百姓の俄《にわか》商売がうまくいくか」

下槇ノ原の人たち、ある意味犠牲者？　でも、うぜー。貧すりゃ鈍する。俺って冷たいですか？

「してはならぬと言うておるのに、御宿湊屋を、こんな場所に移築してしまった」

湊屋の女将が俯いた。上槇ノ原は客がこなくたって御宿蘖埜をちゃんと守っている。あれこれ言ってるけど、ぜんぶテメエらが蒔いた種じゃねえか。長老は目脂のたまった目をいやらしく細めた。

「上は過去、人を食って生き存えたおぞましき土地。下槇ノ原は、そんな人倫に悖《もと》ることはせぬ」

「まったくひどい話です」

「そう、思うか？」

「でも空腹には勝てないような気がします」

「おまえも、食うか？」

「いやあ、様子のいいときは、そんなことしませんて——なんて眉顰めたり。でも追い詰められたら食うでしょうね。これ、言ってもいいですか？」

「言え」

「なんで上槇ノ原で赤ん坊や子供食ってるとき、助けなかったんですか」

「こっちだって、カツカツよ」

「上槇ノ原の貧窮《ひんきゅう》ってんですか、それをよい機会と攻め込みましたよね」

「あのときの敗戦が、いまの下槇ノ原の落ちめの始まりよ」

あ、猪肉だけじゃなく、芹もうまいっす。意外や意外、たまりません。たっぷりの芹。臭み消しの役目もあるんだろうけれど、じつに清々しい。初春の香り？

「打開するには、ふたたび戦うしかないだろう」

「本気で言ってんですか」

「冗談で言えるか。貴様はどう思っておる」

本音は、この老いたジジイの逆上《のぼ》せた能書き聞いているうちに、なんとも腹が立ってきていた。でも、新参者の俺には、伝え聞いた過去の経緯《いきさつ》しかなくて、開戦か和平かなんて判断しようがありまっせーん。

が、気分的には歩美に注がれる眼差しも苛立たしいし、戦争しかないでしょう。

——省悟の役目は破壊。

いきなり、高畑所長の声が頭の中でした。俺が破壊なんてちゃんちゃらだけど、なるほど、
どうも俺という存在は壊す方向に行っちゃいそうだね。

ま、とりあえず猪肉頬張って遣り過ごしましょう。実際、金払ってるのは高畑所長だしね。

皆さん、食い飽きてるのかな、酒ばっか呑んでますね。

甲斐甲斐しく猪肉を鍋に落とし込んでくれる湊屋のおばちゃんの料理の腕は確かだね。香苗
さんが呟いてたように、この味噌の塩梅は、すばらしい。グルメじゃない俺にだってわかる。

周囲を無視して、猪肉嗜んでたら、影が差した。

「私ね、歩美の父ですわ」

「それが、なにか」

「いえ、なんと申しましょうかね。娘はまだ中学生なんですよ」

「ちょい早めの就職と思えば」

「上は、まずいんですよ。上槇ノ原は、まずい。世間体《せけんてい》というものがある」

「世間体以前に、てめえ、親をちゃんとやってきたか？」

「なんと言う口の利き方だ、若造め！」

香苗さんが袖を引く。俺は満面の笑みを返す。歩美の父親は箸を手にしている。食いかけですか〜とおちゃらけかけて、俺の目を狙っていることに気付いた。

睨み合ったね。でも、このクソ親父をどうこうしようという気もないね。歩美も見あげていることだしね。

そこに新たな闖入者《ちんにゅうしゃ》があらわれた。夫婦だった。もちろん、この集まりに呼ばれていない人たちだろう。湊屋の女将が必死で前に立って止めに入った。

男は問答無用で女将を蹴倒した。妻のほうが、転がった湊屋の女将を見おろして薄笑いを泛べる。

誰もが微妙に顔をそむけている。町内でも問題の多い夫婦らしい。

男がすっと頭をさげた。腰は低いが、目は厭らしい上目遣いだ。

「お尋ねします」

「はい」

「うちの娘、上に閉じ込められてますよね」

「うちの娘——どなたのことでしょう」

蠟人形《ろうにんぎょう》のような夫婦だ。顔を見た瞬間に尋の両親だとわかったけれど、とりあえず空とぼけておく。

「返していただけますでしょうか」

男の笑みがじつに柔らかい。正確には筋肉を笑いのかたちに曲げているだけだ。さすがにとぼけ続けるわけにもいかない。

「もう、就職できる歳頃ですし、当人の意思が大切です」

「いやあ、いいことを仰有る。最高学府で学ばれましたか」

「いやあ、恥ずべき経歴しかありません」

横目で見ると、歩美は実の父があれこれ吐《ぬ》かして凄んでいたときよりも頬が白い。尋の両親を見ようとしない。香苗さんは黙って無表情に猪肉を食べている。

俺は、ゆっくり、尋の父親に視線をもどした。

その瞬間、見えてしまった。

この父と母が娘になにをしたか。

その、おぞましき行状《ぎょうじょう》のすべてを――。

幽かな躊躇いがあった。

木折といい、これからこの御両親に行うことといい、香苗さんのおなかの子供に、あるいは歩美の精神衛生上見せてはならないものを、これから見せなければならない。

いいのかな。

でも、俺はやるしかない。

理由は、許せないからだ。

ったく堪《こら》え性《しょう》、ないね～。

ダウンジャケットの右側をだらりと下げていた重量物を取りだす。

黙って撃つ。

尋の父親もダウンを着ていたので、派手に羽毛が舞った。

室内に舞う雪、あまり優雅じゃねえな。やだな、鍋にたっぷり浮いちゃってるよ。

尋の母親にも四五口径ＡＣＰ弾をくれてやる。ありゃま、こんどは薬莢が鍋に入っちゃったよ。見て見ぬふりしますねー。

なぜ？　とお母さん、笑顔に似た顔で俺を見つめている。はい、とても美人ですね。

室内でぶっ放したから、いまごろになって耳がキーンて鳴ってる。煙硝の匂い、嫌いじゃないけど猪鍋には合わねえな。

父親の軀も突き抜けただろうが、弾がどこに飛んでいったか、舞い散る羽毛のせいで判然としない。

けれど母親の軀を突き抜けたＡＣＰ弾は、湊屋さんの立派な大黒柱を爆ぜさせ、ちょうど拇《おや》指《ゆび》が這入る程度のほぼ真円の穴をあけてしまった。女将さん、ごめんなさい。

「わざと腹、撃ったから」

口のなかに入って唾液で丸まってしまった羽毛を摘みだす。揃って転がって、派手に身悶えしている夫婦を見おろす。

「とどめは刺さない。せいぜい苦しめ。ちゃんと肝臓の端を撃ち抜いたから。ま、撃ち抜いたつもりっていうのが正確なとこだけど。でも必ず死ねる。ただし時間がかかる。よかったね」

背後を、振りかえる。

「あ、長老。つまらんものですが宇都宮で鮨折り買ってきました。特別に湯葉の握りも入れてもらってます。美味しいですよ～。香苗さん、お渡しして」

香苗さんは柔らかく頷き、長老の前に鮨折り四つ、叮嚀に置いた。歩美の脇に立ち尽くしている、歩美の父親のところに行く。

「お父さん。いいですよね、娘さんの上槇ノ原就職。勉強は妻が見ておりますし」

「はいっ！　よろしく御願い致します！」

「そんなビックリマーク丸出しで息まなくとも、娘さんが里帰りしたいときには、よろこんでお戻ししますから」

妻と呼ばれた香苗さんは、もう満面の笑みです。歩美は鼻梁《びりょう》に複雑な皺を刻んで、相変わらず真っ赤な舌を突きだし、ベーをし、父親を汚物《おぶつ》を見る眼差しで突き放した。

「省悟さん、こいつも撃って。ついでにあたしんちに出向いて、若作りババアも撃って」

「いやあ、尋の御両親とちがって、絵が見えなかったんで、やめとくよ。それでも撃っちゃうと、俺は殺人鬼になっちゃうんでね」

「ちっ」

じつに烈しい歩美の舌打ちだった。

「お父さん。嫌われてますね」

「は、は、は」

「は？」

「反抗期なんです」

「なるほど。反抗期。都合のよい言葉だ。ちょい腹立ってきた。自分を振り返ってもガキなんて最低最悪ですよ。俺の親もさぞ苛立ったことだろうな。でもね、俺はちゃんと親に面倒見てもらって育ちましたよ。いまじゃ、すっかり縁遠いけど。だからこそ親の苦労が身に沁みる。お望みなら、頭、イッパツで吹き飛ばして差しあげますよ。あらためて味噌鍋、はじめますか。脳味噌鍋」

「いや、その、なんというか、撃たないでください」

「見苦しいなあ。推察だけど、歩美に対してたときみたいに横柄《おうへい》にいきましょうよ」

「だから、許して、許して！」

「ま、猪鍋、つつきましょうよ」

真っ青になって脂汗、それでも顎をしゃくると俺の目を潰すつもりで持っていた箸を顫《ふる》える手で持ち直し、嘔吐しそうな顔で小さな猪肉を口に入れ、呑みこんだ。

とっくに拳銃しまってるのに、男たちは、皆、俯き加減で凝固している。こいつら、これで本当に戦争、できるんだろうか。

「長老」

「──は、はい」

「はい？」

「いや、な、なんじゃ」

「ったく、百以上生きてても、死にたくねえのか。人間、凄いね」

「あんたの心が読めないのじゃ！」

「寒山拾得の寒山になりたいと念じております。うーん、まさに取って付けた感あり」

尋の両親は、まだのたうちまわっている。はっきり言って、うるさい。俺の険悪な眼差しに気付いたのだろう、長老が呟くように言った。

「とどめ、刺してやってくれんか」

「弾が穢《けが》れるから、やだ。テメエらの誰かぶっ殺してやれよ。女将から庖丁《ほうちょう》借りて、蟀谷《こめかみ》にでもぶっさせば、それで終わるよ」

だが下槇ノ原の男たちは、いよいよ顔を伏せて凝固している。

「テメエら、ほんとに戦争できるのか？」

やだな、独演会になりそうだぜ。

「人食って生き存えた上槇ノ原はな、テメエらが電車に浮かれてランラン楽しい商店街つくってるときに、戦争の準備を、その経済的裏付けをきっちりすましてるんだよ。戦車で下槇ノ原、テメエらの血と肉込みで更地にしてやろうか。武器、たくさんあるよ。新人の俺だってこうしてペストルもらって遊んでるくらいだ」

ひょいと香苗さんが口をはさんだ。

「なーんかおかしいって思ってたんだ。ね、歩美ちゃん」

「うん。ひったすら制限速度で走ってんだもんね。追い越されるばかり。変だったよー。ペストル持ってたからなんだね。お巡りさんに止められたら、そりゃまずいよね～」

「ばれたか」

「わかんないなあ。だからこその、ひたすらな順法運転。小心なんだか、大胆なんだか、気が変なのか」

「香苗さん、気が変はねーだろが」

俺は咳払いして、気を変に、じゃねえ取りなおして、演説再開だ。

「ま、戦争するなら、ちゃんと気合いを入れろってことだよ。上槇ノ原を侮るなよ。戦力も経済力も団結力も、すっかりヘタレた下槇ノ原とは段違い。だいたい下槇ノ原のお子様たち、大《たい》麻《ま》っていうんですか？　ハッパばっか喫ってラリりまくってるそうじゃないですか。若い兵隊さんが、それじゃあね。で、中年以降はアル中か。まさにランラン楽しい下槇ノ原ってとこだね。終わっちゃってる下槇ノ原が一発逆転を狙ってなんとかしようとしてるのはわかるけどさ、無駄な足掻き。リアルに言っちゃえば、アメリカに挑む竹槍日本だよ、あんた方。長老もこんなクソ共に担がれて難儀だよね～。御《ご》同《どう》慶《けい》の至《いた》りでございます。じゃねえ、御愁傷様。いま気付いちゃったんだけど俺って戦争、大好き！　高畑所長は俺にケンカ売らせるためにここで猪鍋振る舞ったんだね。ったく、いったい幾人殺せばいいんだよ。あ――」

わざとらしく口を押さえる。皆がチラ見して、そしていよいよ深く俯いた。

もう挑発する必要もない。猪鍋の残りでおじやでもつくってくれないかな～。ちょいぼんやりしてたら、頭の中で声がした。

――下槇ノ原を潰せば、日本から完全に独立できるから。入り口を閉めることができるから。

「わっかりました。手っ取り早く、ここに居揃った下槇ノ原の重鎮《じゅうちん》の方々、全員ぶっ殺しましょうか」

独白してしまった。男たち、弾かれたように動きだした。立ち上がれずに四つん這いで移動なされる方もいる。出口に殺到する。ダウンのポッケに手を突っこんで、拳銃を摸《も》してくいと持ちあげ、大声をだす。

「全員、着席～」

なんかフィルムの逆回転を見ているような皆様の着席ぶり。

こんだけ雁首《がんくび》揃えて、隙あらば省悟君を組み伏せてぶっ殺してやるという気概がある方はおられないのでしょうか。省悟君、安っぽい万能感に支配されつつあります。

まだ尋のお父さんお母さん、動いてる。気合いの入ったお二人だなあ。

ポッケの中の指鉄砲で皆様方を威嚇しておき、膝をついて父親の顔を覗きこむ。目と目が合った。もともと色白蠟人形だったけど、完全に血の気が失せてガラス細工みたい。でも、たっぷり汗かいてます。

「――まいりましたよ」

父親はほとんど唇を動かさずに呟いた。幽かに笑ったようにも見えた。

「でも、考えてみれば、いかにもな姿をした夜半獣なんて、いませんよね」

どう答えたらいいものか。表情を消して遣り過ごす。父親は指が欠損した俺の左手を凝視した。

「争乱の夜半獣降りきたるとき、唯一無二の徴《しるし》は折れ欠けた左手二本の爪――」

「それって、伝承？」

「そうです。なんで奴ら、あなたの左手の爪が折れ、欠けていることに思い至らなかったんでしょうね。凄い目立つじゃないですか。そもそも言い伝え知らなかったのか」

クソ。偶然じゃねえんだ、俺の指がなくなったのは。高畑所長の奴、それだけは想定外だったとかとぼけやがって。あんときは木折もいたな。初対面のときだ。クソ。このまんまじゃ、どんどん夜半獣に仕立てあげられちまうじゃねえか。

「おなか、痛い？」

「当然です。灼《や》け火箸《ひばし》で掻きまわされるって比喩《ひゆ》がありますよね」

「ぜんぜんわかんねー比喩だ」

「でも、そういう感じです」

わずかに開いた唇から覗けた前歯が、血で真っ赤だ。父親は、笑みを泛べた。

「下槇ノ原、ついにやってしまいましたね。大東亜戦争のさなかでも降臨しなかった争乱の夜半獣を迎えてしまった。私らを蔑《ないがし》ろにするからだ」

「蔑ろにされてたんだ？」

「ええ。村八分ってやつですよ」

「ごめんね。でも、お父さんお母さんも尋にずいぶんなこと、しましたね。はっきり言って、魘《うな》されそう」

「——見えましたか」

「見えた」

「夜半獣ですもんね」

「ま、それはおいといて。なんで、あんなことができるの？」

「あの子は死んだほうがいいんです」

「お父さんが、誰かからそう言われて育ったら？」

「——夜半獣のおかげで、やっと死ねます」

「ちょい禅問答じみた境地に入りかけてますけど」

「痛み苦しみは、尋に対する仕打ちの罰ということで、引き受けますから」

「——とどめ、刺そうか？」

「けっこうです。このまま」

「わかった」

「しかし余韻もなにもあったものではないですね。余韻は違うか。とにかく、声がけしたら、いきなりズドン！」

「俺って短絡しちゃうんですよ」

「夜半獣、思い煩う前に牙を剝く——」

「ほんと、詳しいですね」

「まじめに古い文献を読み漁っていたのは、私くらいのもんでしょう」

郷土史家。違うか。なんでこの男が、村八分？　インテリだから？

「的外れかもしれないけど、上槇ノ原に生まれたらよかったかも」

「ああ、そうですね。絶対に上槇ノ原のほうがよかった。私らみたいのでも区別はされるけれど、差別はされませんからね」

「私らみたいの、って？」

「女房と私、似てません？」

「すっげー美男美女だけど、双子だよね、まるで」

男は妻に視線を投げた。妻はひたすら男を凝視していた。

女のところに行く。背中のほうから赤黒い臓物を垂れ流しにしていた。背に大穴があいて、そこから洩れ出てしまったのだ。俺ってなにも考えずに、凄まじいことしてる。いまさらそんな感慨に耽っても遅いけどね。

そっと両脇に腕を挿しいれて動かして、女を男に密着させた。女がゆるゆる手を動かして、男の手を握った。俺が銃を構えると、柔らかく笑んだ男が首を左右に振った。

なんだよ、純愛かよ。

痛み苦しみを共有する究極の夫婦かよ。

しかし凄い流血だ。

流血から顔をあげたら、視線が合った。女将さん、広間汚してごめんなさい。

本当は貴女様も撃ち殺したい思いがございます。あの晩、泊めてくれていたら、俺は翌日素直に帰途についたんじゃないかと思うんです。あ、電車なくなってたんだっけ。ま、それこそ原チャでもかっぱらってさいならしてたはず。

泊めてくれていれば、こんな人殺し、しないですんだ気がするんです。

ったく、なんで、ですます調だよ？

でも、宿泊を断られたくらいで撃つのもアレですから。やっちゃうと、いかにも人間の小ささを見せつけちゃいますよね。美味しい猪鍋も食べられたことですし。不問に附しましょう。

「おい、早く、つくってくれねーと、撃っちゃうかも～」

「おじや、つくってくれねーと、撃っちゃうかも～」

「そうじゃ。所望じゃ。手早くね～」

長老、なんか縮んじゃったよ。思い切り蹴倒したい。いやあ、俺ってサディストだったんだね。感心、感心。

「あ、女将さん。卵、ケチらないでね。芹も残ってたら足してください」

ちょっとだけ不安になって、香苗さんに訊く。

「猪鍋って、最後におじやにするの？」

「好きな食べ方で、いいよ」

「だよね」

「あたしは、もう帰りたいなー」

「歩美、もうすこしだけ我慢な」

「省悟さん、こいつらね、こんなヒキョー者だけどね、絶対なんか企んで、ちょっかいだしてくるからね」

「うん。ま、死にたい人は、どうぞ。よろこんでお迎え致します。ていうかね、俺、いろいろ見えちゃうの。いまだって、誰がなにしようとしてるか、見えてるから」

もちろんハッタリです。でも、幾人かビクッとした。ちゃんと顔、覚えましたから。帰りがけに弾、御馳走しちゃおうかな。

「女将さん」

「はい」

「素早い仕事！　おじや、うめえええええ」

「美味しいですか」

「なんなんだろ、甘いだけじゃない味噌と出し。もちろん猪肉の旨味が出てますよね」

女将さんは俺を適当にあしらって、香苗さんの前に膝をつき、白と赤その他の味噌の割合や、出し汁のことを喋りはじめた。昆布はやっぱ羅臼《らうす》？　と香苗さんが問う。道南《どうなん》は絶対にだめと女将さんが頷く。

いいもんねー、無視されたって。俺は御賞味する係で満足です。キミたちはせっせと僕の食事をつくりたまえ。

歩美はもう飽きちゃった～という表情で、俺が見つめたとたんに欠伸した。お父さんは相変わらずぎこちない手つきで瞬きせずに猪肉の破片を抓んでいる。命じられたら延々おんなじことを繰り返す機械ですな。

三杯目のお代わりをしようとしたときだった。下槇ノ原の警官が駆けこんできた。俺は思わず立ちあがった。その節は、御世話になりました！

「なんかヤバイ気配だって連絡があって」

俺に笑顔を向け、なぜここにいると小首を傾げ、床で呻く御夫婦に視線を落とす。省悟がやったの？　と目で訊いてきた。うん、と頷くと、深く長く溜息をついた。

「もー、やってらんねえよ」

「すいません」

「省悟じゃねえよ。このバカ共だよ。なんなんだよ、あんたらってば。噂聞いてるぞ。戦争だって息んでるそうじゃねえか。なーにが戦争だよ。いきなり撃ち殺されてんじゃ、世話ねえや」

「あ、まだ生きてます。生殺しにしようと思って」

とどめを刺そうとしたが断られたという委細は省く。夫婦の純愛に籠絡させられかかったけど、いまになって、やはり尋にしたことは許せないという強烈な憎しみがおじやのゲップと共に迫りあがってきた。

「ねえ、省悟。勘弁してくれる？　これじゃあんまりだよ」

「ごめんなさい」

「俺が処置していい？」

「はい。本当は、もっともっと苦しめてやりたいけど。泣こうが呻こうが叫《わめ》こうが、誰も相手にしてくれない孤独ってやつを、苦痛の極限で味わわせてやりたいんですけど」

「すかしたこと吐かしてんじゃねえよ。いいか、俺が処置して」

「はい」

警察官は、どっこにしようかな、とニューナンブの銃口を両親の顔のあちこちにあてがって、結局、額のど真ん中を撃ち抜いた。ふっと息をついて、立ちあがる。

「あー、もー、ほんと、やってらんねえ。なーんでこの俺が、こんな腐れ果てた地の底みてーなとこで八方塞がりしてなきゃなんねえんだよ。省悟が生殺しとか言ってたけど、俺だって生殺しにされてんだよ！　やめた。やめた。サツカン、やめた。いま、この時点で警察官、やめました！」

帽子を叩きつけ、上着を脱ぎ棄て、女将に誰のでもいいからダウンでも持ってきてと声がけして、拳銃はズボンにおさめた。

「省悟さ、いまこの瞬間俺は警官じゃなくてだな、ただの北村さん。で、上槇ノ原に連れてってくれねえ？」

「いいですよ。北村さん、よろしくお願いします」

「ひひひ。じつはね、機会、窺ってたんだよー。下槇ノ原は終わってるよ。もっと言っちゃえば、日本、終わってるから」

「北村さん、御家族は？」

「独身です」

「あ、よかった」

「うふふ。アレだろ、種付けられるんだろ」

「ま、いろいろいいこと、ありますよ」

「も少し、こいつらぶっ壊しとく？」

「悩んでる最中なんですよ。幾人か、悪巧みが好きそうな奴がいたから」

「せっかくだから、やっとけば」

「ですよね～」

「ですよ～。後片付けは俺が手伝うからさ」

まったく上槇ノ原の巡査長との遣り取りと錯覚しそうだ。警察官という輩《やから》、似るもんですなあ。そんな心和む気持ちになったとき、掠れ声が聞こえた。

「夜半獣だ」

長老だった。

「最悪の獣だ。すべてを壊す夜半獣だ」

なにを、いまさら。俺は肩をすくめ、最悪ですとも——と、下槇ノ原の面々を見まわす。誰がなにしようとしてるか見えてるから——とハッタリを咬ましたときに、ビクッと揺れた四人に視線を心持ち止めておく。

「北村さん、やっぱ額がいいの？」

「あ、俺、人撃ったの初めてだから。殺人童貞、おかげで喪失しました。ま、確実だろ。蜂谷とかさ、ピンポイントは案外狙いにくいからさ。もっとも頭撃てば大概死ぬよな」

「なるほど。では、お父さん、イカせていただきます」

キツネ目のお父さんの額に銃口を向け、トリガー引きます。

デコに煙硝の青褪めた模様がパァーッと拡がって、穴があきました。

骨片が混じった凄い量の脳味噌が背後に散ったので、髪に手をかけて頭の後ろを覗きこむと、中華の丼ほどではないけれど、日本蕎麦の丼ほどの大穴があいてました。

次のオジサンですが、メガネを狙ったつもりはなかったのに、額に穴があくのと同時にメガネが俺に向かって弾け飛んできた。あ～あ、ほっぺに傷が付いちゃったよ。

三人目、四人目は流れ作業だな。この調子なら全員ぶち殺せるな。そこまでやる気はないけどね。津山三十人殺し。とりあえず下槇ノ原十幾人殺しって得意がる俺の姿が目に泛ぶ。やんないけどね。

なによりもずば抜けて気が小さい俺は、さすがに歩美の目の前で、歩美のとーちゃん、撃てないよ。

長老は撃つなって頭の中で声がした（ような気がした）し、ここで、やめときます。尋の御両親プラス四人で打ち止めです。

下槇ノ原の皆さん、身動きできない長老以外、全員ダンゴ虫になって頭抱えてます。そろそろ、おいとましようかね。屍体、六つ、四駆に積むのか。北村さんがいてくれてよかったよ。では、作業に取りかかります。

作業、終えました。

北村さんはパトカーを私物化したようで、車内でタバコ、喫ってます。

隙をみて、誰か俺をカチあげるんじゃねえかってビクビクしてたけど、なーんにも起きなかった。長老は寒山拾得を背に、置物みたいに座ったままだ。雑に挨拶する。

「お騒がせしました。帰ります」

まだ箸を手に、憑かれたように羽毛混じりの鍋をつついている父親に、歩美は軽蔑しきった一瞥をくれて出ていった。

香苗さんが長老に頭をさげ、にこやかに言う。

「お鮨ですけど、本日中にお召し上がりくださいって板前さんに念押しされております。本日中に、お召し上がりください」

21

下槇ノ原でどんちゃん騒ぎ？　を引きおこしてもどったら、翌日の夕方まで起きられなかった。ま、もどったのも遅かったし、寝たのも朝方だったんだけどね。

熟睡しといて言うのもなんだけど、しょせん俺様は、精神的に弱いんだね。でも悪夢を見たりしなかったから、まあ、いいや。

うー、冷える。

強烈な寒波来襲らしい。夜八時過ぎ、白い息を吐き散らして、両手で自分を抱くようにして診療所に行った。尋の部屋は六畳で、古くても診療所、病室も含めて一応、全室セントラルヒーティングで一定の温度に保たれているとのことで、いやあ居心地抜群です。

「ますます太らせる気か！」

香苗さんに持たされた大量のスナック菓子を前に、尋は大きく仰け反ってみせた。確かに頬など微妙にふっくらして血色もよい。尖りが消えたぶん、美人度アップだ。

「あと、これ、香苗さんと歩美からのプレゼント。パセオですっげー時間かけて見繕ってた」

「安もん～」

ピアスを抓みあげて、小バカにした口調だった。でも、包みをあける手先はとても叮嚀だった。それどころか、ピアスを抓みあげた手が幽かに震えて見えたのは錯覚か。

「香苗さんと歩美だけお揃いの買ったと思ってたら、ちゃんと尋のぶんも買ってたよ」

尋は深紅のガラス玉？　がついたピアスをそっと両手で覆った。

「パセオ、行ったこと、ない」

「そうか。こんど、二人だけで行こうぜ」

「絶対だよ！」

「指切りな」

尋は黙りこんじゃった。感動してるのか。ひょいと目の奥を覗きこむと、笑ってる。

「あたしも指切りしたいとこですけど、省悟さん指ねーじゃん」

「ちゃんと右手出してるだろ！」

ふふふと笑って、尋はきつく小指を絡ませてきた。指切りしたまま、転がった。尋の膝枕だ。

「下槇ノ原で――」

「うん」

「わかっちゃってるのか？」

「うん」

「ごめん。相談もなしに」

「うん。いいの」

「おまえのお父さんお母さん、上槇ノ原で生まれたらよかったのにな」

「やめて。ゾッとする」

「だな」

「見えちゃったんだね？」

「見ちゃった。見えちゃった」

「ありがと。せいせいした」

「怺えられなくてね。耐えられなくて」

「――ずっと省悟さんと小指が絡まったままだったらいいな」

「心は、絡まってるよ」

「かっけぇ～」

「茶化すなよ」

「茶化さないと」

「なに？」

「泣いちゃいそうだから」

「生まれてから何回くらい泣いた？」

「三回くらい、かな」

「そんだけ泣けば、充分だ」

「だね」

夜がしんしん深くて、まったく物音がしない。だから尋の目から落ちた真珠が俺の頬でちいさく爆ぜた音が聴こえた。

＊

いよいよ冷え込んだ翌朝、凍りついた地面で転がらないようにペンギン歩きで出張所まで出向き、遅ればせながら高畑所長に報告した。俺様の優先順位は、当然ながら高畑所長よりも尋が上だからである。

ま、高畑所長はそんなことはまったく気にしないけどね。いつも通りティーバッグの緑茶を淹《い》れてくれたが、今日にかぎって阿闍梨餅《あじゃりもち》とかいう和菓子付きでございます。

「やってくれたねえ」

「やっちゃいました」

「主立った奴、撃ったのは上出来」

「お褒めにあずかりまして」

「見込んだだけある。まったく悩んでないもんね」

「悩むようなことじゃないっす。ただ、長老を撃たなかったのは、抜け作だなあって」

「私が止めたから」

「やっぱ」

「だって初恋の人だもん」

空白。真空。量子もつれ。イライジャ・ウッド。金平糖《こんぺいとう》ライチ味。

「——お暇《いとま》します」

「こら！」

「なんざんす？」

「まあ、いいや。これからもぶっ壊してね」

「除く、長老」

「いや、先々は」

「自分でやれば？」

「そうだね。それが一番だね」

俺はじっと高畑所長を見つめ、呟く。

「夜半獣降りきたるとき、唯一無二の徴は折れ欠けた左手二本の爪――」

「偶然、夜半獣の体裁が整ったね」

「――偶然、か」

「そう。偶然」

「追及は、ムダ？」

「ムダ」

「はい。諦めます。ただね」

「なに？」

「あれやこれや、自分の思いとは関係なく、うまく当てはめられていってしまっているようだな」

「気がする？」

「する」

「でも省悟、撃ちまくってるじゃない」

「普通、唆されたって、やんない？」

「やらないでしょう」

「やんないよね」

「やらない」

「うん」

合点がいったという情況には程遠いが、水掛け論になっちゃうのもわかってる。だいたい俺のこの異様な無感覚は、いったいなんなのだ？　人殺し、しまくってるんだぜ。そもそも、人間なんてそんなものなのか。よくわからん。戦争とか、撃っていいとなると、やっぱ撃ちまくるのが人間だよね。いや、俺、おかしい。でも、答えが出るようなことでもない。尋の両親を撃ったこと、そして当の尋の様子を手短に報告する。

もちろん高畑所長はすべてを知っている。それでも真顔で俺の言葉に耳を傾けた。

「将来的にはさ」

「なに？」

「省悟、尋と夫婦になるといいよ。似合いの夫婦だ」

「残念でした。俺の妻は香苗さんです」

「——省悟」

「なんだよ、あらたまって」

「いい男だね」

「いま気付いたんかよ」

「ふふふ。いろいろ、ありがとう」

「――茶柱のトリックは？」

「なんの話？」

「なんでもない」

茶碗の底に指を挿しいれ、茶柱を口にそっと入れる。舌を駆使してエロティック（自身前年比）に茶柱を弄《もてあそ》びながらヤナショウに行く。下槇ノ原からもどった夜、爺さんに話をつけて北村さんを泊めてもらったのだ。

高畑所長がなにも言わないということは、問答無用で北村さんが受け容れられたと勝手に解釈している。実際、昨日の今日なのに見事に溶けこんでる。真っ赤な前掛けをした北村さんが満面の笑みで近づいてきた。

「似合わね～。なにしてんですか」

「店員」

「ヤナショウの？」

「そ」

「雇ってもらったんだ？」

「そ」

「月給は？」

「知らん」

「爺さん、遊び好きだから、きっと気が合うね。店ほったらかして、いつもどっか消えてるじやん」

「俺はそう遊び好きでもないけどね」

「そうかなあ。なんか企んでる顔だ」

「わかっちゃう？　わかるもんだねえ。じつは今夜から狙撃手目指して、柳庄さんといっしょに山中に入る」

「凍死しないでね」

「鹿肉《しかにく》、食わしてやっからさ」

「痩せてんじゃねえの？」

「うん。でも木の皮とか食いまくって、食害《しょくがい》がひどいんだ。間引かないと」

「間引く——か」

「人間様の都合。やな言葉だよな」

「うん。俺なんて間引かれる側だからさ」

「お互い様だ。でも、ま、鹿肉ステーキ」

「いいね。って、食ったことねえけど」

「柳庄さんに言わせるとね、牛とかとちがって寝かせると不味《まず》いんだって。撃ったら、すぐ解体。すぐ調理。その場で即、腿焼いて食わしてやるからって。骨のついた腿、焚き火で焙《あぶ》るんだぜ。焦げてさ、脂なんか爆ぜちゃって。たまらんな」

「なんか、涎《よだれ》が出てきたぞ」

「省悟君も行くか」

「いやあ、ボクってアウトドアに向いてないんですよ」

「はいはい。せいぜいインドアで腰振り運動してなさい」

ケタケタ笑いあっていたら、爺さんが猟銃らしきものを肩にのっけて近づいてきた。

「これ北村君のライフル。レミントンのM七〇〇な。陸自から流れてきたもんだ。輸入価格六十一万だけど払い下げだから、お値段三万二千円。じつにお買い得。けど狙撃銃としては、なかなかだ」

　お買い得はいいが、払い下げって、自衛隊のライフルがなぜここに？　兵器だろ！　北村さんは委細構わず弄くりまわす。

「ボルトアクションてやつですね」

「そう遠くないって気がするけど、時機がきたら、下の奴らさ、これで狙撃するわけだ」

「とりあえず鹿でしょ」

「うん。鹿。しかし、鹿。しかも鹿。しかと鹿。しっかり鹿」

　ダジャレ？　は相手にせず、北村さんが首を傾げる。

「下の奴ら、本気で上槇ノ原に攻めてくる気なのかな」

「窮鼠猫《きゅうそねこ》を噛《か》むって言うだろ」

「うーん。なんか、抛っといてもじわじわ衰退して消えてくんじゃないかな」

　爺さんと北村さんの遣り取りを聞くともなしに聞きながら、俺も思う。わざわざ戦争しなくても、下槇ノ原はカサカサに乾いて崩壊しちゃうんじゃないだろうか。

「ねえ、柳庄さん。パクってきた公用車《パーカー》、塗り替えてヤナショウの車にしましょうよ。柳庄さんが凍結路で自転車漕いでんの、危なっかしくて見てらんねえよ。なんでヂーゼル二級整備士がチャリ漕いでんの？」

「免許、取り消されたから。すげー昔のことだけどさ、東京行ってさ、首都高ってのを面白可笑しく走ってたら、六十キロ制限のとこ百七十キロ出てたらしくてさ、一発取り消しだ。欠格二年だったかな。いまさら免許なんていらねえよお」

北村さんも俺も、はぁ？　という感じ。上槇ノ原、ナンバーが付いてない軽とか、平然と走ってます。速度違反なんて、ここなら誰も取り締まらねえじゃん。

「アホ。子供轢いたりしたら、おめえが責任とるか？」

「すっじちがい～」

おどけただけなのに、爺さん凄い目つきです。北村さんが執りなす。

「ま、俺が配達するからさ」

「いいねえ。さすがに俺もお届け物が億劫《おっくう》になってきてたんだわ。けど、白黒にカッティングシートでヤナショウって入れても、粋なんじゃないかな」

「やだよ～。白黒は」

「つまらんこだわりだ」

「いや、つまらんくない！」

「なら、自分で塗んだぞ」

「俺、そういうの得意なんだ。塗料、使っていい？」

「塗料なんてケチなことは言わん。この店のすべて、勝手に使え」

「なんで？　いいの？　なんで？」

「なんでもなにも北村は、ヤナショウの従業員じゃねえか」

「――わっかんねー。社長とか上司ってのはさ、自分の取り分抱えて絶対に離さないもんだよ。柳庄さん、どういう思考してんのか、わかんねー」

「おめえの言うことのほうがわかんねえよ。なんだ？　思考って。やだねー、おめえ、腹すかした身内が冷蔵庫開けてなんか食ってたら、怒るのか？　ケチくさく、絡むのか」

　北村さんは小さく肩をすくめた。俺はおかしさを怺えて、立ち去ることにする。北村さんが俺を一瞥した。瞳の奥が、ありがとうと囁いていた。

　巡査長は開口一番、吐き棄てた。

「北村の野郎、挨拶に来もしねえからね」

「爺さんが離さないみたいだよ。物好きにも今夜、シュラフとか背負って、爺さんと鹿狩りに行くみたいだ」

「鹿は一発でしとめてやらなければ」

「なに、それ？」

「ディア・ハンターの科白。映画」

「鹿狩りの映画？」

「ベトナム戦争」

「巡査長は物知りだね」

「まあな。知性があふれて止まらんのが玉に瑕だ」

「見たほうがいい？」

「うん。ロシアンルーレット」

「って、弾一発だけ入れて、ペストル、自分の頭にアレするやつ？」

「そう。本官の生まれる前の映画だけど、なかなかな映画だよ。おっかないよ。たまんないよ。省悟が見るとき、邪魔になるからよけいな解説はせんずり」

巡査長はいったん口を噤《つぐ》んだが、思い直したように付け加えた。

「人生なんてさ、じつはロシアンルーレットだよ。緩慢なるロシアンルーレット」

「ほんとに小平警察学校卒？」

「まあな」

巡査長はニヤリ、笑って、さらに付け加えた。

「下槇ノ原はさ、弾倉に五発くらい銃弾が入ってるロシアンルーレット。上槇ノ原は一発だけどさ、くたばる蓋然性《がいぜんせい》は似たようなもんだよ。人生、確率。残酷なもんですわ」

蓋然性ときたか。

「よーわかりまへんな」

「ならば貴君《きくん》もディアハンターに参加すべしだわ。本官も付き合ってやるから、鹿撃ちに出かけるべ」

もちろん顔面、歪みます。ずっと口ん中に入れてた茶柱、吐きましたからね。まぢかよ〜。なんでこんな凍える季節に雪山で野宿しなければならんのかね。

でも巡査長はすっかりその気、立ちあがると俺の臀を加減せずにブッ叩いてヤナショウに向かった。

「人撃ってもさ、省悟、なーんにも感慨ないじゃんか」

「うん。撃ったの、しょせん人ですし。自分でも呆れる投げ遣り人生。どーせ夜半獣ですから。捕まったら女々しく吠えて、死刑になりゃいいんでしょ」

「鹿はどうかな。二〇〇メートル程度の距離からさ、七・六二×五一ミリのNΛTO弾撃てば、胴体貫通するよ。抜けちゃうから即死しないもん。あの真っ黒な目がじっと省悟を見つめるわけ」

俺はほっぺなど掻いて、ごまかす。撃った鹿に見つめられたら、きついかも。って、なんのこっちゃ。

人、平気。

鹿、駄目。

俺って錯綜してるね。やっぱ変質者?

しかし妙に詳しいぞ、巡査長。七・ナントカ納豆弾だって。どうやら仕組まれてるな。俺、否応なしにディアハンター。

「爺さん～、鹿猟のライフル、見してくれません？」

「いいよー。腐るほどあっから。上槇ノ原全員武装は無理だけどな。三分の一は民兵《みんぺい》になれるわ」

なぜか壁にライフル計四丁、鎮座いたしております。すなわち俺たち全員の分じゃねえか。差しだされたライフルを一瞥して、巡査長がわざとらしい声をあげる。

「なんで自衛隊からこんな対人狙撃銃が入ってくるわけ？」

「ナ・イ・シ・ヨ」

見えみえだよ、出来レースというか、お芝居。馴れあってんじゃねえよ。けど、巡査長と爺さんは漫才を続ける。

「なーにが、ナ・イ・シ・ヨだよ。で、柳庄さん、鹿狩り、御同行させてください」

「巡査っしば、さっき俺のこと、爺さんて呼んだだろ」

「巡査長を巡査って言うのといっしょ」

「ま、いいか。確かに俺はジジイだ」

「けど、俺は巡査じゃねえから」

「細けえなあ。面倒くせえ奴だなあ」

「じゃ、こうしよう。いまこの瞬間から爺さんは俺のことを巡査長と呼ぶ。俺は柳庄さんと呼ぶ」

「どーでもいいがね。カッコウ整えるべ。馬子にも衣装だ。しかし省悟君、よく参加する気になったな」

わざとらしい。

「無理やりでございます」

「あ、無理やりね。それは最高だ。いやよいやよもいい農地ってね」

「いい農地？」

「やだなあ、夜半獣は。隠密ダジャレも見逃さねえんだからな」

まったく実のない下らない遣り取りです。今回はどうした？　ダジャレが多いぞ。行数稼ぎってやつですね。

ま、無駄口叩きあっているうちに、馬子にも衣装で、誤射を防ぐらしい目眩がしそうな鮮やかなオレンジ色、裏返すと雪に化けちゃう純白のゴアのリバーシブルのパーカーを着せられて、俄ハンターの出来上がりです。こんな派手な蛍光オレンジ着てりゃ、まず鹿に間違われることはねーやな。

裏の犬舎に行くと、五頭いる犬共が気配を察して口から泡ぶく爆ぜさせて大騒ぎ。でも爺さんが『カッ』って痰を吐くような声をあげたとたんに、鎮まった。全頭、選りすぐりの雑種だそうです。見てくれがイマイチなとこも含めてなんか親近感、湧くね。

西日がやや低くなってきたころ、パカッと開けっぱなしのトランクに二頭の猟犬を乗せてパトカーで鹿狩りにでるというのも乙なもの、じゃねえ、奇妙だが、冬タイヤ履いてるのと、凍結した上にたっぷり雪が積もっているのとで、手入れの行き届いた御厨山林道をなんの問題もなく踏破《とうは》、整備のために太陽光パネル脇に設えた道を上っていく。パネルに雪が積もってないのが不思議だ。

「西がな、大彦岳の地熱発電の余剰蒸気を湯にしてパネルにぶっかける仕組みを拵えたんだわ。地熱流体《ちねつりゅうたい》、わかっか？」

「わっかりませ～ん」

パネルが設置されている最頂点までパトカーで登って、そこから先は白い息をたなびかせて徒歩だ。

かんじきを履かされ、がに股で歩く練習をさせられた。登り大股、下りチョコチョコと爺さんが言う。うるせえよ、幾度転べば許してもらえるんだよ！

風力発電の脇を抜けると、大気を切り裂くヒュンヒュン危ない音がする。野鳥がいっぱい死んでいる。轢断《れきだん》されたものもある。

そこから先は、樹木のあいだを下っていくのだが、下るということは、帰るときは登らなければならないわけで、もう、うんざりです。はしゃいでいる犬たちを見れば、さらにうんざり、嫌気が差してくる。

なだらかな部分にでた。ここが上槇ノ原村営射撃練習場だという。村営？　追及はせんずり。爺さんと巡査長は撃ち慣れているという。やっぱ仕組んでやがった。初心者の北村さんと俺はライフルの強制レッスンだ。

立ったり、片膝ついたり、四十八手は嘘だけど、いろんな恰好で撃たされた。固定倍率十倍とやらの引き伸ばされたヒョウタンみたいな恰好した照準器《スコープ》を覗いて、彼方の木の幹を撃つ。銃弾はなんと長さ七センチほどもあり、先っちょが険悪に尖ってる。有効射程が八百メートルってんだから、拳銃とはまったく別物だ。朱色のゴアテックスの下に分厚いダウンを着ているからいいようなものの、Tシャツなんかだったら肩というか胸に青痣ができてるだろうな。

でも俺って才能あるのかな、六百メートルほど先の的は百発百中、ブナの木には迷惑だけど、幹に開いた穴をどんどん大きくしてくことができる。拳銃の弾とは段違いの強烈な発射音に、ときどき小さな雪崩《なだれ》が起きるけれど、密生した原生林に阻まれて、雪が俺たちのほうにまでくることはない。周囲をころころ丸まった雪玉が抜けていくばかりだ。

スコープを覗いていた爺さんが、囁いた。――左の根方、ウサギが着弾に硬直して動けないでいる。

「わかんない」

「白に白だからな。目を凝らせ」

目をしばたたいて、集中する。目玉の上を流れる涙で視界が歪む。あ、冬のウサギって真っ白だけど、目は黒いのね、撃ちます、撃った、ありゃま、頭なくなっちゃった――すべては照準器内の出来事です。

爺さんが犬を一頭放った。ちゃんと首の失せたウサギを持ち帰った。即座に尻の臭腺《しゅうせん》とやらを抉り落として、腸は犬たちに平等に分けた。

巡査長が空に視線を投げた。すっかり藍色が拡がって夜の気配だ。よくもこんな薄暗くてウサギなんか見えるよな、と独り言した。

「だいたい見えたって、当たらねえよ」

爺さんが受け、付け加えた。

「なんだかんだいっても夜半獣だからな。剣呑、剣呑」

なーに吐かしてやがる。白に白の保護色のウサギみっけたのは、爺さんじゃねえか。いつも老眼でしょぼしょぼ目をしばたたいてるのは、擬態か。

射撃成績いまいちの北村さんは、射撃はスポーツ、勝ち負けにはこだわりませんとか負け惜しみ言って、カロリーメイトを囓っている。夜半獣ことわたくしも、一本もらった。並んでボリボリ。温度が低いので、しっとりしてるのが凍っちゃってる。北村さんが屈託のない声をあげる。

「俺さ、チーズ味苦手だったんだけどさ、こういうとこじゃ、すっげー旨えな」

「うん！　最高。濃厚なアイスクリーム食ってるみてえ」

「しかし省悟君、百発百中じゃん」

「自分でも唖然呆然慄然《あぜんぼうぜんりつぜん》」

爺さんが割り込む。

「夜半獣だからな」

「柳庄さん、うるさいよ」

「年上に対してうるさいはないだろ」

「だって、『夜半獣だからな』ばっか言ってるじゃねーか。決めつけ禁止！」

巡査長が原生林を指差した。尾根筋《おねすじ》近くまで引きかえす、つまり登るという。完全に暗くなると面倒だから、とっとと歩けと軍隊の上官みてえな口調で言う。ライフルとザックと頭のないウサギを担いで、登りはじめる。ウサギさん、ごめんなさい。なんでだ？　なんで俺は気が咎めてる？　爺さんが呟く。

「絶対にやっちゃいけないのは、沢筋にでることな。岩がゴロゴロしてるだろ。そこに雪が被さってっから、自然天然の落とし穴。踏み抜くと岩にはさまれ、おお大変」

ウサギから気が逸れるので、即座に迎合。

「で、尾根の方へ？」

「ん。といって木のねえ尾根筋は、こんどは雪庇《せっぴ》を踏み抜いて落下。だからなるべく木が密生してるとこを行くわけだ」

いまになって射撃練習したあたり、幽かにさわさわ水音がしていたことに思い至る。と、爺さんが手で皆を制した。俺の耳に唇寄せてきた。こんなに冷えるのに、口臭、きついんですけど〜。

「大物だ。右手上方、時計の針、省悟君はアホだからあえて付け加えるけどさ、短針で二時半くらいだからね」

「あのね」

「やかましい。グダついてる暇はねえ。四百メートル程度だ。ブナに囲まれてっけど、幹のあいだを一直線、パズルみてえなもんだから。夜半獣の沽券《こけん》にかけて絶対斃《たお》せ」

なにが沽券にかけてだよ。そんな言い方するかよ。ムカつくぜ。けど委細構わず、ぐいと背を押された。雪の上に腹這いになった。爺さんが犬を抑える。巡査長がライフルに素早く金属の二本脚をつけてくれた。

あの……俺……いまだに……獲物がどこにいるのか……わかんないんですけど……。

だいたいウサギんときもだけど、爺さんの目は、どーなってんだよ！

しようがないから爺さんの言うとおり、パズルと割り切って、スコープで四百メートルほどと見切りを付けて、二時半二時半と念じて幹と幹のあいだの直線を探す。ったく、こんな有様の俺様のどこが夜半獣様なんだよ。

あ！

樺《かば》の木の皮食ってる。

唇まくれあがって、ごつい歯剝きだし！　旺盛です。食いまくりだ。

すっげー角。三段、四段？　ま、いいや、でけえ！　とにかく夜飯。

即座に撃つ。

二本脚が雪に食いこんでいるせいか、ライフルはほとんど反動でぶれなかった。

なかば暮れて見透しのきかなくなった彼方で、巨体がどうと倒れた。

あがった雪煙が、薄暗がりでキラキラ悪目立ちした。

思わず匍匐《ほふく》前進した。

巡査長に臀を蹴られた。

「アホ？」

「ま、多少は」

「とっとと起きやがれ。あれくらい大物だと弾が抜けてても、逃げる可能性がある」

爺さんと北村さんはとっくに犬共と走っている。ゼーゼーいいながら斜面を登り、獲物の前に立った。

血の流れからすると、どうやら首筋を撃ち抜いたようだ。まだ、動いている。ひくひくって、動いてる。

その真っ黒な目が、俺を見ている。黒くてすこし濁ったガラス玉だ。涙があふれ、濡れている。一瞬、白目がちになった。けれど、ふたたび俺を見つめた。

もともと青黒いのか撃たれたせいなのか、はみでた舌が凄い冥《くら》い色だ。息が白いので呼吸が目でわかる。徐々に間遠になっていく。ときおり四肢を痙攣させる。爺さんがぼそりと言った。

「胴のまわりの雪、見てみ。ダニとかがいっせいに逃げだしてくの、わかるべ」

「寿命だから？　鹿が死ぬから？」

「そういうこと。ダニとかだって、行き場がねえけどね。雪の季節じゃなけりゃ、また寄生もできるんだけどな」

微細な茶褐色が放射状に拡がっていく。見棄てられた命。凄い光景だった。俺がやったんだよな、俺が撃ったんだ。巡査長が、肩をポンと叩いてきた。

「よくやった。今夜はちっこいウサギさん、みんなで仲良く譲り合いなんかして分けんのかよーって落ち込みぎみだったんだわ～。凄《すげ》え大物だぞ。九十キロくらいありそうだぜ。部屋に四段角飾れよ」

「──俺、そういう趣味ないから」

爺さんの指導で北村さんが鹿の気道を裂いて、さらに大静脈も切開して血を流す。犬たちが雪に沁みた血を、かき氷食うみたいに貪っている。首を切開したら、こんどは臀のほうから腹にナイフを入れていく。内臓の臭いに、いよいよ犬共が落ち着きをなくす。内側からの圧力からか、ぶわりと臓物が流れ落ちた。北村さんが、爺さんに叱られた。どうやら切ってはいけない膜を切ってしまったようだ。それでも懐中電灯の光の中、巡査長も参加して解体は順調に進み、鹿は皮を剝がれて肋骨《ろっこつ》も露わな四肢のついた巨大な空洞になった。色彩的には骨と脂と肉の白赤競演だ。

「ねえ、なんで俺だけ見物？」

「絶対にドジるから。貴君が参加すっと、せっかくのお肉が台なしになるから」

「クソッ！」

「そのとおり。素人が雑に捌《さば》くと大腸とか切って、その内容物、すなわちウ・ン・コをぶちまけるのが関の山。北村は初めてにしてはうまくやったよ」

おちょくるだけおちょくると巡査長がザックに括りつけてきた携帯用のスコップを取りだし

た。俺にLEDのヘッドライトで照らすように命じて、ケヤキの巨木の根方の雪を掘る。

「なにやってんの?」

「今夜の寝床」

はあ、としか言いようがない。巡査長は二人並んで座れるくらいの縦穴を掘り、スコップを北村さんに渡した。北村さんは爺さんの指図で、やはりすこし離れた巨木の根元を掘らされた。それからようやく焚き火だ。巡査長が集めた小枝に細長い罐《かん》のライターの油をチューチューかけて火を付ける。こんぐらい冷えるとガスは気化しねえから使いもんにならんのよ~と、オイルライターを得意げに示す。すぐに盛大な焔が背伸びするように立ちあがり、見計らったように、爺さんがナイフを振るって雑に鹿の太腿を切り落とす。犬たちは臓物をもらって、とっくに飽食して雪の上で伸びている。ただし肝臓やら、その他よくわからない臓物の一部は人間様用らしく、でかいジップロックに取り分けてある。

あったけ~。たまらんな、焔。車座になって皆、無言だ。

爺さんが木の枝に刺して軽く焙った肝臓を差しだしてくれた。あちち——と剽軽《ひょうきん》な声をあげながら口にすると、見事なレア、要は半生に近い生。一気に鉄錆臭い血の味が拡がって、オエッとなった。でも吐きだしたりしたら恰好悪い。意地になって嚙み締める。そうしたら、なんか甘くなってきた。じわりと甘い。ねっとり甘い。

「どした?」

「あまりに旨くて」

「涙ぐむようなことか」

「これは煙が目に沁みてるの！」

「腎臓、食うか。小便臭いのがたまらんぞ」

「戴きます」

「ま、肉食うなら豚か牛か鶏だよな。イノシシも悪くねえけどな」

「また、身も蓋もない。懸命に旨がってるのに」

「でも事実だべ。鹿なんてゲテモノだよ。槇ノ原短角牛のほうが一億倍旨いって。牛豚は有史以前からどんだけ品種改良重ねてきたか考えてみ。もし鹿肉が基本、旨くてたまらんなら、依里ちゃんだって牛なんか育てずに、鹿牧場やってるよ」

「依里ちゃん。まだ会ってない」

爺さんが目を細める。

「好《い》い女だぞ〜。まず、チンコにくる」

「きますか」

「くるな。一目勃《ひとめだ》ちってやつだわ」

「やらしてもらえるかな」

「巡査と兄弟になれるぞ〜」

爺さんに言いなおせとも言わず、巡査長が呟く。

「依里ちゃん、妊娠しないんだよね。すっげー子供慾しがってる。省悟、一皮脱げ」

俺は小便臭い腎臓をコリコリ嚙みながら、小さく頷く。

「なんで俺が仮性包茎《かせいほうけい》って、知ってんの」

「そりゃあ、顔つき見ればわかるよ。絵に描いたような被《かむ》りやさん」

湿気た薪がパシッと爆ぜ、巡査長のデコあたりを直撃した。ざまあみろ。

北村さんは遣り取りに耳を傾けながら、静かに笑っている。酒が強いらしく角瓶持参でラッパ飲みだ。目が合った。爺さんのアドバイスでもってきたプラのコップに注いでもらう。キャンプ用の金属コップは、低温だと唇が貼りついちゃうそうだ。とてもラッパ飲みはできないけど、乾杯。

なんだよ、寒いと旨いね！　ウイスキー。見なおしました。

爺さんが焰の中にかざしていた太腿の肉を切り分けてくれた。さっきから焦げたいい匂いがして、腹がキュッてなってたのよ。モツの前菜から、メインのステーキへ。素敵（すて〜き）。やれやれ爺さんのダジャレが乗り移ってます。鬱陶しいね。すいません。

赤身肉。北村さんはヤナショウで脂が溶けてとか言って俺を唆したけど、まさに溶けて焚き火に落ちて燃料と化してしまい、筋肉そのまんまって感じ。硬いです。強烈な筋というか、白銀色の腱が前歯からグイーッて伸びてきます。爺さんは生木の枝に巻きつけて、焚き火に焙ってとことん食うつもりらしいけど、俺は肉を刮げて火の中に棄てます。しぶといね、腱。なかなか燃えない。とにかく歯の悪い奴には歯が立たないだろうな。そりゃそうだ、雪ん中跳ねまわって木の皮食ってた野生の牡《おす》の鹿だもんな。高カロリー与えられてる牛みてえに霜降るはずがねえ。

「寝かせば柔くなるけど、半腐れ。当然臭くなる。俺は臭いなら、硬い方をとるよ。なんか洋風のタレで誤魔化して、臭《くせ》え肉食って喜んでる奴もいるみてえだな」

「ジビエって言うんだよ。変質者だね」

「やっぱ、変質者か。あとさ、グルメ番組でよ、霜降り食ってさ、柔らかい〜、口ん中で溶ける〜とか言ってるリポーター？」

「そ。リポーター」

「リポーターに、これ食わしてやりてえよ。どう褒めるのかな。大変だぞ。褒めようねえもんな。省悟みてえに口からだらーんて腱たらして途方に暮れるぞ」

爺さんは腐《くさ》すけど、巡査長も北村さんもほぼ無言で貪り食ってる。アジシオ、パラパラ降りかけただけの肉。いやあ、アジシオ、最高。爺さん、グルメだわ。なんか鹿肉に足りない旨味をアジシオが見事に補って、最高です。

「猟師の知慧《ちえ》なんだわ。アジシオってのは、コーティングちゅうのか？　グルタミン酸だっけ？　とにかく、なんかで覆った塩だからさ、持ち歩いても湿気ないんだわ。いつだってパーラパラ。山ん中でさ、なーんも獲物がないときに湿ったただの塩舐めてっと、その苦みに悲しくなるけどさ、アジシオなら、お吸い物飲んでるような気になれるしな」

頬笑みが止まらない。巡査長が大腿骨にむしゃぶりついて、雑に食い尽くして犬に投げてやった。お犬様は、おざなりに牙を立てる。犬も人も腹一杯だ。

頭が吹っ飛んだウサギは、首に先端を尖らせた木を突き刺して、山の神かな？　とにかく捧げ物というか、お供えだ。もし鹿が獲れなかったら、この小さなウサギをみんなで分けて食べて寝たわけで、素敵なダイエットになっただろうな。

「山の神じゃねえぞ。夜半獣だ」

「ふーん」

「巡査やおめえや尋や所長に捧げてんだ」

「柳庄さん、本官は関係ねえからさ」

「けど、おめえ、赴任してきたときから、ルービックやってただけじゃねえか」

「やってると、夜半獣になっちゃうのか？」

「うん」

「なにが、うんだよ。省悟なんか、ルービックもまともにいじくれねえんだぜ。六面合わせんのに十幾年かかったそうだよ」

十幾年もなにも、触ったことさえありません。遠慮気味に割り込む。

「なんか、話がずれてませんか」

無視された。

「ま、巡査は」

「巡査長！」

「ん。巡査は生霊から抜きにしといてやるけどさ、夜半獣の生霊にウサギを食わす」

巡査長は舌打ちして、歯のあいだにはさまった肉を刮げている。

「いきりょうって、生霊？」

「そ」

「なんか呪いの世界だ」

「省悟なんか、一番世界を呪ってるべ」

「俺は呪ってんじゃなくて、諦めてたの」

「それって、呪いの最上級だわ」

返す言葉がない。

「夜半獣ってのは御目出度《おめでて》えもんじゃねえ。禍々《まがまが》しいものなんだ。首のないウサギは、夜半獣の捧げ物として為来《しきた》りどおりだ」

目出度いもんじゃない。

ほんと、返す言葉がない。

納得できないが、返せない。口真一文字です。焰が凋《しぼ》んでいった。雪が落ちてきた。なんだか針のように尖った雪だ。

「明日の狩りに備えて寝るべえ」

「素朴な質問」

「なに」

「まだ鹿の胴体がこんなに残ってんのに、新しい獲物なんて、持ち運べないでしょ」

「そりゃ、そうだ」

爺さんは雑に肯定して、よっこらせと立ちあがると、ゴアテックスのカバーをかけたシュラフに片足を突っこんで、白黒ブチのほうの犬を呼ぶと、雪洞に入ってしまった。

あわせて北村さんも立ちあがり、おやすみと呟くように言って、雪洞に入った。中で爺さんに、こんなせまい中でシュラフに軀入れられるわけねえだろ、と叱られている。悪戦苦闘、なんとか収まったみたいだ。

笑いを怺えながら見守っていると、誰の手かよくわからないが、手際よく穴の入り口がブルーシートでふさがれた。

巡査長は、北村さんがほとんど一人で飲みほしたウイスキーの空き瓶で熾《おき》を叩き潰し、雪をかぶせて完全に消火した。おもむろに夜空を見あげる。

「積もらねえな。けど、こりゃあ冷えるぞ」

俺は夜半獣の生霊らしいけど、天気のことは皆目《かいもく》わからんなあ〜。それよりも鹿肉大量を放置しておいていいのだろうか。

「熊は冬眠中だ」

「あ、そうか」

「べつに食われてもいいし」

「キツネやタヌキ?」

「そんなとこ」

巡査長は茶色い巻き尾の犬の臀を叩いた。待ってましたという感じで、犬は雪洞に飛びこんだ。俺は巡査長の指図で雪洞間近でシュラフに下半身を入れ、そのまま雪洞の中に落っこちた。下敷きになりかけた犬が、きゃんと可愛く鳴いた。と、こんどは巡査長が落ちてきて、また、きゃう〜んと鳴いた。

「あのさ」

「なに」

「まるで木折の屍体みたいだけど」

「いや、あのゴミ袋よりもせまいだろ。膝を抱えないと寝られないよ」

「寝るってさ、横になることじゃん」

「いいよお、穴からでて、雪の上に横になれば？」

「やな感じ」

「俺だって耐えてんだよ。なにが悲しゅうて省悟と密着して眠らねえとならねえんだよ」

諦めてケヤキの幹に背をあずけると、巡査長がブルーシートで天井をふさいだ。行き場のない犬がごそごそ動いて、俺と巡査長の立てた膝小僧の上で器用に丸まった。犬って、人より体温が高いのかな。獣臭いけど、とても温かい。

膝を抱く恰好を強いられているのに、眠気が襲った。微睡《まどろ》んだ。ライフルの弾が雪の斜面ぎりぎりに、平行に突き抜けていき、雪煙をあげながら牡鹿の首に吸いこまれていくのが見え、次の瞬間、すっと眠りに墜ちた。

視線を感じた。

凝視してるというよりも、力なく見あげている。

黒い。白目はほとんどない。丸い。濡らした石炭みたいな色だ。それがときおり翳《かげ》りつつも、俺を見つめている。

見るな！

おまえは、もう死んだんだ。

俺に食われたんだ。

雪洞で膝を抱えている俺の、さらにその下から、鹿の目が俺を見ている。

濡れている。滴るほどではないけれど、涙が眼球を覆っている。

見るな！

頼む。見るな。

爺さんが撃てって言ったんだよ。

俺は命令に従っただけだ。

わかったよ。謝るよ。

ごめん。ごめんな。ごめんなさい。

頼む。もう見ないでくれ。

見るな。

見るな。

見るな。

見るな。

見るな。

見るな。

見るな。

見るな。

見るな。

見るな。

見るな。

見るな！


揺りおこされた。

魘《うな》されていたのだろう、俺はまともに息ができず、ぎこちなく痙攣していた。全身が厭な汗で濡れていた。

巡査長が肩に手をまわしてきた。ぐいと引き寄せて、俺を胸に抱きこんだ。頭を撫でてくれた。子供扱いだ。

「目が――」

「わかってる。見てたんだろ」

「そう。俺を見てた」

「省悟さ、やっぱ夜半獣なんだわ」

「わかんねえよ、そんなの」

「だって、人撃ってヘラヘラ、鹿撃って罪悪感」

「俺、頭変なんだね」

「まあな。人じゃなくて夜半獣だから」

「だから、わかんねえって言ってるじゃん」

「だって理解するようなもんじゃねえし」

「否応なしに夜半獣？」

「そ。否応なしに夜半獣」

巡査長の指先がやさしく地肌をさぐる。顔が近づいて、無精髭が刺さった。唇が耳朶《じだ》を擽《くすぐ》る。囁き声。

「鹿は一発でしとめてやらなければ」

「俺、できてた？」

「最高。見事。技術とかじゃなくてさ、それができちゃってた。ぶっちゃけ、省悟本体はまともにペストルなんか撃てねえよ。北村以下だ」

「ちっ。そんなことだと思ってたよ」

「――ロシアンルーレットってさ」

「うん」

「確率六分の一」

「俺なんか、真っ先に頭撃ち抜いちゃう大当たりタイプだ」

「まあな」

「まあなじゃねえよ！」

「少し元気、でてきたね」

「まあな」

「ははは。これだけは言っとくから。いいか省悟。相手が人でも鹿でも、もし省悟の立場が上なら、ロシアンルーレットを強いるのは最悪だ」

「鹿は一発でしとめてやらなければ、だね」

「うん。俺たち、必ず死ぬ。いつ死ぬかはわからねえ。明日、雪庇踏み抜いて崖下に転落して首折って死ぬかもしれない。交通事故もあれば、病気もある。とにかく死ぬ。いつか死ぬ。それって、一発だけ装塡して蟀谷《こめかみ》にあてがった銃の弾倉がカラカラ気まぐれにまわってるようなもんだよ。しかも引き金を引くのは、自分じゃないからね」

「誰が、引く？」

「さあな。神様とは言いたくない。運命とも言いたくない。俺や省悟よりも立場が上の何ものか。あるいは、ほんとは自分で引いてるのかもね」

「――俺たちはロシアンルーレット、押しつけられてんだね」

「うん。だからこそ」

「鹿は一発でしとめてやらなければ」

「そういうこと」

「わかったよ。鹿もべつに怨みがましい目で見てはいなかった」

「ん。じゃ、寝ようか」

「――また夢見たら」

「俺がギューしてやるよ」

「――気持ち悪いけど、お願いします」

「このまま抱いててやるからさ、寝な」

「はい」

「犬っころも心配そうだぞ」

「巡査長が言ったとたんに舐めまくりだ」

「愛されてるね」

「どこが」

「おやすみ」

22

目覚めた。なにごともなく、目が覚めた。巡査長は狭苦しい雪洞の中で軀をよじって俺を抱いていてくれた。なのに汗臭く垢臭く男臭いので、目が覚めたとたんに、早く放してくれないかなと切に願った。

暑いとは言わない。でも意外なほどに温かいのだ。不思議だ、雪洞って。もっとも爺さんが用意してくれたシュラフの性能もすばらしいんだろうな。このシュラフにゴアのカバーがあれば、どこでだって寝られるな。寝たくないけどね。

俺はやっぱ屋根の下がいいや。香苗さんの膝枕。そんなことをぼんやり思っていたら、いきなりブルーシートが引き剥がされた。爺さんの顔が覗いた。

「起きやがれ。今日は狩りの本番だ」

本番？　ぜんぜんわっかりませーん。老人は朝が早《は》ええな。鹿はここに放置していくのかな。

巡査長がパーカーの袖口に目脂をなすりつけながら、雑に火を熾《おこ》した。カチコチに凍った鹿を鉈でぶち切って、焙る。

「あれ――」

「どした」

「ウサギが消えた」

首に突き刺した枝だけが、残されていた。雪の上に抛りだした鹿肉食い放題なのに。枝の長さは一メートル半ほどもあるのに。枝は倒れていないし。

北村さんと俺は顔を見合わせたが、爺さんと巡査長は知らん顔だ。見たくもねえと言い交わしながら、鹿肉を囓ってる。俺もあれこれ追及する気をなくして、牛でいえば骨付きカルビに相当するのかな、意外と美味しく戴いた。

犬たちの大小便を終えさせて、撤収だ。雪洞は万が一のときのためにそのままにしていくという。爺さんが命じた。

「今日は雪に化けるぞ。パーカーを裏返せ」

雪に化ける？　皆目見当も付かないが、素直に蛍光オレンジを引っ繰り返して、純白になった。ザックとライフルを背負って、真っ白けが移動する。

木々のあいだから朝の陽射しが射しはじめたころ、ポッケにサングラスが入っているからかけろと命じられた。今日の爺さんは、指揮官気取りだ。いつもなら茶化す巡査長が、静かに従っているので、俺もよけいなことを言うのは控える。

爺さんは斜面を軽々登っていく。尾根筋にでると、委細構わず斜面を下っていく。小さな雪崩が追いかけてくるが、どうやら積雪の具合その他から安全と判断しているようだ。

「省悟が泣き入れそうだから、最短距離をとってやってんだよ」

「それはそれは、御迷惑おかけします」

拗《す》ねた口答えをしようと思っても、なかば落下するように斜面を下るので、下手したら滑落です。余裕というものが欠片もない。雪煙が立ち昇り、純白の兵隊さんたちの姿が間近でもよく見えない。

せいぜい十五分ほど下ったあたりで、黒々とした岩が幾つも雪から突き出ている平場にでた。谷底に原子力発電所が！　というのは嘘だけど、欧米の原発に似た巨大煙突状の構造物がある。地熱発電所だ。盛んに蒸気を噴きあげている。爺さんが我がことのように得意げに説明する。

「温泉湧出候補地だったんだけど、ボーリングかましたら、とんでもない勢いで蒸気が噴き出してね。地の底じゃ、三百度以上あるらしいよ。ドライスチームってやつだ。高畑所長は凄いよ。先を見越して、紐付きになんのを避けるために自治体に頼らずに、これを拵えちまった。大借金したけどね」

「返せた？」

「うん。高畑所長のやってるのって、投資って言うのかね。俺に言わせりゃ、透視《とうし》だわ」

「どんくらい儲かってるのかな」

「貧乏のふりした超裕福。もっとも、地熱発電所って、見てくれはアレだけど、しょせんは蒸気煙突。建設費とか、そんなにかかんないから」

頬がしっとり湿って温かい。

「煙突からでた蒸気が上昇してちょうどこのあたりでぶつかるから岩が露出だわ。出力二万五千キロワット。上槇ノ原の基幹エネルギー。無人なんだぜ」

「無人？」

「出張所の隣の小さなプレハブから遠隔操作してんの」

「はぁ～。燃料費がかかるわけでもねえし、人件費もかからねえと。で、なんで、ここにきたの？　自慢するため？」

「ま、おいおいわかるから。北村、カロリーメイト配れ」

双眼鏡を覗いていた巡査長が舌打ちした。

「──爺さん、和んでる暇ねえや」

「なに、もう？」

「うん。来やがった」

谷間を見やれば、肉眼でもわかる。俺たちとちがって真っ白けじゃないから、ダニが一列縦隊で進軍してくる。

「十七人」

「また、揃えたなあ」

「起死回生ってやつだな」

どうやら福島県側から大きく迂回して、谷筋を伝ってやってきたらしい。

「道はねえんだ。登山道もない。檜枝岐《ひのえまた》あたりから素人の発想で沢伝いにやってきて、もう落ちて幾人か死んでんじゃねえかな」

カロリーメイトの黄色い箱を手にした北村さんの頬に、緊張が疾っている。

爺さんと巡査長が膝をつき、ホッカイロで覆った弾倉を十ほども取りだし、ランダムに銃弾を幾つか取り外し、凍りついていないかを確認した。

巡査長が俺のライフルに弾倉を取り付けてくれた。薬莢はボルトを引かなければ排出できないが、これで五連射できるわけだ。さらに鹿を撃ったときと同じ二本脚を取り付けてくれた。バイポッドというらしい。

「さ、猟の本番だ」

「奴ら、発電所を？」

「そう。無人だし、手っ取り早い。とにかく爆破しちまえば上槇ノ原にとって損害大」

「なるほど、起死回生だ」

「いま、電力断たれると、ハッパの生育上ちょい痛い。太陽光や風車じゃ追いつかねえからな。奴らもなんで上槇ノ原はやたら電気に固執してんだろって怪訝に思ってたんだろ。集落の電灯つけるには、あまりに多すぎる電力だからな」

「で、とにかく二万五千キロワットを爆破しちまえって」

「そーゆーこと」

スコープを覗いて、報告する。

「柳庄さん、奴らもライフル担いでるよ」

「痛いよねえ。三八式歩兵銃。明治の銃。帝国陸軍は大戦中も使ってたから、下にもストックがあったってわけだ」

「時代後れ？」

「俺らのは有効射程八百メートル。あちらさんは四百六十メートル。こっちの初速は一秒に八百七十メートルほど。あっちは」

「あっちは？」

「忘れた。推して知るべし。それに」

「それに？」

「こっちは七百メートルほど離れた高場から撃つ。上から撃つ。やつらは射程の短い三八で下から引力に逆らって撃つ。省悟君。よく見てみ。奴ら、スコープも付いてねえんじゃねえか」

「あ、ほんと、潔い三八軍団です」

「じゃ、そろそろ、おっぱじめっか」

巡査長がポンと肩を叩いてきた。

「基本、省悟にまかせてるから。撃ちたいだけ撃て」

「俺かよ～」

「鹿は一発でしとめてやらなければ」

「――うん」

スコープを覗く。先頭ではなく、一番最後の男に狙いを付ける。即座に引き金を引く。同時に巡査長が撃った。爺さんも撃った。北村さんがやや遅れて撃った。

V字型の峡谷に射撃音が木霊《こだま》する。そのせいで無数の狙撃手がいると錯覚したらしく、下槙ノ原の兵隊たちは周章狼狽《しゅうしょうろうばい》、右往左往して、あちこちに無駄弾を放つ。中にはわざわざ俺たちの方に登ってくる者さえあった。

鹿は一発でしとめてやる。ウサギとちがって黒っぽい服を着ているので申し訳ないが狙いが付けやすい。俺が弾倉を二つ空にしたときには、すべて終わっていた。

「省悟君、全弾命中。さすが夜半獣」

爺さんが褒めてくれた。もう夜半獣と呼ばれても、なにも感じない。それよりも撃っているさなかから心に引っかかっていた懸案事項を訴える。

「――あちこちに転がったあいつら、全員後始末するの？」

「放置はまずいべ。蒸気バルブ開けて、ドライの三百度吹きつけて肉を骨から外して、細かくする。そんな顔すんなよ。テンプラ揚げる倍くらいの温度なんだからよ、面白いように骨から肉が剝がれてくよ」

十七人だぞ。実際にやったこと、あんのかよ～。俺は溜息を呑みこんで、皆を追って斜面を下った。いまごろになって雪の反射のせいで、目がクラクラしてきた。空が青い。

23

終わる命もあれば、新しく生まれる命もある。はい。しみじみしてるんです。上槇ノ原の五月は草木も萌えて、まさに風薫る。って俺の科白じゃないね。でも、そんな感じなんだよ〜。

妊娠三十一週、第八月、香苗さんのお腹は妊婦丸だし、まん丸になってきた。素敵な曲線だ。

胎児の身長は四十センチくらいだという。三十センチの定規よりも長いものが腹の中にいる。

凄い！

あと二月弱、第十月、誕生月になると身長五十センチになるという。本音で、俺のようなアホタンには何がなにやら〜。

命。

想像の埒外《らちがい》です。

どうやら下槇ノ原の地熱発電所壊滅のための遠征隊、俺たちに撃たれた十七人だけでなく、爺さんの言っていたとおり沢に落ちて死んだ者が三人、計二十人全滅ということで、さすがに新たな攻撃を仕掛けてくる気配はない。春になっても鳴りを潜めている。

香苗さんのお腹にぴたり顔を押しつけて、俺の赤ん坊の様子を窺う。歩美によると『ぽこぽこ』いうとのことだけれど、鈍感な俺、なーんにもわかりません。

「ちょいお腹が冷たいのが心配だ」

「心配いらないよ。先生がいうにはね、超順調だって。男女もわかってるけど、教えてやらないって」

「知りたくねえ。生まれてからわかるのがいちばんでしょ」

「だよねー」

香苗さんは赤ん坊の心臓が写っているらしい茶褐色のエコー画像を示して、心拍がどうのこうの——とか言うのだが、ぜんぜんわからない。

「五体満足なら、どんなバカでもいいし」

「そりゃないよ。省悟君の子供だから」

「バカ？」

「ふふふ。うん」

「うん、じゃねえだろ」

すこし黒ずんできた下腹と、妊娠線《にんしんせん》。香苗さんは気にしてるけど、俺にとっては母になる女の勲章《くんしょう》だ。

子宮が胃を押しあげるので、すっかり食が細くなってきてしまった香苗さんだ。レディーボーデンのチョコレートが食べたいというので、キンキラアルミの保冷バッグをもって外にでた。玄関をでると、年季の入った御宿蘖埜の黒ずんだ軒に巣をつくったツバメが複雑な弧を描いて飛んでいった。その飛翔した先が出張所の方向だった。なんとなく従った。高畑所長と向かいあって茶を啜る。茶柱を摘まみだす。

「静かで気が抜けちゃってる」

「嵐の前の静けさだよ」

「やっぱ」

「うん。負け戦とわかってても、引きかえせないのが人間だもの」

「人間だもの、か」

「そう。人間だもの」

「やれやれだね。全面降伏しろって迫ってるわけじゃねえじゃん。上と仲良くすれば、下槇ノ原だってうまくまわってくと思うんだけどな」

「理屈が通じるなら、世の中、とっくに天国だよ」

「だね。みんな理屈が大好きで、理屈が大嫌い」

自らを省みて、付け加える。

「自分の理屈は金ぴかの宝物でさ、他人の理屈は汚物だもんな。人間だもの」

「ははは。感情って厄介だね」

「笑って仰ることですか」

「では、理屈のほうを。ねえ、省悟。ステーブルコイン、どうだろ？」

「無国籍通貨？　だっけ。よくわかんない」

「マネーロンダリング」

「あー、すっげー悪の組織っぽい」

「でしょ。じつはね」

「なんざんす」

「儲けが凄いことになってきてるのよ」

「億単位？」

冗談で言ったのに、あっさり肯定された。

「うん。億単位。毎月数億の余剰。ハッパでお金、入ってくるでしょ。それを投資にまわすでしょ、すなわち倍々ゲーム」

「まぢっすかぁ！」

「ちょい、案配しないとね。どうせ理屈、わかってないと思うけど、一応、夜半獣に伺いを立てておかないとね」

「うん。俺、経済、疎いんだよね〜」

「素直なもんだ」

「知らんことに対しては、素直にならざるを得ませんな」

「じゃ、ステーブルコイン、さしあたりテザーでアレしてよろしいね」

「うん。生まれてくる子供のためにも、うまくやってください」

「省悟が見事、撃ってくれたじゃない。地熱は順調。おかげでワンサイクル十二週ぴったりで、太陽光照明と空調で温度二十一度、湿度四十パーセント。恙なく回ってるよ」

「ハッパのことか」

「そう。第二坑でアザミウマと赤ハダニが同時発生しちゃって、幾つかトレーを処分したけど、ま、被害は最小限で順調。結果、呆気にとられるほど儲かってる。繰り返しますけどね、投資も、省悟と尋がきてから、冴えまくってってね。空恐ろしいくらい」

「阿嶽山中腹のホテル、なんか借金して建設が始まるんだって？」

「うん。いまは調査中。地盤とかね。まだ戦争中だから、のんびりやるよ」

「あえて借金？　わざと借金？」

「そう。高級ソープのお姉さんが、即金でマンション買っちゃって、税務査察が入るっていうじゃない」

はあ？　なんでそんなこと知ってんの。

「早く尋が覚醒してくれて、結界張れるようになれば、こんな面倒なことせんでもいいんだけどね」

「尋さ、先生に溶けちゃってるもんな」

「そうなのよ。診療所を離れたくないのがいやってほど伝わってくるから、私も強く出られなくてね。もうそろそろ私を手伝ってくれるとありがたいんだけど」

俺はわざとらしく外人みたいに肩をすくめて、出張所をあとにした。アイスクリームを買いに出たのだから、一応ヤナショウに寄ってレディーボーデンのマルチカップセレクションという六個入りの箱を三つ買った。香苗さんのチョコは後まわしだ。

北村さん、元気に働いてます。女性客、増えてます。こんど〈おめん〉で一杯、と約束して、診療所の待合室のみんな＝診察ではなく、暇つぶしの方々＝にアイスを配る。あまった分は冷凍庫に入れてもらう。

「なんか落ち着いたねぇ」

「夜半獣の風格がでてきたね」

「また、農協の服が似合うんだわ〜」

「よく見りゃ、可愛いよね」

「裏がある顔だけどね〜」

「ひょろいけど、絶倫だよね」

「デブは、ダメよ。アレも運動だから」

「相撲取りはどーなのよ」

「真剣勝負、ガチンコっていうんでしょ。省悟君はもろガチンコだからさ。評判のガチンコ。省悟、が、ちんこ！」

若干、あるいは相当老いた羞恥心の欠片もない女性陣からあれこれ弄られて、苦笑いからわざとらしい大爆笑。笑ってすますしかないでしょう。

俺、もう七人妊娠させている。夜の獣、その姿はせいぜいイタチって感じだけど、頑張ってるな、我ながら。気配に振り向くと、尋が待ちかねてるよ——と先生がアイスのプラのスプーンをくわえてウインクした。

患者が途切れた狭間だった。診察室で尋と向かいあって、程よく柔らかくなったアイスを口に運ぶ。看護師のユニフォームがよく似合ってる。バニラは美味えな。

「——女たちがくるよ」

「なんのこと？」

「女たちがくる」

「下槇ノ原から？」

「そう」

「なにしに？」

「逃げてくる」

「ここに？」

「そう」

「下槇ノ原の女どもは男を見棄てた？」

「うん。長老がね、言うに事欠いて、我々の方が下なのは、納得がいかん。積年の恨みの根には、我々が下とされたことにあるって」

「こっちが高い場所にあるから上。あっちは低い場所だから、下。そんだけじゃん」

「でもね、男ども、武力で上槇ノ原を捩じ伏せて統合して、上下を取っ払ってただの槇ノ原にするんだって」

いやはや、これも男性原理とやらでしょうか。なんか間抜けすぎるけど。でも、政治家タイプとでもいいましょうか、世間一般、こういう奴ってけっこういるよね。

道徳を語りがちなバカ。愛国心や愛郷心くらいしか拠り所が持てなくなっちゃうバカ。物差しあてがうことしかできないバカ。メンツという名の虚勢を張るしかない大バカ。

「女ども、嫌気が差しちゃったんだな」

「――あたし、会いたくない奴、いっぱいいるんだよね」

「なら、はじいちゃえば」

「そうもいかのキン」

「ちゃんと言えよ」

「い・か・の・キ・ン・タ・マ」

「はい。よくできました」

「いかにキンタマ、あるの？」

「ねーよ。たぶん」

精巣云々は——と続けたが、尋は聞いちゃいない。ストロベリーのアイスに集中している。ビターなものよりも、甘酸っぱいものが好きなのだ。苺《いちご》が好物なのだ。

石垣栽培の槇ノ原苺の最盛期だ。このあいだ、ヤナショウの自由物品コーナーに並んでいる苺を、そして巡査長が丹精込めた試験栽培のミニトマトを、中腰で選んでいるのを見た。すごく真剣だった。可愛かった。

「わかってるよ、省悟さんがなぜ、きたか」

「うん」

「わがままだとは思うけど、半分ずつにしてくれないかな。午前中は出張所。午後は診療所。少しずつ出張所の時間、増やすし」

「うん。伝えとく。先生は？」

「好きにしなさいって。あのね」

「うん」

「いっしょに寝てるの」

「先生と?」

「うん」

「いいね」

「でしょ」

「最高だ」

「でもね、腕枕とかしてくれるの、最初だけなんだよね。痺れたから、おやすみとかいって、邪険に背中とか向けやがる」

「向けやがるか」

「向けるねえ。だったら、とりあえず優しくってのは、やめてくんないかな」

「でも、いいじゃん。痺れるまでの腕枕」

「――あのね、最近はね、あたしに腕枕させせんだよ~」

「あ、もっといいじゃん」

「そう思う?」

「うん。最高だ。尋のことだから、痺れてもずーっと我慢して腕枕してやるだろ」

「うん。ムカつきながらね」

尋の鼻梁に、威嚇する猫の皺が刻まれる。そっと手を伸ばし、子猫に触る。

「じゃあ、俺は行くよ」

「うん。香苗さんさ、すっげー綺麗になったね。もともと綺麗だったけど」

じっと見あげてくる。

「あたしも、あんな綺麗になれるかな」

「うん。妊娠て、すごいな」

「ちょっとね、してもいいかなって」

「妊娠？」

「そう」

すっぱい気分になった。妊娠。尋の、妊娠――。笑顔をつくる。

「あわてない。まだ十代だし。ま、いつ妊娠してもいいんだけどね」

「うん。省悟さん、よろしくね」

ははは、と、いまさらながらの照れ笑い。ヤナショウでレディーボーデンのチョコのでかいカップを買って、出張所に顔だけ突っこんで、尋が午前中だけ来るって言っていたと報告し、保冷バッグを振りまわしながら御宿蘗埜にもどる。軒のツバメが俺を見おろしている。ひょいと飛んだ。俺様の頭にウンコだけは落とさないでくれたまへ。

＊

数日後、本当に女どもがやってきた。総勢七十八人。子供も入れると、百人をはるかに超える。深夜に、いきなり――だ。御宿蘖埜には全員おさまりきれず、急遽、あちこちにお願いして分散、上槇ノ原は民宿状態だ。

恐ろしいのは、この集団移住がうまくいったら、そして下槇ノ原の男たちのじゃまが入らなければ、第二陣、第三陣と延々女たちが押しかけてきかねない気配であることだ。

大量出国《エクソダス》のリーダーは御宿湊屋の女将だった。女将はまず、香苗さんのおなかを丹念に撫でて、満面の笑みだ。いやあ、なかなかの手管です。そうこられたら、邪険にできないよね。

「順調だね」

「おかげさまで」

「あたしたちは、キレちゃった」

「気持ちは、わかる」

「けど、人数、多過ぎだね。ごめんね、香苗ちゃん」

「上槇ノ原、ますます女人の町だね。下槇ノ原は女日照りの町か。今日はもう遅いから、明日、高畑所長と、ね」

「うん。もう、下は終わるべきだよ。残り少ない男だけで勝手にしろってんだ。子袋《こぶくろ》なしじゃない。じき、滅びるよね。いや、滅ぼされるでしょ」

香苗さんは肩をすくめた。百人もの新たな住人を素直に受け容れているわけでないことが、幽かに伝わった。

経済的には、問題ないだろう。けれど、さしあたり彼女たちの行き場がない。御宿蘖埜だけでなく診療所の空きベッドにまで下槇ノ原の女たちを振り分けている。

尋が『会いたくない奴、いっぱいいる』と言っていた。女だからといって、みんな好い人というわけてはないということだ。うまくまとまっている上槇ノ原の女たちに、新たな女たちがすんなり溶けこむか。

そもそも大麻栽培を、この新たな女たちに納得させることができるか。ひとつにまとまっている上槇ノ原に、罅《ひび》が入らないか。善意だけではいかんともしがたい現実が迫る。

いやな予感が迫りあがり、ぐっと溜息を呑む。それにしても女どもを追い込んだ男たちが腹立たしい。

「ほんと、下槇ノ原の男どもは、バカだな」

吐き棄てると、御宿湊屋の女将の肩がビクッと揺れた。ところが委細構わず、女将の隣のオバサンが、嫌らしい上目遣いと奇妙な笑顔で言った。

「私、歩美の母です」

どうりで歩美、逃げちゃったわけだ。

「夫、あの日以来、おかしくなっちゃいました。御飯ばかり、雑炊ばかり食べてます」

「で、俺にどうしろと。またいっしょに猪鍋を雑炊にして、食べますか」

「歩美、もどしてくれませんか」

「って、あんた、ここにきてるじゃん」

「私は取り返しにきたんです」

「取り返して、どうすんの？」

「べつに」

「中学出たら、働かす？　手っ取り早く風俗にでも売るか？」

答えない。指をくねくね絡みあわせて、呟く。

「――私たちの教育が悪かったんですね」

「まだ、そんなこと言ってんの」

「だって、それしか」

「考えられない？」

「はい」

「放任なんてもんじゃなかったよね。自分で稼げるようになる前は、万引きしたＵＦＯのちっちゃいカップのやつ、ＵＦＯプチで生き抜いたって泣き笑いの顔で言ってたよ。でかいＵＦＯはチビのころは難しかったって。下槇ノ原の雑貨屋のオバチャンが、見て見ぬふりしてくれてたって」

「あとで、幾らか払いましたから」

「請求がきた？」

「――変な噂が立ったから」

「それ、噂じゃねえじゃん」

「迷惑ですよ。迷惑」

会話、成り立たねえな。

「パシリでこきつかわれても、年上といっしょなら、ときどき御飯、食べさしてもらえるとも言ってたな。一一〇円のマック最高。先輩食い残しのポテトやナゲット、紙ナプキンに包んで持って帰ってたってね」

「食べ物を粗末にしない。いいことですね。なによりも自立です。あたしらも、そうしてきましたからね」

「だね。話変わるけど、お腹痛すぎて、病院に連れてってってお母さんにお願いしたら、寒いなか、素っ裸にされて外に出されたってね。なんで素っ裸？」

「――教育上、甘やかせないんです」

「って、盲腸腐って、大変なことになったらしいじゃないですか」

「そういうの、学校の仕事でしょ。先生の仕事でしょ」

「本気で言ってるの？」

「だって、子供の面倒は」

「親が見るんだと思ってたけど」

「当たり前じゃないですか」

「けど、盲腸は学校の先生の仕事？」

「当たり前じゃないですか。なんのための保健室？」

「すげぇな、この飛躍《ひやく》。この輪廻《りんね》」

「なんのことですか」

まずいな。鼓動が烈しくなってきちゃったよ。香苗さんが心配そうに裾を引いてきた。案じられて、ますます苛立った。

湊屋の女将が、左右が段違いに歪んだ微妙な顔で俺を見あげると、膝で動いて歩美のオフクロを隠して、聞き取りにくい掠れ声で言った。

「殺さないで——ください」

知らねえよ。俺には殺す気概なんてないけどさ、夜半獣に這入り込まれちゃった俺の身にもなれよ。

あいつが荒ぶれば、女子供だって容赦しないよ。女だろうが男だろうが赤ん坊だろうが子供だろうが老人だろうが、夜半獣にとって命の多寡はまったく関係がないもん。

「逆に、俺のほうからお願いしとくよ」

「はい」

「夜半獣を怒らせないで」

「はい。身に沁みてますから」

「ま、あの現場にいた湊屋さんは、わかってるよね。否応なしに、ね。でも、人数、多すぎるよね。なかには——」

首をねじまげて、歩美のオフクロを一瞥する。見事に、しれっとしたツラしてやがる。俺ってば、限界、近いんだけど。湊屋の顔色が真っ白になった。

「そのときは、いざというときは」

「いざというときは？」

「あたしが、なんとかしますから」

あんたに殺せるのか？　と目で訊く。女将は深く頷いた。

いったん矛《ほこ》を収めましょう。

「――明日早く、高畑所長に相談するから。とりあえず、すんなり上槙ノ原には入れたってことは、高畑所長が迎えいれてくれたってことだよね」

「ありがたいことです」

「俺なんて、しょせん余所者じゃん。この苛烈《かれつ》さについていけないんだよね。ったく、余所者の俺に、夜半獣なんか押しこんじゃってさ。なんなんだよ、この悪意は」

「悪意ですか？」

「善意じゃねーだろー」

「ですね」

「ニーチェって底意地の悪いオッサンが言ってんだけど――悪人がいくら害悪を及ぼすからといっても、善人の及ぼす害悪にまさる害悪はない――とのことだよ」

歩美のオフクロとか、善人の極端なかたちだよね。だって、自分のこと、一切悪いと思ってねーんだもん。自分は悪くない、これすなわち善人。強引矢の如し！

バカが自分をバカと思っていないのとおんなじで、善人は自分の善を疑わないよね。てめえが害悪だとは思ってない。世の中、こんな偽善者にもなれない自己中の寸足らずばかりだ。ったく、てえしたもんだ。

善とちがって、悪って、自覚的なものだよな。悪には意志がある。意思がある。夜半獣のせいで、なんとなくわかってきたよ。

女将が上目遣いで呟く。

「ニーチェですか。学がありますね」

「まあね〜」

俺は女将を見おろす。

「余所者だから、出来るのかもしれないね。しがらみ、ないもんね。つまり、やるべきときは、やる。基本、他人事。このあたりは、みんなに早急に伝えといて。俺の夜半獣を暴れさせないためにも」

俺は内面に巣くった夜半獣を醒《さ》ますためにサンダルつっかけて、外にでた。

薫風《くんぷう》ですとも。最高だ。大気の澄みわたった初夏の夜空には、銀紫に燦めく天の川が弧を描いて拡がっている。軒のツバメは口のばかでかい雛《ひな》と軀を寄せあって、静かに眠っているようだ。

「いてっ！」

唇の左側が引き攣《つ》れた。そっと指先で触れる。切れて、血がにじんでいる。

もう、始まったのかよ——。

苦笑いといっしょに俺でない何者かがじわりと身を起こす。こんなよい季節に、なぜ、面倒がやってくる?

足早にもどる。巨体のオバサンが包丁を振りかざして、香苗さんにのしかかっていた。ほかのババアたちも香苗さんの腹を狙って蹴りを入れる。歩美のオフクロなんて、満面の拗《ねじ》くれた笑みで、擂《す》り粉木《こぎ》もって香苗さんの頭を砕かんと振りあげているもんな。ただ一人、湊屋が必死に止めている。

俺に気付いた巨体が、肥満した般若《はんにゃ》みたいな笑みを泛べた。

「拳銃、あんたらはペストルだっけ、ないでしょ。ここにペストル、ないでしょ」

「うん。自分ちに物騒なもんは持ち込まないから」

「あたしのダンナはね、あんたにペストルで撃ち殺されたんだよ」

「ありがちな展開で、あくび出るよ」

呟いて、腰を低くして香苗さんの顔を覗きこむ。一発殴られたか、蹴られたか、唇の左側が切れてまくれあがっている。

「腹の子もろとも、始末してやっから」

「どうぞ」

湊屋が突っぷして叫ぶ。正確には、だらだら泣き叫ぶ。

「だめだよ〜　夜半獣、起こしちゃ、だめだってばぁ。見なよ!　この男。眼ぇ、真っ赤じゃないかよぉ。口が裂けてるじゃないかよぉ〜　人じゃねえじゃねえかよぉ〜」

口が裂けている？　そっと指先で触れる。御言葉ですが、これは香苗さんの唇の傷にあわせてあらわれたものです。

包丁オバサンが、顎や下膊《かはく》の肉を震わせてがなる。

「腹の子共々、始末してやっからって言ってんだよ！」

「だから、どうぞって応えてんだよ」

包丁を振りまわす。香苗さんの軀の周囲数ミリといったところか、金剛石《ダイヤモンド》の膜ができている。

「ステンレス包丁って、ダメだね。曲がっちゃってるじゃん」

指摘してやると、オバサンはぐにゃりと折れ曲がった包丁を凝視して、泣きそうな顔になった。俺はベトコンズボンの脇ポケットからスマホを取りだした。

「ありゃま、電池切れだ。充電してないんだから、当然ですね」

面倒だから、そのまま呟く。

「尋か。即座に結界を張れ。完璧に張れ。今日、わざわざ死ににいらした下槇ノ原のレディたち、一人も外にだすな。ガキ共も、だ」

──香苗さんは！

「ん。だいじょうぶだよ。唇、まくれちゃったけど。最初の一撃は防げなかったなあ」

──張ったよ。

「ん。とりあえず、尋。診療所にお迎えしたレディたち、子供も含めてアレしろ」

──アレって、アレ？

「そ。ぶっ殺せ」

——わかった。即座にやる。

「ん？　なんか声に張りがあるぞ」

——そりゃあ、もう。じつに嬉しいっす。

「あのな」

——うん。

「頭、どこでもいいからさ、チョンて触れ」

——触った。お子さん。

「死んだだろ？」

——死んだ。あっさりだ。

「よし。全員、やれ」

——チョン、チュン、チュン。朝にはまだ早いね。

「雀《すずめ》か」

——雀は、チョン、チョン、チョン、チョン。

「雀が鳴くころには、ケリついてるよ」

——だね。もっとさ、なんていうか、華々しいもんだと思ってたけど。

「こんなにたくさんいるんだぜ。チョンで終えないと、めんどいよ。血ぃなんか流したらさ、後始末、最悪だ」

——なるほど。そーだね。そのとおりだ。

「なんか、意味わかんないけど、診療所始末したら、茅蜩《ひぐらし》の池に行け。やってくる奴、一人残らずチョンしろ」

——茅蜩の池って、なんで？

「知らん。とにかく、とっとと行け」

——わかった。

「こっちもチョンしなけりゃなんないから、切るよ」

——うん！　じゃ、あとで～。

「はい。あとで」

俺の前で手を合わせて拝んでる御宿湊屋のオバチャンに特別な柔らかな笑顔を向ける。泊めてくれなかったこと、結構根に持ってんだよ～。チョン。

泡噴いて転がった湊屋さんの姿を目の当たりにして、香苗さんにのしかかっていたババアたち、包丁やらを抛りだして、いっせいに四つん這いで壁際に逃げた。

しばらく固まっててね——と金剛石化しちゃった香苗さんに囁いて、これができるってことは、基本、俺って不死身じゃん。たぶん弾も通らないよね。すっげー。

夜半獣ってさ、俺に語りかけてこないんだよね。いるのか、いないのか。いや、絶対にいるんだけどさ、シカトしてるっていうか、人間なんか歯牙にもかけてないっていうか、俺様、単なる道具？　操《あやつり》人形？

多重人格なんかだったら、なんか他人がいる気配がするんでしょ。そーいうの、一切ないのね。なんか俺が自主的にあれこれやってるみたいに感じられる。

でもさ、俺にこんなこと、できるはずないじゃん。

だったら、友だちっぽくっても先輩ぽくっても悪魔っぽくても妖怪ぽくっても威張り屋でもなんでもいいからさ、内面の俺とあれこれ遣り取りしてほしいよね。

だめだ。

沈黙してやがるよ。

ほんとは夜半獣なんていねえのかな。暗示にかかりやすいのかな、俺。暗示にかかって好き放題してるだけなのかな、俺。

「ま、いいかぁ」

腰を折って、湊屋の額に手をあてがう。

「ふーん。脳が熔《と》けてんだね。沸騰《ふっとう》してるみたいになってる。かなり熱いよ」

ババアたち、俺を拝みはじめた。いざとなると湊屋さんと同じじゃん。

ただ歩美のお母様だけが、なんか焦点の合わない目で俺を見ている。いきなりその顔がぱっと輝いた。満面の笑みだ。

「わかりました。もう諦めます。歩美、もどさなくていいです。私、下に帰りますから。どうか末永く御宿蘖埜さんにお勤めさせてください。お給金は、すこしくらい送ってもらえると」

チョン。チョン。チョン。

念入りに三回。

ありゃま、顔、熔けちゃった。顔面蠟燭《ろうそく》。焼き肉臭え〜。腹減ったな。

「さてと、あんたらもチョン」

気付いた。べつに直接触らなくても、念じれば熔ける。一瞥すれば、熔ける。水みたいに流れるんじゃなくて、つまり『溶』けるんじゃなくて、熔岩みたいに『熔』けちゃう。うーん、俺ってこんなときもインテリジェンスがじゃましますね。

楽でいいや。御宿蘖埜に閉じこめた？　女たちが大騒ぎする前に、ひょいと二階に上がって全員、一瞬で片付けましたから。で、金剛石で凍らせてた香苗さんを、チョン。

「だいじょうぶだろ」

「うん」

香苗さんは即座にお腹に触れた。

「動いてる」

「――なんで、俺だけわかんねえんだろ、胎動だっけ？」

「鈍いからねえ、省悟君は」

言いながら、傷ついてまくれあがった唇を舌でさぐる。俺がそっと触れてやる。

はい、治癒《ちゆ》しました。

オフクロの出現で自分の部屋に逃げこんでいた歩美が、忍び足で階段を降りてきた。

「ごめん。やっちゃったよ」

「どれ？」

「ごめん。顔、熔けちゃった」

「あ、これだね。すっげー、まだ沸騰してます。いやはやなんとも、せいせいした」

歩美がすり寄ってきた。

「なんでだろ、部屋ん中に聞こえてきたんだけど、省悟さん、あたしが盲腸になってこじれちゃったときのこと、糾弾《きゅうだん》してたでしょ」

「難しい言葉、知ってるね」

「なめたらいかんぜよ〜。香苗さんと読書会してたんだから」

え？　読書会？　なんなんだ〜。

「なに読んでんの」

「いまは〈罪と罰〉。ラスコーリニコフ君。改心《かいしん》しちゃうんだって？」

「そうらしいね」

俺、ちゃんと読んでないのよ。だから、とぼけ一直線。しかし、なんで、読書会。ひょっとして、胎教の一環？　それに歩美もまきこんでるって？

「最後まで読んだら感想もちがうかもしれないけど、改心しちゃうのか〜」

「改心。だめですか」

「あたしんちのカーチャンみたいに、改心と無縁がいちばんじゃないかな」

「で、熔かされちゃう」

「そう。省悟さん、ありがとう！」

親子の縁て、なんなんだろね。歩美や尋を見ていると、俺なんてずいぶん幸せだったんだなとしみじみ思う。

「血は流れてないからアレだけど、ま、後片付けは大変だ」

「外に出しとくと、犬に食われちゃうね」

「うん。なんか野良猫、騒いでねえか」

「あれは、発情期」

香苗さんがもとにもどった左唇を弄りながら、歩美を手招きした。その頭に手をかけ、そっとお腹に押しつける。

「どう？」

「すっげー、ぽこぽこ。喜んでる」

「うーん」

「喜んでちゃ、まずい？」

「うーん。複雑」

「母心。親心」

「うーん。この子、先が思いやられる」

「しかたないですよ。だって香苗さんの子供だもん」

「省悟君の子供、でしょ」

「あたしからすると、省悟さんよりも、いかにも香苗さんの子供って感じだな」

「あんた、どーいう意味よ」

「すっげー、っていう意味」

俺も手招きされた。右から歩美。左から俺で、香苗さんのお腹の音を聞く。

まずい、まずいぞ。なーんも聞こえん!

「いやあ派手にぽこぽこいってるねえ。大喜びだ」

「いま、静まってますけど」

歩美が俺をチラ見して呟いて、香苗さんが吹きだした。

24

当然だよね、俺と尋だけにこんなことさせて。地元の奴ってば、なーんもせんで、余所からきた俺と尋だけが大量殺戮担当ですからね。談判、当然!

で、俺と尋は高畑所長を断固糾弾する。連れだって出張所に向かう。糾弾て言葉はさ、昨晩、歩美が言ってたから残ってんのね、頭の中に。

で、本音はさ、なんでこんな派手なことしちゃったのか、自分でもよくわかんないんだけどね。

メインストリートで、巡査長たちに出会った。手伝えなくてごめんなさい——と尋が殊勝に頭をさげる。軽トラに屍体を積んでいた柳庄の爺さんが笑う。いつもは幽霊みたいな上槇ノ原の男も皆、笑ってる。なんなんだ、この人たちは。いったい、なにが嬉しいのか。

巡査長が反り返って腰をトントンしながら言う。

「いやあ、やりまくった、やりまくったなあ。百人超はすげえよ」

やりまくった、百人超。なんかちがう行為を褒められ、いや呆れられてるみたい。

「汗かいてるね。麗《うるわ》しき肉体労働者諸君」

陽射しは透明だけれど、結構きつい。巡査長は手の甲で額の汗を拭い、ぼやく。

「本官、熟睡しててさ、もはや上槇ノ原のお巡りさんと見なされてねーんだな。こんなことがあったってのにさ、誰も起こしやがらねえんだもん。で、目が覚めてざわついてっから、外に出たら吃驚《びっくり》！　だよ」

北村さんは神妙な顔で山盛りの屍体に手を合わせている。巡査長が舌打ちする。あいつってば、うざいよね〜。

巡査長たちはピストン輸送で屍体を縦坑に投棄している。遠い未来、水礬土《すいばんど》の地脈から脳の熔けた大量の女の屍体が屍蠟化してあらわれたりして、なんのこっちゃ！　って人類学者が大騒ぎするんじゃねえの。

＊

「なにを目指しているのかと問われますか。なら、こう答えましょうか。――新たな国家の確立」

はい？　なに言ってんのかわからねー。けど、心なしか高畑所長、いつもより、でかく見えます。超巨体。

「上槇ノ原が、世界の中心」

「はあ――」

尋が臆せず、おどけた表情で、側頭部を人差指で指し示し、くるくるまわす。俺もびっくり目を剝く変わり様だ。

「頭、狂ってるように見える？」

「はい。所長、普通じゃないです。だって上槇ノ原って、様子はいいけど、山ん中のちっぽけな村じゃないですか」

「それでもね、世界の中心になるの」

「わかんねー」

「おまえと省悟がいるからね。そして、おまえと省悟の子供がどんどん生まれて、さらにその子たちがどんどん子を産むからね」

尋は自分の顔と俺を交互に指差して、さらに首を傾げた。

「香苗と省悟の子供も凄そうだけどさ、尋と省悟の子供ときたら、超越的だろうね」

高畑所長は俺に顔を向けた。

「ねえ、省悟。おまえと尋の子は別格としてね、それでも香苗は特別なんだ。先祖代々特別扱い。上槇ノ原の男と番うことを許さなかったのは、残酷っていわれるかもしれないけど、上槇ノ原の純血、蘖埜家の血を汚したくなかったからなんだよ。純な血統を守りたかった」

「よーわからん。上槇ノ原の男は不純か？」

「うん。血の濁りが集中してんだ」

「そういうのって、優生思想とかにつながってさ、ヤバいんじゃないの？　糾弾されちゃうよ」

「いいよ、べつに。私の役目は、上槇ノ原のブリーダーだから」

「開き直ったよ」

人のブリーディングは、江戸時代あたりまでは結構、当たり前だったみたいだね。それぞれの階級、職能に適した交配をする。武士とかの暴力に携わる人は、町人の中では頭ひとつ抜けて大きかったっていうもんな。貴族とか名家というのもその類いだよね。そーいう意味じゃ、いまだってブリーディングは続いてるね。

「ねえ、高畑所長。俺ってブリーディングともっとも無縁な庶民でございますよ」

「突き抜けたもんがあらわれるのは、雑種からだよ」

俺って突然変異かよ。

「ま、ぶっちゃけ、ほとんどはオチコボレだけどさ。それは貴種だろうが雑種だろうが変わらんね。ただ、貴種からは突き抜けたもんは、じつはあらわれづらいね。エレメントってのはさ、混淆《こんこう》が必須だから」

「俺って、突き抜けてる？」

「うん。突き抜けて、あっち側に落ちちゃってる」

「言い得て妙だ！」

おっと、感心してる場合じゃねえ。尋は黙って俺と高畑所長の遣り取りを聞いている。俺の視線を追って、高畑所長が呟く。

「すっかり怖がらなくなったね」

尋は素直に頷いた。

「ちょい下に見える？」

「でも、余裕だね」

「あ、それはないっす」

「昨日というか、昨夜、省悟さんに、なんか力を注入されちゃったので。結界張れって命令されたら、いきなり自分の軀が黄金色《こがねいろ》っていうんですか、光りはじめちゃいました。チョンチョンしろって言われたら、指から静電気みたいの、出ましたからね。稲妻《いなづま》。で、いまだにダダ洩れしてます」

黄金色だ？　静電気だ？　俺、そんなの、一切出てねえぞ。

「省悟、凄いでしょ」

「びっくりです」

「自覚なき夜半獣」

「自覚ないっての、強いってことですよね」

「そう。自分が強いなんて思ってる奴、弱者だよ」

「それは自分のことで、よくわかってます」

「うん。ほんとに強い奴は、突っ張る必要ないもんね」

「あたしが知りたいのは」

「なに？」

「なんで余所からわざわざあたしと省悟さんを呼んだんですか」

高畑所長は面倒臭がらずに、繰り返す。

「だからね、それはね、幾度も言ってる気がするけど、新しい血が必要だから」

「血ですか」

「血」

「わかんないや」

「おんなじものがひたすら混ざると、どうなるかな？」

「おんなじ色」

「そう。場合によっては、濁って腐って沈澱《ちんでん》する。みんな同じ顔って、すっげー弱いって思わないか？」

「そうかなあ。犬はおんなじ顔しておんなじ体格の血統書付きのほうが恰好いいですよ。北朝鮮の兵隊さんみたい」

　尋は、あの行進が恰好よく見えるのか。ナチスの兵隊さんも好きそうだな。意外に高畑所長に近しいかもね。ところが高畑所長が尋の口調を真似て、疑義《ぎぎ》を呈する。

「そうかなあ。雑種、恰好よくない？」

　ま、俺にも高畑所長、なに考えてんのか、よーわかりません。

「柳庄さんとこの犬、不細工ですよ〜」

「でも、優秀だね。人間だってハーフ、結構いけてるでしょ」

「――はい」

「正確には優秀な奴もいれば、駄目な奴もいる。ま、人間なんて、基本、みんな、雑種じゃないか」

「――そうですね」

「昔は血統書もあったらしいけど、人間の血統書＝系図なんて、嘘八百だろ」

「そうですね」

「いろんな色が混ざるとさ」

「はい」

「濁るけど、ときに、ハッとする色があらわれる。そう思わないか」

「よくわかんないです」

「うん。とにかく同じ色しかなかった上槇ノ原には省悟と尋が必要だったってこと。私も夜半獣の端くれだけど、省悟や尋みたいなことはできないわけだ。巡査長も必要なんだけどさ、当人はトマト以外に興味ないからねえ」

「すっごく美味しいんです！　フルーツトマトなんか糖度《とうど》？　高杉晋作《たかすぎしんさく》ですよ。なに食ってるのか一瞬わかんなくなるもんな。あれであえて寒い時期にプランターでつくった試作品ってんだから、絶対、上槇ノ原の名産になるな。知ってます？　トマトは寒暖差が大切なんですよ。巡査長は経費で駐在所《じぶんち》の土間あったためて、寒暖差つくったんだって」

高畑所長、上目遣いで笑む。

「上槇ノ原の男たちさ、尋とセックスするのが夢なんだよね」

「えー、そそられね〜。腰引ける」

「そう言うな。省悟の子供がほしいのもわかるけど、上槇ノ原の男たちもよろしくね」

尋は首をすくめた。さてと——と、高畑所長が俺に視線を据えた。

「私はすごく長い目で世界を見てる」

「ま、百何歳ですからね」

「ふふふ。ねえ、人は進化すると思う？」

凄い質問だ。お答えしましょう。わっかりませ〜ん。そこへ先生がやってきた。診療所は一時閉鎖だという。

進化について訊くと、それはまたあとで、と、はぐらかされ、なぜか医療用ゴム手袋をした手で、くすんだビニールの包みを差しだした。

高畑所長が顎を突きだすようにして（顎、ないですけどね）、ビニール越しに幽かに青みがかって見える結晶らしきものの臭いを嗅いだ。

「懐かしいねえ、ホリドールじゃないか」

「しおらしげにやってきて、じつはあの女たち、特攻隊だったたって顚末」

手招きされた。尋も省悟も嗅いでみ――。

うえ〜。なんじゃこりゃ。尋と顔を見合わせる。

腐った卵？　硫黄《いおう》の極端な腐れ温泉？　腐ったニンニクがこんな臭いするかな？

「農薬。あまりに死者続出なんで、一九七〇年代に禁止された毒物。殺人、自殺。転用されちゃってね。一時期、毒殺っていえばホリドールだったからね。で、農家の人ってば、死ぬ気なんかなくたって、これ撒いてるうちに、強烈な鬱になっちゃって、自殺。マスクして完全防備でも、皮膚から吸収しちゃって絶望的な精神症状を呈するわけ。ま、昆虫の神経系に作用する農薬なんだけど、人間様の神経系にも作用する凄まじい毒物ってわけ」

高畑所長が遠い目で言う。

「バイエル社だったよね」

「そう。ドイツの製薬会社。アスピリンで有名だね。第一次世界大戦中に毒ガスつくって巨大化したね。ヒトラーの政権の後ろ盾にもなった。ナチの選挙資金なんて、バイエル社の複合企業体が出してたんだからね。ユダヤ人収容所で虐殺に使われた毒ガス、一応は殺虫剤っていう体裁なんだけどチクロンβも、この会社の製品」

「その会社の殺虫剤が日本に？」

「うん。世界中に。つくられた直後のドイツでは、確か殺人が二十件以上、自殺が七十七件だったかな。アメリカでも散布してた農民が記録に残ってる数年間だけでも何百人も死んでるね。運良く生き残ったって、後遺症が酷いからね〜。ま、製造も簡単で効率がよいということで、大量生産しちゃって、けど、いかに毒性がアレだってわかっても処理しようがなくて、急に禁止された日本でも、農協がまとめて集落ごとに適当に埋めて、それが雨水で流れだしたりして、昭和の時代には半身麻痺《まひ》とかいろいろ問題が起こったね」

「劣化しないの？　無害化しないの？」

「うん。この手の農薬って、核廃棄物ほどじゃないにせよ、分解しないんだよね」

　高畑所長が柔らかく割り込む。

「上槇ノ原にもストック、大量にあるよ。安くてよく効いたからねえ。二化螟虫《にかめいちゅう》や心喰い虫《しんくいむし》、ころころ落ちたからね。人間様も首吊りがいきなり増えて、困惑したよ。百姓ばっかり十七人くらい、自殺したもんね。油みたいのが皮膚についちゃって這入るんだよね。それで、強烈な鬱。夕方になると死にたくなっちゃうみたい。精神なんて、薬理でどうにでもなるいい例だな」

　息継ぎして、付け加える。

「ブツは一応、当時コンクリで固めて処理したけど、近いうちに確かめないとね。これもあらためて埋めないとなんないね」

「まったく、こんなもん、浄水施設に投げ込まれてたら――」

尋が恐るおそる口をはさむ。

「上槇ノ原、全滅じゃないですか」

「でも、尋が茅蜩の池で待ち構えて善処したじゃない」

「あ、そういうことか」

「全員、パンツん中に隠してた。子供まで。こんなペラペラビニール、神経毒が皮膚に浸透しちゃうよ。ましてパンツん中。粘液から吸収すること考えたら、恐ろしすぎる。まさに特攻隊だ」

高畑所長、なんで、こんな奴ら、招き入れた？　読点で区切って胸中で呟くと、所長はすかさず答えた。

「効率」

「全員集めて、まとめてやっちまえって？」

「そう」

もう、なにも言うこと、ございません。

「ま、省悟と尋がチュンチュンて」

尋が訂正する。

「チョンチョンです」

「ん。チョンチョンで上槇ノ原を壊滅から救ったってことだよ」

いやはや高畑所長もおっかないけど、下槇ノ原の奴ら、女子供まで特攻隊に仕立てあげてきやがった！

なんなのだ、この常軌を逸した憎しみは。過去に、いったいなにがあったのか。だって尋常でないよ。この御時世に、この戦争。泥くせえ〜。

「進化がどうこうって言ってなかった？」

先生が話題を変えた。教えたがりの先生だから、進化について話したくてうずうずしてんだろうな。案の定、人差し指なんか立てちゃって捲したてる。

「進化、人間の進化だけど、原始人からの進化とかじゃなくて、鑑みるにこれからの人間の進化についてでしょう。それには四つの説があるんだ。第一は、進化しない説。ここまで世界が拡がっちゃうと、遺伝的革新は定着しないってこと」

「世界中の人が交わると、進化が止まる？」

「そう。進化ってね、小規模な隔絶した個体群でなくては定着しないっていうのが定説」

「じゃあ、上槇ノ原なんか、俺たち余所の者を入れなければ、どんどん住民の方々、進化なされたのでは？」

「その進化が、純粋によい方向なら、願ってもないけれどね」

「なるほど。現実は——」

「見りゃ、わかるだろ」

「うん。進化が雌《めす》に片寄ってる？」

高畑所長が手を打つ。

「ははは。そーいう見方もあるか」

「省悟君の言ってることは、あながち的外れでもないよ。遺伝子の変異は、それに利点があれば幾世代にも受け継がれて、いつかは変異じゃなくて標準になる。上槇ノ原、特異な土地じゃない。なにしろ遠い昔に血がつながっていたであろう下槇ノ原の者は這入り込むことができるにせよ、そのほかの土地の者は弾くというか、選別して入れたり入れなかったり。太平洋戦争中のボーキサイトは特殊な例だよね。なんであんな例外が起きたのか。謎だ。話をもどすね。長いあいだ隔絶した環境だったから、異種交配が起きなくて、独自の進化を遂げたんだね。ただし、雌のみ——」

「たまには、余所の血も必要、か」

「だね。第二は、人類は進化する。これは結構身も蓋もないんだけどね、配偶者を選ぶことによって起きる性淘汰《せいとうた》。ま、ぶっちゃけ社会的強者の成立には、収入面や育児面の成功が必然で、オチコボレはどんどん落ちこぼれてくれれど、一方で性淘汰が進むと、知能の高低の差がどんどん開く。で、先々には、頭のよい金持ちは遺伝子工学使ってさ、ますます上に立つ算段をする。結果、人為淘汰が進む。そしたら優れた者＝進化した者と、劣る者の落差がどんどん拡がって、劣る者は淘汰されてしまう。以上」

「なんか、おっかねえな」

「予測の第三と第四は、リアルではあるけれど、ＳＦの領域だね。まずは超人間主義《トランスヒューマニズム》＝電子的な進化」

「あ、まさにSFだ」

「遺伝子改良、クローン、人工知能、ロボット、ナノテク――これらが進歩すると、ダーウィン的な自然淘汰ではなく、人類は不自然淘汰で進化するっていうのが基本的な考え。不自然淘汰は、進化の時間が著しく短くなっちゃう。最終的には、不死人類だね」

「不死！」

「量子脳。原子レベルで脳をスキャンし、精神をコンピュータに移した人。こないだのノーベル物理学賞のペンローズなんて、砕いて言っちゃえば、人間の脳なんて所詮は量子コンピュータだって仰ってますから」

「量子コンピュータ。重ね合わせだっけ。もつれだっけ。言葉はなんとなく頭にあるけどさ、意味はぜんぜんわからねえな」

「量子は、わかんないねえ。わかんないけどさ、もう量子なしでは私たちの生活は成り立たないもんね。とにかくこの不死人類は、物を食べなくてもいいじゃない。食糧問題なんて、消滅。しかも情報と同様に光の速さ＝光速移動が可能だし、精神をロボットに転送すればさ、現実の世界で暮らすこともできる。省悟君の大好きな肉体的なセックスも可能だよ」

「あのね。そんなことより、これが実現したらさ、進化って、もう、いまの概念では追いつかないでしょ。とんでもないことになりそうだ」

「うん。でも、この流れは止められないんじゃないかな。コンピュータやらスマホやらスマートウォッチだっけ、ああいう諸々を抵抗なく受け容れる素地が人間にはあるからね。要は精神をコンピュータに移して、そこに高度なオペレーティングシステムが組み込まれれば、思考はまさに量子コンピュータだもんね」

尋は何がなにやらといった顔をしている。俺も、この軀＝肉体がどうなるのか？　といった疑問に落ち着かない気分だ。ロボットというか、好みの外貌《がいぼう》のアンドロイドに精神を入れたら、美醜の問題とか、なくなっちゃうね。服みたいに着替えることもできるしね。まてよ、女にもなれちゃうぞ。

その一方で、俺の中の夜半獣は、純粋に精神であるという直観も働いた。俺は夜半獣の容器なのだろうか。なんちゃってね。正直なところ、飽きてきちゃった。進化。どーでもいいや。

ま、先生の進化についてのもう一つの予測を端折《はしょ》って記しておくね。大規模隔絶メカニズムが発生しないかぎり新たな人類はあらわれない。これ、定説。でも、たとえば太陽系外の惑星にコロニーができたとして、地球との交流が絶えれば、人類という種が分化することも有り得る——とのことです。

「辺鄙って言っちゃ怒られるかもしれんけどさ、上槇ノ原はなんらかの要因が重なって大規模隔絶メカニズムってのをアレしてたってことかな？」

「どうなんだろね。私にはわからない」

先生は首を左右に振る。高畑所長が呟くように言う。

「ま、わからないとは思ってたよ。でも、一応は論理付け？　理屈があるなら知りたいって思ったわけ」

尋がぼそっと言う。

「進歩ならわかる。スマホとか。だけど、進化。あたしには、まったくわかんない。だって人間、ダメダメじゃないですか。股に農薬仕込んで特攻隊。人間、進化してますか」

俺は苦笑い。股に農薬。人間だもの――。ったく、他のどのような存在がそんなこと、あえてなさいますかね。まったくトホホ（死語）だよ。進化。進化。進化。進化。進化。進化。進化。進化。

そういうの、関係ねーから。

みんながいっせいに俺を見た。どうやら俺が口走ったらしい。

最初にして最後の、夜半獣の言葉だった。

25

七月二十五日、上槇ノ原分校の夏休みの始まる日。

じゃねえや。

子供。生まれました。男の子でした。安産でした。俺に似てません。よかった。でも香苗さんや歩美は、俺にそっくりだって言う。それ、嬉しくないです。だから逆らう。

「香苗さんに似ててよかったよ～」

「まだ、そんなこと言ってるの？」

「言うよ～」

「甘えた声、ださない」

「はい」

「よろしい。授乳です」

「はい。よろしく」

「すっげー吸うんだ、この子。バキュームだな。省悟君丸出しだ」

目の前の生き物に、リアリティがもてないんだよね。乳吸いまくって、呆けてるよ。口半開き。大きな立派な赤ん坊だって女どもは騒ぐけど、ちいちゃいね！

香苗さんは、チビ、髪黒々――と、もう、とろけるような表情だ。自分の髪の色と重ねあわせてるんだね。黒々は言いすぎだし、大人のような毛じゃないんだけどね。じつに細くて頼りないし、淡いよ。

でも髪の毛だけは直毛《ちょくもう》で俺に似てるかな。って、日本人の男の髪なんて、みーんなこんなもんじゃねえの？　でも、逆らいません。

けど、やだな。赤ん坊のくせに、なんか俺の無個性が引きたつようなやや癖のある美男子だぜ。チビで彫りが深いというのもなんだけど、これは香苗さんの造作だな。親の贔屓目ってんじゃなくて、こいつ、変だわ。どこが変かは曰く言い難いんだけどね。

股間に農薬爆弾仕込んで飛来してきた女たちの特攻隊以来、平穏です。ま、こっちが自重してたって、奴らは自暴自棄を起こして、またなにか仕掛けてくるかもしれないけれどね。これが小説だったらさ、下槇ノ原って絶対に勝ち目ないでしょう。つまり結末のわかったドラマだよね。誰も読まねーよな。

でもね、現実って、こういうふうに進んでいくんだよ。よくわかったよ。負け戦だってわかりきってたって、やめないんだよ。本当に焦土化されちゃうまではね。で、原爆落とされて茫然痔疾。

なんでだろ? 上だ下だって、なんでのしかかって腰振っちゃったら、止められないんだろ。マウンティングの悲劇——なんちゃって。やっぱ人間は猿なんだわ〜。

人なら『ここは諸々《もろもろ》勘案《かんあん》致しまして、腹上死《ふくじょうし》致す前に我が身を引かせていただきます。無理やり乗っかっちゃってお騒がせしてごめんなさいね』と笑顔で頭をさげ、手打ちして、終わらせればそれでいいじゃん。

でも、できねーんだよな。俺もできなかったもんな。劣等感の塊だったからね。いまは止められるよ。余裕のよっちゃんですわ。でも前は腰振ったら止められなかった。

おちゃらけてたけど、奥底には強烈な不安と恐怖心があったな。それが、なにに対するものかは、よくわからなかった。だから意地を張ったね〜。必死で虚勢、かましてましたから。で、すべてを嘲笑してしまう。冴えない突っ張りだったけどね。

人間様の、この無意味な意地。意固地。執着。妄執《もうしゅう》。根っこに自尊心みたいなものがあるのかな。拠《よ》って勃《た》つ！　なんちゃって。はっきり言って、そんなもんいらねえよ。棄てちゃえよ。

ま、人間はどんな奴だってお化けが怖いのさ。人間は、どんな奴だってビビリなんだ。いもしないお化けの影に怯《おび》えて神経張り詰めて、なんとか、ぶち殺そうと足掻く。

まだ名前も付いていないチビをうちわで扇ぐお父さん。慣れないことしてます。照れ臭いというより、気まずいです。しかも五分もたたないうちに飽きてきた。じつに淡泊なお父さんです。

そっとうちわを傍らにおき、左腕を枕にしてチビの間近に横たわる。こら、俺を見て笑うな。俺はそんなおもろい貌してるか！　てめえ、こうしてくれる！

人差指を、ぐいと突きだす。

ぐいと摑まれた。

俺の指、摑んでるぜ！

柔らかいけど確実に摑んでる！

ぐいと握ってるぜ！

凄え！　ビックリマーク連発だ！

やっぱ、ちっちぇわぁ。こいつの手、俺の人差指の先っちょと同等だもん。なんだよ、こいつ、摑んで離さねえぞ。しかも頻笑んでる。笑みには、親愛しかない。裏がない生き物が、笑ってる。凄え。凄え。凄え。俺、父親。凄え。凄すぎる。

この瞬間、俺、父親になりました。

単純で恥ずかしいけどね、子供に認められたって感じだ。こんな静かな昂ぶり、生まれてはじめてだよ！

来客、多し。御宿蘖埜、騒々しい。が、チビは泣くでもなし、むずかるでもなし、いちいち覗きにきたお客さんに愛嬌を振りまいている。これ、やっぱ、ちょい変かもしれん。赤ん坊なんて泣くのが仕事でしょ。いや、実際のところは育児関係なんて、なーんも知らんけどね。とにかく、このガキ、泣かねえんだよな。ま、いいか。いつも笑顔で機嫌がいいのに文句つける筋合いもない。

尋が、北村さんに頼んで、自分の給料で大量に買い込んだ紙おむつを届けてくれた。こういう実用品は、ありがたいね。さらに診療所の仕事を終えた夜、息を切らせて御宿蘖埜に飛びこんできた。

Ａｍａｚｏｎ届いたから！　と、箱ごと差しだす。香苗さんが箱を開くと、ベビーおくるみベビー寝袋と二重に記された乳児をミイラ状に梱包《こんぽう》する中国製のふかふかでした。

「尋ちゃん。ありがと。でも――」

「まずかったですか」

俺は横を向いて笑いをこらえる。だって、ベビーおくるみ、淡いピンク地に真っ赤っかな苺模様が散っている。どう見ても女の子用でしょう。

「ごめんなさい。あたしの、わがまま。香苗さんのお腹を見るたびに、女の子だったらいいなって――。香苗さんと省悟さんがお母さんお父さんだったら、さぞ幸せに育つだろうなって」

自分の生い立ちを投影してやがる。笑みが引っ込んだ。痛すぎる。思わず下を向いてしまった。歩美が、ごく自然に言った。

「あたしは、この苺模様、すっげー好き。チビも喜んでるよ。よだれ垂らすくらい、笑ってるもん。端っこ摑んで放さないもん」

尋と歩美の視線が絡む。歩美は小さく肩をすくめた。ずいぶん大人っぽい仕種をするようになったものだ。

「おまえさ」

「うん」

「着物、似合うな」

「慣れるまでは苦しかった〜」

「香苗さんはさ、ほとんど着ねえくせにな」

「着ませんね。妊娠以前から、楽な恰好ばかりだもん。あたしは着ないからって立派な着物、すっげーたくさん戴きました。本音は価値わかんねーけど、一財産だ。桐簞笥《きりだんす》まで買ってもらいましたから」

「――もう、おまえを虐待できねえな」

虐待。なんと露骨な御言葉。歩美は気にかけずに返す。

「虐待と引き替えに、生き抜かせてもらったから。尋さん、いつだって必ず私になにか食べさせてくれた。ときどき、食わせ方が犬にやるみたいだったからムカついたけど、尋さんいなかったら、あたしは骨皮筋《ほねかわすじ》右《え》衛門《もん》で死んでたよ」

「骨皮筋右衛門。てめえ、いったい、いつの時代の者だよ」

一呼吸おいて、付け加える。

「しかし、省悟さんが処分してくれてよかったな。おまえのカーチャン、ある意味、すごい奴だったからな」

「そうですね。あたしは透明人間にされちゃってたな。あの人にとって、あたしは存在しない人だったんですよ」

「あたしさ、〈現代用語の基礎知識〉読んでんだけどさ」

「なんじゃ、そりゃ」

「いや省悟さん、ちょい前のやつが幾冊も診療所にあって、先生の趣味だね。百科事典アタマから読むような超変態だから。で、患者さん来ないときに、なんとなくページをめくったら、癖になっちゃったんだ。でね『減らない虐待の背景には困窮する世帯の増加や慢性的な福祉職員不足、何よりも「おとなが子どもにすることはすべて愛情である」という考えに毒された日本社会の問題がある』って書いてあったよ。ちゃんと覚えちゃったよ。『おとなが子どもにすることはすべて愛情である』だぜ。すべて愛情。善いことなんだもんな。にしても、おめえのオフクロさ、煙たがられながらも外面は好い人ぶってたよな。超ずれた好い人。みんな目を合わせなかったもんな。トーチャンも人当たりはいいけどまったく働かねえしな。生活保護どころか児童手当の金、おまえに一銭だって遣わなかったよな。ったくおまえんちの育児放棄、普通じゃなかったな」

「はい。うちだけじゃなく、下槇ノ原の親って、なんか取り憑いてんじゃねーかっておかしな奴ばっかりだったけど、とりわけカーチャンは、すずめばちに入り浸って朝まで飲んで唄って、昼は寝てました。毎日二日酔いでうーんうーんて唸ってて。いまだにあんな生活のなーにが愉しかったのか、わからん」

　尋の滑らかな頬が歪む。凄まじい軽侮と軽蔑のいろが瞳の奥で揺れる。

「スナック・すずめばち。夜中、薄気味悪い赤い灯りが洩れてて、音痴が声張りあげて、男と女が組んずほぐれつ。腐りきった下槇ノ原の肥溜め。ほんと、前通るたびに火ぃつけてやりたかったぜ。最悪だったな」

「でも、あのババア、省悟さんが熔かしてくれたから」

「強張《こわば》り、とれたな。おまえ、カーチャンがいなくてもカーチャンに怯えてさ、カチカチだったからな。きっと見えないとこでもカーチャンが水子霊みたいに肩に乗っかってたんだな。ネグられてたからさ、逆によけいに意識しちゃうんだ」

「はい。ババア水子、消えました。肩凝り解消ってやつですか、首筋痛くて頭痛もひどかったんだけど、いまは、すっげー楽」

俺には歩美の変化、わかりません。御宿蘖埜にきたときからすれば、そりゃあ大変化だけどね。

「おまえさ、省悟さんの子供、妊娠する？」

唐突な質問に、空気が凍った。歩美は小声で答える。

「ここでは答えづらい。でも筋を通すなら、省悟さんとは控えたいです。だいたい妊娠なんて考えられないから」

「なに言ってんだか。遠慮すんなよ」

「はい。ありがとうございます」

歩美が泣きそうだ。大泣きしそうだ。感動とかではなく、尋に感情移入して、もう顔をあげられなくなっている。あえて会話に口を差しはさまなかった香苗さんも、妊娠云々という成り行きに横を向いてしまった。俺が真っ直ぐ見つめると、尋は舌打ちした。

「ったく、うぜーな、相変わらず。あたしは帰るよ。お騒がせしました〜」

香苗さんが膝で立って、苺のおくるみに包みこまれたチビを尋に差しだした。尋はしばらく無表情に抱いていたが、きつく頬擦りして、すごく好い笑顔を俺たちに投げて、背を向け、夜に溶けた。

俺は長老と会った御宿湊屋で、見てしまった。夜半獣から見せられてしまった。それを香苗さんに話した。歩美は、いつもいっしょだったから、薄々知っていた。尋という少女に加えられた、むごすぎる仕打ち――。

それは歩美に対するネグレストとはまったく別次元の出来事だった。

尋の父と母は、下槇ノ原に生まれるべきでなかったんだ。なんの血か知らないが、特別な血統だったんだよ。山ん中の上槇ノ原とちがって辺鄙とはいえ人の行き来が多いから、下槇ノ原のほとんどの奴は、そのなんかの血が薄まっちゃって、たぶん上槇ノ原に生まれていたならば許容範囲なんだろうけれど、ランラン楽しい槇ノ原商店街なんかつくっちゃって、すっかり標準的な日本と化してしまった下槇ノ原では異端というか、異種に近い存在だったんだよね。

上槇ノ原が、いわゆる日本人とは微妙に毛色《けいろ》がちがう香苗さんを、両親や弟を解き放ちはしても、宿泊者がほとんどいない御宿蘗埜の主として、築幾年か判然としない古色蒼然とした大きな宿を保つ算段をし、生活に不自由しないように遇して、大切にしたのと正反対だ。

実際は御宿蘗埜に幽閉というやり方だったのかもしれないけどね。香苗さんは、上槇ノ原本来の血統の保障だよな。当人はそう思ってはいないみたいだけれどね。

俺の直感か夜半獣が見抜いたのかわからんけど、尋の父と母は、近親相姦だ。二人は兄妹だよ。

日本てさ、天皇制維持のために近親相姦はタブーじゃなかったんだよね。古事記でも日本書紀でも近親婚だらけだもんね。仁徳《にんとく》天皇の時代とか、天皇が強かったころは高貴な血を示すためにも近親婚が頻発したっていうもんな。

それだけじゃなくて平安時代あたりから、ひたすら皇室と藤原氏って婚姻続けてたもんね。近親婚のバウムクーヘンじゃねえか。

俺に近親婚の善悪なんてわからない。でも受け容れられないな。腰が引けてしまう。そういうふうに精神がつくられちゃってるんだ。心に刷り込まれてるんだ。

オフクロとやれって言われても、絶対に無理だよ。可愛い妹や綺麗な姉がいたって、タブーだな。なぜダメなのか、突き詰めるとまったくわからんけどね。とにかく俺にとっては、絶対的な禁忌だ。

でも、ま、べつに当人同士がいいなら、優生学とかどうでもいいじゃん、セックスしろよ。結婚しろよ。これ本音。

人間、好きなもんとくっつく自由と権利がある。自由と権利なんて御大層な科白、こんなときにしか遣えねえよ。

下槇ノ原の奴らは忌み嫌ってたね。恐れてたね。呪わしく不吉なものとして扱ってた。怖がってた。目も合わせない。忌避してたってやつだ。なにか言い伝えでもあるのかな。一段落したら調べてみようかな。

とにかく下の奴らにとっては忌まわしいとされている夫婦のあいだに生まれたのが尋。ただでさえ周囲の目がきついのにさ、真の迫害を加えたのは、本来は尋を守り育てるべき両親だった。

俺、御宿湊屋で尋の両親と会ったとき、見ちゃったんだよ。見えちゃった。一瞬ですべてを見た。

生まれた直後の、薄桃色したふくよかで愛くるしい尋を左右からはさむかたちで、父と母が膝で立ったまま中腰になって、目顔で合図して、その顔にラップをシャッと拡げて密着させたところを。

小さな小さな口と鼻に、ぺたっとラップが貼りついて――。

尋、死ななかった。助かった。なぜかは、わからない。小さいなりに烈しく身悶えして真っ赤になって痙攣してたけどね。泣いてんだけど、ラップで覆われてるから泣き声、聞こえないんだよ。

それが見えた時点で、俺、もう、心が裂けたからね。

両親にしてみれば、生まれてきてはいけない子供だったんだろうけれど、逆に禁忌もあって彼と彼女の愛情と性の衝動はより烈しかったんじゃないかな。

だったら、てめえら、せめて避妊しやがれってんだ。でも、しねえんだろうな。しねえよな。薄い膜で隔てられんのだって絶対にいやなんだ。なんとなく気持ち、わかるし。

父親が窒息死させられなかったラップを親指と人差指で抓んで『ついに、生まれてしまった』って嘆息してた。

尋は半死で、もう泣き声もあげられない。真っ赤だったのが、青黒くなっちゃって、ちっちゃな胸が痙攣気味に上下してたな。ラップ、尋の息で悲しく曇ってたよ。

ついに生まれてしまった――とは誤って妊娠させてしまったということか、それとも、言い伝えにある何ものかが生まれてしまったということか。

ああ、見えてしまったものを、いまさら思い返すのもつらい。

絶命させられなかったことにより、以降、この乳児に加えられた虐待は、徹底した身体破壊となった。これは虐待というよりも、殺人だけどね。

子宮の破壊。

異物挿入。

夥《おびただ》しい血。

ときに桃色の肉片。

泣き叫ぶ乳児、尋——。

父も母も、それに夢中だった。はじめは棒の先とか丸かったんだ。でも、すぐにエスカレートした。角があるもの、尖ったもの。あげく千枚通しやカッターナイフまでぶち込んだからな。殺すのが目的なら、心臓刺すか、首を落とすかだろ。

でも父と母には、尋の性器に対する執着というか、これがすべての諸悪の根源といった烈しい思い込みがあったんだ。尋の性器＝生殖器が自分たちの不幸の象徴になっちゃったんだね。だから、殺すという目的から微妙に見当違いな方向にホップステップ、ジャ～ンプ！ 忌まわしき逸脱。

言うに事欠いて『私たちのようなものが生まれてきてはならない。生きる価値がない。苦しむだけだ』ですからね。

だからって乳児の子宮を刺すか！

乳児だぜ！

しかも、てめえらが性慾、抑えられずにこさえた娘じゃねえか！

極限の苦痛を与え続けられた赤ん坊。いったい精神に、どんな影響がでるんだろう。いまの尋の姿からは窺い知れないけどね。

尋さ、ラップで死んじゃえば、楽だったのにね。死ねなかったね。それから先も、死ねなかったね。死ねないんだね。

死なない赤ん坊。

絶望的な苦痛を甘受するしかない赤ん坊。

はい。普通の話じゃないよね。でも、これ事実。両親も尋が死なない子供であることを悟ったんだろうな。

それでも乳児のころのように頻発しなくなったにせよ、身体破壊は続いたね。物心ついてからさ、両親に縛りつけられて股を拡げさせられてた。

ポリの四五リッターのゴミ袋拡げた上でやるんだよ。尋のまだ硬いお臀が、たぶん凍えた汗だよね、ゴミ袋に貼りついてさ、ぺたぺたユーモラスな悲しい音がする。

尋の股間で背を丸めて作業する父。瞬きせずに見つめる妻。ありとあらゆる異物挿入、実験してるみたい。他人から見たら絶望的に無意味な探究心。

で、血塗れ——。

尋が物心ついてからも、だよ。いかに苦痛を与えるかだけでなく、いかに辱めるかっていう要素も入ってきていてね。

自分がいかに無価値で恥ずべき存在かってことを、変態作業およびおぞましい言葉で捩じ込んでいくわけだ。

これは、心、傷つくでしょ。

軀だけじゃなく、心！

すっげー傷つくでしょ！

軀が血塗れ。

心も血塗れ。

血塗れ、尋。

そりゃあこの御時世、酷い虐待、無数にあるだろう。けど、どこの親が、こんなことするかよ。

尋が最初に自殺を試みたのは、あと少しで五歳になろうというころの四歳だった。まだ下槇ノ原には火の見櫓《やぐら》があったんだ。そこに登って飛んだ。でも、ちょうど通りかかったトラックの幌の上に落ちた。

次の自殺は、小学一年のとき。吃逆川上流の櫻ッ淵から浴衣の帯で手足を縛って飛びこんだんだ。でも急流に呑まれはしたけれど、気付いたら手足を縛った淡い紅い帯は消えていて、岩の上に仰向けになって、ひたすら顫えてた。粉雪舞う二月だった。

両親は、尋の自殺を薄々知っていたよ。心の底ではさ、死んでくれれば——って願い、祈っていたと思うよ。

だってさ、両親だって絶対多数の中で、異なる血を多分に含んでいて肩身のせまい思いをしているのに、尋ときたら両親なんて比べものにならない血の充実ぶりだからね。

その一方で、なんなんだろうね、言葉はふさわしくないけどさ、殺意云々よりも習い性になっちゃったのかな。虐待は止まない。父と母はせずに、いられない。

ひょっとしたら窃《ひそ》かなよろこび？　になっていたかもしれない。成長しても両親の尋に対する肉体破壊は止まらなかったよ。おぞましさは増幅していったからね。

子宮破壊も続いたし、殴打なんて当たり前で、ベルトで鞭打つんだって、バックルの金属のほうで打つから、背中の骨が見えてたもんな。俺、それも見ちゃったからね。尋の肩の骨、ずいぶん白かった。そこに糞便《ふんべん》塗りたくったり――ね。

ごめん。もう虐待のあれこれ、思い出したくない。ゲロ吐きそう。逃げます。救いは、いや、救いかどうかはわからないけど、尋に与えられた肉体破壊だけど、跡形もなく治っちゃうんだよね……。

とにかく非道《ひど》い仕打ちがずっと続いてたんだけど、やがて尋の年頃の女の子たち、生理がはじまるようになるわけだ。でも、尋には初潮が訪れない。

両親が恐れたのは尋の美貌だよ。幼いころから下槇ノ原の男共の性的対象、ありとあらゆる性的な悪戯を受けてきたからね。妖魔の子とか呼ばれながら、酔いと性欲に目を充血させたタバコの脂《やに》臭い息を吐く悪魔共に弄ばれていたわけだ。もちろん尋は気が強いから逆らったけど、大人の男にぶん殴られ、蹴られ、押し倒され――。

月経排卵がはじまればさ、相手がどこの誰かもわからぬまま妊娠ということも起こりうる。これは両親にとっては、凄まじい恐怖なわけだ。だから、生理がはじまらないのはどういうことだ？　と逆に不安になって尋を婦人科に連れてったわけだ。

結果、生まれつき妊娠できない軀であることを告げられた！

卵巣欠損《らんそうけっそん》――。

卵巣自体が存在しなかったんだよ、尋のおなか。卵管《らんかん》もなかった。子宮はただの袋にすぎなかった。

じゃあ、いままでの異物挿入、子宮破壊はなんだったんだよ。ま、両親は安堵したよ。でも虐待は止まなかったね。尋の父親、インテリだからさ、言葉の暴力がいよいよエスカレートしていくわけ。幼いころから全否定。とにかく死ね。生きていてはいけない。それをねちねち執拗に尋の耳の奥に吹きこみ続けた。

で、現在に至る。

生まれつき妊娠できない軀の尋が、少しずつ膨らんでいく香苗さんのお腹をどんな思いで見守っていたことか。

健気だった。自分の身の上のことなんか一切感じさせなかった。

でも、どのような経緯かはわからないけれど、チビが生まれる直前、縁側《えんがわ》で見ちゃったんだ。香苗さんに卵巣のない自分の軀を投影してたんだろうな、尋、膝で立ってさ、冷たく凍っているのに潤んでみえる曰く言い難い瞬きを喪った紫がかった瞳で、はち切れそうな香苗さんのお腹に顔を押し当ててた。

もちろん、盗み見たことは尋にも香苗さんにも言ってないよ。あんとき香苗さんは中空睨んで立ち尽くして必死に涙をこらえてたもんな。尋は完全能面だったけど、瞳孔がせわしなく開いたり閉じたりしてたな。

なんか俺まで、泣きそうだ。委細を知らない先生なんか、尋をおちょくって平気で俺の子供を産めとか言うじゃないか。そのたびに俺は背中に変な冷えた汗がにじむんだよ。

もっとわからないのは、高畑所長だ。だって先生とはちがったニュアンスで、尋に俺の子供を産めって迫るんだぜ。冗談の余地なしだからな。

どーやったら生まれんだよ、どーやったら妊娠すんだよ、巨大脂身ババアめ！　そればかか上槇ノ原の虚弱男ともしてあげて――とか吐かしやがったからな。

わからねえ。

ぜんぜん、わからねえ。

高畑所長はわかってるくせに、言ってんだろ。ほんと、わかんねえよ、あの人は。なに考えてんだよ。

先生が冗談を口にするのとはちがった圧があるから、高畑所長が尋に妊娠のこととか口走るたびに、俺はいつも窃《ひそ》かに鳥肌立ててたもんな。肘と手首のあいだの腕がさ、すすすって鳥肌っちゃうんだ。

でも、顔はヘラヘラ笑ってたよ。尋は妊娠できない軀じゃないですか――なんて言えるわけねえよ。当然だ。笑って遣り過ごすしかねえじゃねえか。

尋とは週一くらいでセックス、してるよ。なんか動物の、いや人間の交尾って感じじゃないな。俺って客観視しちゃうと結構交尾っぽいんだけど、尋とのことは、労りあうって感じだ。共感しあうっていうのかな。気持ちいいよ、すごく。でも、なんか普通の女とのセックスとはちがう。まったくちがう。静かなもんだ。ふしぎだよ。

ああ、頭が割れそうだ。精子撒き散らすのだけが得意な俺に、なにができる？　俺は尋になにができる？　なあ、なにができる？　卵巣、ないんだもん。できることなんて、ねえよ。同情すればいいのかよ。可哀想だって身を寄せればいいのか？　クソ。

チビがじっと見つめていた。

俺は口の中いっぱいに酸っぱい唾が湧いてきて、なんか泣き笑いの顔でチビを見つめかえした。

チビが、両の目尻からつつっと涙をこぼした。チビは俺を凝視して、唇を震わせて泣き続ける。俺も、声をださずに静かに泣いた。チビを抱き締めて、泣いた。

＊

あれこれ偉そうに言ったって、結局は俺、父親になったんだ。香苗さんと俺は幸せな家族、幸福な家庭を尋に見せつける。尋と遣り取りしていても、チビがむずかれば香苗さんも俺も、そっちに意識のすべてがいってしまうもんな。

香苗さん、早く名前を付けてくれってうるさいんだ。そんなの自分で付けりゃあいいじゃねえかって逆らってんだけど、ついにチビを抱っこさせられて、臀を叩かれ高畑所長のところに出向かされた。

「ほんと省悟君、まったく考える気がないんですよ。このままだと、この子、自分の名前がチビだって思い込んじゃう」

延々訴え続ける香苗さんをはぐらかすように、高畑所長は目をまん丸にして言う。

「よく笑うねえ」

「そうなの。たぶん省悟君の血。省悟君て、笑ってごまかして、笑って逃げるタイプだから」

「それは、言えてるわ」

「あのね、おめえら、言いたい放題ですね。だいたいですね」

「なに」

「このチビに名前付けたって、どうせ日本の国民になるわけじゃなし。でしょ？　図星でしょ？　わかってんだ。このチビは無戸籍で無国籍なんだから」

「わかってるんなら、だからこそ、ちゃんと名前を付けてあげようよ。なんか、ない？　この子に対する希望とか願望とか」

「ない。ただ頑丈に育ってくれれば、それでいい」

「はい決定」

「頑丈？」

「アホ」

「頑？」

「わざと言ってやがる」

「へへへ」

「頑丈の丈。読みは『たけ』。苗字は蘖埜になるんだろ？」

「うん。もちろん、蘖埜。なにせ俺、自分の姓がわからねえ稀有《けう》な人ですから」

「丈なら画数少なくて面倒がない。鉛筆もつようになると蘖埜で苦労するだろうけど、名前はさらさら。私は、ちゃんとそこまでこの子のことを考えてあげてるんだよ」

　なに言ってんだか。ハギノタケなんて、キノコみてーじゃねえか。俺が雑に肩をすくめると、丈は両手を精一杯のばした。だいたいにおいてというか九割九分九厘、機嫌がいいガキだが、いつもよりとりわけ笑みが深い。顔がぐちゃぐちゃなだけでなく、きゃっきゃきゃっきゃ声をあげる。よだれが、だ～らだら。

　丈がいきなり指差した。

「ばあば」

「え？」

「ばあば、ばあば」

「喋ったよ――」

「喋ったわね！　すごい！　早すぎる！」

もともと目蓋が脂身で垂れ気味な高畑所長には目がほとんど見当たりませんが、もう完全に目がなくなっちゃったよ。こんな嬉しそうな婆さんの貌、はじめて見たぜ。

「よちよち、ばあばのところに、ばあばのところにおいで」

孫という立ち位置か。だが高畑所長の様子は尋常でない。自身の命のすべてを込めているかのような慈愛が、丈の全身を覆いつくしていく。

丈は真っ赤っかな苺が散ったベビーおくるみだけでなく、高畑所長の肉につつみこまれて大はしゃぎしたあげく、静かに眠ってしまった。まったく起きる気配がない。かといって死体じみたところは一切ない。眠る姿にも命が横溢《おういつ》している。

高畑所長は丈を抱きこんだまま、微動だにしない。

息子は蘖埜丈。

母は蘖埜香苗です。

で、俺様が父である蘖埜省悟である。

まいったね。俺、上槇ノ原で自分の姓までもらっちゃったよ。

なんなんだ、このすっげー幸福感。世界を自分で摑んだ感。それは丈も香苗さんもいっしょだ。顔でわかる。表情でわかる。

では、尋は？

あの子は、幸せか？

いま、尋は幸せか？

26

秋には葉っぱが落ちるから、落葉に合わせて下槇ノ原を更地にします――と、高畑所長が高らかにではなく、ぼそぼそと宣言した。下槇ノ原がつまらない手を打ってくる前に、こっちから攻めるということだ。

女子供の股間にホリドールを仕込ませて上槇ノ原を皆殺しにするという遣り口に、さすがの高畑所長も、キレちゃったみたいだ。でも、気が長いんだよね。しっかり準備させてるもん。絶対勝てるっていう余裕だね。

でも――秋には葉っぱが落ちるから？　わけわかりませ〜ん。下槇ノ原の壊滅を落葉になぞらえてんの？　微妙だなあ〜。

ヤナショウの無駄に広い駐車場には、いくら洗浄しても水磐土採掘で白くまだらに染まったままの同一車種の、やたらとでけえブルドーザーが十二台整列している。上槇ノ原が誇る最終兵器だ。まだ十数台あるそうだ。

他には瓦礫にしちゃったあれこれをまとめるためだろう、パワーショベルが幾台も用意されている。工事車両がこれだけ並んでいると、なんかこれから上槇ノ原でダム建設かなにかの突貫工事でもはじまるみたい。

上槇ノ原重戦車軍団。大砲のない戦車たちを感慨深く眺める。俺だって感慨にひたることもあるんだよ。いまだに何がなにやらというのが本音だけど、指を落とされちゃったのだけは確かだ。すこし温度が下がってきたせいで、切断面が疼く日もあるからね。いろいろあったなあ――。

西さんと爺さんの指図で男女入り乱れてブルの操縦席を鉄板で覆っている。防弾ということだろう。芳香のような悪臭のような、溶接のアセチレンの臭いが流れてくる。

仁王様も仁王立ち、偉そうに細かい注文を出してるね。指図だけで、作業は一切しないけど。あ、喜美ちゃんのお腹もすっかりポンポコで、あと少しで生まれるそうです。

あ、巡査長はいません。あきらかにさぼってますね。西さんに組んでもらったステンレスフレームの巨大ビニールハウスに引きこもってニタニタしながらトマト、愛でてんだろうな。

北村さんは店番、棚卸しとのことだが、ほんまかいな。ヤナショウさん、棚卸ししなければならないほど在庫管理してますか？

いつもは存在感の薄い男たちもいいところを見せようと、結構頑張ってるね。でもアセチレン溶接器の吹管を自在に操ってるのは西さんだ。恰好いいね。仕事のできる人。

防弾板溶接作業が終わったら、上槇ノ原の軟弱男共、三日ほどブルドーザーの操縦を習うそうです。そんな即席栽培で、だいじょうぶかね？

ヂーゼル二級整備士の爺さんが目を三日月形にして寄ってきた。あれこれ喋りたいときの貌だ。もちろん腰引けちゃいま～す。

「どうよ、威容《いよう》だろう」

「うん。異様《いよう》だ」

「なんかよ、ちがうふうに解釈してね？」

「いやあ、すげえなって。でけえよなあ」

「まあな。自重が三〇トン近い化け物も大量にあったけどな、戦争には鈍重すぎる。で、この装備重量一八トンに揃えたわけだわ。このクラスだと、可動五千時間程度の中古でも千五百万以上するぜ。エンジンは排気量六・七リッター、当時最新だったバリアブル・ジオメタリー・ターボチャージャーだ」

うざい。拋っとくと、いくらでもメカのこととか喋り続ける。はい、方向転換。

「で、いつ、攻めるの？」

「なんか尋をつれて、大彦岳にこもってる」

「所長？」

「ああ。結界がどーこーって言ってた」

結界ね。股ぐら農薬女たちがやってきたとき、俺、確かに尋に言ったよ。――結界張れって。でも、あれ、俺の言葉じゃねえなあ。

「なに考えこんでんだ、若者」

「いやね、こうも見事に違和感なく溶けるなんてね、いわゆる乗っ取りではありえね～って感じでね」

俺に溶けこんだ？　らしい夜半獣のこと言ってるんだけどね、爺さんは老眼鏡を下げて怪訝そうに見やってきた。

「だからね、あのね、説明不能。ゆえに質問します。大彦岳っておこもりの山なの？」

「いつの時代かわからねえけど、中腹に建物の基礎だったのかな？　とにかくなんかの遺跡が残ってるよ。ただの六つの石だけどね。黒曜石《こくようせき》。もう摩滅《まめつ》しちゃって、つんつるてんで鏡面《きょうめん》化《か》、貌が映るのが不気味だぜ。相当に古いもんだよ。俺の見立てだと、万年は言わんけど千年単位の古さだ。で、その基礎をそれぞれつなぐと、きっちり見事な、寸分の狂いもない六芒星《ろくぼうせい》になるんだ」

六芒星ですか。即座にスマホで検索する。

「いいなあ、おめえの携帯は。電池いらず」

無視。俺は権威主義なのでＷｉｋｉとかはやなのね。だから世界大百科事典。

――六芒星〈ダビデの星 Star of David〉と呼ばれ、一般に創造の象徴とされるが、二つの正三角形が組み合わさった形なので両性《りょうせい》具有《ぐゆう》、対立物の統一の象徴ともなる。

「ほうほう。創造の象徴にして対立物の統一の象徴ですか」

爺さんがスマホを覗きこむ。液晶、真っ黒けでなにも見えないと呟く。で、あらためて問いかけてきた。

「何のことだ？」

「幸先《さいさき》いいかも。都合のいいとこだけ引っ張っただけだけど」

「ちょい寒くなってきてるじゃねえか。大彦岳は冷えるぞ。まん丸の平たい真っ黒な石が六個据えられてる吹きっさらしで、野営だからな。正しくは祈禱？　俺にはよくわからんが、いくら所長の肉蒲団が分厚かったたって、尋ちゃん、凍え死んじゃわねえかな」

「なんで尋、ちゃん付け？」

「大ファンだからよ～」

「ははは。アイドルか。お話しかわって、いままで、真の結界にチャレンジしなかったのは、高畑所長じゃあ力量不足？」

「まさに。所長が自分で言ってたもんな。私の力では、この世界から離脱する結界は張れないって」

「この世界から離脱する――って、また、いやはやなんとも」

「ま、離脱したって上槇ノ原はうまくやってけるべ。案ずるな、若者」

最近は、若者って呼ばれてんです。で、肩をポンと叩かれた。

爺さんの手指はエンジンオイルが爪のあいだだけでなく、指紋にまで沁み込んで固着して、なかなかに男前な指だ。

ヤナショウの駐車場を離れて、足は自然と大彦岳山麓《さんろく》のほうに向かう。標高二二二八メートル。山頂はもう雪をかぶっている。冬の気圧配置なんだね、見事に晴れ渡っていて、空も大彦岳も碧《あお》く染めあげられている。

俺の金剛石化も結界の一種だけれど、外界と隔絶するための結界を張る所作は、男が立ち入れぬ領域であると高畑所長から聞いていた。だから山麓から見あげるしかない。

切ない。巨大な鷹《たか》になって、空を舞って、そっと尋の背後から両方の翼で覆いかぶさって、やさしく暖めてあげたい。

尋——。

27

十一月の三十一日、午前零時。上槇ノ原重戦車隊、出陣。

え、十一月に三十一日はないって？　当たり前じゃないか。でも高畑所長がそう仰有るのだから、そうなんです。なんでも尋時間だそうだ。なんですか？　尋時間。

「内面の律動《りつどう》が持続している時間かな」

「じゃあ持続が途切れると結界が消える？」

「うん。中途半端に私たちの血が流れている下槇ノ原の連中に対してはね。とにかく下槇ノ原の人間は、一人たりとも結界の外にださない」

「下槇ノ原以外の、その他の連中は？」

「私と尋の許可がない人物は、基本的に日本国からは、誰も這入れない」

はあ？　またもや、なんですか、それ。意味わかんないんですけど。上槇ノ原は日本国から、世界から消滅しちゃうんですか。

「消えないけど、感知されない。見えない。感じられない。必要な者だけが訪れることができる。私たちに害をなさない大麻ツアーの観光客とか、ヤナショウに荷物を運ぶトラックのお兄さんとか」

「都合よすぎますね」

「だね」

「なんで大麻ツアーとか、金がいるの？　もう充分、稼いでるでしょ」

「経済。経国済民。このあいだ説明したステーブルコインとかの仮想通貨ね。電子によるデジタル通貨。ネット上の電子取引は上槇ノ原の独立にもってこいなわけ。経済にうとい省悟君に説明するのは面倒だから省くけど」

「新たな国家の確立とか言ってたな」

「そう。私は千年単位でものを考えている」

「それは、それは。ほんとに千年生きそうだな。で、結局は経済力ですかな」

「経済力ですな。私が苦労させられた大東亜戦争、結局のところ日本は総合的な経済力の差で負けたんだよ」

「帰するところは銭金《ぜにかね》か」

「当たり前でしょうが。人間はね、物を食べてクソをするの」

「お下劣《げれつ》」

「口にしたくもないけれど、省悟君の言い方を借りればね、経済なんて物を食べてクソをするってことなの」

「俺、言ってねえし」

「先生が言ってたように超人間主義＝電子的な進化、食や排便といった肉体固有の属性から放たれた不自然淘汰に至れば、経済の概念も一変するだろうけど、まだ当分は肉体を保っていかなければならないでしょう。私は過去の体験から、食べることに関してだけは、こだわりがあるから。なによりも絶対に、もう、同胞の肉は食べたくない」

それに関しては、返す言葉がない。それよりも臀が痛い。すっげー、痛い。そっと高畑所長を盗み見る。

そうなんです。なんで俺がこんな特等席に付き合わなければならないのか。

そうなんです。重戦車、いやブルドーザーに装着されたブレード、わかりますか？　日本語で言うと泥や岩をぐいぐい押しまくって持ちあげる排土板、幅一・六メートル、長さ四メートルの分厚い湾曲した鋼鉄の上に座らされてんですよ！

理由？　ブルの操縦席に大柄であらせられる高畑所長が乗り込めないから。もともと一人で操縦するようにできてるしね。高畑所長が私も出陣するって言いだしたときは、みんな目が泳いでたからね。

一応は女性でしょ。だから最後尾の戦車の排土板の上に乗っていただいたわけですわ。高畑所長を乗せられる場所は、ブレードのみだってことで。

だったら一人で乗ればいいじゃん。なのに道中、退屈だから省悟君も付き合え——と。デブと瘦せの珍妙雛人形とか笑って、軽い気持ちでＯＫしたけど、操縦席はクッションだけでなく、揺れを吸収するサスやランバーサポートまで付いて念入りな防振対策がなされてるわけ。

でも、吹きっ曝しでブレード上だよ。つまり、重機ってやつはキャタピラで走るから、すっげー揺れるんだよ！　ブレードって二本の油圧のアームで支えられてるだけじゃん。だからその揺れがゆっさゆっさ増幅されちゃう。しかも古いヂーゼルエンジンの不整爆発の振動も凄まじいからね。

鋼鉄ガチガチの分厚く冷たい鉄板に座らされた臀肉の薄い俺。揺れる、揺れる、排土板が揺れる。船酔いしないたちだけどさ、この振動は瘦せケツには応えるわ〜。

もちろん高畑所長はＮＡＳＡ公認、自前のロケット射出時用脂身クッションおよび贅肉ショックアブソーバーのおかげで、排土板の上部に横柄に両手を伸ばして反っくり返って悠々自適でございます。

しかも前述の通り、みんなが気を遣って最後尾の重機に乗せたんだけどさ、言うに事欠いて流れてくるヂーゼルの青黒い排ガスが健康に悪いから、一番先頭に出せ、だとさ。

知らねーよ。真っ先に弾に当たっちゃうじゃんか。他の重機は排土板を立てて銃弾を防ぐ態勢で走ってんだけどね、高畑所長と俺の乗った排土板は剝きだしかつ地面に水平ですから。

遮蔽物《しゃへいぶつ》？　遮蔽物そのもの自体の上に座ってんですからね。いざとなったら高畑所長の脂身で弾をふせいでいただきましょう。

金剛石化？　都合よくあれができるなら、その保証があるなら、よろこんで最前列剝きだし状態、引き受けますけどね。

はい。俺はいまだに臆病で狡い省悟君でもありますから。夜半獣？　いるかいねえかわかんないという猜疑《さいぎ》から抜けてねーし。平気で十一月三十一日とか言ってる奴らといっしょしてるんですからね。

あ、尋は無事、大彦岳からもどった。様子を訊いたら、水晶？　クリスタル？　そんな透き徹った笑みを泛べて、そっと抱きついてきたよ。

＊

『省悟さん、温かかったよ。顫えてたら、大きな翼が伸びてきてさ、そっと背後から抱き締めてくれたね。私のことばかり思ってくれていたね』

『んなことはどうでもいいよ。結界はうまく張れたのか？』

『うん。見事なものが』

『自分でわかる？』

『なんかね、あたしの場合は柔らかいの』

『柔らかい結界？』

『そう。かといって所長の頰っぺほど柔らかくはないけど』

『わはは。あれは柔らかいっていうより、崩れはじめてんだよ』

『省悟さんだって結界、張れるんだよ。けどダイヤモンド。完全立ち入り禁止。誰も入れない、出れない。省悟さんは自由に動けるけど、他の人は固まっちゃって動けない。金剛石の結界。孤絶《こぜつ》ってのをしちゃうらしい』

『それ、ちょい所長から聞いたことあるけどさ、なんのこっちゃ？』

『尋、バカだから金剛石ってわからなくて、所長に訊いたの。そしたらダイヤモンドだって教えてくれた。省悟さんはダイヤモンドだから、誰にも穴をあけられないだって』

『不死身ですからね』

『だね！』

『おまえは？』

『――言いたくないけど、省悟さんとは違った意味で死ねないみたいだね』

『そうか』

『うん。高畑所長に諭された。省悟さんは破壊の夜半獣で、私は護る夜半獣なんだって。それは変えられないことだから、黙って受け容れなさいって』

『自分で言うのもなんだけどさ、破壊の夜半獣にしては、俺、チョロいよな～』

『いかにもってのは、だめだってさ。虚仮威《こけおど》し？　立派な見てくれの割れた壺？　なんか言ってたなあ。たぶんね、スライムみたいのがいいんだよ』

『ふーん。せめてメタルスライムになりたいものよ』

『省悟さん、メタルじゃないね～。金剛石だよ！』

『尋、擽《くすぐ》んの、うまいね。じゃあさ、も一人のチョロい夜半獣は？』

『巡査長は、絡まった糸をほどく夜半獣だって。折衷？　どうしてもほどけない場合も、うまくやるんだって。これから先、すごく大切な存在だって』

『折衷。あの人らしいや』

＊

オッホン――。高畑所長が、変に角張った咳払いをした。

「なに、一人で思いに耽ってんのよ。私の相手をしなさいよ」

なにがオッホンだよ、尋のことを思って臀の痛みに必死で耐えてんだよ。あんたくらい重量があれば、カーブでもぶれねーよな。けどね、俺はちがうの。排土板のへりに摑まって右往左往してんだからな。

巡査長ってば運転自慢じゃん。得意げにぐいぐい曲がるわけだ。下槇ノ原に到るあの屈曲路だよ！　下りでどんどん勢いついちゃってるのに、キャタピラ滑らせ舗装剝がしてドリフトこいてるんだから、たまりません。

「ねえ、結界ってなんなの？　教せーて」

「あんたのは男性原理が凝縮したコチコチのカチカチだから、説明は不要だね。訊きたいのは尋の結界だろ。具体的には、迷いの森だね。太古には幾つもあったんだけれど、いまでは皆無。でも、更地となった下槇ノ原には草木が生えて、やがて樹木が伸び、それらは尋の力で尋常でない生育ぶりですぐに鬱蒼とした森となる。縄文の森だ。この森に踏み込んだ者はさんざん迷ったあげく、元の場所に帰らされてしまう」

「ロープレかよ。ゼルダかよ。いや、ロープレが真似たのか」

「なに、それ」

「いえ。それよりも、ですね。迷いの森の仕組みは？」

「尋が放電するの、見たことある？」

「見てない。チョンチョンするときにさ、指先から静電気？　稲妻？　出てたって言ってたな」

「省悟君は出ないのね。なぜなら、多分、究極の電子レベルで作動してるから」

「俺は、ロボットか！」

「俄《にわか》仕込みだからさ、アレだけど、無理やり解釈すれば、電磁気力だよ。量子論の電子の力だね。量子脳の研究が進んで、渡り鳥とかが方向を間違えないのは、地磁気を感知する電子的な力をもっているからだって。もともと人間、地磁気なんてわかんないけどさ、迷いの森は、迷いこんだ者にその逆に働くってところかなあ。電子的な超越的な攪乱《かくらん》」

俺は貴女様に、超越的な攪乱されっぱなしですけどね。

「省悟君や尋の不思議な力、そして私がガメツく投資で稼げるのも、電子的な力のせいだと思う。先生なら、すらすら解説できるんだろうけどね。でも量子論。わかんないねえ。省悟君、最近、電池切れ携帯で電話したり検索かけたりしてるんだって？」

それは、あんたもそうだろう。〈焼き肉・おめん〉で電源も入れないスマホで木折を呼びだしてたじゃねえか。しかしヤナショウの爺さんてば、なんでもチクりやがるな。

「夜半獣っていうのは、人間には有り得ない量子の扱いができる存在かもね。量子もつれとか重ね合わせ、スピンを自在に操ることができるんじゃないかって。先生の受け売りだけどね。先生、りっこう真剣に研究してるからね。こないだノーベル物理学賞をもらったペンローズに夢中だから。量子脳、量子脳、うるさいくらい」

先生も確かにうるさい。でも、一番うるさいのは貴女様です。もちろんそんなことはおくびにもだしませんけど。

「ふーん。理に落ちちゃうと、なんかつまんないね」

「でもさ、省悟君だって量子のこと、なにもわからないでしょ」

「うん。わかんねー。ま、物理量の最小単位ってくらいの知識しかねえな。量子ってやつは、マクロの世界とはまったくちがった振る舞いをするんだよな。波であり粒である？　ひとつの粒子がどこにでも存在する？　0でもあり1でもある。非常識。で、なにもわからないくせに、俺ってば量子論の申し子であるスマホを使ってる」

「先生の受け売り。エンタングルメント関係にある粒子は、上向きと下向きのスピンの重ね合わせ状態からどちらか確定した瞬間、何億光年離れていようが、一瞬でその状態が伝わるんだって。光速を超えるというか、そもそも速度の概念とは無関係みたい」

「光速を超えるって、アインシュタインのおっちゃんも、びっくりだな」

「量子テレポーテーションとかね。現在、原子のテレポーテーションが成功してるって」

「テレポーテーションね」

「あなた、自分でとんでもない力発揮してながら、懐疑的というか、他人事というか」

「他人事なんですよ！　わりと俺の感情に忠実にやってる気もするけど、巧みに操られてるのかなあ。なんか微妙」

「どうなんだろうね。夜半獣って、感情を欲しがる獣っていう言い伝えもあるね」

「ふーん。なんか可愛い奴だな」

「そう思う？」

「うん。だって、よりによって俺にくっついて、俺の感情になっちゃってるんだから」

「人には、感情がある」

「うん」

「意外。素直だ。おちゃらけ坊主が真顔じゃない」

「誰がおちゃらけ坊主だよ」

「ごめん。なんかこういう会話って、照れ臭いじゃない」

「それは、言えてる。でも、勢いで言う。すごくよくわかるんだ。人には、感情がある。尋を見守っているとね、すごく感じる。無感情に見えて、尋は――」

「うん。いい子だよね」

「最高だ」

「とにかく、量子の力かなにかわからないけど、迷いの森が成立しても上槇ノ原のこと、電子的にどんどんネットなんかで発信できるわけ。だから、必要な子を呼び寄せることができる。必要な物資も自在に入れることができる。けど、お呼びでない者は、迷いの森から先に進めない。それは官憲だろうがなんだろうが関係ないの。権力の埒外。とりあえず治外法権になる」

「そっから先は？」

「そこから先は省悟君や尋がつくりあげる」

「あ、そういうの、いいです。結構です。やりたくないです」

「巡査長もそうだけど、政治とか、嫌いだよね」

「大嫌いだ！」

「だからこそ、しなければならないの。政治が好きな政治屋が、日本を、世界を壊しまくってるわけだから」

高畑所長も青臭いことを仰るね。後日談だけどね、このたびの最終戦争の結果、申し訳ないことに、じつは余所から仕事とかで下槇ノ原にきていたごく少数の人も犠牲になっちゃったんだ。俺が言うことじゃないけど、このあたり夜半獣は頓着しねーんだよな。

尋の完璧な結界のおかげで、上槇ノ原、下槇ノ原の存在自体が日本から、世界から認識されなくなったから、帰らぬ人は神隠しにあったって囁かれたそうだよ。

笑えるのはね、上槇ノ原のサイト。キャッチが〈神隠しの里〉だからね。もちろんコンセプトは高畑所長が考えたんだ。で、俺と尋があれこれ試行錯誤してサイトをつくっています。充実してるよ。パソコンのデータに残ってた高畑所長のアイデアがじつに巧みなんだわ。

泥臭く言えば〈神隠しの里・上槇ノ原〉の観光案内だね。創業六百余年、室町時代から続く日本最古の御宿蘗埜の歴史、そして御宿蘗埜ならではの貴重なラジウム鉱泉とか、いずれ湧出する予定なのかな？　出るに決まってるよな、なんせ三百度以上ある蒸気が噴きだす土地だ。売りにするのは、二酸化炭素泉＝炭酸ガスの小気泡が肌につく保温効果が強いサイダーのような〈槇ノ原泡の湯温泉〉にしようかって考えてたみたいだよ。ヤナショウの爺さんによれば温泉は単純、塩化物、硫酸塩、炭酸水素塩、含鉄、硫黄、酸性なんでもござれらしい。ハッパッパーでスパリゾートですか。いいですねえ。選ばれた方のための超高級リゾートホテル〈阿《あ》嶽《たけ》〉――『阿』とは深く入り組んだ深い、けれどずっと肌に馴染むやさしさを、そして『嶽』とはまさに険しく厳しい、されど敬愛すべき高山をあらわします。そこには心を澄みわたらせる霊気とでもいうべきものが充ちていて、峻《しゅん》厳《げん》と寛容と抱《ほう》擁《よう》があります――ときたもんだ。選ばれた御方、金持ってる奴からはとことん、ぼりやがる気だな。

特産品サイトは、定番の槇ノ原牛（槇ノ原牧場の依里ちゃん、こないだお逢いして懇《ねん》ろになりました。ばっちり妊娠したそうです）をはじめ、これまた途方もない充実ぶりで、少量限定にして厳選生産。稀少品ばかり。巡査長のトマトなんてバカ売れだからね！　ラベルが〈おまわりトマト〉って垢抜けなさ。わざとなんだけどね。

あ、御丁寧に、お車以外の交通手段はございません。東京駅より送迎致します――て但し書きつきだよ。それが受けてるみたいだけど。皆さん、辺鄙なとこが好きなのね。

で、みんなお車でさりげなく迷いの森を抜けるわけ。だから上槇ノ原の入り口は、東京駅八《や》重洲口《えす》です。金を払えばリムジンで、金がなければないなりに和気藹々の快適最新車両によるバスツアーでございます。

内緒だけど、当然、大麻もバンバン売ってるからね。栃木、群馬、福島、新潟——この四県の山間部のどこかで大量生産されてるってあたりまでは、流通過程から推察されてるらしいんだけれどね。

でもさ、迷いの森のせいで、いつだって捜査は迷宮入りでござる。ま、世界の流れには逆らえず、そのうち大麻も解禁されるだろうから、そのときはネットで大々的に売り出すんだろうね。

御宿蘖埜にもたくさん宿泊申し込みがあって、そろそろ捌けなくなってきてるよ。阿嶽山のホテル、すばらしくゴージャス。露骨に金持ち当て込んでんだな。けど、凝りすぎてるから、まだ完成まで一年くらいかかるらしい。てーへんだ。俺も旅館業、シコシコ手伝ってるからね。やってくるのは尋が一瞬で選別する選ばれた奴だけだけどね、日本人だけでなく外国人観光客もいっぱいやってきて、ハッパッパーかつ応仁の乱のころから続いている（ほんまかいな？）日本旅館の非日常を愉しんでる。あ、万が一、狼藉を働くと、その方は神隠しに遭っちゃうからね。

それはさておき観光でやってきた奴たちもさ、下界では一時的に神隠しにあったって感じなのかな。で、自分ちにもどったら、あれは最高の夢だったのかなあ——なんて首を傾げてたりして。けどさ、持ってる額に応じてしっかり金とられてんのね。

電子、ね。確かにつながってます。外界に接続できてます。俺もAmazonで丈のオモチャとか買いまくって、香苗さんに叱られてばかりだしね。

世界規模の話もしとくね。

投機筋もさ、得体の知れないところ＝上槇ノ原からの途轍もない資金が流れこむせいで大わらわだからね。これがねえ、高畑所長の言うとおり、凄い力をもつんだわ。

利益は、まずは最貧国に注ぎこんでる。人助け？　その額は尋常でないよ。だから世界経済が揺れる、揺れる、揺れる。

もっとも、いくら貯めこんだって上槇ノ原だけでは遣いきれねえもんな。まずは、この世界から飢えをなくす。意外に高邁《こうまい》な思想の持ち主だったんだね、高畑所長――。

＊

下槇ノ原は、無防備だった。無気力でもあった。上槇ノ原に対して打つ手がなくなってしまったのだろう、諦念《ていねん》が支配して静まりかえっていた。

〈ランラン　うれしい　ランラン　楽しい　槇ノ原商店街〉――長ったらしいね――に至る寂れに寂れたメインストリートを、上槇ノ原重戦車隊が空っ風に乾ききった土埃と青臭い排気煙を撒き散らして、進軍する。

先頭に陣取っているのは、排土板に高畑所長と俺を乗せた巡査長が操縦する戦車だ。巡査長が無線で戦士諸君に、初っぱなから排土板で崩し、人も建物も委細構わず踏み潰していけと命じる。

とたんに重戦車は、すっと左右に散開して俺たちを追い越していった。奴ら、いつからこんなに操縦、うまくなったの？

右側の重戦車が商店街の外れの〈スマート吉澤〉というクリーニング店に突入した。新建材の店舗、紙細工みたいに崩壊していく。夜目にも堆積していた埃が派手に舞う。ドライクリーニングの薬剤だろうか、シンナーみたいな有機溶剤の臭いが立ち昇った。

あらら、ご高齢の御家族四人、就寝中だったみたいで、パジャマ代わりのジャージまとわりつかせて裸足で必死で逃げ惑っている。けど、次からきた重戦車がキャタピラで――以下略。

ドライクリーニングの有機溶剤に火がついた。折からの北風＝上槇ノ原から吹きおろす強風に、いやあ、気持ちよく燃えひろがります。遠慮会釈なしに紅蓮《ぐれん》の焔が下槇ノ原を舐めていく。

この季節、北関東は乾燥するからね～。よー燃えますわ。正直、焔の照りかえしで熱いよ。

高畑所長がぼやく。

「まいったね。火傷しそうだ」

「――ごめんね、所長。確かに熱い。でも、俺、平気だ。やばかったら、町外れに引き返してもらいますか」

「なに言ってんの。あんたが私を護るの」

「でもね、俺って破壊の夜半獣らしいっすから、尋に連絡とってみますね。所長をダイヤモンド化して身動きできなくしちゃうのは、まぢーでしょ」

例のスマホで、尋に高畑所長に柔らかな結界を張れと命じる。焔も弾もなにもかも、高畑所長に触れないようにね〜と。

「あ、快適になった」

「貴方様は、この烈しい揺れその他、ずーっと快適にお過ごしになられておられましたから。俺という幇間《たいこもち》はべらせて、ね」

「ごちゃごちゃ言ってないで、すこしはペストル、撃ちなさいよ」

「うーん、けど我が上槇ノ原虚弱体質男子、鋼鉄で囲まれてるから居丈高。存分に踏み潰してますよ」

「洩れがあるだろ、洩れ」

「はいはい。ではガバメ〜ント!」

あ! 道路の左側、こんな時刻に灯りがともってるとこがあるぞ。どぎついねえ、真っ赤っじゃねえか。いまどきこんな色の電球、あるのかよ。

あ! これが、例のすずめばちか。下槇ノ原唯一の社交場〈スナック・すずめばち〉。まいったなあ。酔っ払いの巣窟だぜ。こんな状況なのに、カラオケに音程はずしまくりの『♪やぎぃりりぃの私〜』ってドラ声かぶさってやがる。渡しじゃなくて、私。そう聴こえるよ。すっげー勘違い。てか、古臭いね。昭和がプンプン臭ってます。

ならば淫《みだ》らな酔客共の酔いを醒ますためにも、一発撃ちこんでみよう。

見なくたって当たるからね。なんか絵に描いたようなキツネ顔のママさんの額に大穴、あきました。

お客様たち、わらわら飛びだしてきましたね。千鳥足。ボトルやグラス持ってんじゃねえよ。逃げながら飲んで、噎《む》せてんじゃねえよ。残念、周囲で派手に燃え盛る焔のせいで四五口径の過剰な火焔がよく見えません。苦しませるのは本意ではないから、頭を一発で撃ち抜いていく。

あ、香北亭のおっちゃんだ。こんなときなのに咥えタバコで紫煙たなびかせて逃げてやがる。相変わらず夜目にも汚《きたね》え調理服だな。バコバコなゴム長、走りづらくありませんかぁ。

あ、俺に気付いた。振り向いた。巡査長に念を送り、傍らに駐めてもらう。

「はーい。お元気そうですね」

「いや、また、ムチャするなあ！」

「いつか、くるって思ってたでしょ」

「まあ、そうだけどさ」

「雑巾じゃねえ、布巾汁味の麻婆豆腐、一度食ってみたかったけどね」

「失礼だなあ、雑巾言うか」

「愛想です。さすがに食う気はありません」

「ま、そりゃそうだ。気持ちはわかる。調理してても、こいつらアタマ変？　味覚だいじょうぶ？　とか思ってたからね～」

「貪り食ってた？」

「食ってた、食ってた」

「案外、雑巾出汁、美味いのかな」

「どーだろーねー」

「雑談してる場合じゃねえや、あんた、俺が原チャ乗って下槇ノ原にやってきたってチクったから、夜半獣にされちゃったんだぜ」

欠損した左手を示す。

「いやあ、すまん。本音でさ、この光景見るとさ、俺がアレしちゃったから下槇ノ原、終わっちゃうのかなとか思ったもんな」

ま、それは言えてるね。遠因てやつだ。肩をすくめて、そっと背後を振り返る。

「御宿湊屋だけは、燃えねえな」

呟くと、香北亭のおっちゃんも振り向いて怪訝そうに呟き返した。

「焰もよけてっけど、ブルも遠慮してるみてえに、とっこんでいかねえな」

「おたくら、なんで御宿湊屋をあんな外れっぽいとこに移築させちゃったんだ?」

「金慾しさ。泊まり客もねえくせに、下槇ノ原の特等地を占めてたからね」

「——経済か」

やれやれ。引き金、引きます。

香北亭のおっちゃん、爆ぜました。

懐かしの駅舎（白熱電球にまとわりついて飛翔していたオオクワガタが泛ぶよ）、そしてその反対側の小さな集落まで、朝十時くらいまでかかって焰で焼いて、重戦車で踏み潰した。あとはざっと整地すればお終いだ。

錆びついた線路が、尋の結界をかいくぐって妙に律儀に真っ直ぐ彼方にまで続いているよ。ま、たぶん招かれざる外の人間は、誰もこの鉄路を辿って槇ノ原に到ることはできないんだろうけどね。

奇妙なことに御宿湊屋さんだけ残して、焰はふわっと消え去った。もちろん下槇ノ原、もはや無人です。正確には、もとは人間だった焼き肉や挽肉が散ってますけど。

「焦《こげ》くせぇ～」

めいっぱい鼻に皺寄せて訴える。さすがの夜半獣も煤煙《ばいえん》吸いこんじまって、喉が灼けちゃってるし、ちょい肺が痛い。痰吐けば、真っ黒だからね。高畑所長も渋面——といっても皺寄らないくらい肉があるので微妙だけれど、顔を歪めてます。

でも上槇ノ原の俄戦車兵たちは、昂ぶりのせいでまったく平気みたい。煤で真っ黒けな顔を見合わせて、拳を突きあわせたりして、なかには涙ぐんでる奴もいる。勝利に酔ってるんですね。なんか、彼らも変わるかもしれないね。

けど、客観的に見れば、これは虐殺でしょう。どう考えたってジェノサイドですよ。下槇ノ原の面々、焦土化に対してほぼ完全に無抵抗だったもんな。逃げ惑う姿も、なんだか力がなくて魂抜かれちゃったみたいだった。

終わる一族。

永遠に残る一族——。

煙のせいで、目脂がひどい。固まっちゃった目脂を刮げ落としているところに、巡査長と北村さんが声をかけてきた。

「やったねー、省悟君、凄えや！」

「ていうか酷えや」

「酷い？」

「省悟さ、火ぃ付けて、煽りにあおって燃やし尽くしちゃったじゃねえか」

「俺がやったのかよ〜」

「とぼけんじゃねえよ。俺には隠せねえよ。天狗の大団扇《おおうちわ》、反っくり返って扇いでんのが見えたぜ」

「んなもん見えるか。古臭《ふるくせ》え」

北村さんが、俺と巡査長の顔を見較べて大げさに手を打った。

「そーか。省悟君がやったのか。いやあ、お手柄、お手柄」

お手柄？　変な人だなあ、北村さん。でも可愛いんだよね。いや年上に可愛いもないけどさ、この微妙なずれは得がたいね。つい親愛の眼差しで見つめちゃうよ。そしたら高畑所長がよけいなことを吐かしやがる。

「もっとも一般的な化学反応＝電子移動反応として、酸化があるの」

また電子かよ。

「チョンチョンで脳を沸騰させちゃうのも、詰まるところ電子による酸化なんだって。クリーニングの溶剤に火が付いて燃えるのも、炭素原子の高エネルギー電子が移動することによって酸素原子と低エネルギー結合をおこして、二酸化炭素が生成されて、このときに生じる余剰エネルギーが焔として大気開放されるわけ。量子のなせる業《わざ》だね」

あんたは先生か。また量子か。蘊蓄《うんちく》はもうたくさんだよ。

「ごめん。先生が背後からうるさくてさ」

「実況中継でもしてたのかよ」

「そう！　上槇ノ原の皆さんに同時配信」

もう苦笑いするしかねえよ。戦車隊は超信地旋回して、瓦礫と化した下槇ノ原をさらに徹底して踏み潰し、粉砕していく。

キャタピラのついた乗り物ってのは、左右のキャタピラを互いに逆方向に等速回転させると、車体の中心を軸としてその場でくるりと回れちゃうんだって。

この巨大なブルの回転半径が二メートルちょいっていうんだから、キャタピラ、侮れねーな。って、俺もヤナショウの爺さんから聞いた蘊蓄かましてら。

やれやれ、徹夜明け、もう昼過ぎだぜ。けど一心に下槇ノ原の整地に励んでる。みんな元気がいいなあ。焦土化した地面をブルが更地にしていき、燃えかすや瓦礫の処理はパワーショベルが大活躍だ。

消し炭と化した下槇ノ原のあれやこれやに人肉人血人脂人骨込みだから、さぞや豊かな森が育まれるだろうね。

高畑所長と俺を乗せたブルは、唯一残った下槇ノ原の建造物である御宿湊屋にゆっくり向かう。晴れているけれど、頭上のお日様は煙のせいでくすんで、弱々しい。

「省悟君が残したんじゃない」

「なんで燃え残ったのかな」

「そう」

「俺？」

「なんで俺がそんなことせにゃならん？」

「私と昇平《しょうへい》さんを対峙させるためでしょ」

「誰っすか？　昇平さん」

「下槇ノ原長老」

俺、ちょい目がまん丸。だって高畑所長、仄かに頬を赤らめてんだから——。人に歴史ありだね。どんな仲だったのかな。対立してたのに、交流があったんだね。

御宿湊屋の玄関口に、下槇ノ原最後の生き残りにして最年長の長老が、三八式歩兵銃を携えて仁王立ちしていた。もともと皺が深いが、眉間に刻み込まれた縦皺がじつに険悪というか、皺というよりも越えがたい溝という感じだった。

ほんと、目つき、悪い。

「白内障だから」

と、高畑所長がフォローする。ふーんと雑に頷く。白内障は関係ないでしょう。あの目つきは怨念からきているものだよ。積年の恨みだよ。ついに下槇ノ原を消滅させられてしまった怒りだよ。

「執念だね。唯一、生き残った。怖《こえ》ぇね。目を合わせたくねーもん」

年齢を考えればさ、生き残ったって、いまさらどーかなといったところではあるけれどね。

俺、率直に言って、この老人、大嫌いなんだ。

「それでもね」

「うん」

「私と昇平さんは好き合ってたこともあったんだよ」

妖怪同士、仲良くしてたってか。

「上の私と下の昇平さん。道ならぬ恋だったな。結局、完全なプラトニックだったの」

うっとり手なんか組んで、追憶にひたってやがる。

「私の血と昇平さんの血が結びついたら、なにが起きたかな。ひょっとしたら、すべてうまくいってたかもしれないいな」

「好き合ってたなら、やること、やればよかったのに」

「怖かったの。子供を産むのが、怖かった。私もあの人も、とても血が濃いから。あの人も私も、香苗ちゃんのように悪目立ちする外見を持って生まれたわけじゃないけどね。血の濃さは昇平さんも私も、下槇ノ原と上槇ノ原で一番ていうことは、わかってたから。所長に任命されるって、そういうことなのよ。もっとも兄妹による近親相姦――尋の両親には敵わなかったんだなっていまでは思う。それでも、こういう言い方は反撥されるかもしれないけれど、尋のような子供が生まれるかもしれなかったから。それを受けとめる決意が、まだなかったなあ」

「血か――。なんか所長も、上槇ノ原という土地に縛られてたんだね」

「そうだね。完全に縛られてた」

「いまだって縛られてるじゃねえか」

「きついなあ、省悟君」

高畑所長、俯いちゃった。なんなんだ、この乙女の気配。素面じゃいられねえ。あえて訊いちゃうよ。

「ひょっとして、処女？」

「――そうだよ」

訊いといて言うのもなんだけど、すごく悲しくなってきた。男女の睦《むつ》み合いも棄てて、ひたすら上槇ノ原のために生きてきた。悲哀っていうのか、いきなり迫りあがってきて、胃のあたりがきゅっと縮んで胸苦しい。

「純愛って、あるのかな」

「ない」

「そうか」

「うん。私が身をもって知っている」

「あのさ、長老、銃構えたけど」

「いいよ。撃たれてやる」

「えー、尋の結界があるじゃん」

「私が外した」

「俺、よけいなこと、しないほうがいい？」

「したら、だめ。許さない」

「理解不能だよ」

「それが感情でしょう。情でしょう」

「情か」

「情」

高畑所長は巡査長に、排土板をおろすように言い、焼け焦げた地面に降り立った。

ゆっくりした足取りで、長老に近づく。

そっと長老を、昇平さんを抱きこんだ。

高畑所長の頭が爆ぜて、消え失せた。

昇平さんは嗚咽していた。歩兵銃を口に突っこんだ。

貌のない二人が、折り重なっている。

やっと結ばれたね。

血が溶け合ったね。

背後で軋む音がして御宿湊屋が、いきなり燃えあがった。瞬時に焔が疾り、御宿湊屋は一気に崩壊して、昇平さんと高畑所長を呑みこんでいく。

俺と巡査長と北村さん、そして上槇ノ原の男たちは身じろぎもせずに、厳粛なる火葬を見守った。

終章

俺の手の中には、まだ幽かに温かい灰色がかった骨片がある。高畑所長の骨だ。掌の汗と涙が沁みて、そこだけ黒い。

崩壊した御宿湊屋の、まだぶすぶす煙を上げている柱の中から、この骨だけが銀に光って見えたんだよね。どこの部分だろう。腰を屈めてひろいあげて、喉が詰まったよ。

御宿湊屋は高畑所長と昇平さんの眠る墓所となった。俺には見える。天空を圧する途方もない大きさの、名さえわからぬ樹木がここに育つ。特別な場所であることが一目瞭然となる。

行きはあんなにじゃまくさかった場所取り婆さんが、いまはいない。誰にも顔を見られたくないので、排土板を一番上まで持ちあげてもらって、そこに横たわっている。

『靜ちゃん、ごめんよ、堪忍《かんにん》。一緒に死のうな』

夜半獣よ、おまえが聞かせたのか？　昇平さんが高畑所長を撃った瞬間の言葉。

俺、いままで高畑所長の名前が靜ちゃんだって知らなかったよ。なんなんだろね、この俺様の白分自身のことしか頭にない包容力のなさは。つくづく嫌気がさしたよ。もっとたくさん甘えればよかったな。靜ちゃんに甘えればよかった。

夜半獣よ、人間の情ってけっこうきついだろう？　切ないよな。もし人間の情が餌ならば、堪能しただろうな。

なんか答えろよ、夜半獣。

沈黙か。

けっ、夜半獣よ。偉そうにしてたって、てめえだってけっこう応えてるんだろが。人間の情に。ならば、せいぜい人の情を貪り食って、俺に尽くせ。

高畑所長は尋と大彦岳の六芒星にこもったとき、これからのすべてを尋に伝えてあるんだ。尋はなにをすべきか、完璧に把握しているんだよ。

だから俺は尋に尽くす。尋に尽くすということは、高畑所長に尽くすってことだから、だから夜半獣よ、俺に尽くせ。

——返事しやがらねえ。

ま、わかってるようだけど。

寝っ転がって見る（まだ尋時間が続いているとするならば）十一月三十一日の白日の空は、派手に燃えた下槇ノ原の煙のせいで、青空がくすんでいる。

空っ風のせいで、すぐに涙も乾く。って、たいして泣いてねえし。頬っぺがカピカピだよ。底冷えするるね。ぶるるるる……俺じゃねえや、スマホだ。

——省悟君！

「先生か。なんざんす」

——妊娠してた！

「妊娠？　なんのことざんす？」

——だから尋、省悟君には気取られないように振る舞ってたみたいだけど、ここんとこ、ずーっと調子悪くてさ。あれこれ診たんだけど、原因がわからなくて。で、昼過ぎ、一時半くらいかなあ、ふと気付いたの！

「なにに？」

——これは、つわりじゃないかって！

「まぢかよ。一時半くらいっていうと、高畑所長が」

——高畑所長がどうかした？

「いや、帰ってから」

——うん。下槇ノ原の件は、なんか頭の中に逐一情報が入ってきてうるさかったぁ。駅を更地にしたあたりで途絶えたけどね。ま、うまくいったようだね。尋が完璧だって言ってた。なんかすごく強調しちゃってね、ほんとの意味ですべてが終わった——なんて放心してたよ。けど、私にとっては、本音で下槇ノ原のことなんてどうでもいいんだよ。尋。尋のこと。とにかく嫌がる尋のおなか、エコーで見たらさ、いらっしゃったね！

「いらっしゃったか」

——いらっしゃった！　じつに元気そうな赤ちゃん。サイズからいくと妊娠三ヶ月くらいだね。

「サイズって言うな」

——ははは。いえね、あのね、普通じゃないんだよ。なにが普通じゃないか言えないけれど。ビンビン感じるもん。丈の波動もすごかったけれどね、この子は別格だ！　かなりヤバいよ。でね、もう一人前の胎児の恰好してる。すごい勢いで心臓、動いてるからね。心拍、とても強い。それに附随して、言いづらいんだけどね。

「言って」

——うん。エコーで見てたら、逆に私が見られちゃった。胎児が私を見た！

「錯覚でしょ」

——そうだね。思い入れが幻覚を見せたってことにしとくよ。

「それよりも、妊娠自体が信じ難い」

——やったのは、省悟君だよ！

「それは、逆らいません」

——早く帰ってきて。尋、すごく変なのよ。喜びつつ、悲しみにくれてる？　悲しみつつ喜んでる？　私にはなにがなにやら。

「尋に、大切にって伝えて」

——なんかクールだね。

「感動が過ぎるとね、静まっちゃうんだね」

──そうかもしれないね。あ、急患だって。切るね。早く帰ってね。

「うん。先生」

──なに。

「ありがとう」

──どういたしまして。

「尋のお母さんになってやってね」

──なに言ってんだか。高畑所長がいるじゃない。尋のお母さんは所長がふさわしいよ。それに尋自身がお母さんになるんだよ！

「だね。じゃあ、切るよ。すぐにもどるからね」

──はいはーい。梯子《はしご》から落ちて開放骨折だって？　さあ忙しくなるぞ。

スマホをもどしたら、溜息が洩れた。先生の科白じゃないけど、悲しみつつ喜びがにじむ、そんな複雑な溜息だ。すっかり葉を落とした木々のあいだから覗けるくすんだ空を見あげる。

こら、巡査長。ドアホ。こんなときにドリフトすんな！　ったく、排土板に横になってるんだぞ。転げ落ちたら、どーすんだよ！　転げ落ちて轢かれたりしたらシャレになんないだろ。

俺、鋼鉄の上に横になって凍えている。当然の成り行きなんだろうけれど、喪ったものが大きすぎる。

俺、自分の両手で自分をきつく抱き締め、顫える。冷たい汗に濡れた手の中には、高畑静の骨──。

＊

上槇ノ原全体がどよめき、悲嘆にくれた。慕われてたんだね、高畑所長。愛されてたんだね、高畑所長。

俺は、もう涙も涸《か》れちゃって、変な薄笑いみたいなもんが泛んでる。窓ガラスに映った自分の貌にびっくりしたよ。喪失感が極まると、こんなになっちゃうんだな。そんなことを他人事のように思う。

尋は、俺の顔を見たとたんに泣きじゃくった。赤ん坊のころは知らないけれど、物心ついてから初めて声をだして泣いちゃったと後から言った。

「強いね、省悟さんは」

「まあね。こんなことで泣けるかよ」

「だよね。泣いてる場合じゃないよね。でもあたしにできるんだろうか」

「できるよ。俺が支えるよ。おまえのお腹の中のチビのトーチャンだからな」

「すごいね。あたしだけでなく、あちこち省悟さんの子供が生まれるもんね。チョー絶倫だ」

「まぁ〜ね〜」

俺が強いんじゃない。夜半獣が際限ないのだ。毎晩、毎晩、毎晩、毎晩、毎晩、毎晩。夜半まで。

「これ」

「なに」

「高畑所長の骨」

「もってきてくれたの！」

「内緒」

「あたしにくれるんだよね？」

「もちろん。尋が持っているべきだ」

「――あんな大っきな人が、こんなになっちゃって」

「正確には、あんなに横に大っきな人」

「怖かったな、最初は」

「ビビってたもんな」

「だって、妖怪だもん」

「おまえもな」

「だったら、省悟さんもな」

「リアリティ、ないね」

「ほんと。ないね」

「終わったな」

「終わったね」

「始まりだな」

「始まりだね」

俺はそっと尋のお腹に耳を押し当てた。

「——ぽこぽこいってるぞ」

「嘘つき」

「フン。気合いだよ、気合い」

「言ってんこと、わかんね〜」

「わかんなくて結構ざあます。尋、膝枕してくれよ」

「好きだね、膝枕。御宿蘖埜に行くと、いつだって省悟さん、香苗さんに膝枕されてるもんな」

「オフクロがさ」

「うん」

「ガキのころ、膝枕で耳掘りしてくれてね」

「幸せだったね。優しいお母さんだったね」

「まあね。で、倅はとことん親不孝」

「お母さんに会いたい？」

「内緒で金振り込んでやってくれよ」

「いいよ！　親孝行だ」

「着服だよ」

「省悟さん、尽くしてるから。上槇ノ原、省悟さんがいないとまわらないから」

「ちがう。俺は尋の補佐役にすぎない」

「――あのね」

「うん」

「香苗さんほどはできないだろうけど、ときどき膝枕してあげるよ」

「いいねえ。耳掘りも頼む」

「鼓膜、破いてやる」

「やりかねねえから、怖いな」

尋の指先が、煤《すす》で汚れ、脂ぎった俺の鼻先をさぐる。眠い。完徹だもんな。悲しみと喜び、同時に感情を吐きだしつくした抜け殻の夜半獣省悟君は、尋のお腹の中からじっと見おろしているであろうキミの視線を意識しつつ、一眠りします。

＊＊＊＊＊＊＊＊＊＊＊＊＊＊＊＊＊＊＊＊＊＊＊＊＊

高尾《たかお》～高尾～終点高尾です～。

高尾？

高尾――。

たっかおぉ！

跳ね起きたね。周囲を見まわしたね。

なんだよ、見慣れた中央特快の車内じゃねえか。

おいおい、いままでの壮大？　なあれこれはなんだったんだ？　それよりも俺、寝過ごしたわり？　夢見てたわけ？　夢オチってわけ？

あ、車掌さんがきた。降りてくれって。降りますとも。まいったな。

ホームに出たけど、暑い。汗、噴くね。入道雲が居丈高〜。いや、そんなことよりも、いったいなんて夢だったんだよ。信じ難いというか、なんというか。夢オチかよ〜。トホホ（死語）。

気力ないよ。とりあえずベンチに座って気持ちを整えよう。

ふう。

まいった。

たしか十一月三十一日のくすんだ青空、乾ききった空っ風に、底冷え——。

冗談じゃねえ。線路、陽炎《かげろう》揺れてるぜ。

十一月三十一日。まいったな。

見事にやられたね。あ〜あ。壮大な夢でした。醒めてほしくなかったよ。夜半獣。

——え？

なんだ、この影。

ホームに映った俺の手の影だよ。

俺、左手、小指一切ない！

薬指、第一関節からない！

ぢっと手を見る。

ほんとに指、ねーよ。欠損してるよ。

まぢかよ。まぢだよな。まぢ指、ない。いつ詰めたんだよ。いつ詰められたんだよ？　中央特快高尾行きの車中で指詰めか？　ありえね〜。

てか、車中で寝てるうちに指の傷、ふさがってしまったってか？

まいったな、この指。粗相ばっかしてる鈍くさいヤクザ者みてーじゃねえか。まともな職場、お呼びじゃない、じゃねえか。

なんか落ち着かねえな。

誰だよ、俺の足舐めてんの。

なんか虫？　虫が這ってる？

擽ってーよ。やめろって。

ていうかベンチに座ってんだよな？　俺。なんで横たわってるみたいに感じられる？　不可解なり。
＊＊＊＊＊＊＊＊＊＊＊＊＊＊＊＊＊＊＊＊＊＊＊＊＊＊＊＊＊
「もう、省悟君、起きなさいってば。なに眠っておちゃらけてんのよ。あまりに反応が芳《かんば》しいから、丈が嬉しがって省悟君の足に取りついて、指舐めちゃってるよ。もお〜。ダメだ、丈、きったないって！　よく入るな、親指。口一杯じゃないか。やめなさい！」

「俺を汚いと言うな」

寝惚け眼の俺の眼前で、香苗さんが俺を膝上にのせたまま、前屈みになって丈を引き剝がす。

揶揄するような笑みで言う。

「――やっと起きたよ。下槇ノ原のこと、お疲れ様。ご苦労様でした」

「はいはい。高尾駅かと思っちゃって」

香苗さんが小首をかしげる。尋と歩美が笑いを怺えている。尋に目で促されて、歩美が笑いを我慢することからくる奇妙な真顔で、説明する。

「尋ちゃんが、診療所の仕事があるから迎えにきてくださいって。あたしの部屋に寝かしといてもいいけど、煤まみれであまりに汚れてるから、完全に寝入っちゃう前に、お風呂入った方が――って。診療所のお風呂は感染症と無縁の患者さんも入るからって」

「あ、で、運ばれた？」

「そう。急患は結局、先生が診るからって尋ちゃんは解放されたんだけど、あたしと尋ちゃんじゃ階段下ろせないから北村さん呼んだんだ。北村さん、ぐいぐい揺すったけど、起きないねえ。すごいねえ。丈。トーチャン、死んだように眠ってたんだよ。死んでたのかもしれないね」

死んでた？　笑顔で、なんちゅうことを吐かすか。うーん。どうやら北村さんと尋と歩美に御宿蘖埜に運びこまれて、香苗さんの膝枕で眠っていたらしいが。いやあホットカーペット、温かい。尋が冷やかす。

「省悟さん、すっげー夢見てたみたいだね」

「――まあね」

歩美がおちょくる。

「たっかおぉ〜とか叫んじゃってね。久々のチョー完徹だあ〜って居眠り運転しかけてた北村さんが、吃驚仰天《びっくりぎょうてん》、有頂天《うちょうてん》、シートで跳ねちゃったもんね」

有頂天はちがうだろー。俺はといえば、そっと手を見る。ちゃんとって言うのもおかしいけど、ちゃんと左手小指すべて、そして薬指欠損してます。駄目ヤクザ形状と化した俺だもん。やっぱ上槇ノ原以外に生きる場所はねえよな。

「そっかー、夢だったのか」

香苗さんが額の脂汗をなぞる。指先が煤で染まる。

「黒光りのダンナ、変な汗かいてるよ。お風呂沸いてるから、いったん起きて、当初の目的、入浴、睡眠を達成しなさい」

「うん」

どうやら、しばらくのあいだは結界を完全なものとして、高畑所長の葬儀を終えるまでは、余所の人間を一切入れないらしい。

「あたしたちは、高畑所長のお葬式の準備で忙しいんだ。省悟君が持ち帰ってくれたちいさなお骨——」

「尋、渡しちゃったのか」

「あたしが独占していいってもんじゃないって思い直した」

香苗さんが尋に頭をさげる。

「ありがとう」

香苗さんも歩美も尋も、目尻を拭う。なんなんだよ、こいつら。笑ったり泣いたりじつに忙しい奴らだ。いや、風向きが変わった。こいつら、泣きまくる気だ。逃げます。

「丈、トーチャンと風呂入るか？」

ひょいと抱きあげて、風呂場に向かう。足指を舐めて調子に乗ったか、丈、俺の首筋を歯のない口で舐めまわす。

いてて。なんだ、おまえ、ひょっとして、歯、生えてきた？　どれどれ、あ、前歯、上の方、ちょっとだけ白いセラミックみたいのが顔を出してるぞ！

生後四ヶ月強かな、早いのか遅いのか、トーチャンには判断がつかねえけど、いやあ、育ってる。

とはいえ汚ねえよ、トーチャンの首。汗と垢と脂と下槙ノ原の煤その他で汚れきってるよ。あ、それでよいお味ってわけか。案外、香北亭の雑巾麻婆、侮れない美味さだったのかもな。

いや、そんなことじゃない。なんで俺は香苗さんの言うとおり、すぐにおちゃらけてしまうのか。寝落ちしてもおちゃらけてんだからな、てえしたもんだ。ま、当分は神妙にしてるべきでしょう。丈の紙おむつをはずしながら、苦笑いだ。

丈を胸に密着させて、湯に沈む。

うわぁ、煤がアメンボのように湯面を疾ったぜ。脂汗に乗っかってるのかな。表面張力ってやつか？

西日が射してキラキラ控えめに爆ぜているよ。気持ちいい〜。極楽、極楽。

また寝ちゃって丈を沈めてしまわないように気配りしないとな。こういう気遣いは、なんかとても気分がいいんだよね。親の、いやトーチャンの七不思議。残り六つはわからんけどね。はじめて上槇ノ原を訪れて、はじめて香苗さんといっしょにこの風呂に入ったとき『鉱泉なんだよ。なんとラジウム入り。放射性物質。剣呑だ〜』とおどけていた。

これから先、いくら多種の温泉が湧出したって、御宿蘖埜のラジウム鉱泉が一番だよ。誰の仕業か、御宿蘖埜に関するネットの書き込みに『恐るべし御宿蘖埜のラジウム温泉、四人も入ればイッパイなんだけど、なんと宿泊客一組ごとに湯を抜いて清掃、新たにラジウム温泉を充たすそうだよ』——とあった。温泉じゃねーから。鉱泉だから。温泉だったら掛け流しでしょう。

ま、いいか。貧乏人も金持ちも、上槇ノ原に気に入られた奴なら、ハッパッパーで温泉巡り、裸の付き合い。〈阿獄〉なら部屋付の温泉があるわけだけど、たぶん、いずれ多種の温泉を一ヶ所に集めた施設が建つんじゃないかな。

俺もとっとと隠居して、温泉三昧といきたいものですな。なんちゃって。

こら、丈。なーに笑ってんだよ。ほんと、おまえは機嫌がいいな。泣くの、おっぱいほしいときだけだもんな。おまえがこうなら、尋の子供はどうなんだろうね。うーん、まったく予測がつかん。

丈、頷いた？　な、わけねーよな。でも同意してくれてありがとう。尋の子供に関しては、生まれてから考えよう。

ああ、溶けてく。お湯に軀が溶けてくよ。

そうか――。

上槇ノ原は電子データだ。

俺たちは基本的に外界に認識されないように構築された電子データのようなものだ。データは選ばれた者だけに開示され、絶対に破られないとされる量子暗号によって上槇ノ原に入ることができる。それ以外の諸々は、上槇ノ原と俺たちというデータにアクセスできないのだ。

――などと、湯でほぐれた現代の申し子（表現古いね）の省悟君は思うのであった。

まったく、ついついインテリジェンスが洩れちゃうよね。高畑所長が先生の受け売りでこういうことを言うと、すっげーうざいのにさ、平然と俺、電子データで量子暗号ときたもんだ。

排土板の上で揺られながら『理に落ちちゃうと、なんかつまんないね』なんて高畑所長を揶揄したくせにね。一番理に落ちちゃうのは、拙者であった。

あー、すべてはどーでもいい。ラジウムが肌に沁みてきます。丈がじっと見ている。くるりとまわして、正面を向かせて左巻きのつむじをたどる。丈は、妙におとなしい。

湯面に、ガキのくせに変というか妙に端整な丈の貌が映っている。凝視してたら、目の焦点がうまく合わなくなって、高畑所長の顔が見えた。でも、もう泣きませんから。感情も乱れません。

香苗さん。尋。歩美。巡査長。北村さん。ヤナショウの爺さん。大工西！　喜美ちゃんに仁王様。木折。依里ちゃん。先生。上槙ノ原の無数の貌、貌、貌——。順不同。

丈が首をねじまげて俺を見あげてきた。俺が笑うと、ちょっとだけ笑い返して、高畑所長の指をミニチュア化したかのぷくぷくの指先を、湯面に映る貌に挿しいれた。なんか変なもんが映ってる？　ぐいと抱き寄せ、首を伸ばして顔を映す。

映っているのは俺の貌のはずなのに——。

誰だよ、こいつ。

人間のような、そうでないような。

変な奴だ。

控えめな黄金色に光る平滑な湯面から、じっと俺を見つめかえしている。

目、真っ赤だよ。寝不足か？　冗談だってば。いくらなんでもそこまで赤い目は有り得ませんな、人間なら。ところでおまえ、眉、ねーじゃん。

湯面の貌の額に、丈がちょんと指先を当てた。そこに第三の目があらわれた。

第三の目は緑色で、器用に俺にウインクしやがった。挨拶のつもりか。よろしい。貴君を受け容れてやろう。俺の内側に永遠に住まわせてやろう。って、とっくに這入り込んでるから、こうして湯面に映ってるのか。

首を突きだしているのもかったるくなって抱き寄せていた丈を前にだす。湯面に映った丈の妙に大人びた笑顔が、奴に重なった。奴は丈とシンクロして俺に笑顔を向け、その瞬間、丈が湯をかきまわした。

奴の貌が、乱れに乱れた。で、完全に俺のなかに居座った。ふたたび丈が首をねじまげて、俺を見あげた。

驚愕《きょうがく》している赤ん坊。

どれどれ、俺は、どんな貌をしているのかな。湯面に顔を映す。

やっぱりな。額に第三の目があるじゃねえか。第三の目に文句はないが、これで人前に出るのはどーかなー。

「丈。もっとお湯、かきまわせ」

ちゃんと通じたよ。丈、はしゃぎながらすごい勢いでお湯をかきまわす。揺れる、乱れる、暴れる、飛沫があがる。

湯面が鎮まった。確かめる。もう俺と丈の貌しか映らない。

第三の目。なんですか、それ。

頷いて、丈をギュッと抱く。勢いよく浴槽から出る。さ、全身を浄めるぜ。丈、匂いに誘われて石鹼《せっけん》を舐めるな。俺に渡せ。よろしい。頭から泡立てて、全身に拡げていく。とことん浄める。

浄めたら、眠る。

夜半まで、眠る。

おやすみなさい。

跋！

小説家になって、始めて完全に夢を土台に執筆しました。

夢＝眠っているときに見る夢です。

五年前くらいから明晰夢を見る練習を始めました。二年くらいたったころから手応えが確信に変わり、いまでは、ある程度自在に夢の内容をコントロールすることができます。

眠りに就く直前に、これから見る夢を軽く念じておけば、大概それに沿った夢を、しかも社会常識や嘘臭い道徳、狭苦しい決め事を楽々超越して自在にイメージを飛翔させた夢を見ることができる。こうなると眠るのが愉しくてならない。

眠って夢を見て、目覚めてそれをもとに小説を綴る。これは眠っているときも小説を書いているようなもので、図々しく大仰なことをいえば二十四時間小説家の誕生です。

明晰夢を見るのには資質もあるようで、軽々しく貴方も見ることができるようになるとは言えません。

このあたりのことはいずれ出版されるであろう〈たった独りのための小説教室〉に詳細に記しておきましたので、興味がある方はどうぞ。老婆心ながら、ネットなどを検索して辿ると、妙にスピリチュアルな方向に流れてしまうのでお勧めできません。

この作品〈夜半獣〉は、夢で書くという大胆な方法に加えて、普段のお喋りで小説を書きあげることにチャレンジしました。おなじく〈たった独りのための小説教室〉から引用します。

『小説家の心構えとしては、自身の文体にかかわる文字言語において、音声言語にどの程度添うべきか、それを冷徹に見極める必要があります。読楽で連載している〈夜半獣〉という作品は、私にとって思い切り音声言語に近寄った実験的な作品』ということです――。

百年先にも読まれるような作品は、正しい日本語で書かれたものである。

なんですか？　正しい日本語って。そんなもの、どこにもありません。それって貴方が思い込んでいるだけの代物です。世にはびこる真実とやらを信じこんで疑うことのない垢抜けない人に対する苛立ちが〈夜半獣〉を書く原動力にもなりました。

〈夜半獣〉は第一級の娯楽作品であると自負しています。なにせ夢で書かれているので、世間一般のせせこましい常識や似非モラルを軽々と超越しています。

私はなにを威張っているのだろう。夢で書きあげてしまったので得意がっているのでしょうね。程々にしておきます。

参考文献ですが、夢で書いたこともあり一冊です。

〈カンナビノイドの科学〉佐藤均　昭和大学薬学部教授監修・日本臨床カンナビノイド学会編・築地書館刊——学術書ですので、ごく淡々と事実を述べあげた書物です。

加えてボーキサイト鉱その他で〈世界大百科辞典・第二版〉平凡社刊などの事典、辞典類を参照しました。量子論な事柄や進化のことなど、私の脳裏に残った記憶で書きあげてしまったので出処は、はっきりしません。心苦しいのですが、お許しください。

〈読楽〉連載、書籍化とともに鶴田大悟の手をわずらわせました。

鶴田は毎回作品の詳細な感想をメールで送ってくれ、巧みに褒めあげ、ときに蘊蓄がうるさいと叱ってくれ、私はまんまと乗せられて、骨髄移植後の後遺症であるGVHD＝移植片対宿主病に苦しみながらも滞りなく書きあげてしまいました。私は併走してくれる編集者に恵まれた小説家です。

なお、いま現在〈読楽〉で〈槇ノ原戦記〉という作品を連載しています。〈夜半獣〉で登場した高畑静さんの一人称で書かれた〈夜半獣〉の前段譚です。

〈夜半獣〉で明かされている太平洋戦争中のあれこれを、あえて記すという暴挙に出ています。つまり〈夜半獣〉を読んでくれた貴方は〈槇ノ原戦記〉の筋書きを知っているということです。まったく私は図々しい小説家です。が、〈夜半獣〉を読んだ貴方は〈槇ノ原戦記〉を読まなくてはならない。

暗示をかけて、そろそろ私も眠ります。夢に遊びます。

〈夜半獣〉が貴方のひとときの愉しみになれたら、心の底から嬉しい。

おやすみなさい。

花村萬月

本書は「読楽」(小社発行)2020年4月号~2021年2月号に掲載された作品を加筆訂正したものです。

花村萬月（はなむら・まんげつ）

1955年東京都生まれ。89年『ゴッド・ブレイス物語』で第2回小説すばる新人賞を受賞してデビュー。98年『皆月』で第19回吉川英治文学新人賞、「ゲルマニウムの夜」で第119回芥川賞、2017年『日蝕えつきる』で第30回柴田錬三郎賞を受賞。その他に『ブルース』『笑う山崎』『二進法の犬』『武蔵（全6冊）』、『浄夜』『ワルツ』『裂』『弾正星』『信長私記』『太閤私記』『帝国』『ヒカリ』『くちばみ』『対になる人』など著書多数。

夜半獣《やはんじゅう》

2021年11月30日　初刷

著　者　花村萬月

発行者　小宮英行
発行所　株式会社徳間書店
〒141-8202　東京都品川区上大崎3-1-1
目黒セントラルスクエア
電話　03-5403-4349（編集）049-293-5521（販売）
振替　00140-0-44392

本文印刷　本郷印刷株式会社
カバー印刷　真生印刷株式会社
製　本　ナショナル製本協同組合

JASRAC 出2109227-101

ISBN978-4-19-865377-4